HEYNE BÜCHER

D1873504

SCIENCE FICTION

Herausgegeben
von Wolfgang Jeschke

Von **Doris Egan** erschien in der Reihe
HEYNE SCIENCE FICTION & FANTASY:

Der IVORY-ZYKLUS:

Das Elfenbeintor · 0605131
Schäbige Helden · 0605132
Der Schuldspruch · 0605133

DORIS EGAN

Der Schuldspruch

DRITTER ROMAN DES IVORY-ZYKLUS

Deutsche Erstausgabe

Aus dem Amerikanischen übersetzt
von
MICHAEL MORGENTAL

WILHELM HEYNE VERLAG
MÜNCHEN

HEYNE SCIENCE FICTION & FANTASY
Band 0605133

Titel der amerikanischen Originalausgabe
GUILT-EDGED IVORY
Deutsche Übersetzung von Michael Morgental
Das Umschlagbild malte Ralph Voltz

Redaktion: Wolfgang Jeschke

Erstausgabe by DAW Books, New York

Printed in Germany 1994
Umschlaggestaltung: Atelier Ingrid Schütz, München
Technische Betreuung: Manfred Spinola
Satz: Schaber Satz- und Datentechnik, Wels
Druck und Bindung: Elsnerdruck, Berlin

ISBN 3-453-07754-7

KAPITEL 1

Mordanschläge kommen so ungelegen.

Es gab genug andere Dinge, denen ich damals meine Aufmerksamkeit widmen mußte. Wieder war es Sommer in der Hauptstadt, und ich beaufsichtigte ein gründliches Großreinemachen in unserem dortigen Haus. Dabei wünschte ich mir, wir könnten es uns leisten, von Tellys einen Staubschlucker zu importieren. Das war natürlich ein müßiger Wunsch – das Loch, das diese Anschaffung im Budget des Hauses Cormallon reißen würde, stünde in keinem Verhältnis zum Nutzen eines solchen Gerätes. Meine Fähigkeiten als Tinaje-Heilerin brauchten eine Auffrischung, und deshalb hatte ich mich als Schülerin bei einem berühmten Tinaje-Künstler eingeschrieben, dessen Praxis sich in der Kaiserlichen Tanz-Akademie befand. Und ich bemühte mich heimlich, einen Termin in einer Klinik für Tellys-Medizin zu bekommen.

Und die Krönung des Ganzen war das sehr seltsame Benehmen meiner Schwägerin Kylla.

Sie rauschte an einem Nachmittag herein, als wir die Teppiche im ersten Stock zusammenrollten und in den Hof brachten, wo sie geklopft werden sollten. Natürlich waren jetzt keine Klienten im Haus, denn hier ging es drunter und drüber, und mein geliebter Gemahl war der körperlichen Arbeit so weit wie möglich entflohen, indem er sich plötzlich an eine Verabredung in Braece erinnert hatte. Gefahren sind für Ran bedeutungslos, wenn es um die Erfüllung seiner Pflichten geht, aber wenn echte körperliche Arbeit ins Haus steht, dann flitzt er davon wie ein Kaninchen, das auf einem Landeplatz überrascht wird.

In dieser prosaischen Szenerie tauchte Kylla auf wie ein exotischer Paradiesvogel, die Arme voller Armreife, das Gesicht golden bemalt. Das Samtband, mit dem sie ihr schwarzes Haar zurückgebunden hatte, war mit winzigem Metallflitter eingefaßt, der klimperte wie Glöckchen in der Ferne; ihre dunklen Augen waren mit Mitternachtsblau umrandet, so deutlich, wie die Grenzen auf einer neuen Landkarte. Seit ihrer Heirat hatte sie die lockeren Kleiderregeln für respektable verheiratete Frauen voll ausgenutzt und sie noch so weit gelockert, daß ihre Großmutter wahrscheinlich einen Herzanfall bekommen hätte, wenn sie gesehen hätte, wie ihre Enkelin in der Öffentlichkeit herumlief. So großartige Leute wie Kylla können sich jedoch eine Menge erlauben.

»Wo ist Ran?« fragte sie ohne lange Vorrede. Ihre Kleider raschelten auf dem Treppenabsatz.

»In Braece«, sagte ich.

Sie schaute auf die Diener, die den riesigen Teppich aus dem oberen Büro nach unten trugen, auf die Tische, die an die Wand geschoben waren, und auf die Staubpartikel, die in der Luft schwebten, und nickte verständnisvoll. Ich hatte mir die Ärmel meines schäbigsten Gewandes zurückgebunden, wischte mir mit dem nackten Arm den Schweiß von der Stirn und war mir bewußt, daß ich genauso unordentlich aussah wie meine Umgebung. »Die Kissen sind schon alle draußen«, sagte ich entschuldigend.

»Ich kann stehen«, erwiderte sie. Hinter ihr klimperten Armreife, und ihre vierjährige Tochter Shez spitzte hinter der Mutter hervor.

»Ich möchte sitzen«, sagte Shez.

Kylla seufzte, hob sie hoch und setzte sie auf den mit Schnitzereien verzierten Schwarzholztisch, der an die Wand gelehnt war. Dort thronte Shez wie eine Königin und inspizierte aus der ungewohnten Höhe ihr neues Reich.

»Was ist los?« fragte ich. Normalerweise war Kylla nicht so geistesabwesend und blickte nicht so verdrießlich drein.

Sie begann im Zimmer auf und ab zu gehen. »Hat Lysander sich hier gemeldet?«

»Lysander? Warum sollte er sich hier melden? Das heißt, er ist natürlich immer willkommen...« Ran und ich kamen ziemlich gut mit Kyllas Ehemann aus, aber für gewöhnlich trafen wir sie nur beide zusammen. Ran hatte zu seiner Schwester noch ein enges Verhältnis, aber Lysander wurde vermutlich vor allem deshalb akzeptiert, weil er Kylla geheiratet hatte.

»Er hätte Ran über das NETZ anrufen können«, sagte sie.

»Falls er es getan hat, so hat Ran es nicht erwähnt. Was ist denn los?«

Genau in diesem Augenblick rief Shez: »Ich möchte Teppichklopfen sehen! Ich möchte Teppichklopfen sehen! Ich möchte...«

»Bitte, Schatz, Mama hat Kopfweh«, sagte Kylla.

Mama hat Kopfweh? Kylla hatte die Konstitution eines Arbeitspferdes und nichts auf der Welt brachte sie durcheinander.

»Du lieber Himmel, Kylla!«

»Warum? Was habe ich gesagt?« Sie blickte geistesabwesend drein.

»Was ist los mit dir? Worum geht es?«

»Warum?« Sie war plötzlich beunruhigt. »Sehe ich schlimm aus?«

»Ob du schl... Du bist prächtig wie der Sonnenaufgang, wie immer, aber du treibst mich zum Wahnsinn. Du siehst besorgt aus, das ist es. Willst du mir endlich sagen, wo das Problem liegt, oder möchtest du, daß ich jede Stunde einmal anrufe und dir so lange auf die Nerven gehe, bis du nachgibst?«

Sie lächelte plötzlich und tätschelte meine schmutzige Hand. »Ich bin so froh, daß du Ran geheiratet hast.«

Das war typisch Kylla: Noch immer kam sie nicht zum Thema, aber sie steuerte schon darauf zu. Nicht jede Barbarin, die in eine gute ivoranische Familie einheiratet, darf die Freundlichkeit erwarten, die Kylla mir gegenüber von Anfang an an den Tag gelegt hatte. Verstehen Sie, warum niemand ihr böse sein kann? Jedoch… »Du kommst nicht zur Sache, Kylla.«

Sie nickte zwar, schien aber noch nicht geneigt zu sein auszupacken.

»Ich möchte Teppichklopfen sehen! Ich möchte Teppich…«

Ich hob Shez von ihrem Ausguck herunter, brachte sie zur Treppe und übergab sie der Haushälterin, die von Cormallon herübergekommen war, um uns zu helfen. »Sie möchte beim Teppichklopfen zuschauen«, erklärte ich.

Die Haushälterin nahm die Kleine bei der Hand und führte sie hinaus. Ich kehrte zu Kylla zurück und sagte: »Jetzt sprich endlich.«

»Ich dachte, Lysander hätte sich vielleicht mit einer Bitte um Rat an Ran gewandt.«

»Welche Art von Rat?« Himmel, das ging so zäh, als müßte man Nägel aus einem Stein ziehen.

Sie holte tief Luft. »Der Rat möchte, daß er noch einmal heiratet.«

Ich blinzelte. »Puh! Der Rat der *Familie Shikron?*« Sie nickte. »Wollen die, daß er sich von dir scheiden läßt?« Sie schüttelte den Kopf. »Wollen sie, daß er eine Nebenfrau nimmt?«

Sie brach in Tränen aus. »Sie wollen, daß er… eine neue *Haupt*frau nimmt und mich zur Nebenfrau macht!«

Du lieber Himmel! Ich legte meine Arme um sie, was gar nicht so leicht war, wenn man bedenkt, daß ich ihr nur bis zur Schulter reiche. »Meine Liebe, das kann doch nicht sein. Dich hat er zuerst geheiratet, und deshalb wirst du immer die Rechte der Hauptfrau haben.«

»Nicht, wenn... nicht, wenn sie einen höheren Rang hat als ich.«

»Wie kann sie einen höheren Rang haben, wenn er dich zuerst geheiratet hat?«

»Sie wollen, daß er Eliana Porath heiratet!«

Die Poraths waren eine der sechs adeligen Familien. Sie standen im Rang über allen anderen.

»Ich dachte, es sei Sitte, erst im mittleren Alter eine zusätzliche Frau zu nehmen. Lysander ist doch immer noch in den Zwanzigern.«

»Aber der Rat möchte die *Verbindung,* und die Poraths wollen das *Geld.*«

»Ach so.« Lysanders Familie schwamm im Geld, soweit ich gehört hatte. Vermutlich ging es den Poraths nicht so gut. Ich preßte die Lippen aufeinander. Und aus diesem Grund wollte man drei Menschen das Leben vermasseln.

»Sie können doch Lysander nicht zwingen zu heiraten, oder? Er ist der Erste des Hauses Shikron«, sagte ich.

»Lysander sagt, sie könnten ihm das Leben zur Hölle machen. Aber er sagt auch, Eliana Porath habe ein Gesicht wie ein Schlammpudding, und ich weiß, daß das nicht stimmt. Ich bin mit ihrer Cousine in die Schule gegangen.«

»Ach, komm schon. Ich bin sicher, er mag diese Heirat genauso wenig wie du. Er küßt doch den Boden, auf dem du gegangen bist, Kylla, jedermann weiß das.« Zumindest das stimmte.

Tränen liefen über die goldenen Wirbel auf ihren Wangen. »Ich werde alt«, sagte sie, »ich sehe nicht mehr gut aus.«

»Um Himmels willen, Kylla, du bist erst fünfundzwanzig Standardjahre alt. Du bist ein Jahr jünger als ich! Wenn du irgendwo eine Runzel an deinem Leib hast, dann zeig sie mir bitte. Ich gebe dir hundert Goldtabals dafür.«

Sie schniefte. »Ich glaube, mein Po ist nicht mehr straff.«

»Mein Po ist nicht mehr straff, seit ich zwölf war. Da bräuchten wir schon eine Zugvorrichtung, um … – ich verstehe nicht, warum das amüsant sein soll, gnädige Dame Kylla.« Sie hatte unter Tränen gelächelt. »Sag mal, Ky, warum schauen wir nicht mal nach, welchen guten Ducort-Wein Ran auf Lager hat?«

»Es ist doch mitten am Tag.«

Ich machte mit meiner Zunge ein derbes Geräusch, wie ich es von einem Banditenhaufen im Nordwest-Sektor gelernt hatte. »Noch besser – gehen wir in die Laternengärten und schauen wir, was für neue Drinks auf ihrer Getränkekarte stehen. Wir bleiben zur Matinee und schauen uns die Nackttänze an.«

Sie lachte. »Weißt du was? Ich hatte bisher nie den Mut, bis zur Show zu bleiben.«

»Ich wundere mich über dich. Wart mal, ich schau mal nach Shez.« Ich ging in das andere Zimmer und schaute durch das hintere Fenster auf den Hof. Von der einen Seite des Hauses zur anderen waren Leinen gespannt, die zwischen den Blättern des Coyu-Baumes hindurchliefen. Ein Vermögen an andulsinischen Teppichen hing dort, jeder bestand aus Tausenden leuchtend bunter Fäden. Sechs Männer und Frauen klopften sie vorsichtig. Shez stand neben ihnen auf dem Kies und begleitete das Klopfen mit begeisterten Rufen. »Wumm!« hörte ich ihre Stimme. »Wumm! Bumm! Wumm! Bumm!« Ihr Gesicht glühte vor Begeisterung.

»Sie ist beschäftigt«, sagte ich zu Kylla, »keine Sorge. Ich glaube, wir können uns ruhig eine Stunde aus dem Staub machen.«

»Wird sie niemandem auf die Nerven gehen?«

»Ach, die werden für sie schon was zu tun finden. Da gibt es noch den Boden zu wischen, die sauberen Teppiche auszurollen, die Wandteppiche abzunehmen.« Ich grinste schelmisch. »Diese ganzen Hausarbeiten, die sie zu Hause wahrscheinlich nie erlebt.«

Kylla lachte. Das machte mich froh. Eigentlich ist Kylla stark wie ein Turm. Normalerweise wende *ich* mich an sie um Trost. Diese Geschichte mit der zweiten Heirat muß sie wirklich sehr getroffen haben, dachte ich.

Aber sie schien sich zusammenzunehmen, denn als wir die Treppe hinabgingen, sagte sie: »Wie steht es eigentlich bei dir und Ran mit dem Nachwuchs?«

Ich stöhnte. »Ihr Götter! Kylla, du hast doch gerade erst aufgehört, mich wegen der *Hochzeit* zu nerven.«

»Das ist schon ein ganzes Jahr her. – Also, wie steht's?«

Wir traten durch die Vordertür nach draußen, in die Sommersonne, und ich winkte eine Droschke herbei.

Es war schon am Abend, die Dämmerung fiel, die Bäume draußen verschmolzen mit den Schatten, und die Hitze ließ endlich etwas nach, als Ran nach Hause kam. Er zögerte beim Eintreten und schaute sich im Vorraum im Erdgeschoß um.

»Die Böden sind alle sauber«, sagte ich, »und die Teppiche sind wieder an Ort und Stelle. Keine Gefahr. Du kannst hereinkommen.«

Er fuhr zusammen. Ich legte mein Buch hin und stand vom Diwan hinter dem Regal auf, wo ich gelesen hatte.

»Ah, Theodora. Ich dachte, du seist vielleicht ausgegangen.« Stellen Sie sich eine männliche Version von Kylla vor, mit kürzerem Haar und ohne die Gesichtsbemalung. Als ich zu ihm trat, konnte ich das teuere Parfüm riechen, das er in einem exklusiven Laden drei Straßen weiter kaufte. Er küßte mich. Dabei bemühte er sich etwas mehr als sonst, was unter diesen Umständen wohl angebracht war. Ran ist kein Narr.

Als ich wieder normal atmen konnte, sagte ich: »Wie war es in Braece?«

»Ach, so wie immer. Haben sich neue Klienten gemeldet, während ich weg war?« fragte er und wechselte damit sofort das Thema.

Nun ja, wenn ich einen Möbelrücker gewollt hätte, dann hätte ich einen geheiratet. Ich ließ es auf sich beruhen. »Ja. Zwei NETZ-Botschaften sind eingetroffen, während ich heute mit Kylla unterwegs war.«

»Kylla war hier?«

»Warte mal, das wird dir gefallen. Eine der Nachrichten war von dem gnädigen Herrn Kempler Taydo. Er hätte gerne morgen ein Gespräch, mit – ich zitiere –: ›der Absicht einer möglichen Verwendung Ihrer Dienste‹, Ende des Zitats.«

Ran lächelte amüsiert. »Taydo von der Abteilung für Gesundheitswesen? Ist das derselbe Taydo, um dessen Ermordung man uns vor drei Tagen ersucht hat?«

»Genau der.« Ich legte meine Arme um Rans Taille. »Das ist die Sommerverrücktheit.«

»Das kannst du laut sagen. Drei Schwärme Geier kreisen über demselben Etatposten. Und da der Kaiserliche Revisor zuschaut, wird der erste, der sich rührt, auch als erster hingerichtet, sobald sich der Staub gelegt hat.«

»Verflixt, Ran, ich weiß nicht, wie auf diesem Planeten irgend etwas Offizielles je erledigt wird.« Wir gingen zum Diwan zurück. »Bist du hungrig? Ich habe eine Schale Weintrauben aufgehoben und auch etwas Kümmelkuchen.«

»Das ist sehr nett von dir, wenn man bedenkt, daß

ich … wenn man bedenkt, wie beschäftigt ich in Braece war.«

Ich setzte mich in Richtung Speisekammer in Bewegung, doch dann drehte ich mich noch einmal um: »Was ist eigentlich in diesem Sommer los? Das ist jetzt schon der vierte Mordauftrag, der uns angeboten wurde.«

»Und jeder einzelne davon ist zu heiß, um ihn zu übernehmen. Aber mach dir keine Gedanken, wir bekommen bald einen guten Auftrag.«

»Das meine ich nicht. Kommen denn die Leute zu dir nicht mehr wegen anderen Sachen?«

»Meine Liebe, die Leute bitten selten einen Zauberer, etwas Nettes zu tun. Sie bitten selten Rechtsanwälte, etwas Nettes zu tun. Sie bitten selten Soldaten, etwas N …«

»Ich weiß schon, was du sagen willst. Das sind die Risiken des Berufes. Aber was ist eigentlich mit den Liebestränken los und mit Glückszauber? Warum kommt kein frisch verheiratetes Ehepaar zu uns und bittet um die Bescherung von Glückszufällen in seinem ersten Jahr?«

Ran lehnte sich auf dem Diwan zurück und verschränkte die Hände hinter dem Kopf. »Ist es nett, jemanden so zu verwirren, daß er meint, in jemand anderen verliebt zu sein? Und was das jungverheiratete Paar angeht, so ist es doch ein wohlbekanntes Gesetz der Magie, daß man Glück nur dann an einen Ort binden kann, wenn man es von einem anderen Ort wegnimmt. Fast die ganze Zauberei funktioniert auf Kosten anderer.«

»Warum verwendest du sie dann?«

»Weil ich dazu erzogen worden bin«, sagte er einfach. Dann fügte er hinzu: »Und ich bin sehr gut darin.« Er gehörte zu den besten in seinem Beruf. Ran machte keine leeren Aussagen.

Ich seufzte und ging den Korridor entlang zur

Speisekammer. Ran rief mir nach: »Und sie bringt das Geld ein für unser Haus.«

»Schon gut, schon gut.«

Er sagte noch etwas anderes, während ich den Kümmelkuchen abschnitt, aber das bekam ich nicht mit. Ich kam mit dem Teller zurück und reichte ihm ein großes Glas Wasser. Er trank es mit einem Zug aus. Die Fahrt von Braece in die Hauptstadt ist sehr lang. »Was hast du gesagt?«

Er wischte sich den Mund mit dem Ärmel seines Gewandes ab. »Ich sagte, wie geht es Kylla? Ich wußte nicht, daß sie heute herüberkommen wollte.«

Ich setzte mich neben ihn. »Ran, ich glaube, du solltest mit ihr reden. Sie ist ganz unruhig.«

Er setzte die Schale mit den Weintrauben ab. »Um was geht es?«

Ich erzählte ihm von den Heiratsplänen für Lysander.

»Keine Schwester von mir – keine Frau aus dem ersten Zweig von Cormallon – wird irgend jemandes Nebenfrau.«

Ich nickte. Das war keine Überraschung für mich. »Kylla sagte, daß du das sagen würdest.«

»Ich rufe Lysander auf der Stelle an...« Er stand auf, tat ein paar Schritte, dann hielt er inne, als die Empörung der kühlen Vernunft wich. »Nein, nein. Ich sollte lieber erst einmal herausfinden, unter was für einem Druck er steht und alle Einzelheiten. Ihn anzuschreien bringt uns nicht weiter.«

»Möchtest du Recherchen anstellen?«

»Damit möchte ich keine Zeit verschwenden. Wenn sie ihn wirklich unter Druck setzen... ich werde ihn höflich anrufen und höflich fragen, ob er die Sache mit mir besprechen möchte. Wie sehe ich aus? Aufgeregt?«

»Du siehst höflich aus.«

»Gut.« Er ging zu dem NETZ-Terminal im Büro im

Erdgeschoß. Ich folgte ihm und ließ mich auf dem gepolsterten Stuhl in der Ecke nieder – auf einem der sechs in unserem Haus, die Ran speziell für mich hatte anfertigen lassen –, so daß Lysander mich sehen konnte, wenn er auf dem NETZ war. Verbündete Familien benutzen aus Höflichkeit die Videoleitung, und die Höflichkeit verlangte es, die Tatsache nicht zu verheimlichen, daß ich zuhörte.

Der Anruf erreichte Lysander im Bürogebäude der Shikrons; ich erkannte es an der Einrichtung. Warum hielt sich Lysander noch so spät dort auf?

»Hallo, Ran, hallo, Theodora.« Er sah müde aus. »Was kann ich für euch tun?«

Diese Floskel konnte man ihm verzeihen; wir hatten uns noch nie die Mühe gemacht, ihn persönlich anzurufen. Wenn es sich um ein gesellschaftliches Ereignis gehandelt hätte, dann hätten wir eine Nachricht für Kylla im Shikron-Haus am Kanal hinterlassen.

»Lysander, es tut uns leid, daß wir dich stören müssen; wir wußten nicht, daß du noch arbeitest. Hm, Kylla war heute hier ... Theodora sagt, Ky sei etwas beunruhigt gewesen.«

Er nickte, wie ein Mann, der einen Schuldspruch vernimmt. »Es ging um Eliana Porath, nicht wahr?«

»Ja«, sagte Ran in einem neutralen Ton. »Wir hofften, du könntest uns mehr darüber sagen, was da vor sich geht.«

Lysander seufzte tief. »Wißt ihr, warum ich noch bei der Arbeit bin? Ich gehe meinen Verwandten aus dem Weg. Ich habe auf dem NETZ für jeden Anrufer aus dem Hause Shikron einen Merker gesetzt, der ihnen mitteilt, daß ich mit einer Importkrise beschäftigt bin.« Er zog eine Schublade auf, holte eine halbleere Weinflasche heraus und stellte sie mit Nachdruck neben sich auf den Tisch.

»Importierter Ducort«, bemerkte Ran.

Lysander nickte.

»Willst du darüber reden?« fragte Ran, immer noch neutral.

Lysander fuhr sich mit der Hand durch das dunkle Haar, das in der modischen Art der Hauptstadt geschnitten war, und öffnete sein blaues, besticktes Obergewand, das jetzt zerknittert war. Ich hatte ihn immer für einen netten Kerl gehalten, den man aber durchaus vergessen konnte; Kylla jedoch war schon seit Jahren in ihn verliebt gewesen. Es war ihr gelungen, aus Liebe zu heiraten in einer Welt, wo dies selten vorkam. Vielleicht noch eindrucksvoller war, daß sie meines Wissens mit ihm ein Verhältnis auf dem Territorium von Cormallon eingefädelt hatte, damals, als ihre Großmutter noch lebte. Das war ein Bravourstück an Planung und schierer Nervenstärke, von dem sich Generale in Kriegszeiten ein Stück abschneiden könnten.

»Das ist natürlich alles Politik«, sagte er.

»Natürlich.«

»Kylla will es nicht glauben. Ich habe Eliana Porath noch nicht einmal *getroffen*. Ich habe mit ihrem Bruder Kade verhandelt …«

»Du hast verhandelt?« fragte Ran scharf.

»*Geredet*, hätte ich sagen sollen. Um die Leute bei Laune und mir den Rat vom Hals zu halten. Ran, ich stecke so tief im *Kanz* …«

Seine Stimme schnappte über vor Anspannung, und er versuchte es mit einem offensichtlich unechten Räuspern zu verdecken. »Mein Bruder«, sagte Ran sanfter, »ich werde dir sehr gern auf jede Weise helfen, wie ich kann, aber du hast mir noch nicht deutlich gemacht: Du willst das mit dieser Heirat nicht wirklich durchziehen? Du willst dir ein Bündnis mit einer adeligen Familie entgehen lassen?«

Lysander blickte sich in seinem leeren Büro ängstlich nach allen Seiten um und trat näher an das NETZ heran: »Machst du Witze? Wenn das durchkommt, *dann macht mir Kylla den Rest meines Lebens zur Hölle.*«

Ran und ich schauten uns an. In diesen Worten steckte ein Körnchen Wahrheit.

»Wie stehen denn die Dinge jetzt?« mischte ich mich ein. Ran machte es ziemlich gut mit seiner Masche von Mann zu Mann, aber ich wollte konkret wissen, womit wir es zu tun hatten.

»Die Poraths geben am Grünrosenfest eine Hausparty«, sagte Lysander zerstreut. »Angeblich feiern sie das Fest, aber wenn man bedenkt, daß sie schon seit zehn Jahren keine Party mehr gegeben haben, dann geht es doch wohl darum, daß ich einen Blick auf Eliana werfen kann, ohne daß offiziell irgend jemandes Ehre angekratzt wird. Das bedeutet nicht, daß sie es nicht persönlich nehmen werden, wenn ich ablehne«, fügte er in einem lustlosen Ton hinzu.

»Die treiben die Sache ziemlich schnell voran, nicht wahr?« sagte ich. »Es sind ja nur noch vier Tage bis dahin.«

»Meines Wissens ist praktisch Ebbe in ihrem Familienschatz. – Macht aber darüber zu niemandem auch nur eine Andeutung! Offiziell weiß ich von nichts!«

»Natürlich nicht, Lysander.« Ich erlaubte meiner Stimme, ein ganz klein wenig gekränkt zu klingen. Lysander stand mächtig unter Druck, aber es gab keinen Grund, weshalb er mich wie eine typische Barbarin behandeln sollte, wenn es um Hausgeheimnisse ging.

»Entschuldigung! – Wartet mal! Ran, ich kann euch beiden Einladungen verschaffen! Ihr könntet mal die Lage peilen ...«

Ran schüttelte erschrocken den Kopf. »Ach, ich halte das für keine gute Idee ...« Er hatte eine leidenschaftliche Abneigung gegen offizielle Veranstaltungen, besonders, wenn der Adel daran beteiligt war.

Da er von Geburt der zweiten Schicht der Aristokratie angehörte, betrachtete er die Sechs Familien wie jeder auf Ivory, der nicht zu ihnen gehörte: mit einer Mischung aus Respekt, Mißtrauen und dem grundsätzlichen Wissen, daß sie alle verrückt waren.

»Nein, das ist für euch eine perfekte Gelegenheit zu sehen, was los ist!« Lysander war jetzt ganz begeistert. »Zauberer haben doch Methoden, Dinge herauszufinden, nicht wahr?«

»Glaub bloß nicht alles, was du über Zauberer hörst …«

»Oh, natürlich nicht! Ich bin so froh, daß ihr heute abend angerufen habt. Noch ist Zeit, euch eine Einladung zu besorgen!«

»Lysander …«

»Ich mache mich lieber gleich daran. Theo, ich werde Kylla sagen, daß ihr kommt! Sie wird begeistert sein!« Dann schaltete er ab, ziemlich hastig, wie ich meinte.

»›Begeistert‹ ist schon ein starker Ausdruck«, sagte ich in die plötzliche Stille des Büros hinein.

Wir schauten einander an. Schließlich sagte er: »Es sieht so aus, als gingen wir auf eine Party.«

KAPITEL 2

Ich mag keine Selianer.

Ich weiß nicht, ob Sie schon einmal auf dem wunderschönen Planeten Tellys waren, dem Land der pulverigen Strände, der flammenden Sonnenuntergänge und der arbeitssparenden Geräte, wie es in den Broschüren geschildert wird. Ganz zu schweigen davon, daß er der einzige der vier bewohnbaren Planeten unseres galaktischen Sektors ist, den ich noch nicht betreten hatte. Wenn man die Kosten der interstellaren Reisen bedenkt sowie die Tatsache, daß ich eine Privatperson bin, dann ist es schon beeindruckend, daß ich die anderen drei Planeten alle kenne, meinen Sie nicht?

Tellys hatte ich nie viel Aufmerksamkeit geschenkt. Ich hatte nie vorgehabt, diesen Planeten zu besuchen, und meine Studien lagen auf anderen Gebieten – vor allem kulturübergreifende Mythen und Legenden, an der Universität von Athena, ein Studienfach, das eine weit gefächerte Beschäftigung mit der Vergangenheit mit sich brachte, aber nicht soviel mit der Gegenwart. Die Standardkultur ist nun mal ziemlich standardmäßig; seltsame, abseits der Hauptentwicklung liegende Welten wie Ivory sind die Ausnahme. Tellys war für mich nicht sonderlich interessant, obwohl ich dachte, daß ich es eines Tages einmal in eine große Rundreise einschließen würde, nach einer langen und ehrenvollen Karriere als athenanische Wissenschaftlerin.

Natürlich hatte ich in Wirklichkeit ursprünglich auch nicht geplant, nach Ivory zu kommen, und man sieht ja, was daraus geworden ist.

Der größte Teil von Tellys ist ja sowieso von einer relativ normalen Variante der Standardgesellschaft bevölkert, die keine großen Überraschungen bietet, aber auf der gebirgigen Inselkette, die das Ewige Meer in zwei Teile schneidet, leben die Selianer – das Volk des Verschlossenen Königreichs. Und die mag ich nicht.

Das ist ein Vorurteil, das auf persönlicher Erfahrung beruht – eigentlich ein Widerspruch in sich selbst, aber ich weiß nicht, wie ich es sonst formulieren soll. Zunächst hatte ich überhaupt keine Meinung über die Selianer gehabt, dann begegnete ich einigen, und – ihr Götter! – es ist erstaunlich, wie jeder neue, den man kennenlernt, gleichermaßen unangenehm ist. Jeder von ihnen ist sich seiner überragenden Stellung im Plan des Universums so absolut sicher. Ich weiß, daß diese Haltung einfach die Folge ihrer (für mich) widerwärtigen philosophischen Überzeugungen ist, aber sie geht mir trotzdem auf die Nerven.

Man könnte dies als eine Inkonsequenz in meinem Denken bezeichnen, da ich mich immer so über das schamlose Ego der Ivoraner amüsiert habe. Aber das ivoranische Ego – wie soll ich es ausdrücken? – erscheint mir auf eine wesentliche Art *unschuldig*. Für die hohe Meinung, die die Ivoraner von sich selbst haben, scheint es nicht notwendig zu sein, andere, wie Sie und mich, zum Kontrast kleinzumachen.

Ich bin froh, daß die Selianer auf Tellys noch eine Minderheit darstellen, und es deprimiert mich immer ein bißchen, wenn ich gelegentlich in den Nachrichten höre, daß sie dort an Macht gewinnen. Aber wenn ich es nicht schon zuvor gelernt hätte, dann hätte mich meine Zeit auf Ivory gelehrt, daß man manchmal Kompromisse mit Leuten schließen muß, denen man lieber aus dem Weg gehen würde. Also legte ich meinen Schmuck ab, schminkte mich ab, zog zur Stärkung meines Mutes mein bestes Obergewand an und schlüpfte an einem Nachmittag aus dem Haus, während Ran unterwegs war. Dann ging ich die drei Meilen zur Selianischen Freien Klinik des Tellys-Instituts.

Tellys ist uns anderen technologisch weit voraus, und das gilt auch für die Medizin. Einige Leute von Athena und sogar von Ivory haben eine medizinische Ausbildung auf Tellys absolviert, aber sie sind nie dortgeblieben, um auf Tellys zu praktizieren: Nichteinheimische dürfen sich nicht der Ärztevereinigung anschließen. Und wenn sie keinen Zugriff auf die Medikamente und die Geräte haben, die man so schwer von Tellys wegbringen kann, dann hat ihre Ausbildung keinen großen Wert. Aber die Ärzte der Selianischen Klinik stammten von Tellys und hatten die neuesten Geräte, und deshalb befand ich mich dort an jenem ruhigen Nachmittag, als die übrigen Bewohner der Hauptstadt den Tag der Meditation hielten. Am Abend, dem Grünrosenfest, würde die Stadt voller Leben sein; tagsüber war sie wie ausgestorben.

Natürlich hatte ich einen Plan. Soweit ich feststellen konnte, hatte noch niemand bewiesen, daß die Ivoraner genetisch eine andere Spezies waren als die übrigen Menschen. Aber sie waren von uns anderen lang genug getrennt gewesen, so daß diese *Möglichkeit* bestand, und die Experten in der Hauptstadt, die ich darüber befragt hatte, waren ziemlich wortkarg gewesen. Ran und ich waren jetzt schon ein volles ivoranisches Jahr verheiratet, und ich dachte, es wäre Zeit, mein Implantat überprüfen zu lassen – es sollte sich inzwischen eigentlich schon aufgelöst haben – und zu erfahren, welche Risiken gegebenenfalls eine Schwangerschaft mit sich brachte. Das war die grundlegende Untersuchung, der ich mich unterziehen wollte.

Nach kurzer Wartezeit begrüßte mich Arzt-Technokrat/2 Sel-Hara. Er war nicht viel größer als ich, jung, mit dem weiß gebleichten Haar eines reinen Selianers aus der höchsten Gesellschaftsschicht; allerdings bemerkte ich, daß er sich den lokalen Gewohnheiten immerhin soweit angepaßt hatte, daß er ein Juwel in einem Ohr trug. Es handelte sich um einen großen blutroten Stein, und er trug ihn wie ein Pfau. Nur wenigen Männern steht ein so dramatischer Schmuck, aber Arzt Sel-Hara litt offensichtlich nicht an Selbstzweifeln. Vielleicht war es das Wissen, daß er hier seine zwei Jahre altruistischer Pflicht erfüllte und dann bald in der Gewißheit heimgehen konnte, daß das Paradies ihm gehörte, was ihm ein Gefühl der Überlegenheit über seine Patienten gab.

»Theodora von Pyrene«, sagte er ziemlich neutral, obwohl ich meinte, in seinen Augen kurz Verachtung aufblitzen zu sehen, als sein Blick über meine ivoranischen Kleider wanderte. Aber das kann auch meine Einbildung gewesen sein. »Weit weg von zu Hause, nicht wahr?«

Ich gab einen unbestimmten Laut von mir.

»Ich habe Ihre medizinische Vorgeschichte durchgeschaut«, sagte er. »Kommen Sie hierher.«

Ich wollte meine Gürteltasche in der Hand behalten – sie enthielt bestimmte Objekte, von denen ich mich als Partnerin eines Zauberers nicht gerne trenne –, aber er nahm sie mir ohne erkennbaren Grund ab und führte mich zum Untersuchungstisch.

Dort waren zahlreiche Scanner der verschiedensten Art angeordnet, aber wie alle Ärzte war auch Sel-Hara der Meinung, daß nichts eine Untersuchung mit den eigenen Augen ersetzen konnte. Dafür benutzte er ziemlich aggressiv eine Tellys-Variante des gleichen Geräts, das in den hintersten Provinzen von Ivory schon seit Jahrhunderten im Gebrauch ist. Unglücklicherweise half diese Klinik nicht nur den Bedürftigen, sondern war auch auf gut zahlende ivoranische Bürger spezialisiert, die vom Ruf der barbarischen Medizin angelockt wurden. Die Spekula richteten sich in ihrer Größe danach, das heißt, sie richteten sich nach der durchschnittlichen Ivoranerin, nicht nach einer Barbarin, die selbst auf ihrem Heimatplanet zu den Kleineren gehörte. Nach viertelstündigem Bemühen ließ Sel-Hara das dritte Spekulum in den Sterilisatoreimer fallen und sagte erneut: »Versuchen wir's mit einem kleineren.«

Diejenigen von Ihnen, die wissen, was das bedeutet, werden Mitgefühl mit mir haben, und dafür danke ich Ihnen. Für diejenigen, denen solche Prozeduren fremd sind, fasse ich das Geschehen zusammen, indem ich sage: Es tat weh.

»Es sollte nur unangenehm sein, aber nicht schmerzhaft«, protestierte Sel-Hara, als ich vorschlug, er solle vielleicht sofort zur kleinsten Größe übergehen. Oder noch besser, er sollte mir eine Woche Pause gönnen, bis ich wieder geheilt wäre. »Nach der Untersuchung kann ich einen Termin mit dem Psychologen der Klinik vereinbaren, wenn Sie wollen.«

Damit wollte er andeuten, ich sei psychisch gestört, wenn ich solche Gedanken hätte. Sie verstehen jetzt, warum ich so gern mit Selianern zu tun habe.

Die Selbstbewußteren unter Ihnen werden sich jetzt vielleicht fragen, warum ich ihm nicht jetzt gleich die Meinung sagte. Aber Sie müssen bedenken: Eine junge Frau, die mit erhobenen Beinen in kalter Zugluft daliegt und versucht, die Tränen zurückzuhalten, die unwillkürlich mit dem Schmerz kommen, ist in keiner guten psychologischen Ausgangsstellung, um in die Offensive zu gehen. Außerdem hatte er Informationen, an die ich wollte.

Er warf ein viertes Spekulum in den Sterilisator. Seit jenem Tag sind diese Dinger für mich das, was in alter Zeit für die Verbrecher Daumenschrauben gewesen sein müssen.

»Ich möchte wissen...«, brachte ich hervor und bemühte mich, dabei ohne Zittern in der Stimme zu sprechen, »ob ... es einen Grund gibt...« – ihr Götter! – »... daß ich kein ... gesundes Kind bekommen kann.«

»Da werden Sie auf den endgültigen Bericht warten müssen«, sagte Sel-Hara, der Mann, für den es nur Unannehmlichkeiten, aber keinen Schmerz gibt.

»Aber ich meine ... kennen Sie einen Grund ... warum ein Ivoraner und eine Frau von einem anderen Planeten ...« Ich keuchte und fand nicht die geeigneten Worte.

Sel-Hara war anscheinend verärgert darüber, daß ich mich nicht stärker bemühte, ihn in seiner wirklichkeitsfremden Annahme zu unterstützen, er verursache mir keine Schmerzen. Er unterbrach mich im ausdruckslosen Ton einer implantierten Sprache: »Jetzt ist nicht die Zeit zum Reden. Jetzt ist die Zeit zum Zuhören.« Dann fügte er als Nachgedanken hinzu: »Wie kann ich das überhaupt feststellen? Sie sagen ja, daß Ihr Gatte nicht zu einer Untersuchung kommen wird.«

Ich fühlte mich wirklich im Augenblick nicht in der Lage, über die Komplikationen meiner Ehe zu reden. Wäre ich doch bloß eine Anhängerin der Na'telleth-Philosophie, dachte ich, könnte ich mich doch bloß über diese Dinge erheben und auf etwas anderes konzentrieren. Vielleicht auf ivoranische Kinderlieder? Aber mein Kopf war leer. Aus dem Nichts erinnerte ich mich plötzlich an meinen ersten Unterricht auf Athena, als ich gerade als frischgebackene Studentin vom Schiff gekommen war, und ich begann in meinem Geist Sätze von Sokrates über Ärzte und Anwälte zu wiederholen: »Ist es nicht schimpflich und ein bedeutendes Zeichen eines Mangels an guter Erziehung, wenn ein Mann um seines Rechtes und seiner Gesundheit willen ins Ausland gehen muß, weil er niemand dafür in seiner Heimat hat, und wenn er sich in die Hände anderer Männer begeben muß, die er damit zu Herren und Richtern über sich selbst macht?« Das war eine Botschaft aus der Vergangenheit direkt an mich, aber im Augenblick war ich nicht in der Verfassung, diesen Rat zu befolgen. Aber diese Worte ermutigten mich durchzuhalten, als Sel-Hara alle Anstalten machten, schon bekanntes und empfindliches Terrain erneut zu bearbeiten.

Ich muß vernehmlich gemurmelt haben.

»Sie lenken mich ab«, sagte Sel-Hara verdrießlich.

»›Von allen Dingen‹«, schloß ich – nicht laut –, »›am schimpflichsten.‹«

Er blickte nachdenklich auf seine Instrumente. »Ich werde das kleinste nehmen«, verkündete er, als wäre es seine eigene Idee.

Also blieb ich still und hielt durch, und dabei überlegte ich, daß Fragen nach meiner Schwangerschaft wahrscheinlich sowieso zwecklos waren. Nach einer Untersuchung wie dieser würde ich für den Rest meines Lebens niemanden mehr meinen Leib anfassen lassen.

In der Selianischen Klinik muß man den Doktor nehmen, dem man zugewiesen wird. So machen es die Selianer.

Habe ich schon erwähnt, daß ich sie nicht mag?

Vier Stunden später war ich bei der Hausparty der Poraths. Mein Leib fühlte sich noch an, als hätte jemand versucht, mir ein interstellares Linienschiff reinzurammen, aber ich ignorierte es.

Ran und ich hatten eine Kutsche gemietet, damit wir mit Lysander und Kylla im passenden Stil ankommen konnten. Zwischen beiden herrschte während der Fahrt ein unbehagliches Schweigen. Als wir am Tor anhielten, reichte Lysander Kylla die Hand, um ihr beim Aussteigen zu helfen, doch sie winkte ungeduldig ab. Ran und ich taten so, als bemerkten wir es nicht.

Ein Sicherheitsmann in Weiß und Schiefergrau verneigte sich vor uns und fragte, ob die gnädigen Herrschaften wünschten, daß man den Kutscher zu einem geeigneten Standort für den Abend dirigierte. Er sagte diese Floskeln rein mechanisch auf und war offensichtlich nicht im geringsten beeindruckt von unserem zusammenpassenden Paar modisch gestalteter sechsbeiniger Zugtiere, die mit roten Schleifen und Glöckchen herausgeputzt waren. Als ich die Straße hinabschaute zum Parkbereich, da wußte ich warum. Ich hielt die Cormallons für wohlhabend, und das waren wir auch, aber an diesem Abend waren wir arme Verwandte. Da war sogar …

»Ran, schau mal! Auf der Kutsche dort ist das Siegel der Botschaft von Athena!«

Er blickte höflich in die Richtung, in die ich zeigte, dann wandte er sich wieder zum Tor.

»Warum laden die Poraths Bewohner anderer Planeten ein?« fragte ich.

Er zuckte die Achseln. Offensichtlich waren seine Gedanken woanders. Mir jedoch war es aufgefallen. Ich hatte immer noch meine Staatsangehörigkeit von Athena als zweite beibehalten. Wer war heute abend da? Jemand, den ich kannte? Jemand, von dem ich schon gehört hatte? Falls es jemand von den Leuten im achten Stock der Botschaft war, würden sie dann fragen, warum ich mich im letzten Jahr nicht bei ihnen gemeldet hatte?

Ran berührte meinen Arm, und wir folgten dem Sicherheitsmann durch das Tor in der äußeren Mauer.

Die Poraths lebten im alten Viertel nördlich des Kanals, und zwar in einer großen, weitläufigen Villa mit U-förmigem Grundriß, die dringende Reparaturen nötig hatte. Das Tor, durch das wir eintraten, führte zur Mitte des U, dem Garten der Poraths, einem Ort mit nachtblühenden Rosen und blauen Teichen mit weißer Steineinfassung; um den Garten herum befanden sich, direkt ans Haus angrenzend, drei niedrige überdachte Veranden mit rot und grün lackierten hölzernen Säulen. Der Lack sah verdächtig frisch aus. Die Livree der mindestens ein Dutzend Sicherheitsleute war ebenfalls verdächtig neu und sauber. Ohne Zweifel waren die Männer für den Abend von einer Firma hier in der Hauptstadt engagiert worden; allerdings waren sie taktvoll genug, die Farben des Hauses Porath zu tragen.

Aus der abendlich dunklen Veranda, die uns am nächsten war, glitt ein Schatten, und in seiner Mitte glitzerte etwas juwelengleich. Eine schuppige Schnauze erschien, kleine krumme Beine... eine Eidechse von der Größe eines kleinen Kindes schleppte sich an den Rand der Veranda. Sie streckte kurz eine lange Zunge heraus und zog sie dann wieder zurück, während sie versuchte, die Veranda zu verlassen und auf Entdeckungen zu gehen. Um den Hals hatte sie eine Leine, und darüber war ich froh. Die Leine war mit Blumen umwunden, schien aber ihre Aufgabe zu erfüllen, denn in ihrer Ruhelosigkeit hatte die Eidechse sie ganz straff gezogen.

»Was, zum Teufel, ist denn das?« fragte ich.

»Eine Smaragdeidechse«, sagte Ran ohne besonderes Interesse.

»Stammt die von Ivory?«

»Natürlich. Man sieht sie hier nicht oft, sie muß von den westlichen Inseln importiert werden. Es ist Mode bei den großen Familien, sie als Haustiere zu halten.«

»Was haben die gegen ein nettes Hündchen?«

Er lächelte. »Smaragdeidechsen sind ziemlich zahm. Und sie spritzen nur dann Gift, wenn sie provoziert werden. Sagt man.«

»Gift?«

Er zeigte auf den durchscheinenden Beutel in der Krümmung hinter dem Hals der Eidechse, direkt über dem Halsband der Leine. »Schau mal, er ist ausgeleert worden. Völlig sicher.«

»Gewiß«, sagte ich. In diesem Augenblick kam ein Dienermädchen von etwa neun Jahren, in drei Rottöne gekleidet, mit Juwelen im Haar, und bückte sich, um ein leeres Glas vom Boden der Veranda aufzuheben. Dabei tätschelte sie den Kopf der Eidechse, stellte das Glas auf ein Tablett und setzte ihren Weg fort. Die Zunge der Eidechse zuckte zurück und vor, zurück und vor, und während wir dastanden, hörte ich ein Geräusch, das wie ein Schnurren klang.

»Ganz egal, ich mag keine in unserem Haus haben«, sagte ich.

»Wohl kaum, bei dem Preis.« Ran nahm meine Hand und zog mich zu den anderen. Wir mischten uns unter die Menge.

Der Garten war voll mit Gästen. Links und rechts wurde das Gras niedergetrampelt, Servierer mit Speisen und Getränken suchten sich geschickt ihren Weg an den Rändern der blauen Teiche entlang, und an einem Dorn in der Nähe des Tores sah ich einen viereckigen Fetzen eines seidenen Obergewandes, der dort hängengeblieben war. Irgendwo musizierten Flötenspieler – irgendwo oben? Ich blickte in die Höhe und sah ein Baumhaus, das mit Musikern gefüllt war. Die Poraths spielten mit hohem Einsatz. Wenn ihr Familienschatz heute abend leer war, dann steckten sie ab morgen bestimmt in Schulden.

»Ky ...« Ich drehte mich nach meiner Schwägerin um und sah sie am Eingang des Gartens stehen. Ihre Nasenflügel bebten, und sie äugte nach Ost und West wie ein Jagdfalke, der nur nach einer einzigen Beute Ausschau hielt: die niederträchtige Eliana Porath.

»Weißt du, wie sie aussieht?« fragte ich.

»Nein.«

Ich wußte es auch nicht, abgesehen davon, daß Lysander gesagt hatte, sie habe ein Gesicht wie ein Schlammpudding. »Du weißt doch, Kylla, es war nicht ihre Idee.«

»Das weiß ich.« Kyllas Gesichtsausdruck änderte sich nicht. Eliana Porath war dabei, einen neuen Trojanischen Krieg auszulösen.

Lysander hielt an und tippte Ran an. »Kade«, sagte er, »der älteste Sohn.« Er schaute auf einen kräftigen, breitschultrigen jungen Mann, dessen Haar so kurz geschnitten war, daß er in der Armee hätte sein können. Sein Gesicht war braun, und mit seinen Muskeln schien er in dieser Ansammlung pfauenhafter Gewänder fehl am Platz. Sein eigenes blaues Obergewand aus Seide stand offen und gab den Blick auf eine gewöhnliche, solide weiße Unterjacke frei, die eher nach Arbeitskleidung aussah und hier irgendwie unpassend wirkte. Kade lachte gerade über einen Witz, den einer aus der Gruppe gutkleideter Männer gemacht hatte, die ihn umstanden. Während ich ihn beobachtete, hielt er einen der Servierer an, nahm ihm ein Glas mit einem Drink ab und bot es einem der anderen an.

»Sobald er mich entdeckt«, sagte Lysander, »wird er hier sein. Er treibt das Heiratsprojekt voran.« Wie auf ein Stichwort hin wanderte Kades Blick suchend über die Menge, und Lysander wandte sich Ran zu und präsentierte so dem erstgeborenen Sohn des Hauses Porath den Anblick seines Rückens und eines fein bestickten Seidenkragens.

»Du wirst schließlich mit ihm reden müssen«, sagte Kylla kühl.

»Ran, hilf mir«, sagte er. »Das wird ein sehr langer Abend.«

Ran zog ihn fort. »Zeig mir ein paar der anderen Mitspieler in dieser Geschichte«, sagte er freundlich. Kylla und ich folgten den beiden.

Ich holte Luft, um zu Kylla zu sagen: *Du bist doch etwas hart zu ihm, oder?* – aber dann besann ich mich eines besseren. »Kennst du hier irgend jemanden?« fragte ich sie.

Sie blickte gleichgültig umher. »Edra Simmeroneth – mit ihr bin ich auf die Schule gegangen. Einige der Sakris aus der Provinz.«

Wir kamen am Botschafter von Athena vorbei. Er und ich schauten einander an. Ich war ihm noch nie vorgestellt worden, aber er konnte durchaus von mir gehört haben – seinem Vorgänger war ich lange genug auf die Nerven gegangen. Wahrscheinlich fragte er sich nur, was eine barbarische Landsmännin ganz ivoranisch gekleidet auf der Party einer der Sechs Familien tat. Manchmal stelle ich selbst mir solche Fragen.

»Glaubst du, daß heute abend hier jemand umgebracht wird?« fragte ich Kylla. Die Adeligen treiben untereinander seltsame Spiele.

Sie nahm von einem Tablett, das vorübergetragen wurde, ein Glas mit einem rosafarbenen Getränk und nippte daran. »Das wäre primitiv. Schließlich handelt sich um eine Party«, sagte sie.

Sie drehte sich um, und der Inhalt ihres Glases ergoß sich über einen jungen Mann, der versucht hatte, zwischen Kylla und dem Rand eines der Teiche hindurchzukommen. »Das tut mir so leid! Ich bitte Sie um Verzeihung, gnädiger … hm, edler Herr.« Bei einer solchen Party war es besser, in der Anwendung der Höflichkeitsformen kein Risiko einzugehen. »Meine Ungeschicklichkeit erfordert tausend Jahre Strafe …«

Manchmal können solche Entschuldigungen Tage dauern. Der junge Mann – in Wirklichkeit eher noch ein Junge, wie ich jetzt sah, für einen Ivoraner ziemlich schmächtig und hellhaarig – verbeugte sich und hob die Hand, um Kylla zu unterbrechen. Er hatte nur leicht irritiert den Mund verzogen, wohl mehr wegen der Entschuldigung als wegen des Vergießens, das ihn nur überrascht zu haben schien.

»Das macht nichts«, sagte er.

»Ich fürchte, ich habe Ihren Anzug ruiniert«, sagte Kylla.

»Ishin na'telleth«, sagte er, *das kümmert mich nicht*, nicht mit dem fast groben Achselzucken, mit dem man diese Redensart tagtäglich auf der Straße hören kann, sondern einfach als ruhige Tatsachenfeststellung. Dann verneigte er sich erneut, mit einer für sein Alter großen Selbstbeherrschung, wie ich meinte, und mischte sich wieder unter die Menge.

Wir schauten ihm hinterher. »Na schön!« sagte Kylla. Dann blickte sie um sich und kniff die Augen zusammen. »Wo ist Lysander?«

Wir hatten Lysander und Ran aus den Augen verloren.

Wenn sie in der Nähe von Eliana Porath waren, dann stand uns großer Ärger bevor. Kylla und ich wanderten eine Stunde lang durch den Garten, nahmen uns hier und dort Drinks und lauschten heimlich den Gesprächen anderer, aber wir konnten unsere beiden Männer nicht finden. Auf der anderen Seite eines der größeren Teiche entdeckte ich eine andere Barbarin, eine blonde Frau mit heller Haut, die angeregt mit zwei Männern sprach, denen ins Gesicht geschrieben stand, für wie wichtig sie sich hielten. Einer der beiden mußte einen hohen Regierungsposten innehaben; er war zwar nicht so taktlos, den Blauen Hut des Kaiserlichen Wohlwollens bei einem rein gesellschaftlichen Ereignis zu tragen, aber auf seinem Gewand trug er eine große Anstecknadel in der Form eines Hutes, damit man wußte, mit wem man es zu tun hatte.

Sie schienen sich zu streiten. Ihr Haar war nach der

Art von Tellys in einen langen Zopf zurückgebunden, und unter ihrem offenen Gewand trug sie enganliegende Tellys-Hosen. Obwohl der Mann mit dem Blauen Hut seinen Standpunkt in dem Streit verteidigte, wanderten seine Blicke immer wieder zu diesen Hosen, als könnte er seinen Augen nicht trauen. Die Frau war schon über das mittlere Alter hinaus, aber sie hatte unbestreitbar eine gute Figur. Sie schaute einen Moment lang weg, um deutlich zu zeigen, wie ihr das mißfiel, was einer der anderen sagte, und dabei traf ihr Blick den meinen.

Sie runzelte die Stirn, legte ihre Hand auf den Arm des Mannes mit dem Blauen Hut und fragte ihn etwas. Er wandte sich um, blickte über den Teich in meine Richtung und hob die Schultern. Ich hörte über das Wasser das Wort ›Cormallon‹.

Nun ja, vermutlich hatten eine Menge Leute davon gehört, daß Ran Cormallon eine Barbarin geheiratet hatte. Es gab keinen Grund, nervös zu werden. Oder?

»Kylla, wer ist die Frau da drüben?«

»Welche Frau?«

Genau in diesem Augenblick hörten die Flötenspieler mit ihrer Musik auf und drei klare Horntöne drangen durch den Sommerabend. Die Gäste verstummten. Im Mittelbau des Hauses öffnete sich die Tür zur Veranda, und es erschienen sechs stämmige Sicherheitsleute, die eine reichverzierte Sänfte aus schwarzem Holz trugen. Darin saß eine alte Frau in einem glänzenden Gewand von königlichem Purpur. Sie war dicklich, aber klein, fast so klein wie ich; die massive Sänfte unterstrich ihre geringe Körpergröße. Das war zweifellos Großmutter Porath. Die sechs Sänftenträger, die alle gleich gekleidet waren, trugen sie mühelos über die zwei Stufen der Veranda hinab in den Garten. Mit perfekter Koordination setzten sie die Sänfte im Gras ab, wo sie wie ein Thron stehenblieb. Hinter der Großmutter war ein etwa achtzehnjähriges Mädchen herausgekommen, das ein weißes Gewand und weiße Seidenpantoffel trug und dessen langes dunkles Haar über den Rücken hinabfiel. Ihm folgten zwei weiße Hündchen auf den Fuß.

Ich blickte zu Kylla. Wie nahm sie das wohl auf? Sie war so in dieser Szene versunken, daß sie mich gar nicht wahrnahm. Dann schaute ich mich in dem Garten nach Lysander um, aber er war nicht wieder aufgetaucht.

Die alte Frau machte eine Geste der Ungeduld, und Eliana – falls sie es war – trat vor und reichte ihr einen Stock aus schwarzem Holz, der am Griff passend zu der Sänfte mit Schnitzereien verziert war. Die Großmutter blickte einmal zu Boden, um sicherzugehen, daß sie nicht die Hündchen traf, dann stampfte sie mehrfach mit dem Stock auf, um die Aufmerksamkeit auf sich zu lenken. Es war nicht sehr laut, aber sie hatte gewiß unsere Aufmerksamkeit auf sich gelenkt.

»Liebe Freunde«, sagte sie. »Sie haben uns die Freude bereitet, zu unserer Feier des Grünrosenfests zu kommen. In unserem Haus ist es zu lange zu still gewesen. Wir hoffen, es wird in Zukunft immer erfüllt sein mit den Geräuschen von Besuchern wie Ihnen, die immer willkommen sein werden.« Sie spuckte auf einen mit Blüten übersäten Busch. Dann sagte sie: »Als Zeichen der Wertschätzung, die wir für Sie empfinden, haben wir weitere Unterhaltung für Sie vorgesehen. Eliana!«

Das Mädchen zögerte. Ihre Verlegenheit war nicht gespielt. Vermutlich blickten sie jetzt all die hundert Leute an, die dicht gedrängt im Garten standen.

»Eliana!« sagte die Großmutter wieder, und zwar in einem Ton, der keine Mätzchen duldet.

Eliana trat nach vorn. Ihre Wangen waren gerötet – ohne Rouge, denn zuvor waren sie bleich gewesen. Sie hob die Arme senkrecht zum Himmel, die Ärmel ihrer weißen Gewänder fielen auf ihre Schultern. Es gab keinen Zweifel: sie war anmutig.

»Ich erbitte«, begann sie.

»Lauter«, versetzte die Großmutter.

»Ich erbitte den Segen des Glücks über die hier Versammelten«, sagte Eliana etwas lauter. »Wein für die Durstigen, Gespräche für die Weisen und Unterhaltung für alle.«

Die Großmutter stampfte wieder mit ihrem Stock auf. Und vom Himmel begannen Schneeflocken zu fallen! Es brauchte einen Moment, bis die Gäste dies erkannten, denn wahrscheinlich hatten sie wie ich gedacht, es handle sich um Konfetti. Bis die kalten Kristalle auf unseren Händen und Gesichten landeten und dahinschmolzen. Zunächst herrschte verblüfftes Schweigen, dann erfüllte dröhnender Applaus den Garten. In den letzten hundert Jahren war in der Hauptstadt vielleicht zweimal im Winter Schnee gefallen, und jetzt war es Hochsommer. Offensichtlich hatten die Poraths einen Zauberer engagiert und ihm ein Vermögen versprochen. Solche aufwendigen Darbietungen sah man nicht jeden Tag; vor vierzig oder fünfzig Jahren war so etwas bei den Sechs Familien üblich gewesen, bevor es aus der Mode kam.

Die Großmutter blickte selbstgefällig drein. Eliana hatte sich in den sicheren Bereich hinter der Sänfte zurückgezogen. Die alte Frau guckte herum und rief: »Jusik! Mein Sohn! Wo ist Jusik?«

Unter den Leuten auf der Veranda entstand Bewegung, und ein paar Augenblicke später kam ein Mann in den Fünfzigern keuchend herbeigeeilt und meldete sich bei ihr. Der Erste des Hauses Porath verneigte sich über ihrer Hand, immer noch außer Atem.

»Wo bist du gewesen?« fragte sie ungehalten.

»Ich habe mich um die Leute vom Partyservice gekümmert, Mutter.«

»Du hast von den Leckerbissen gekostet, während ich hier draußen arbeite?«

»Verzeihung, Mutter. Ich mußte ihnen sagen, wo sie den Wein unterbringen sollen.«

»Hmm, mußtest du sicherlich. Bist nie da, wenn ich dich brauche, Jusik. Ich möchte, daß du den Musikern sagst, sie sollen mal eine richtige Musik spielen. ›Den Mond mit Füßen treten‹ oder ›Es grüßen die Cousins‹, nicht dieses närrische Zeug, das man heutzutage spielt. Ich möchte sehen, daß getanzt wird.«

Jusik Porath – ein gewiefter Kaufmann und ein Tyrann für den Rest der Familie, soweit ich gehört hatte – schaute sich unsicher im Garten um. »Ich glaube, hier ist nicht viel Platz zum Tanzen, Mutter.«

Es sei denn, wir schrumpften alle auf die Größe von Pilzen zusammen. Doch Großmutter Porath sagte: »Du hast mir aber gesagt, daß getanzt wird.«

Jusiks Stimme wurde leiser: »Das ist *morgen*, Mutter. Auf dem Schiff.«

Aha. Anscheinend waren nicht alle auf das Schiff eingeladen. Aber Lysander war es natürlich gelungen, für uns Plätze an Bord zu bekommen. Wenn er es hätte einrichten können, dann hätte Lysander wahrscheinlich von uns noch verlangt, daß wir ihn auch auf die Toilette begleiteten, so nervös war er wegen dieser ›Heiratsgeschichte‹, wie er sich ausdrückte.

»Na, dann laß sie halt überhaupt etwas spielen.« Sofort hob Jusik Porath den Arm und gab Zeichen, und die Flötenspieler begannen aufs neue. Wenn ich nicht so nahe gestanden wäre, hätte ich den Rest nicht gehört. »Und Eliana, ich möchte, daß du dich unter die Leute mischst. Zeig dich den Leuten. Du brauchst dich nicht zu schämen.«

»Großmutter, ich ...«

»Ach, puh, Kind, ich weiß, du bist nervös, aber du

kommst darüber hinweg. Man kann es mit der Bescheidenheit auch zu weit treiben, weißt du.«

»Aber du hast immer gesagt…«

»Ich weiß, was ich immer gesagt habe, aber hör mir jetzt mal zu. Schau, ob du diesen Lysander Shikron finden kannst und dann geh ein paarmal an ihm vorbei. Du bist ein schönes Mädchen, Eliana. Aber denk dran, nähere dich ihm noch nicht! Das wäre zu einfach. Du darfst nie den Eindruck erwecken, daß du dasselbe möchtest wie dein Ehemann, mein Mädchen, das ist der Schlüssel zum Erfolg in einer Ehe.«

»Wir sind noch nicht verheiratet, Großmutter«, murmelte Eliana.

»Nein, und wenn wir das den Händen deines Bruders überließen, dann würdest du es auch nie werden. Geld reicht nicht aus, um einen Ehepakt zu besiegeln, und er ist ein Dummkopf, wenn er das nicht versteht. Für günstige Bedingungen ist es notwendig, daß sie das haben wollen, was du hast. Wo ist Tantchen Jace? Sie wird dafür sorgen, daß du es richtig machst.« Die alte Dame blickte umher, dann stieß sie ihren Sohn mit dem Ellbogen. »Hol Tantchen her. Sie kann mit Eliana herumgehen und sie aus Schwierigkeiten heraushalten.«

Jusik verbeugte sich und sprach einen der Diener an, der seinerseits ins Haus lief. Ich wandte mich Kylla zu, um zu sehen, ob sie schon die kritische Grenze erreicht hatte, aber sie schien sich noch zu beherrschen. Soweit ich es sagen konnte.

Einen Augenblick später kam eine kleine schwarzhaarige Frau mittleren Alters herausgerannt. Sie trug ein scharlachrotes Obergewand und warf sich praktisch der Großmutter zu Füßen in den Schnee. Das ging ein bißchen zu weit, meinte ich, aber die Großmutter schien es nicht krumm zu nehmen.

Die Frau streckte ihre Arme gerade aus; sie hielt

etwas in Händen. »Ich habe einen Schirm für Sie mitgebracht, Großmutter«, sagte sie atemlos.

Die alte Dame machte eine Geste, und einer der Sänftenträger nahm den Schirm, öffnete ihn und hielt ihn über Großmutter Poraths Haupt. Der Schirm war riesengroß und scharlachrot; der Mann hielt ihn so, als spürte er persönlich gar nichts von dem Schnee.

Glücklicherweise schneite es nicht sehr stark; aber im Garten war es deutlich kälter geworden, und der gefallene Schnee blieb fleckenweise auf dem Gras liegen. Wie Eliana trug auch ich dünne Seidenpantoffeln, und ich fragte mich, ob die Poraths wirklich die Konsequenzen ihres Ausflugs in die Wetterveränderung durchdacht hatten.

»Tantchen, führ die kleine Eli herum«, sagte die Großmutter, »damit sie mit einigen der Gäste zusammentrifft. Ich weiß, ich kann auf dich zählen; du sorgst dafür, daß sie den richtigen Eindruck macht.«

Wenn Tantchen Jace sich noch tiefer verbeugt hätte, dann wäre ihr Gesicht im Schnee gelandet. »Ihr Vertrauen ehrt mich«, sagte sie. Dann richtete sie sich auf und fügte in einem völlig anderen Ton hinzu: »Komm mit, Eli.«

»Tantchen Jace, ich... mich friert an den Füßen. Kann ich mir erst ein Paar Stiefel holen?«

»Was für ein Unsinn! Deine Füße würden in Stiefeln doch unförmig aussehen. Möchtest du, daß dich die Leute so in Erinnerung behalten? Vergiß nicht: ›Innerlich braucht man die Standhaftigkeit eines Kriegers...‹«

»›... um im Äußeren als zarte Blume zu erscheinen.‹ Ich weiß. Aber...«

»Dann komm auf der Stelle mit.« Sie streckte die Hand aus wie eine junge Mutter, die mit ihrem fünfjährigen Kind zum Park unterwegs ist.

Als sie sich unter die Menge mischten, wandte sich Kylla mir mit einem Ausdruck von Abscheu im Gesicht zu. »Sie steht noch unter Aufsicht eines Kindermädchens.«

Auch wenn es gefährlich sein mochte, Eliana Porath zu verteidigen, fühlte ich mich verpflichtet zu sagen: »Ky, du weißt, man erwartet, daß sie von einer Anstandsdame begleitet wird.«

»Ja, aber zum Zwecke der *Verteidigung*. In ihrem Alter braucht sie doch kein Kindermädchen mehr.«

Ich beobachtete Tantchen Jace und Eliana, wie sie unter den Gästen verschwanden, und sah, wie sich eine große Frau aus der Gruppe auf der Veranda löste und den beiden folgte. Ihr Gewand war hinter einer Hose zurückgebunden, die provinziell gewirkt hätte, wenn sie nicht aus bestickter Seide gewesen wäre. An der einen Hüfte hatte die Hose eine verdächtige Ausbuchtung. »Ich glaube, sie hat auch jemanden zur Verteidigung«, sagte ich zu Kylla.

»Da sind sie ja!« hörte ich jemand sagen, und Lysander und Ran bahnten sich ihren Weg zu uns.

»Und wo seid ihr gewesen?« fragte Kylla, als ihr Mann sanft ihre Wange küßte.

»Wir haben zuerst mit Kade geredet«, sagte Ran, »hast du nicht gesehen, wie er uns eingeholt hat? Und wir mußten uns mit dem Verwalter besprechen, wegen der Übernachtung. Ich habe die Kutsche zurückgeschickt, unsere Koffer zu holen, und die sind jetzt schon in unserem Zimmer.«

»Wie viele Gäste übernachten hier überhaupt nach dieser Party?« fragte Kylla. »Das Haus ist groß, aber ich denke, sie werden Schwierigkeiten haben, wenn sie alle so unterbringen wollen, wie sie es gewohnt sind.«

Diese Frage hatte ihren Grund. Lysander warf einen Blick auf Ran, der ihm jedoch nicht zu Hilfe kam, dann räusperte er sich und sagte: »Nun ja, tatsächlich bleiben nur wir vier über Nacht. Aber bei der Fahrt mit dem Schiff morgen werden eine Menge Leute dabeisein.«

»Ich verstehe«, sagte Kylla.

»Ich dachte, es blieben mehr als Hausgäste«, sagte Lysander. »Aber es wäre nicht höflich, jetzt nein zu sagen.«

»Ich habe doch gesagt, ich verstehe.«

»Wir haben allerdings ein Problem«, warf Ran ein. Er wandte sich mir zu und sagte kleinlaut: »Die Poraths haben Katzen.«

»O ihr Götter!« Damit erschien die Sache in einem völlig neuen Licht. »Katzen, in der Mehrzahl?«

»Drei«, sagte er mitfühlend. »Gelbe skythische Kater. Ich habe mich erkundigt, und ich glaube, sie halten sich meistens in der Küche und im Erdgeschoß auf.«

Kylla schaute verdutzt drein. »Theodora ist allergisch gegen Katzen«, erklärte Ran. Er benutzte das Wort ›allergisch‹ aus der Standardsprache, für das es kein Äquivalent im Ivoranischen gibt.

»Ich habe noch nie jemanden getroffen, der gegen Katzen allergisch ist«, sagte Kylla interessiert. »Was geschieht da mit dir? Bekommst du Anfälle?«

»Fast«, murmelte ich. Es wird immer eine größere Sache daraus, wenn ich Leute besuchen muß, die Katzen halten. Die Gastgeber bieten ausnahmslos an, die Katze in ein anderes Zimmer zu sperren, während ich da bin. Sie sind stolz auf das Opfer, das sie bringen, und schauen mich mißbilligend an, wenn mein Dank nicht überschwenglich ausfällt. Die Katze wegzubringen nützt gar nichts – es sind die winzigen, unsichtbaren Partikel aus den Katzenhaaren, die mich zu Selbstmordgedanken treiben, und sie befinden sich überall im Haus.

»Möchtest du heimfahren?« fragte Ran.

Kylla und Lysander blickten mich abwartend an. Ich hatte das Gefühl, daß beide mich – aus verschiedenen Gründen – umbringen würden, wenn ich ja sagte.

»Es ginge *vielleicht*«, sagte ich zögernd, »wenn sie nie in den Zimmern im Obergeschoß gewesen sind ...«

»Wunderbar!« Kylla strahlte. »Liebling«, sagte sie zu Lysander, »weißt du, ob wir neben Ran und Theo untergebracht sind?«

»Hm, wir sind auf demselben Stockwerk«, begann Lysander. Wir alle wußten, daß Kylla überlegte, ob Eliana irgendwie mitten in der Nacht zusammengepackt und zu Lysander gebracht werden würde, was ziemlich unwahrscheinlich war, aber Kylla befand sich im Augenblick eben nicht in ihrer gewöhnlichen vernünftigen Verfassung.

»Ich meine, wir sollten lieber mal das Territorium der Katzen überprüfen«, sagte Ran. »Der Verwalter sagte, sie gehörten einer seltsamen Person mit dem Namen Tantchen Jace. Vermutlich eine unverheiratete Verwandte.«

»Eine Angestellte, ein Kindermädchen«, verbesserte Kylla.

»Ach, du kennst sie. Kannst du sie mir zeigen?«

Kylla machte keine Bewegung. »Sie ist klein, hat lockiges Haar und trägt ein scharlachrotes Gewand.«

»Ich werde sie mal suchen...«, sagte Lysander hilfsbereit.

»Den Teufel wirst du«, sagte Kylla, packte ihn am Ärmel und zog ihn zurück. »Theo und ich werden diese Person ausfindig machen. Ihr beiden könnt mal gehen und schauen, daß unsere Sachen richtig in unseren Zimmern untergebracht sind.«

Mit einem Blick signalisierte ich Ran: Vertrau mir, das ist eine gute Idee. Er faßte Lysander an der Schulter und sagte sanft: »Warum nicht?«

Immer noch leicht verwirrt, wurde Lysander in Richtung Haus dirigiert.

Kylla wandte sich um und schritt durch die Versammelten wie eine Löwin auf der Suche nach ihrer

Beute. Sie entdeckte Tantchen Jace und winkte sie herbei, mit der geübten Geste einer Person, die es gewohnt ist, daß man auf sie aufmerkt und ihr gehorcht. Eliana, die kläglich hinter ihrer Begleiterin stand, wurde ignoriert.

Tantchen Jace reagierte auf Kyllas Zeichen mit einem Schritt nach vorn. »Ja?«

Da ich Kylla nicht ganz traute, sprang ich ein. Schließlich ging es mir im Augenblick nur darum, eine Nacht voller allergischer Leiden zu vermeiden. »Verzeihen Sie, gnädige Dame, aber uns wurde gesagt, daß Sie im Hause Porath drei wertvolle Katzen besitzen.«

»Ja«, antwortete sie verwirrt.

Ich lächelte. »Wir gehören zu den Shikrons und Cormallons. Wir werden hier übernachten. Vielleicht haben Sie davon gehört?« Sie nickte. »Verzeihen Sie mir meine Schwäche, gnädige Dame, aber ich fürchte, ich ... ich habe ein ungewöhnliches Leiden – eine Abneigung gegen Katzen.« Ich benutzte das ivoranische Wort, das sowohl Allergien wie gefühlsmäßige Antipathien umfaßt.

»Ich verstehe nicht«, sagte sie.

»Ich niese, meine Nase läuft, meine Augen werden rot, ich habe Schwierigkeiten beim Atmen ...«

»Ach so. Ja, ich habe davon gehört. Sie sind die erste mit dieser Krankheit, der ich begegne ... gnädige Dame.« Sie musterte unverhohlen meine barbarische Haar- und Hautfarbe und fügte die ›gnädige Dame‹ an, als sei sie sich nicht ganz sicher, ob ich diese Anrede verdiente oder ob ich nur eine Hochstaplerin war.

»Könnten Sie mir sagen, ob die Katzen sich gern in den Zimmern im Obergeschoß aufhalten.«

»Ich verstehe Sie nicht«, sagte sie erneut.

Darauf gab ich ihr eine längere Erklärung. Schließlich sagte sie, mit einem Anflug von Triumph: »Ich kann das ganz einfach lösen. Ich sperre einfach die Katzen über Nacht in die Küche.«

Ich holte tief Luft. »O ja, das ist sehr freundlich von Ihnen …«

»Die werden dabei allerdings nicht glücklich sein, wissen Sie.« Sie blickte mich streng an.

»Nein … ja … danke, das ist sehr rücksichtsvoll, aber …«

»Sie werden wahrscheinlich die ganze Nacht miauen. Sie sind es gewohnt, sich frei im Haus zu bewegen. Sie tun Ihnen nichts, wissen Sie.«

»Gewiß. Aber was ich wirklich wissen will, ist nur, ob sie manchmal in die Schlafzimmer im Obergeschoß gehen …«

Eine Viertelstunde später gab ich es auf. Ich würde nie erfahren, ob die Katzen jemals in den Schlafzimmern im Obergeschoß gewesen waren. Nach allem, was ich aus Tantchen Jace herausbekommen konnte, brachten sie vielleicht dort ihre Nachmittage auf Mäusejagd zwischen den spitzenverzierten Bettücher zu. Schließlich sagte ich: »Danke, wir sollten jetzt lieber gehen.«

Ich gab Kylla einen Stoß. Tatsächlich mußte ich ihr zwei Stöße geben, denn sie starrte Eliana Porath an. »Wir sollten gehen, Ky.«

»Also noch einen schönen Abend Ihnen beiden«, sagte Tantchen Jace. »Und die Katzen werden in der Küche bleiben. Dann ist doch alles in Ordnung, nicht wahr, gnädige Dame?«

»Alles in Ordnung«, stimmte ich zu und zog Kylla mit mir fort.

Wir gingen auf die Veranda zu. Dabei hörte ich ein seltsames Geräusch. »Knirschst du etwa mit den Zähnen?« fragte ich schließlich.

»… dumme Idee …«, hörte ich sie murmeln. »Ein Rat mit lauter alten Männern … wenn er denkt, daß ich das mitmache …« Sie hielt an, blickte zu den Sternen empor, holte tief Luft und stieß den Atem aus. »Also!« Sie wandte sich mir munter zu. »Die bösen Katzen werden eingesperrt und damit ist alles in Ordnung.« Sie klopfte mir auf die Schulter und ging auf die Stufen der Veranda zu.

»O ja, alles wird einfach perfekt sein«, stimmte ich zu und folgte ihr ins Haus.

KAPITEL 3

Die Party löste sich viel eher auf, als eigentlich zu erwarten gewesen war. Wahrscheinlich waren die feuchten Schuhe daran schuld. Aber ich glaube nicht, daß die Vorführung der Poraths ein Mißerfolg war; sie hatten alle mächtig beeindruckt und waren mit sich selber mehr als zufrieden. Das Zimmer, in das man uns im ersten Stock führte, hatte ein verglastes Fenster, das auf den Garten hinausging, aber es befand sich über meiner Augenhöhe. Als die Dienerin gegangen war, kletterte ich auf die Truhe mit den Bettüchern, die unter dem Fenster stand, und öffnete es, um den muffigen Geruch loszuwerden, der das ganze Haus erfüllte, und um eventuell vorhandene Katzenallergene zu zerstreuen.

Ich kletterte wieder herab und sagte zu Ran: »Ich fühle mich hier nicht wohl.«

»Sie tun ihr Bestes«, sagte er. »Du bist verärgert, weil Kylla verärgert ist.« Er hängte sein bestes Obergewand auf einen Haken an der Tür.

»Und das Zimmer ist kalt.«

»Du hast gerade das Fenster aufgemacht.«

»Und ich werde es auch nicht zumachen.«

Er lächelte. Ich seufzte und zog die Bettdecke zurück. Wenn er sich nicht wehrte, dann lohnte es sich nicht, daß ich rechtschaffen empört war.

Ran schlüpfte neben mir ins Bett. »Es ist irgendwie hübsch, wenn man bei Kälte unter der Bettdecke steckt. Das erinnert mich an letzten Sommer, im Nordwest-Sektor.«

»Wirst du jetzt deshalb nostalgisch? Damals hast

du auf mich keinen sehr fröhlichen Eindruck gemacht.«

»Aber Theodora, wir ›umwarben den Mond‹.« Das ist so etwa wie Flitterwochen, aber vor der Hochzeitsparty. Sie dürfen es mir glauben, zu heiraten kann auf Ivory eine komplizierte Angelegenheit sein. »Das machte es erträglich, daß wir von Banditen gefangen worden waren.« Er küßte mich. Na schön, zum Teufel mit den Katzen! Ich half Ran aus seiner Partyjacke. »Was für ein Tag. Mir gefällt der gesellschaftliche Umgang mit den Sechs Familien nicht.«

»Da hast du recht.« Sein Hals fühlte sich hart an wie Holz. »Darf ich es dir bequemer machen …«

»Nanu, Theodora, was für eine Überraschung.«

»Oh, pst.« Ran ist in der Regel so beherrscht, so verdammt angespannt, wenn er mit etwas beschäftigt ist, daß ich ihn gern ein wenig aufreize. Etwa zwanzig Minuten später sagte er mit weicher Stimme: »Weißt du, du wirst darin wirklich gut.«

Ich schaute ihn an, und meine Stimmung änderte sich auf der Stelle. »Was meinst du damit, daß ich gut *werde?* Wir sind jetzt schon ein Jahr verheiratet. Wie war ich denn zuvor?«

»Ach, nicht schon wieder.« Er seufzte. »Diese barbarische Gehemmtheit ist dein größter Feind.«

»Ich bin *nicht* gehemmt.« Ich spürte, wie ich errötete. »Jedenfalls nicht mehr als alle anderen auch.« Ich verbarg mein Gesicht im Kissen, damit er nicht sehen konnte, wie meine hellen ausländischen Wangen Feuer fingen.

Eine Sekunde später spürte ich, wie ein kalter Finger den Rand meines Gesichtes berührte. »Ich glaube, ich habe nicht das Richtige gesagt – Theodora? Kommst du wieder her?«

»Nein«, sagte ich dumpf in das Kissen. Nicht, solange man noch den Beweis für meine Gehemmtheit sehen konnte.

»Weißt du, du solltest die Vorstellung, daß du besser geworden bist, nicht als Beleidigung auffassen. Wie auch immer du früher warst, ich war mehr als zufrieden. Ihr Barbaren nehmt dieses ganze Thema so ernst …«

»Du verbohrst dich nur noch mehr darein«, sagte ich in ein Luftloch im Kissen.

»Ach.« Er verstummte. Doch nach ein paar Sekunden sagte er: »Darf ich das so verstehen, daß wir für heute am Ende sind?«

»Gute Nacht, Ran.«

Er zog den Rand meiner Jacke zurück und küßte meine Schulter, dann drehte er sich klugerweise um und machte es sich gemütlich für die Nacht.

Wenn ich zurückschaue, dann neige ich dazu, jenen Tag als den Abend des Schnees in Erinnerung zu halten, gefolgt von der Nacht der Katzen. Ich hatte später gute Gründe, darauf zurückzuschauen, aber dazu werden wir noch kommen. Während ich dort Stunde um Stunde in der Dunkelheit wachlag, wurde mir immer deutlicher, daß die Katzen des Hauses Porath in den Schlafzimmern des Obergeschosses freien Lauf hatten. Während meine Nase sich in einer Geysir verwandelte, wurde mir klar, daß sie tatsächlich sehr viel Zeit dort zugebracht haben mußten.

Ich stand im Dunkeln auf und tastete in meinem Koffer herum, bis ich mein Taschentuch fand. Etwa eine Stunde später stand ich auf und tastete herum, bis ich Rans Taschentuch fand, ein Ding aus glänzend sauberem Leinen, das ich nur sehr ungern zu seinem notwendigen Zweck benutzte. Ich beging den Fehler, mir die Augen zu reiben, und eines begann teuflisch zu jucken.

Ran schlief natürlich währenddessen den Schlaf des Unschuldigen. Ein Teil von mir verlangte danach, ihn aufzuwecken, damit er auch leiden konnte, aber mir gelang es, diesen Wunsch zu unterdrücken. Es war schließlich nicht seine Schuld. (Der gemeine Teil von Theodora nörgelte: »Nein, aber er hat es leicht genug vergessen, nicht wahr? Diesem Haushalt geschähe recht, wenn du unter ihrem Dach sterben würdest, dann hätten sie dir vielleicht zugehört!« Unter dem Druck ausgedehnter Qualen verfiel ich schnell in die Mentalität einer Fünfjährigen.)

Schließlich lag ich da und lauschte dem Geräusch meines eigenen Atems – ein hörbares, pfeifendes Geräusch, wie eine Blechflöte. Meine Luftröhre fühlte sich an, als hätte sie sich zum Umfang eines Strohhalms verengt.

Das funktionierte nicht. Und was vielleicht noch schlimmer war, ich hatte nur noch ein Drittel eines Taschentuchs übrig. Mir drohte eine düstere Zukunft.

Ich kroch aus dem Bett, tappte über den Teppich, nahm die andulsinische Steppdecke von der Truhe am Fenster und ein gebundenes Exemplar von Keseys *Gedichten* aus meinem Koffer. Dann warf ich einen verstohlenen Blick auf Ran, der über den größten Teil der Matratze ausgestreckt dalag und in den seidenen Kissenbezug sabberte. Der Mann war wie tot für die Welt – allerdings eine gut aussehende Leiche. Ich machte ihm eine unglückliche lange Nase, zog meine steifen, feuchten Seidenschuhe an und verließ das Zimmer.

Es war kurz vor Beginn der Morgendämmerung – noch sehr früh, denn es war ja Sommer – und das Haus war still. Ich ging die Treppe hinab, schlängelte mich durch die Korridore, durchquerte die dunkle Küche und trat auf die lange hölzerne Veranda hinaus, von der aus man auf den Garten blickte.

Dort sah ich eine ganz neue Welt. Von den Stufen der Veranda an war alles mit Schnee bedeckt. Der Brunnen, die Felsen, die sanften Gartenlampen – alles hatte eine fremdartige weiße Decke verwandelt. Es sah aus, als hätte die Party nie stattgefunden. Es herrschte ein Schweigen, wie man es sonst nie in der Hauptstadt erleben kann. Vielleicht war ich die einzige, die je diesen Anblick sah: Die Frische einer ganz neuen morgendlichen Welt, die ein jungfräulicher Schneefall mit sich bringt, aber hier über den reichen, üppig grünen, niemals ruhigen und niemals endenden Sommer eines Ziergartens in der Hauptstadt gelegt. Jedenfalls war ich wahrscheinlich der einzige Mensch, der dies sah: Auf einem nassen Baumzweig in der Nähe der Veranda saß ein Räuberfink, blies seine gelbe Brust auf, um sich zu wärmen, und überschaute die Szene mit einem Blick, den ich nur verwirrt hätte nennen können, wenn ich ihn bei meiner eigenen Spezies gesehen hätte. Drüben auf der Veranda vor dem Ostflügel lag die Smaragdeidechse, starr vor Kälte, unter einer scharlachroten Decke, die jemand über sie geworfen hatte; die Leine bildete auf dem Boden einen blütengeschmückten Haufen. Normalerweise wäre jetzt der Garten natürlich erfüllt gewesen von Vogelgesang und Insektengesumm, und von dem Rascheln jagender Katzen.

Heute würden die Katzen nicht zum Spielen hinausgehen wollen, dachte ich mit einer gewissen rachsüchtigen Befriedigung. Ich ließ mich auf der Chaiselongue nieder, die auf der Veranda stand, und deckte mich mit der Steppdecke zu. Jetzt fühlte ich mich besser als während der ganzen Nacht. Nach etwa einer halben Stunde hörte meine Nase zu laufen auf, und während mein rechtes Auge beständig pulsierte, schlief ich ein.

Ein paar Stunden später, so kam es mir vor, hörte ich Geräusche. Ich schlug in meinem gemütlichen Nest auf der Chaiselongue meine Augen auf und sah draußen im Garten drei Diener, die mit großen Strohbesen den Schnee von den Wegen fegten. Eine alte, gebeugte Frau in einem grauen Obergewand öffnete die beiden hölzernen Türen auf der Ostseite des Hofes, die vermutlich zu den Vorratskammern führten. Ich hörte Schlüssel klirren, als sie an der Veranda vorbeiging. Sie sah, daß ich wach war und lächelte mir zu. Ich erwiderte das Lächeln und schlief wieder ein.

Nicht lang danach weckte mich irgend etwas. Ich lag da und dachte an all die Dinge, die vor dem Frühstück erledigt werden mußten. Rans Obergewand sollte zum Bügeln gebracht werden, er vergaß immer darauf, wenn er lang schlief, und ich sollte etwas tun, um mich vorzeigbar zu machen – ich hielt inne. Was würde ich im Leben noch erreichen, das besser war, als was ich jetzt hatte? Hier lag ich unter den purpurnen und blauen Rechtecken der Steppdecke, mit einem Exemplar von Keseys *Gedichten* zu Füßen, vor mir die feuchten Zweige und den klaren Himmel eines unechten Winters. Aus der Küche war das gedämpfte Scheppern von Töpfen und Pfannen zu hören, das mich wissen ließ, daß auch jemand anderer auf war und daß ich Gesellschaft haben konnte, wenn ich wollte – bald genug, in der Tat. Ich schaute auf den gefleckten schwarzen Vogel, der etwa zwei Fuß von meinem Gesicht entfernt auf dem Geländer saß. Oh, es war gut, ein Mensch zu sein, ein Bewußtsein zu haben und Nutznießer der zehntausend Jahre Bemühungen meiner Vorfahren zu sein, die mir diese Steppdecke gegeben hatten, und diese schützende Veranda und die gedämpften Laute, die aus dem Haus kamen.

Ja, ich war ziemlich zufrieden mit mir selbst, als ich mich in die Steppdecke wühlte. Es war einer dieser Augenblicke, die sich ein- oder zweimal im Jahr ereignen und die einem eine solche geistige Stütze geben, daß man sich in den Gedanken lullen kann, man könnte auch mit dem Rest der eigenen Existenz fertig werden. »Während ich die Freundschaft der

Jahreszeiten genieße, hoffe ich, daß nichts mein Leben mir zur Last machen kann.« Das stammt von einem der alten Autoren, die viel darauf gaben, an einem Teich zu leben. Den größten Teil meines Lebens auf Athena habe ich damit verbracht, mich durch Aufzeichnungen vergangener Zeiten hindurchzulesen, und ich muß sagen, sie geben den eigenen Abenteuern eine gewisse Struktur.

Während ich auf einer Ebene schläfrig vor mich hinsann und auf einer anderen wie ein Tier die Wärme der Steppdecke und die Kälte der Luft auf meinem Gesicht genoß, nahm ich wahr, daß sich Schritte näherten. Ich öffnete ein Auge.

Die respekteinflößende Tante Jace. Sie starrte mich ungläubig an.

»Ach, hallo.« Ich zog die Steppdecke gerade. Es war absurd, daß ich plötzlich ein Schuldgefühl empfand, als wäre ich dabei erwischt worden, wie ich meine Gastgeber bestahl. Sie machte eine Miene, als hätte ich das getan.

»Was tun Sie denn hier?« In ihrer Stimme klang mühsam unterdrückte Empörung an. Sie trug ein Nachtgewand in Regenbogenfarben, das sie fest um sich zusammengezogen hatte. Ihre Fingerknöchel waren bleich.

»Ich konnte in meinem Zimmer nicht schlafen, deshalb bin ich hierhergekommen.« Wie spät war es überhaupt? Nach den Geräuschen aus der Küche zu schließen schien der größte Teil des Personals noch zu schlafen.

»Nicht schlafen? In dem schönen Zimmer, das die Poraths Ihnen gegeben haben? Ich habe erst gestern die Bettwäsche wechseln lassen, habe es selbst angewiesen!«

»Ja, ich bin sicher ...«

»Und habe auch dafür gesorgt, daß das Zimmer gekehrt wurde!«

Das hat allerdings nicht viel genützt, dachte ich. »Nun ja, ich sagte Ihnen, daß ich allergisch gegen Katzen bin ...«

»Sie haben mich meine lieben Freunde einsperren lassen und jetzt sind Sie sowieso hier unten! Sie schmähen unsere Gastfreundschaft!«

Wenn ich noch halb schlafe, bin ich nicht in Hochform, und gesellschaftliche Krisen bringen mich oft völlig durcheinander. Mir kamen eine Menge Gedanken: Daß sie ihre lieben Freunde gar nicht eingesperrt hatte, weil ich auf dem Weg nach unten gesehen hatte, wie sie die Korridore durchstreiften; daß die frische Luft hier für meine Allergie besser war als jedes Zimmer im Haus, egal, ob oben oder unten – allerdings wußte ich nicht, wie ich das dieser kleinen Irren klarmachen sollte.

Mir fiel nichts Vernünftiges ein. Verzweifelt überlegte ich: Was würden Ran oder Kylla tun?

Und da kam mir eine Antwort. Ich setzte mich gerade auf, verbannte jeden Anklang von Entschuldigung aus meiner Stimme und sagte: »Verzeihen Sie, aber ist das die Art, mit einem Gast zu reden?«

Sie tat wirklich einen Schritt rückwärts. Ich erinnerte mich, daß sie hier nur ein Faktotum war und daß ich auf jeden Fall nicht ihr Gast war. Ich erinnerte mich an Rans kühlsten Ton und imitierte ihn: »Wenn die Poraths etwas gegen mein Benehmen einzuwenden haben, dann werden sie es mir sicher mitteilen. Ich möchte bei ihnen keinen Anstoß erregen, nachdem sie gestern so großzügig waren.«

Dabei benutzte ich meinen höflichsten Hauptstadtakzent. Es ist erstaunlich, wie einem manchmal die Worte kommen, wenn man vorgibt, jemand anderer zu sein. Tantchen Jace war sichtlich geschockt.

Sie stand da wie erstarrt, und deshalb fügte ich hinzu: »Soll ich gehen und sie fragen, ob sie eine Beschwerde gegen mich vorzubringen haben?«

Daraufhin machte sie noch einige weitere Schritte rückwärts, wandte sich dann um und ging die Stufen der Veranda hinab und fort durch den Garten. Unter ihrem regenbogenfarbenen Gewand trug sie Halbstiefel. Ich hörte, wie sie vor sich hinmurmelte, während sie durch den Schnee stapfte. »Keine Rücksicht auf andere Leute ... Barbaren, die sich hier heimisch niederlassen ... hätte nie gedacht, daß ich so etwas mal erleben würde ...«

Ich schloß wieder die Augen. Vielleicht hätte ich doch oben bleiben sollen. Aber nein, ich wäre am Morgen ein totales Wrack gewesen, und man erwartete ja von mir, daß ich heute an dieser verdammten Fahrt auf dem Schiff teilnahm. Und es hätte allerhand Wirbel gegeben, wenn meine Kehle sich in der Nacht völlig zugeschnürt hätte.

Während ich einschlief, stellte ich mir noch die Aufschrift meines Grabsteins vor: Sie starb höflich.

Als ich eine Stunde später erwachte, saß ein gelber skythischer Kater auf dem Rand der Chaiselongue und beobachtete mich. Da diese Katzen gefährlich lange Haare haben und sie besonders gern überall verlieren, hatte ich mir vielleicht nicht das beste Haus zum Übernachten ausgesucht. Hier draußen im Freien fühlte ich mich allerdings so sicher, daß ich einen Augenblick erwog, den Kater zu streicheln, bevor mich der gesunde Menschenverstand davon abhielt.

Das Haus war wach und voller Aktivität. Ich kehrte in unser Zimmer zurück, um mich schnell zu waschen und anzuziehen, dann nahm ich einen Teller mit hartem Brot vom Markt und iychanischen Äpfeln zum Frühstück hinaus auf die Veranda. An diesem Morgen sollte die Fahrt auf dem alten Kanal der Hauptstadt stattfinden. Wie sich herausstellte, sollten unsere Kutschen erst kurz vor Mittag losfahren, und so verbrachte ich ein paar langweilige Stunden im Garten, wo meine Nase in Sicherheit war. Dort ließ der Winterzauber nach, und der Boden wurde schlammig. Die gesellschaftlichen Verpflichtungen überließ ich Ran, der behauptete, ich hätte mich hinlegen müssen (in meinem Zimmer, gab er zu verstehen) wegen einer Schwäche meiner zarten barbarischen Konstitution. Die Poraths drückten das passende Mitgefühl aus und vergaßen mich dann prompt, zu meiner Erleichterung.

Ich wanderte durch den ganzen Garten bis zum Wachhaus am Tor und wieder zurück. Zwei der gelben Katzen folgten mir dabei sofort in ergreifender Anhänglichkeit. Das ist typisch für meine Erfahrungen mit Katzen.

Als Ran gegen Mittag aus dem Haus kam, um mich zu unserer Kutsche zu geleiten, beobachtete er meine neuen Anhänger. Er schüttelte den Kopf. »Warum läßt du es zu, daß sie sich an deine Knöchel schmiegen? Immer geht es so, Theodora. Du weißt doch, daß sie wissen, wie allergisch du bist.«

»Ja schon, aber sie wissen auch, daß ich sie nicht fortstoße.« Ich beschleunigte meinen Schritt, um einem der Kater auszuweichen, und schüttelte den Saum meines Gewandes aus, wobei ich achtgab, keines der goldenen Haare zu berühren. »Ich dachte, der Schiffsausflug sollte am *Morgen* stattfinden.«

»Versuch du mal, den Adel vor der Tagesmitte aus dem Bett zu bekommen. Eliana hat ganz tief geschlafen – hat sich bis vor einer Stunde überhaupt nicht gemeldet und kam eben gähnend aus ihrem Zimmer. Aber das war wohl gut so. Ich hätte nicht zuschauen wollen, wie sie und Kylla sich über den Frühstückstisch anstarrten. Großmutter und Jusik sind die einzigen pünktlichen Seelen in diesem Haus.«

Wir kamen zu dem Tor, und einer der Wächter trat heran, um uns zu öffnen. Er war jung, sein lockiges braunes Haar war kurzgeschnitten, und ihm war in seiner Uniform etwas unbehaglich zumute. »Edle Herrschaften, darf ich fragen, ob die Familie sich schon auf den Weg zu machen scheint?«

Ihn muß dieser Gedanke sehr beschäftigt haben, denn er sagte nicht: »Verzeihen Sie meine Anmaßung« oder eine der anderen üblichen überflüssigen Höflichkeitsfloskeln. Ran blickte ihn nachdenklich an. »Sie haben sich gerade ihre Mäntel angezogen, als ich losging. Falls Sie sie zum Schiff begleiten sollen, dann wäre es wohl gut, wenn Sie sich jetzt fertigmachen.«

Er nickte. »Danke, Herr. Danke, Madame.« Sein Blick begegnete kurz dem meinen, und mir fiel auf, daß seine Augen von einem bemerkenswert tiefen Braun waren. Ich bemerkte auch die schwarzen Ringe in der sonnengoldenen Haut unter den Augen. Und daß beide Augen einen Anflug von Rot hatten, der gewöhnlich die Folge eines kürzlichen Drogen- oder Alkoholmißbrauchs war. Allerdings sollte ich besser kein Urteil fällen: Eines meiner Augen hatte letzte Nacht ohne Zweifel ähnlich ausgesehen, aus einem völlig anderen Grund. Er zog das Tor auf, wartete, bis wir hindurch waren, schloß es wieder und ging dann durch den Garten in Richtung auf das Haus.

»Wo sind Kylla und Lysander?« fragte ich Ran.

»Sie fahren mit den Poraths in der Familienkutsche.«

Wir schauten einander an. »Ich hoffe, daß Großmutter Porath etwas Takt bei der Sitzordnung hatte«, sagte ich.

»Weißt du«, sagte Ran, »da habe ich so meine Zweifel.«

Für ein Kanalfahrzeug war das Schiff groß. Es gab zwei Decks für Passagiere, das überdachte Hauptdeck und ein offenes Oberdeck. Die Musiker waren, wie ich sah, für diesen Tag wieder engagiert worden, diesmal um Hörner und Saiteninstrumente verstärkt.

Etwa zwei Dutzend der Partybesucher vom vergangenen Abend waren zu der Fahrt eingeladen. Ich sah die blonde Frau von Tellys, die wieder angeregt redete, diesmal mit einer Gruppe von drei neuen Leuten. Sie entdeckte mich quer durch den Raum, als ich eintrat, und ich sah, wie sie reagierte. Sie machte zu ihren Zuhörern eine Geste, als wolle sie sie verlassen, aber eine Frau legte ihr eine Hand auf den Arm und sagte etwas. Und dann war die blonde Frau wieder in voller Fahrt und gestikulierte energisch, während sie sprach. Sie war anscheinend von Natur aus redselig.

Das Schiff wurde beladen und legte dann ab. Ich drückte mein Gesicht gegen das Glas, als wir losfuhren, und sah eine Kutsche auf die Pier rasen und anhalten. Ein Mann in einem vielfarbigen Gewand und mit einem roten Gesicht sprang heraus, warf empört etwas auf den Boden und winkte verärgert mit den Armen, bevor er sich umdrehte und wieder in die Kutsche stieg. Anscheinend gab es Leute, die sogar zum Adel zu spät kamen.

Ich wandte mich wieder dem großen Salon auf dem Hauptdeck zu. Hier herrschte allgemeine Fröhlichkeit. Großmutters Sänfte war hierhergebracht worden, und als die Musik einsetzte, erschien eine heitere Freude auf ihrem Gesicht – man hätte nicht glauben können, daß dies dieselbe Frau wie tags zuvor war. Kade nahm seine Schwester Eliana und führte sechs andere Paare in einem mimischen Tanz an, einer der vornehmen Aktivitäten, die auch bei Hofe üblich sind. Sie ›verbeugten sich vor der Sonne‹, ›verbeugten sich vor den Monden‹, ›banden den Stiefel‹, ›küßten den Fremden‹, ›umkreisten ihre Partner‹ und vollführten noch eine Anzahl komplizierter Figuren, bevor die Melodie zu Ende war. ›Den Stiefel binden‹ war besonders kompliziert. Eine junge Frau patzte dabei und mußte von ihrem Nachbarn wieder auf ihren Platz gezogen werden, allerdings einige Takte zu spät.

In dem Augenblick, als die Musik endete, stand Großmutter Porath auf – es schien keine zwingende Notwendigkeit für sie zu geben, ihre Sänfte zu benutzen – und ging zu dem ersten Paar. »Kade!« rief sie und streckte ihre Hand aus. Er verneigte sich, nahm folgsam Großmutters Hand, und Eliana zog sich vom Tanz zurück. Ich bemerkte, daß ihre Leibwächterin, die große hagere Frau, ihr folgte, als sie wegging.

Und diesmal gab es keine langsame, vornehme Nummer. Die Großmutter führte einen wilden ländlichen Tanz an, und wenn Sie so einen noch nicht gesehen haben, dann kann ich nur sagen, daß er im großen und ganzen wie der vorhergehende Tanz verläuft, nur etwa hundertmal so begeistert. Schnelligkeit und die Fähigkeit zu springen sind dabei wesentlich.

Ran war zur Stirnseite des Salons gewandert, um den Jabith-Spieler zu beobachten, und ich bemerkte, daß ich neben jemandem Bekannten stand. Sechzehn oder siebzehn Jahre alt, hellbraunes Haar, hübsch gekleidet… Er beobachtete mich auch. »Verzeihen Sie, edler Herr«, sagte ich, »sind wir uns schon begegnet?« Bei ›edler Herr‹ fiel es mir ein: Dies war der junge Mann, dem Kylla am Abend das Getränk auf sein Gewand geschüttet hatte.

»Wir wurden einander beinahe vorgestellt«, sagte er mit einem trockenen Gesichtsausdruck, der mir verriet, daß er den Vorfall nicht vergessen hatte. »Mein Name ist Coalis.« Er sprach die drei Silben deutlich aus: Co-al-is.

Ich muß ihn verständnislos angeschaut haben. Er war dadurch nicht beleidigt; anscheinend erwartete er nicht, daß jemand wußte, wer er war. »Kade ist mein Bruder«, erklärte er. Anscheinend erwartete er, daß alle Kade kannten.

Und damit hatte er recht. »Ach so«, sagte ich.

»Sie sind die Barbarin, die der Cormallon-Zauberer geheiratet hat«, bemerkte er. Für gewöhnlich sagen es die Leute nicht so direkt.

»Ja. Ich bin von Athena.«

»So? Was ist Ihr Interessengebiet?«

Nun, eine solche Frage war für einen Ivoraner ungewöhnlich. »Kulturübergreifende Mythen und Legenden. Ich habe allerdings in letzter Zeit auf diesem Gebiet nicht viel gearbeitet.«

»Ja, mir geht es genauso. Immer kommen andere Dinge dazwischen.«

Ich hob die Augenbrauen. »Was ist *Ihr* Studiengebiet, edler Herr?«

»Bitte sagen Sie Coalis. Es ist die Na'telleth-Philosophie.«

»Sie sind doch ...« Ich hielt inne.

»Was?«

»Ich wollte gerade sagen, Sie sind doch noch etwas jung für Na'telleth-Philosophie, oder? Ich neige dazu, sie mit alten und verbrauchten Männern zu assoziieren.«

»Es spricht nichts dagegen, früh zu beginnen«, sagte er ohne eine Gemütsbewegung.

Vermutlich nicht. Ich fragte mich, was wohl die Poraths darüber dachten, daß ihr zweiter Sohn aus dem Spiel ausstieg. Nun ja, er schien ein freimütiger junger Mann zu sein ... »Haben Sie vor, in ein Kloster einzutreten? Oder ist es nur ein privates Studium?«

»Ich bin in Teshin angenommen worden. Am Tag der Wintersonnenwende trete ich dort ein.« Er nahm ein Glas von einem Tisch und nippte daran; ich sah, daß es Wasser war. »Meine Familie will mir noch den Sommer Zeit lassen, damit ich meine Absicht ändere. Voraussagen sind fruchtlos« – dies war ein Na'telleth-

Spruch – »aber ich sehe soweit nichts, was mich bewegen könnte, sie zu ändern.«

Ich bin immer schon von dieser Art von Gesprächen mit Fremden fasziniert gewesen. Ich ließ die Etikette völlig beiseite und sagte: »Vermutlich hat man Ihnen seit Monaten eine Menge hübscher Mädchen vorgestellt.«

»Ja, hat man. Aber das ist zwecklos. Sex ist den Mönchen nicht verboten, wissen Sie, nur Leidenschaft. Und die Ehe.«

Was ist an Leidenschaft und Ehe falsch? Ich beschloß, dies nicht zu fragen; mir schien es, die Antwort darauf würde den ganzen Tag erfordern.

»Was denken Sie über diese Heiratsgeschichte?« ›Heiratsgeschichte‹ – ich begann schon wie Lysander zu reden.

Er verstand, was ich meinte. »Das ist durchaus nicht die beste Idee, die Kade je hatte. Aber Großmutter ist dafür, und deshalb wird es vermutlich so kommen.« Er hätte im gleichen Ton auch über den Regen sprechen können.

»Das war also Kades Idee«, setzte ich gerade zu reden an, als Ran zu mir trat und meine Hände ergriff. Er deutete mit einem Kopfnicken in Richtung Tanzfläche.

Ich blieb unbewegt stehen. »Coalis, das ist mein Ehemann, Ran Cormallon.«

»Geehrt durch diese Begegnung«, sagte Coalis freundlich. »Wir haben uns beim Frühstück gesehen, glaube ich.«

»Die Ehre ist auf meiner Seite. Komm, Theodora, tanz mit mir.«

»Ich habe mir das Bein gebrochen.«

»Ich kenne den Jabith-Spieler; er hat einmal mit einer meiner Tanten zusammengelebt. Als nächstes wird er für uns ›Die andere Seite des Spiegels‹ spielen. Ich weiß, daß du das tanzen kannst. Ich habe gesehen, wie du es bei unserer Hochzeit getanzt hast.«

›Die andere Seite des Spiegels‹ ist ein ivoranischer Begriff, der die Begegnung von Leben, Liebe und Tod zum Inhalt hat: daß auf sonnige Vormittage regnerische Nachmittage folgen, und daß wir am Ende alle zu Staub werden. Die andere Seite des Spiegels ist ein Schädel. Wenn man nicht begreift, daß es ein ausgelassen fröhlicher Tanz ist, dann entgeht einem das Wesentliche.

»Coalis hier ist ein Na'telleth«, sagte ich. »Ihm wird es vielleicht gefallen, diesen Tanz zu tanzen.«

Coalis lächelte ernst. Ran zog mich auf die Tanzfläche.

Ich entdeckte, daß wir beunruhigenderweise am rechten Ende der Doppelreihe der Tänzer standen. »Wir sind ja das Führungspaar!« sagte ich.

»Ich weiß.«

Die Musiker schienen jeden Augenblick beginnen zu wollen. Ich zischte und zog Ran am Ärmel, damit er mich anschaute. »Wir müssen als erste losgehen, und alle werden uns beobachten! So gut kann ich diesen Tanz nicht!«

»Unfug. Du wirst ihn ganz gut tanzen, wie immer.«

Rans oft übertriebene Ansichten über meine Fähigkeiten können recht wohltuend sein, aber es gibt Zeiten, wo eine Situation von der Realität bestimmt werden muß. Ich wandte mich an die Frau zu meiner Linken und lächelte sie höflich an. »Würden Sie so nett sein und das erste Paar machen? Mein Partner und ich gehen an das Ende.«

»Theodora ...«, sagte Ran, aber ich ignorierte ihn, packte seine Hand und zog ihn ans Ende der Reihe. »Das war nicht nötig, oder?« sagte er, als wir uns einander gegenüber aufstellten.

Rans Ego läßt selten andere Standpunkte zu – tatsächlich ist das eine seiner liebenswerteren Eigenschaften. Das heißt, er gibt meinen Wünschen oft genug nach, aber er macht einfach deutlich, daß er meint, ich sei verrückt.

In diesem Augenblick verkündete Großmutter Porath von der Sänfte, auf die sie sich zurückgezogen hatte: »Wir beginnen diesen Tanz von der linken Seite! Musikanten!«

Die ganze Reihe der Tänzer wandte sich uns zu. Ich spürte, wie das Blut aus meinem Gesicht wich.

»Barbarische Gehemmtheit«, murmelte Ran. »Verfall nicht in Panik. Wir schaffen es.«

Mein Kopf war völlig leer.

»Berührung links-rechts mit den Handflächen«, sagte Ran, als die Musik begann. »Dann Platz, Vorrücken, Platz. Und *Drehung* – nein, nach links …«

Auf Momente des Schreckens folgten Augenblicke der Freude. Dieses Rückwärtshüpfen während der Gigue hat mir immer Spaß gemacht, und so auch diesmal, bis ich direkt in die zwei Leute hinter mir hüpfte. Wir schienen es jedoch alle zu überleben.

Als es vorbei war, verneigten wir uns alle und ich sagte zu Ran: »Ich muß irgendwohin gehen und mich setzen.« Ich kam mir vor, als hätte ich anderthalb Tage lang Gräben ausgehoben.

»Kylla und Lysander müssen auf dem Oberdeck sein. Wie ich gehört habe, gibt es dort oben Bänke.«

»Herrlich.«

Wir bahnten uns den Weg durch den Salon zu den drei Türen hinter den Musikanten. Zwei der Türen führten zu Treppen nach oben. »Eine davon geht wahrscheinlich auf die Brücke. – Du siehst müde aus. Ich schau mal, welche Treppe zum Oberdeck führt.« Er lief eine der Treppen hinauf. Ich lehnte mich gegen den Türpfosten, wandte mein Gesicht dem Salon zu und spürte, wie jemand an meinem Ärmel zupfte – Großmutter Porath, die hierhergekommen war, um mit den Musikern zu reden.

»Ich weiß«, sagte sie mitfühlend. »Manchmal weiß man nicht recht, wohin man gehen soll.«

Ich war mir nicht sicher, ob sie damit die Richtung meinte oder ob sie sich darauf bezog, daß ich beinahe bei ›Die andere Seite des Spiegels‹ vier Leute über den Haufen geworfen hatte.

»Meinen Sie im Tanz oder im Leben?« fragte ich.

Sie kicherte. »Im Tanz. Das Leben habe ich schon hinter mir.«

»Theodora?« Rans Stimme kam von oben. »Hier sind wir richtig.«

Ich verbeugte mich vor Großmutter Porath und ging die Treppe hinauf. Oben gab es Sonnenlicht und sanften Wind, und die Gebäude der Hauptstadt zogen langsam auf beiden Seiten des Kanals vorbei. Etwa ein halbes Dutzend Leute war hier heraufgekommen, um die relative Stille und die entspannte Atmosphäre zu genießen. Kylla und Lysander saßen auf einer Bank an der Reling. Ran und ich schlossen uns ihnen an. Ein gestreiftes Sonnensegel war aufgezogen worden, damit es auf dieser Seite des Schiffes Schatten gab.

»Hübsch«, sagte ich vorsichtig und fragte mich, wie es wohl zwischen ihnen stünde.

Wir kamen unter der Kyme-Brücke hindurch. »Du kannst das Dach unseres Hauses sehen, wenn du dich vorne hinstellst«, sagte Lysander.

»Das wird noch etwa zehn Minuten dauern, bis wir da vorbeikommen«, sagte Kylla ziemlich ruhig. Zumindest schienen sie sich nicht mit Gegenständen zu bewerfen.

Unglücklicherweise wählte einer der Poraths diesen Augenblick, um aufs Oberdeck zu kommen: Kade, der Architekt der ›Heiratsgeschichte‹, und wahrscheinlich nach Eliana die Person, die Kylla am wenigsten sehen wollte. Er spähte auf dem Deck umher, dann ging er verärgert auf die gegenüberliegende Reling zu. Dort lehnte schlapp der Wächter, der uns am Morgen zum Tor hinausgelassen hatte, und sah nicht sonderlich gut aus.

Kades Stimme schallte über das ganze Deck. »Sollen Sie nicht auf meine Schwester achtgeben?«

Die Stimme des Wächters war schwerer zu verstehen: »... gut auf dem Boot ... nichts passiert ...«

»Das können doch Sie nicht entscheiden! Ihre Aufgabe ist es, sie zu bewachen!«

»... Aufgabe ist, alle zu bewachen ... Leibwächterin die ganze Zeit ... besserer Schutz als der Kaiser ...«

Kade blickte sich nach uns um – ich muß ehrlicherweise sagen, daß wir verstummt waren und offen lauschten – und ich begriff, daß er ein Spektakel inszenierte. Er packte den Wächter und schleifte ihn hinter den Treppeneingang, wo man ihre Stimmen nicht mehr hören konnte.

»Na, gut«, sagte ich mit einer gewissen Enttäuschung. Ungefähr eine Minute später ging der Wächter, gefolgt von Kade, die Treppe hinab; dabei sah er aus, als hätte er einen ziemlichen Dämpfer bekommen.

Kylla wandte sich ihrem Mann zu. »Selbst ihr Wächter will sein Leben nicht mit Eliana Porath verbringen.«

»Ach, du lieber Himmel, Kylla ...«

Ran fing meinen Blick auf, und wir zogen uns ein paar Fuß zur Reling zurück. Ernst sagte er: »Weißt du, ich sehe keinen guten Ausweg aus der ganzen Sache. Die Poraths haben so offensichtlich das Ansehen ihres gesamten Hauses aufs Spiel gesetzt, daß es für sie ein Schlag ins Gesicht wäre, wenn Lysander versuchen würde, sich davor zu drücken.«

»Deshalb machen sie es so öffentlich.«

»Ob das nun eine Falle ist oder nicht, sie würden es doch als Beleidigung empfinden. Und du weißt ja, wie die Sechs Familien sind. Mord ist für sie ein Spiel.

Sie spielen es die ganze Zeit ohne Grund, und wenn sie dann einen Grund haben …« Rans Gesicht zeigte, daß er Töten aus unzweckmäßigen Motiven ablehnte; dieses Urteil teilte er mit den einfacheren Schichten von Ivory, bis hinab zum Bettler auf dem Marktplatz.

»Was sagst du also? Daß Kylla grinsen und es ertragen soll? Das wird sie nicht, wie du weißt.«

»Ich …« Er brach ab und blickte überrascht drein. »Hast du das gespürt?«

»Was gespürt?« Etwas in seiner Stimme machte mich nervös. Ich legte meine Hand beruhigend auf seinen Arm, und genau in diesem Augenblick gab es eine Art Schimmern, ein schwaches Vibrieren. Vor etwa sechzig Jahren hatte in der Hauptstadt ein Erdbeben stattgefunden, aber es gab keinen Grund für die Annahme, daß uns wieder eines bevorstand. Außer, daß bestimmt etwas anderes, etwas Unkontrollierbares vor sich ging …

Ich trat einen Schritt zurück und blickte mich um, aber alles schien in Ordnung zu sein: Die Gebäude, der Kanal, die Passagiere, die noch in ihre Gespräche vertieft waren. Was immer es gewesen sein mochte, es schien aufgehört zu haben.

Ich schaute Ran an. Er lehnte sich gegen die Reling. »Wir kommen ihm näher«, sagte er mit dumpfer Stimme. Sein Gesicht war bleich.

Das einzige, dem wir uns näherten, war die Cameral-Brücke in der Nähe von Kyllas und Lysanders Villa. Ich trat wieder zu Ran. »Was ist das? Soll ich Hilfe holen?«

Auf der Ebene unter uns entstand ein Tumult. Jemand schrie laut. Eine Stimme versuchte beruhigend zu antworten, es gab einen weiteren Schrei, dann hörte man jemanden laufen. Das Fenster direkt unter uns stand offen, und wir konnten alles hören. Eine Frau kreischte.

Ich blickte über den Rand des Schiffes. Jemand befand sich im Kanal. Ein blau-goldenes Seidengewand trieb auf dem Wasser dahin, tanzte auf den Wellen und verschwand dann, während sein Träger versank und es mit sich in das trübe Wasser zog. Ein paar Sekunden später fuchtelte dort ein Arm; ein dunkler Kopf erschien und verschwand wieder.

Direkt unter uns platschte es. Zwei Sicherheitsleute waren durch das Fenster in das Wasser gesprungen. Das Schiff verlangsamte seine Fahrt. Auf dem Oberdeck waren alle neben uns an die Reling gelaufen und starrten hinab. »Wer ist das?« hörte ich jemanden fragen. Es kam keine Antwort. Die Wächter schwammen durch das Wasser bis zu der Stelle, wo der Kopf und der Arm zuletzt erschienen waren. Immer wieder tauchten sie hinab und kamen wieder hoch. Ungefähr zwanzig Minuten mußten sie mit dieser Suche unter Wasser zugebracht haben. Mich beeindruckte, wie gut sie trainiert waren: Die Kunst des Schwimmens war auf Ivory nicht weit verbreitet.

Kylla, Lysander, Ran und ich beobachteten sie schweigend, zusammen mit den anderen Passagieren auf dem Schiff. Schließlich kamen die beiden Wächter zurück. Es gab kein Anzeichen, daß sie eine Leiche mitbrachten.

Wir schauten uns an. Blaue und goldene Seide: Das war Kade gewesen.

KAPITEL 4

Das meiste von dem Durcheinander auf dem Hauptdeck bekamen wir gar nicht mit. Man erzählte mir später, das Kreischen, das wir gehört hatten, habe Großmutter Porath ausgestoßen, die gleich darauf in Ohnmacht fiel und auf einige Kissen gelegt werden mußte, die die Besatzung herbeibrachte. Jusik muß außer sich gewesen sein; er hatte sich um seine Mutter zu kümmern und beobachtete gleichzeitig, wie die Sicherheitsleute nach seinem Sohn tauchten.

Ran und ich gingen nach unten. Die alte Dame, die jetzt aussah wie eine Hundertjährige, lag an einen Stapel Kissen gelehnt da und hielt Elianas Arm umklammert. Die beiden Sicherheitsleute standen tropfnaß an der Bar. Und Jusik stritt sich mit dem Steuermann darum, das verdammte Schiff zu wenden – *auf der Stelle!* –, damit man sofort nach Hause zurückkehren konnte. Er war ein typischer Ivoraner aus den großen Familien; in Zeiten der Belastung gab es für ihn nichts Wichtigeres als die Rückkehr auf sicheres, vertrautes Terrain. Ich sah, daß Eliana ihm zustimmte. Der Steuermann versuchte dauernd zu erklären, daß der Kanal hier zum Wenden nicht breit genug sei.

Schließlich beugte sich Jusik den Gesetzen der Physik und verkündete seinen Gästen, daß es eine weitere Stunde dauern würde, bevor man wieder an der Pier ankäme. Bitte machen Sie es sich so bequem wie möglich usw.

Ich ertappte mich, wie ich auf die Bar zustrebte und dachte, vielleicht wäre ein Drink keine schlechte Idee. Ich hatte nie mit Kade gesprochen, und er bedeutete mir nichts, aber es war unmöglich, dem Schock über seinen Tod zu entkommen, der sich auf den Gesichtern aller Leute abzeichnete, die ihn gekannt hatten. Und in Verbindung mit dem Erlebnis, das Ran und ich auf dem Oberdeck gehabt hatten, warf der Vorfall mich aus meinem Gleichgewicht.

Der Barkeeper war verschwunden. Ich goß mir selbst einen Rosa Doppelgänger ein und bot Ran einen an. Er schüttelte den Kopf. Der Wächter, der mit Kade gestritten und dann im Kanal nach ihm getaucht hatte, ließ sich auf eine Bank neben der Bar plumpsen. Das Wasser, das von ihm herabtropfte, bildete eine kleine Pfütze. Er zog seine nasse Jacke aus und ließ sie zusammengerollt zu seinen Füßen fallen. Er blickte zu der alten Frau hinüber, neben der Eliana saß und ihre Hände rieb, und sein Gesicht war genauso abgespannt und bleich wie das ihre.

Kein Wunder. Dies sah nicht sonderlich gut für ihn aus. Coalis hatte schon den anderen Platz auf der Bank eingenommen; er starrte in einem Schockzustand ins Leere. Ich hatte die seltene Erfahrung, einen erklärten Na'telleth-Anhänger zu sehen, der offensichtlich völlig verwirrt war.

Plötzlich ging mir ein Licht auf. Wie auch immer die Beziehung zwischen Kade und Coalis gewesen sein mochte, die Poraths hatten nicht länger einen Erben und einen zweiten Sohn. Coalis war jetzt der erste Sohn des Hauses. Er mußte inzwischen eingesehen haben, daß er nicht mehr daran denken konnte, Mönch zu werden.

Es war seltsam, aber ich konnte viel schneller Mitgefühl mit der Zerstörung eines Traums entwickeln, wie egoistisch er auch gewesen sein mag, als mit der Trauer über Kade, den ich nur als Störfaktor gekannt hatte. Ich goß einen weiteren Rosa Doppelgänger in ein großes Glas, ging zu Coalis und hielt es ihm hin.

»Zu medizinischen Zwecken«, sagte ich, »es schadet nichts.«

Er nahm das Glas und trank. Armer Junge. Er hatte die Selbstbeherrschung verloren, die ihn noch am Vorabend hatte alterslos erscheinen lassen, und jetzt sah er so aus, wie er war: Ein Junge, der auf die Zwanzig zugeht und gerade einen schlimmen Schlag abbekommen hat.

Mir fiel auf, daß der noch nasse Wächter, der neben ihm saß, zitterte. »Entschuldigung«, sagte ich verspätet. »Ich kann Ihnen auch einen bringen. Und man hätte Ihnen ein paar Handtücher bringen sollen.« Das war die typische engstirnige Reaktion eines ivoranischen Hauses: für sich selber sorgen und alle anderen vergessen.

»Danke«, sagte er. Er wischte sich geistesabwesend mit dem Arm die Nase ab.

Ich wollte gerade gehen, da sagte jemand in reinstem Provinzjargon zu Coalis: »Böses Pech, Junge.«

Diese Stimme kannte ich sehr gut. Eine Stimme, die eigentlich hier nichts verloren hatte. Ich drehte mich schockiert um und sah den Kaiserlichen Minister für Provinzangelegenheiten, der dem zitternden Wächter ein Handtuch hinhielt. »Sieht aus, als könnten Sie das gebrauchen.« Dann lächelte er mich an. »Hallo, Theodora.«

Er war von etwas mehr als mittlerer Größe, sein dunkles Haar war schon von vorzeitigem Grau durchzogen, in seinem Gesicht zeigte sich die ruhige Sicherheit eines sehr schweren fallenden Felsens. Seine Brille trug er nicht. Stereth Tar'krim, einer der wenigen Banditenführer, die je erfolgreich aus dem Nordwest-Sektor entkommen und in die kaiserliche Machtstruktur eingestiegen waren… und der einzige davon, der seinen alten Namen beibehalten hatte.

Mir wurde bewußt, daß mein Mund offenstand, und ich machte ihn zu. »Was tust du hier? Wo bist du gewesen? Ich habe dich nicht unter den Gästen gesehen.« Das war keineswegs die höflichste Begrüßung und klang auch nicht sonderlich logisch, aber es war aus mir herausgesprudelt, bevor ich überhaupt nachdenken konnte.

»Ich war unten und habe mit Freunden geplaudert.« Es klingt immer ein bißchen nach Schwindel, wenn Stereth Worte wie *plaudern* verwendet; er genießt das und mag es, wenn seine Zuhörer es auch genießen.

Coalis blickte teilnahmslos auf. »Ihr beide kennt euch?«

Ich hätte die gleiche Frage stellen können. Wie kam Stereth dazu, mit dem jüngeren Sohn des Hauses Porath auf so vertrautem Fuß zu stehen? Oder jetzt dem ersten Sohn? Ich blickte ihn nachdenklich an.

»Das bedeutet vermutlich, daß Ran auch an Bord ist«, sagte er. »Ich hätte schon eher nach oben kommen sollen. Wo ist er?«

»Genau hier.« Ran erschien hinter ihm. Glücklicherweise sah er nicht im entferntesten so schockiert aus, wie ich mir vorkam.

Stereth wandte sich zufrieden um. »Sokol«, sagte er. Ganz ruhig, den Göttern sei Dank.

Ran riß die Augen auf, dann nahm er Stereth am Arm und zog ihn hinter die Bar. Ich folgte. Im einem heftigen Flüsterton sagte er: »Nenn mich *nicht* Sokol!«

»Du brauchst dich doch deiner Vergangenheit nicht zu schämen.«

»Ich schäme mich nicht, und du *nenn mich nicht so!*« Ran hatte moralisch das Recht, in diesem Zusammenhang Befehle zu geben, denn es war von vorne herein Stereths Schuld gewesen, daß wir einmal Decknamen benutzt hatten. »Was ist hier los?« Ohne auf eine Antwort zu warten fügte er hinzu: »Hör mal, ich möchte nicht, daß der Name meiner Familie in eine neue Sache von dir hineingezogen wird.«

»Ich bitte um Verzeihung, alter Freund, aber du mußt mir erklären, wovon du redest.« Seine Stimme hatte jetzt einen Anflug von Kälte.

»Es geht um Kade Porath. Er wurde durch Zauberei umgebracht.«

»Tatsächlich?« fragte ich.

»Das ist interessant«, sagte Stereth. Er sagte es nachdenklich, ohne Sarkasmus. »Ich war unten, als es geschah, aber nach dem, was ich gehört habe, klang es seltsam.«

»Willst du mir ernsthaft sagen, daß du damit nichts zu tun hast? Du scheinst den neuen Erben ziemlich gut zu kennen, Stereth. Und ich weiß, wie gerne du Bündnisse schließt.«

Stereth schien nicht beleidigt zu sein. »Ich sage dir ernsthaft, daß ich nichts damit zu tun habe. Ich lüge meine Mannschaft nie an, denk daran.«

»Du erzählst ihr aber auch nicht die ganze Geschichte. Und wir gehören sowieso nicht mehr zu deiner Mannschaft.« Er holte tief Luft. Stereth war die einzige Person, die manchmal Ran in Verlegenheit bringen konnte. »Wir haben *nie* zu deiner Mannschaft gehört.«

Darüber hätte man streiten können. Wir hatten den vorigen Sommer als unfreiwillige Gäste und Mitverschwörer in Stereths Bande verbracht. Glücklicherweise war dies den kaiserlichen Strafverfolgungsbehörden noch nicht bekannt. Die Strafe für den Einsatz von Zauberei als Waffe gegen das Kaiserreich ist Enthauptung aller Mitglieder der Familie. Praktisch würde das jeden Cormallon auf dem ganzen Planeten bedeuten, bis zum jüngsten neugeborenen Kind. Ich wollte dieses Gesetz nicht auf die Probe stellen, um zu sehen, ob man das einhielt.

»Na, Stereth – hast du von den Barbaren neue Augen gekauft?«

»Wie bitte?«

»Du trägst deine Brille nicht.«

»Ach so.« Der legendäre Held des Nordwest-Sektors tastete flüchtig eine Innentasche seines Gewandes ab. »Ich habe sie in meinem anderen Gewand gelassen.«

Ran warf mir einen Blick zu, der besagte: *Müssen* wir so zwanglos mit ihm plaudern?

»Und wie geht es deiner Frau?« fuhr ich fort.

Von seinem Platz an der Wand aus beobachtete Coalis uns alle mit großem Interesse.

»Du kennst ja Cantry, sie ändert sich nie. Ach ja, Theodora, Ran, ich glaube, ihr kennt meine Sekretärin schon.«

Ich wandte mich um und bekam den nächsten aus der Serie der kleinen elektrischen Schläge, die ich schon heute den ganzen Tag abbekommen hatte. Ein Mitglied der alten Bande, das ich am wenigsten wiederzusehen erwartet hatte … »Clintris?« sagte ich ungläubig. Eine kräftige Frau, die immer bei allem dagegen war. Ihr Haar war streng zurückgebunden, und sie trug Gewänder, die sie sich in den alten Tagen nie hätte leisten können, die ihr aber trotzdem nicht zu stehen schienen.

Clintris … Ran stöhnte. »O ihr Götter, sind sie alle hier?«

»Clintris, wie geht es dir?« fragte ich. Ich legte Wärme in meine Stimme; tatsächlich hatten wir damals einen Punkt erreicht, wo wir miteinander auskamen, als unser Abenteuer zu Ende war. Sie blickte mich finster an. Was hatte ich bloß …

Ach ja. Ich hatte sie bei ihrem Straßennamen genannt, den wir ihr nie ins Gesicht gesagt hatten. ›Geizhals‹ wäre vielleicht die am nähesten kommende Übersetzung.

Stereth verbesserte uns: »Die Dame Nossa Kombriline.«

»O ja, natürlich.« Ich verbeugte mich vor ihr, und

sie neigte den Kopf um den Bruchteil eines Millimeters. Clintris gehörte nicht zu denen, die einem leicht etwas verzeihen.

Sie wandte sich sofort an Stereth. »Ich habe mit dem Kapitän gesprochen.« Niemand kann einem Gespräch mit Clintris aus dem Weg gehen, wenn sie darauf aus ist, ihn zu erreichen. »Wir werden in etwa vierzig Minuten an der Pier sein. Du hast heute abend ein frühes Dinner mit dem Unterstaatssekretär vom Energieministerium, und ich glaube, wir sollten uns auf jeden Fall von … den Ereignissen des Tages distanzieren.«

»Mit anderen Worten, du hättest es gerne, daß wir uns in eine geschlossene Kutsche quetschen und direkt nach Hause fahren.«

»Das ist meine Empfehlung.«

Clintris – das heißt, die Dame Nossa – war als Regierungssekretärin in ihrem Element, obwohl ihr Akzent immer noch nach den Provinzen klang und ihr scharlachrotes Obergewand aussah, als wäre es hastig um einen Baumstumpf mit einem Gesicht gewickelt worden. Unwillkürlich blickte ich schnell an meinen eigenen Kleidern hinab: Sah ich in ivoranischen Gewändern auch so aus?

Ich blickte auf und sah, wie sich Stereths und Rans Blicke trafen. »Ich würde dir das gleiche Vorgehen empfehlen, alter Freund.«

Ran blickte beiseite, auf die Reihe der Flaschen mit den alkoholischen Getränken, als wären sie die interessantesten Gegenstände auf dem Schiff. »Wir sind hier mit einigen Verwandten. Wir müssen schauen, was sie wollen.«

»Ach ja, die Shikrons. Vermutlich empfinden sie, daß die Familie einen gewissen Anspruch auf sie hat. Wegen der Verlobung, meine ich.«

Typisch Stereth. Aber wahrscheinlich hatte es ihm Coalis gesagt.

»Noch ist niemand verlobt«, sagte Ran. Es klang bestimmter, als er es vielleicht gemeint hatte.

Stereth hob die Augenbrauen. »Und niemand wird sich verloben, wenn ihr euren Willen durchsetzt. Ich verstehe. Ich nehme an, ihr hattet mehr Grund als ich euch zu freuen, daß Kade unbedingt schwimmen gehen wollte.«

Er lächelte. Ran warf ihm einen zornigen Blick zu, und ich packte meinen Gemahl am Ärmel. »Sollten wir jetzt nicht Kylla und Lysander suchen und herausfinden, was sie tun wollen?«

Ich fühlte, wie Ran sozusagen das Feuer wieder zuschüttete. Er billigt es nicht, wenn man in der Öffentlichkeit die Beherrschung verliert; er hält das für vulgär. Stereth ist einer der wenigen Menschen auf der Welt, der ihn so weit bringen kann.

»Wenn ich etwas für euch tun kann«, sagte Stereth, während Ran sich abwandte. »Und laßt mich wissen, ob ich euch in der Kutsche mitnehmen soll.«

Ran schritt zum Treppenschacht und machte dabei ein Geräusch, das sehr wie ein Knurren klang.

Wir brachten Kylla und Lysander in unserer Kutsche nach Hause. Sie waren beide sehr still. Ran saß neben Lysander, und ich hielt Kyllas Hand.

Ran gab Lysander einen Schubs und sagte ruhig: »Wußtest du, daß der Minister für Provinzangelegenheiten an Bord war?«

Lysander blinzelte. »Stereth Tar'krim? War er da? Ich habe ihn nicht gesehen.«

»Kannst du dir einen Grund vorstellen, warum die Poraths mit ihm zu tun haben sollten?«

»Mit dem berüchtigten Reisdieb? Vielleicht meinten sie, sein Ruf würde zu der Party beitragen. Ich weiß es nicht, ich habe zum erstenmal davon gehört. Warum? Ist das wichtig?«

Ran schob die Stahljalousie einen Zoll nach oben:

Wir näherten uns der Villa der Shikrons. Er ließ die Jalousie wieder herab. »Was wird die Folge dieses Vorfalls für das Heiratsprojekt sein?«

Lysander seufzte. »Ich bezweifle, daß sie es aufgeben werden. Andererseits war es Kades Idee, und er hat immer darauf gedrängt. Jetzt wird es leichter zu killen sein, wo er nicht mehr da ist.«

»Leichter zu killen«, murmelte Ran vor sich hin. Die Kutsche hielt an, und Lysander stieg aus. Er half Kylla beim Aussteigen und schob die Tür ohne ein Wort zu.

Schweigend fuhren wir nach Hause. Als wir ankamen, gab ich Ran eine Fünftabalmünze als Trinkgeld für den Kutscher, und wir stiegen die zwei Stufen zu unserer Tür hinauf.

»Glaubst du, daß Stereth damit zu tun hat?« fragte Ran.

»Das wissen nur die Götter«, erwiderte ich müde. »Schlafen wir doch ein wenig.«

Mit den skythischen Goldkatzen, einem Mord und alten erpresserischen Freunden war es eine lange Nacht und ein langer Tag gewesen. »An der Sicherheitsstation blinkt das Paketlicht«, sagte Ran.

»Fein. Erledige du das – gnädiger Herr, Erster des Hauses Cormallon.«

Er schaute mich bloß an. »Dir wird es besser gehen«, sagte er, »wenn du ein wenig geschlafen hast.«

Mir ging es besser, als ich ein wenig geschlafen hatte. Tatsächlich ging es mir besser, weil ich eine ganze Nacht bei ungestörter Atmung geschlafen hatte. Als eine Sammlerin von Erzählungen und als athenanische Gelehrte las ich gerne von Rittern und Prinzessinnen und Abenteuern und stellte mir gern vor, wie ich von einer gefährlichen Burg zur nächsten zog, aber in Wirklichkeit macht mich körperliche Erschöpfung einfach schlechtgelaunt. Das ist nicht sehr schmeichelhaft für mich, und ich gebe mir ja auch wirklich große Mühe – es ist nur nicht weit her mit meiner Freundlichkeit, solange ich nicht ausgeruht bin und ausreichend gespeist habe.

Ich erwachte am nächsten Morgen, holte mir etwas Hermitfleisch und Reis aus der Speisekammer, brach eine Pellfrucht auf und tapste mit den Tellern ins Wohnzimmer im Erdgeschoß. Ran lag auf einem Diwan ausgestreckt da und starrte an die Zimmerdecke. Ich hatte in der Küche schon die Hälfte der Pellfrucht verdrückt und schaute ihn deshalb freundlich an. Er war schließlich mein liebster Freund und das Licht meines Herzens. »Gestern abend hast du gesagt, daß ein Paket angekommen ist?«

Er drehte mir den Kopf zu. »Schon erledigt. Das waren bloß die letzten drei Nummern der ›Hauptstadt-Nachrichten‹. Sie wurden nach Cormallon geschickt, und Jad hat sie hierher weitergeleitet.«

Ein Haufen unbestimmbarer Broschüren lag auf dem Boden. »Wie ich sehe, haben wir die heutige Nummer auch bekommen. Jad muß sie angewiesen haben, die Adresse zu ändern.«

Die ›Hauptstadt-Nachrichten‹ kommen nicht übers NETZ, weil es sich dabei um keine sehr respektable Publikation handelt. Sie haben ein Beiblatt namens ›Klatsch-Zeitung‹, und verschiedene hochgestellte Personen versuchen von Zeit zu Zeit, ihre Veröffentlichung zu unterbinden. Aber sie sind einfach zu interessant. Ich hatte gehört, daß auch der Kaiser jeden Morgen sein Exemplar bekam.

Ich schnappte mir eine Nummer der ›Nachrichten‹, legte sie geöffnet auf ein Kissen, setzte mich auf ein anderes und begann zu essen und zu lesen. Ich übersprang die Wirtschaftsartikel und stürzte mich direkt auf das Beiblatt. »O *Kanz*«, sagte ich.

Ran blickte auf. »Was?«

»Vom heutigen Tag. Hör mal zu: ›Welcher Zweig des Baumes der Sechs bietet seine jüngste Blüte einem Handelshaus an? Die liebliche Dame E., frisch von der Schule, traf ihren potentiellen Freier gestern abend auf einer Gartenparty. Wie wir gehört haben, hat der fragliche Herr schon eine Braut, aber wer könnte eine solche Rose im Frühling zurückweisen? Und wir von der Klatsch-Zeitung haben immer gehört, daß ein Paar das andere übertrifft.‹«

Ran legte eine Hand auf seine Augen. »Sie nennen die Poraths nicht ... aber was sage ich? Natürlich wird jeder wissen, daß es sich um die Poraths handelt.«

»Falls jemand Zweifel hat, wird eine Beschreibung des Schneefalls bei der Party geboten. Woher bekommen die diese Informationen?«

»Sie haben einen der Gäste bestochen.«

Ich durchsuchte die anderen Artikel nach einer Erwähnung der Shikrons oder Poraths. »Man sollte eigentlich meinen, die Gäste bei einer Party der Sechs Familien wären zu wohlhabend, als daß eine Zahlung der Klatsch-Zeitung sie in Versuchung führen könnte.«

»Hah. Nach allem, was man weiß, sind einige von ihnen bei der Redaktion.«

Ich klappte das Blatt zu. »Das wird den Poraths einen Rückzieher sehr schwer machen, nicht wahr?«

Ran setzte sich plötzlich auf. »Vielleicht haben die Poraths selbst diese Nachricht lanciert. Sie sind doch schon gefährlich weit gegangen, um sich festzulegen, nicht wahr? Stell dir mal die Wirkung auf den armen Lysander vor, wenn er diese Zeitung am Morgen in die Hand nimmt und weiß, daß er jetzt nicht mehr damit argumentieren kann, daß Eliana nicht öffentlich kompromittiert wurde. Für den Fall, daß die Ereignisse wie geplant vonstatten gegangen wären, meine ich. Wenn Kade nicht gestorben wäre.«

»Du glaubst, daß Zauberei dafür die Ursache war?«

»Ich weiß es. Das ganze Gleichgewichtsfeld hatte sich verändert. Und der gesunde Menschenverstand müßte ja einem sowieso schon sagen, daß ein Mann, der nicht schwimmen kann, nicht plötzlich von einem Schiff springen wird. Nicht, solange er bei Vernunft ist.«

Bei Vernunft. Ich überdachte, was ich über das Feld gelernt hatte. Zauberei kann nicht direkt auf den menschlichen Geist einwirken, aber sie kann ihn durch physikalische Veränderungen täuschen. Wenn man bei einer Person die körperlichen Symptome der Angst erzeugt, dann kann man ihn überzeugen, daß er vor etwas Angst hat; die Symptome von Lust oder Hunger waren ähnlich leicht zu stimulieren. »Ein Feuerzauber? Seine Körpertemperatur ansteigen lassen und ihn überzeugen, daß er brennt?«

»So würde ich es machen«, sagte Ran. Dann fügte er hinzu: »Wenn ich es in der Öffentlichkeit täte, was ich nie machen würde.«

»Ich weiß nicht; es erscheint so unwahrscheinlich. Würde er nicht einfach um Hilfe rufen? In den Kanal springen, also nein! Er *wußte*, daß er nicht schwimmen konnte, und die Chancen standen gut, daß er sowieso sterben würde …«

»Liebling, ich merke, daß du das Glück hattest, nie in der Nähe einer größeren Feuersbrunst gewesen zu sein. Die Menschen springen von zwölfstöckigen Gebäuden hinab auf bloßen Stein, wenn ihre Zimmer in Flammen aufgehen. Keine Kraft ist überzeugender als das Feuer.« Ich war einmal von einem Brand überrascht worden, aber der war klein gewesen, und glücklicherweise hatte ich schon früh das Bewußtsein verloren. »In der Tat ist es eine reizvolle Täuschung«, fuhr Ran fort, »vom Standpunkt des Zauberers aus gesehen, wenn man einen Feuerzauber benutzt, um jemanden im Wasser umzubringen.«

»Und welcher der Gäste hat es deiner Meinung nach getan?«

Das war wirklich die Frage. Ran überlegte, und ich wußte, daß er schon darüber nachgedacht hatte, seit es geschehen war. Dann sagte er bedauernd: »Wir haben nicht genügend Daten.«

»Wir könnten ja einfach mal raten.«

»Das könnte die Klatsch-Zeitung auch. Ich bezweifle allerdings, daß sie es machen werden, es ist zu nahe an echten Nachrichten.« Er kam zu mir herüber, und ich gab ihm eine Scheibe von der Frucht. »Ich werde heute vormittag einen Kondolenzbesuch bei Jusik Porath machen müssen. Das ist meine Pflicht als Erster des Hauses Cormallon, und da ich das Pech hatte, am Schauplatz zu sein, als es geschah, werde ich vermutlich nicht darum herumkommen.«

»Muß ich mitkommen?« Ich war gewillt, diese Pflicht anderen aufzuhalsen, wenn ich es konnte; etwa so, wie Ran sich immer vor dem Hausputz drückte. Vermutlich war das der Ausgleich.

Er schüttelte den Kopf. »Wenn du Großmutter Porath oder Eliana nahestündest, dann würden sie erwarten, daß du sie besuchst; aber du bist noch ohne Verpflichtung.«

Ran hatte sein Obergewand abgelegt gehabt. Jetzt öffnete er sein Untergewand, streckte seine Beine auf dem Teppich aus, verschlang ein Stück von der Frucht und seufzte behaglich.

»Schöne Beine, Fremdling«, sagte ich in der Standardsprache. »Sind Sie neu in der Stadt?«

Er lachte und verschluckte sich fast an der Frucht. Er legte einen Arm um meine Taille und sagte: »Ein Mann, der nicht mit einer Barbarin verheiratet ist, weiß nicht, was ihm entgeht.« Er küßte mich auf den Nacken. »Mond meines Herzens«, sagte er auf ivoranisch.

Genau in diesem Augenblick läuteten die Türglocken. Wir erstarrten, wie zwei Kinder, die beim

Doktorspiel im Hintergarten erwischt wurden. »Wenn wir warten, dann gehen sie weg«, sagte ich.

Er zog sein Untergewand zusammen. »Ignoriere es einfach«, sagte ich.

Aber ich wußte es besser. Der Erste des Hauses Cormallon ignoriert das Läuten an der Tür nie. Auch NETZ-Botschaften nicht, oder Paketsignale oder Post jeder Art. Es besteht ja immer die Chance, daß es etwas sein könnte, das zu behandeln seine Pflicht wäre. Er stand auf und schlüpfte in ein Paar respektable bestickte Hausschuhe.

Ich wartete darauf, daß er zurückkam. Es vergingen einige Minuten. Ich hörte schwere Schritte im Korridor, dem Klang nach zwei Paar Füße. Das Paar in Hausschuhen gehörte eindeutig Ran, aber normalerweise ging er lautlos – er warnte mich, daß wir Gesellschaft bekommen würden. Vom Korridor kam seine Stimme, übertrieben laut: »Hier entlang, wenn es Ihnen nichts ausmacht, edler Herr. Meine Frau ist da drin.«

Ich sprang auf und schob die Kissen aus dem Weg, fuhr mir mit der Hand durchs Haar und überprüfte, ob mein Gewand korrekt geschlossen war. Es ist nicht immer leicht, sich von der sorglosen Theodora von Pyrene in eine achtbare Matrone des Hauses Cormallon zu verwandeln. War noch Zeit, um die Teller wegzustellen? Ich griff nach ihnen, hörte Schritte direkt vor der Tür und richtete mich wieder auf. Gerade noch rechtzeitig. Der edle Herr, wer auch immer er sein mochte, hätte uns mitteilen sollen, daß er kommen würde; jetzt mußte er eben dem realen Leben begegnen statt einer höflichen Fiktion.

Der Eingang war nur durch einen dicken Baumwollteppich abgetrennt. Ran schob ihn beiseite und verneigte sich, wie es einem Gastgeber geziemt.

Und herein kam Jusik Porath. Er hatte nicht einmal seine Kleider gewechselt.

KAPITEL 5

Ran warf mir einen verblüfften Blick zu und sagte: »Anscheinend ist der edle Herr meinem Besuch zuvorgekommen, Theodora.«

Jusik, der wie ein Soldat hereinmarschiert war, blieb stehen. »Ihrem Besuch?«

»Meinem Kondolenzbesuch«, sagte Ran. »Ich hatte gerade zu meiner Frau gesagt, ich sollte gehen und Ihnen das Beileid meiner Familie über diese Tragödie aussprechen, die Ihrem Hause widerfahren ist.«

»Kondolenzbesuch«, wiederholte Jusik. »Ja. Natürlich. Darf ich mich setzen?«

Ran wies auf ein mit Quasten verziertes Kissen, das abseits von meinen Tellern lag, und Jusik setzte sich mit dem Gebaren eines Mannes, der bewußt um Selbstbeherrschung bemüht war. Aus der Nähe wirkte er sowohl müde wie auch ruhelos, und die Falten in seinem Gesicht traten stärker hervor. Ich hatte ihn auf der Gartenparty und auf dem Schiff beobachtet. Wenn er nicht gerade dabei war, seine Mutter zu besänftigen, dann hatte er auf mich den Eindruck eines Mannes gemacht, der gewohnt ist, seinen Willen durchzusetzen, was er als Erster des Hauses Porath ja zweifellos tat. Wenn man an ihn dachte, dann schien man ihn kaum von seiner Familie trennen zu können: Vater, Sohn, Erster seines Hauses, Repräsentant eines der sechs Zweige des Adels; das machte seine Existenz aus. Was er einem vermutlich auch sagen würde, wenn man vermessen genug wäre, ihn zu fragen.

Warum hatte ich dann jetzt, als er auf dem Kissen in unserem Wohnzimmer saß, das Gefühl, daß er ganz allein hier war? Er erschien … so sehr als *Individuum.* So un-ivoranisch.

Ich kannte den Mann nicht einmal, aber plötzlich tat er mir sehr leid. Aus einem Impuls heraus kniete ich mich auf den Teppich, fing seinen Blick auf und sagte: »Es ist uns Ernst damit, wissen Sie. Das muß schrecklich für Sie sein. Wenn wir etwas tun können …«

Er schien leicht verdutzt zu sein. Die Barbarin durchbrach schon wieder das Ritual. Wahrscheinlich gab es eine festgelegte Folge von Aussagen und Antworten, an die wir uns jetzt halten sollten, und wahrscheinlich sollte sich Ran auf jeden Fall daran halten. Meine Aufrichtigkeit mußte jedoch offenkundig gewesen sein, da er nicht beleidigt reagierte. Er durchbrach das Ritual sogar selbst lange genug, um sich vorzuneigen und meine Hand zu berühren, bevor er den Versuch aufgab, sich mit der Ausländerin zu befassen, tief Luft holte und sich wieder Ran zuwandte.

»Nun, hier bin ich«, sagte er.

»Wie bitte?« sagte Ran.

»Hier bin ich. Sie haben mich sicher erwartet.«

Ran und ich blickten einander an.

Hast du eine Ahnung?

Keinen blassen Schimmer. Ich rollte meine Augen kurz in Jusiks Richtung, als würde ich anfügen: Was kannst du schon erwarten? Vielleicht ist er durch den Schmerz ganz durcheinander.

»Hm, vielleicht könnte der edle Herr etwas deutlicher werden«, sagte Ran.

Jusik warf mir einen Blick zu. »Ich weiß nicht, ob Ihre gnädige Gemahlin dabeibleiben sollte.«

Der Mann verdiente natürlich eine Menge Nachsicht, aber seine Unbestimmtheit konnte einen schon ein bißchen irritieren. »Vielleicht können Sie mir einen Hinweis geben, worüber wir überhaupt reden«, sagte Ran.

Das bedeutete für einen rein gesellschaftlichen Besuch schon recht früh auf das Eigentliche zu sprechen zu kommen, aber Jusik hatte unverkennbar etwas auf dem Herzen … und die Wahrheit ist, das kann ich Ihnen jetzt schon sagen, daß Ran in Wirklichkeit nicht viel übrig hatte für Jusik, Kade oder den ganzen Haufen der Poraths, wo immer sie auch sein mögen. Seine Sorge galt seinen eigenen Leuten. Nicht, daß er auch nur im Traum daran dachte, unhöflich zu werden.

Jusik hustete. »Ich bin sehr höflich gewesen, meine ich, gnädiger Herr. Ich bin allein gekommen – keine Sicherheitsleute, keine Gefolgsmänner, Sie können ruhig die Straße draußen überprüfen. Ich komme hierher in gutem Glauben, und ich glaube wirklich nicht, daß ich es verdiene, auf diese Weise übergangen zu werden …«

»Mein Herr!« Ran nannte ihn nicht mehr ›edel‹. »Wir sind uns bewußt, daß Sie einen furchtbaren Schock erlebt haben. Daß Sie unter einer enormen Spannung stehen. Ich hasse es, zu einer solchen Zeit grob zu sein, aber lassen Sie mich es so einfach formulieren, wie ich kann: *Ich habe keine Ahnung, wovon Sie sprechen.*«

Jusik blinzelte. »Dann weigern Sie sich, meine Fragen zu beantworten.«

»Mein Herr, Sie weigern sich, die Fragen zu stellen.«

Ich berührte Jusiks Ärmel, um seine Aufmerksamkeit auf mich zu lenken. »Edler Herr, ich bin eine Barbarin, wie Sie wissen. Sagen Sie *mir* so einfach und deutlich, wie Sie können, warum Sie zu uns gekommen sind.«

Er überlegte, ob er beleidigt sein sollte oder nicht. Ich fügte hinzu: »Bitte.«

Ran war drauf und dran, etwas anderes zu sagen. Im Schutz unserer Gewänder knuffte ich seinen Schenkel. Ich wollte nicht, daß Jusiks Aufmerksamkeit von mir abgelenkt würde, sonst würde es Stunden dauern, bis man ihn dazu brachte, vernünftig zu reden. Sobald er sich wieder Ran zuwenden würde, würde er erwarten, daß man ihn verstünde. Von einer Barbarin nicht verstanden zu werden ist jedoch normal.

»Lady Theodora, ich bin aus geschäftlichen Gründen hier, die sich auf eine Arbeit Ihres Gatten beziehen. Das ist alles.«

Ich stupste Ran wieder und lächelte Jusik an. »Sie beziehen sich auf das Geschäft der Zauberei?«

»Natürlich. Das Haus Cormallon ist in ihrer Ausübung ohnegleichen.«

»Der edle Herr ist so gütig. Solche Komplimente sind keine geringeren Schätze als das Gold unseres Hauses.« Verbringen Sie ein paar Jahre auf Ivory, und dann werden Sie auch mit solchen Ausdrücken um sich werfen können. »Nun also, wollen Sie damit sagen, daß Sie meinen Mann für einen Zauberauftrag im Dienste Ihres Hauses engagieren wollen?«

»Gnädige Dame … nicht direkt. Ich möchte ihn eher über seinen gegenwärtigen Auftrag befragen.«

»Aha, sein gegenwärtiger Auftrag. Und welcher Auftrag sollte das sein?«

Jusik rutschte verlegen hin und her. »Hmm, der Auftrag von gestern. Das heißt … der Auftrag … von gestern.«

Der Erste des Hauses Porath, von dem man wußte, daß seine Entschlossenheit schon fast als Tyrannei grenzte, war nahe daran, zu stottern. Ran lehnte sich jetzt herüber, und ich setzte mich auf meine Fersen. »Hat der edle Herr den Eindruck, daß ich seinen Sohn getötet hätte?«

Die Adjektive sind auf Ivory blumig, aber bei den Verben nimmt man kein Blatt vor den Mund. Jusik Porath sah noch verlegener aus. Ein lebenslanges Training hielt ihn zurück: Die Sechs Familien, die so oft Mord als schöne Kunst praktizieren, betrachten eine direkte Ermordung aus geschäftlichen Gründen für äußerst geschmacklos. Sie war manchmal unvermeidlich, aber man sprach nie darüber.

Jusik begegnete Rans Blick würdevoll. »Ich komme, wie es meine Verantwortung ist, als Erster meines Hauses. Ich komme, um mich zu vergewissern, in welcher Gefahr wir uns vielleicht befinden. Um zu erfahren, was Ihr Auftraggeber von uns will. Ein so öffentlicher ... Vorfall kann sicher nichts anderes sein als eine Warnung. Ich sollte jetzt eigentlich daheim sein, mein Herr, und mich um meine Familie kümmern, aber in Erfüllung meiner Pflicht bin ich hier. Ich habe nicht gewagt zu warten. Ich hoffe, Sie respektieren die ... Zurückhaltung ..., die ich an den Tag gelegt habe.«

Ran war für einen Augenblick sprachlos. »Heißt das Krieg?« fragte Jusik ungeduldig. »Wen hat mein Haus beleidigt? Sie können nicht erwarten, daß ich Sie nicht frage. Nicht, wo Ihr Werk doch so offen vor aller Welt vollbracht wurde.«

»Mein Herr, glauben Sie, ich würde ein Mitglied Ihrer Familie ermorden, während ich Ihr Gast bin?«

»Tun das die Zauberer denn nicht?«

Die Kluft zwischen der ersten und der zweiten Schicht der Aristokratie war mir noch nie so tief erschienen. Das Beängstigende war, daß Jusik so beherrscht bleiben konnte – und das konnte er, weil sein Schmerz und sein Zorn sich nicht gegen Ran richteten. Ich glaube nicht, daß er an Ran mehr Gedanken verschwendete als an ein Gewehr oder ein Messer oder einen Suppenlöffel.

Ihr Götter! Dachte *Ran* je von sich nur in den Begriffen der Funktionalität? Ich würde einmal darüber nachdenken müssen, sobald dafür Zeit war.

»Ich tue es nicht. Und Cormallon tut es nicht. Damit spreche ich nicht für den Rest der Welt.« Und um den schere ich mich auch nicht, klang es in seiner Stimme an. »Auf Ihren Sohn zu zielen wäre sowohl unhöflich als auch dumm. Es gibt viel subtilere Methoden, jemanden zu töten, als ihn von einem Schiff springen zu lassen. Diese ganze Aktion trägt den Stempel eines Amateurs, und Amateurzauberer sind Narren der schlimmsten Art.«

Das kam alles von Herzen. Jusik hörte schweigend zu. »Es ist wahr, edler Herr«, sagte ich. »Ich erledige die Buchungen für meinen Mann; wenn er einen Auftrag hätte, dann würde ich es wissen.«

Jusik warf mir einen Blick zu. Los, dachte ich, schauen Sie mich an: Eine Barbarin. Ein törichtes Kind. Wüßte nicht einmal zu lügen. Bin kaum fähig, mir die eigenen Schuhe anzuziehen ...

Er stieß seinen Atem aus. »Möglicherweise«, sagte er.

»Mein Herr, glauben Sie mir«, sagte Ran, »das Haus Cormallon würde nie in ein so offensichtliches Projekt verwickelt werden. Es ist nur eine Frage der Zeit, bis der Zauberer gestellt wird ...«

»Wirklich?« warf Jusik ein.

»Wie denn nicht? Der Zauberer war entweder auf dem Boot selbst, oder sein Zauber war mit einer Person oder einem Objekt an Bord verknüpft. Es gibt nur eine begrenzte Anzahl von Möglichkeiten, und das Haus Porath wird vermutlich keine Mühe scheuen, jeder von ihnen nachzugehen.«

»Ich habe gehört, daß die Anwendung von Magie ein ›Echo‹ hinterläßt, das aufgespürt werden kann«, sagte Jusik langsam. »Vermutlich wäre der erste Schritt, daß wir einen eigenen Zauberer engagieren, der es aufspürt ...«

Ran schüttelte den Kopf. »Es gibt Gründe, warum das wahrscheinlich nicht funktionieren wird ...«

»Nennen Sie sie mir nicht.« Jusik hob die Hand. »Ich sehe, daß ich einen Experten dafür brauche. Wären Sie bereit, diese Aufgabe zu übernehmen?«

Ran machte große Augen. »Mein Herr, vor knapp einer Minute haben Sie angedeutet...« Er hielt inne und blickte sich in dem Zimmer um, als wenn die richtigen Ausdrücke irgendwo unter einem der schmutzigen Teller verborgen lägen, dann begann er aufs neue: »Edler Herr, Sie haben gerade einen Schock erlebt. Es ist nicht an mir, eine Vorgehensweise für Ihr Haus vorzuschlagen. Ich habe Ihr Anwesen aus gesellschaftlichen Gründen betreten; ich würde es gern dabei belassen.«

»Ich werde in den nächsten Tagen sehr beschäftigt sein«, sagte Jusik und zog sein Gewand gerade, während er sprach. Er setzte sich aufrechter hin und schien wieder mit jeder Geste das Haus Porath zu repräsentieren. »Es wäre für mich persönlich ein großer Gefallen, wenn Sie diese Aufgabe für uns übernehmen würden.«

»Bei allem Respekt...«

»Und es würde uns eine Gelegenheit geben, diese Heiratsidee zu besprechen.«

Wieder herrschte Schweigen, während wir dies in uns aufnahmen.

»Obwohl dies ein Gefallen wäre«, fügte Jusik hinzu, »möchte ich damit nicht sagen, daß ich nicht an ein Honorar denke...«

Ran schüttelte den Kopf – nicht verneinend, sondern eher so, als wäre er von zu vielen Sandsäcken getroffen worden. »Ich bin sicher, Ihr Honorar wäre... hätten Sie etwas dagegen, wenn ich dies mit meiner Frau diskutierte?«

»Überhaupt nicht! Ich muß sowieso gehen.« Er erhob sich mit jener ivoranischen Eleganz, an die ich nie herankommen werde, und wenn ich zweihundert Jahre alt werde. »Es gibt keinen Grund für Aufschub, wenn mein Vorschlag Ihr Gefallen findet. Sie dürfen sich in meinem Haus, auf meinem Anwesen und auf dem Schiff frei bewegen. Schicken Sie mir einfach eine

Nachricht, und ich werde alle anweisen, mit Ihnen voll zu kooperieren.« Er lächelte uns beide an und verbeugte sich. Dann wandte er sich an Ran und fügte hinzu: »Ich würde eine schnelle Lösung vorziehen.«

»Daran zweifle ich nicht.« Ran begleitete ihn bis zur Tür.

Ein paar Sekunden später war er zurück. »Nun?« fragte er.

»Ran«, sagte ich, »ich bin jetzt schon einige Jahre auf Ivory, und ich habe schon an einer Anzahl ungewöhnlicher Gespräche teilgenommen. Aber ich muß sagen, dies war das seltsamste.«

Er lächelte, und es war kein glückliches Lächeln. »Er ist noch mehr als halb überzeugt, daß ich schuldig bin. Deshalb möchte er mich engagieren. Damit ich meine Auftraggeber wissen lassen kann, daß er ein Treffen wünscht. Oder wenn der Preis stimmt, damit ich ihm die Namen meiner Auftraggeber nennen kann.«

»Das hat er aber nicht gesagt.«

»Doch, hat er.«

Ich ertappte mich dabei, wie ich auf die schmutzigen Teller starrte. »Also mußt du ablehnen.«

»Das wäre auch ein Eingeständnis von Schuld. Denn die Identität eines Klienten zu schützen, ist ja die erste Pflicht eines guten Zauberers.«

»Nun ja, du kannst nicht annehmen, wenn du keinen Klienten hast, den du benennen kannst.«

»Und da ist noch Kylla und die Sache mit der Heirat.«

Ich seufzte. »Ich hatte gedacht, das wäre ein einfaches gesellschaftliches Problem.«

Er bückte sich und hob die Teller auf. »Theodora, warum glauben die Leute immer, daß ich an etwas schuld sei? Liegt es an meinem Gesicht?«

»Ist dir das schon dein ganzes Leben lang passiert, oder erst seit du mich getroffen hast?«

»Gute Frage.« Er balancierte meine Tasse auf dem Tellerstapel. »Ich bin froh, daß du endlich beginnst, etwas Verantwortung für diese ständige Beeinträchtigung meines Lebens zu übernehmen.«

»Ha! Wenn wir schon anfangen, darüber zu reden, wodurch das Leben bestimmter Leute beeinträchtigt wird ...«

»Ich habe dich nicht gezwungen, nach Ivory zurückzukehren. Das war dein Schicksal.«

Ja ja, das Schicksal hinter der Maske von Cormallon. Ich folgte ihm in die Küche. »Also, was machen wir jetzt? Möchtest du mit Kylla reden, bevor wir uns tiefer auf diese Sache einlassen? Wenn wir sie jetzt anrufen, dann wecken wir sie auf.«

»*Kanz*, nein. Kylla würde mich an der Gurgel packen und mir sagen, ich sollte auf der Stelle alles tun, was nötig ist, damit Jusik in unserer Schuld steht.«

»Möchtest du, daß ich die Karten lege? Ich weiß nicht, wie hilfreich sie in einer solchen Situation sein werden. Ich meine, es sind deine Karten, sie kümmern sich nicht um Kylla oder Kade. Ich kann eine normale Geschäftskonfiguration legen – obwohl du, genaugenommen, das nicht als einen Geschäftsauftrag angenommen hast.«

Ran überlegte. »Ein *Geschäfts*auftrag. Warum war Jusik so schnell zu der Annahme bereit, daß Kade aus geschäftlichen Gründen umgebracht wurde? Für die meisten unserer Kunden ist diese Annahme normal, aber die Sechs Familien praktizieren Mord als eine schöne Kunst. Warum sollte Kade nicht der Verlierer in einem ihrer verdammten Spiele gewesen sein?«

»Das ist einfach.« Ich nahm ihm die Teller ab und stellte sie hin. »Kade ist von einem Zauberer umgebracht worden. Du warst der einzige bekannte Zauberer an Bord, und du bist kein Spieler, sondern ein Geschäftsmann.«

»*Wir* können aber nicht von dieser Annahme ausgehen. Es kann sehr wohl ein Amateurzauberer an Bord gewesen sein.« Er stützte sich unzufrieden auf die Anrichte. »Das ist ein Schlamassel, Liebling. Mordanschläge innerhalb der Aristokratie gehen uns nichts an.«

»Dann lehne ab.« Ich lächelte, weil ich wußte, daß er dies nicht tun würde.

Er seufzte erneut. »Und da ist noch etwas, weißt du«, sagte er. »Wir müssen uns jetzt auch um Stereth Tar'krim Gedanken machen.«

Zu diesem Zeitpunkt machte ich mir wirkliche keine Gedanken um Stereth Tar'krim, denn ich vertraute darauf, daß er als alter Freund einen Weg finden würde, uns zu warnen, wenn er in den Fall verwickelt wäre. Ich machte mir nicht einmal Gedanken über Kyllas und Lysanders Ehe, denn irgendwie erreicht Kylla am Ende immer, daß die Dinge im Leben so ausgehen, wie sie sie wünscht. Aber es gefiel mir nicht, sie inzwischen unglücklich zu sehen.

Ich machte mir über ein völlig anderes Thema Gedanken. In jener Nacht sagte ich im Bett zu Ran: »Ich möchte mit dir über uns sprechen.«

Er bewegte sich unruhig hin und her. Ran spricht nicht gerne über wichtige Sachen; Reden bedeutet Unsicherheit, und als Erbe des Hauses Cormallon scheint er zu meinen, daß der Pfad seines Lebens keine Unsicherheit auf irgendeinem Gebiet erlauben sollte. Seit seiner Kindheit wußte er, was seine Pflicht war und wie sein Leben verlaufen sollte, warum also reden?

»Über Kinder«, sagte ich.

Er blickte unglücklich drein. »Man redet nicht über Kinder. Sie ereignen sich.«

»Sie ereignen sich aber auch nicht. Es gibt gute Gründe zu glauben, daß die Ivoraner vielleicht vom

Rest der Standard-Gesellschaft genetisch verschieden sind. Vielleicht sogar eine andere Spezies. Ich habe gesucht und gesucht – aber ich kann nirgendwo sichere Beweise finden –, vielleicht weiß es jemand im medizinischen Komplex von Tellys, aber wenn sie es wissen, so sagen sie es mir nicht …«

»Du hast dich an den medizinischen Komplex von Tellys gewandt?«

»Nur für Recherchen. Auf dem NETZ.«

»So?«

»Hör mir zu. Es besteht immer die Möglichkeit, daß wir, du und ich, keine Kinder bekommen können. Oder, wenn ich schwanger werde, dann haben wir keine Ahnung, was passieren wird. Andrerseits, wenn du zu der Selianischen Klinik gingest, dann könnten wir ein gutes genetisches Szenario bekommen, mit Prozentwerten von Wahrscheinlichkeiten …«

»Nein.«

»Sie brauchen beide Eltern, um ein Szenario anzufertigen.«

»Was meinst du mit ›beide‹? Bist du schon dort gewesen?«

»Warum sollte ich ohne dich gehen? Ich bin sowieso schon auf Athena oftmals untersucht worden, deshalb bekommt niemand von mir neue Daten.«

Er schwieg. Ich wurde es müde, in die Dunkelheit zu lauschen, deshalb sagte ich: »Ran?«

»Hör mal«, sagte er. »Ich werde keinerlei Informationseigentum von Cormallon, meinen eigenen Körper eingeschlossen, für irgendwelche Studien zur Verfügung stellen.«

»Ach, komm schon, Ran, wir reden über eine medizinische Klinik von Leuten von einem anderen Planeten. Es handelt sich nicht um ein rivalisierendes ivoranisches Haus.«

Er setzte sich auf und warf die leichte Sommerdecke zur Seite. Dann schaltete er das Licht ein. In seinem Gesicht zeigte sich kein Ärger, aber ich hatte das Gefühl, daß er erregt war. »Die Zeiten ändern sich. Mit jeder Generation wird es schlimmer. Wir haben erst vor hundert Jahren den Kontakt mit der Standard-Gesellschaft wiederhergestellt. Hast du das gewußt?« Er wartete nicht auf eine Antwort. »Das hört jetzt nicht auf. Jedesmal, wenn ein neues Stück Technologie importiert wird, ändern wir uns ein bißchen mehr. Eines Tages werden unsere Rivalen sich auf Tellys und Pyrene befinden, nicht am Ende der Straße oder auf der anderen Seite des Hügels. Darüber wird sich unser Enkel Gedanken machen müssen, und ich wäre ein Narr, wenn ich es ihm noch schwerer machen würde.«

»Nun gut.« Ich starrte ihn an. »Ich hatte nie gedacht, so etwas von dir zu hören.«

Er lächelte bitter. »Weil ich meine ganze Zeit konzentriert auf den jeweils aktuellen Zauberauftrag verbringe? Weil ich mir nur über dieses Geschäftsjahr Gedanken zu machen scheine?«

»Ja.«

Das Lächeln wurde schmerzlich. »Ich bin der Erste; es ist meine Aufgabe, die Zukunft des Hauses zu bedenken. Die nicht dadurch besser wird, daß man an potentielle Feinde Bonbons austeilt.«

Ich versuchte nicht, ihm zu widersprechen. Für einen Ivoraner ist jeder, der nicht zu seiner Familie gehört, ein potentieller Feind. »Selbst wenn die Ärzte von Tellys ein Gen für Zauberei in deinem Körper isolieren könnten – falls es existiert und falls es ihnen wichtig genug erscheint, es zu versuchen, woran ich zweifle –, was hätten sie davon ohne die Gene selbst, ohne eine praktische Methode, sie auszudrücken?«

»Etwas zu verstehen ist der erste Schritt, um es zu beherrschen.«

»Ohne die restlichen Schritte ist der erste nicht viel wert.«

»Ich gehe nicht.« Er schaltete das Licht aus.

Ich wartete, bis er sich wieder hingelegt hatte, dann sagte ich: »Wenn ich nicht schwanger werden kann, dann wird dieser hypothetische Enkel nie existieren. Hast du schon daran gedacht?«

Schweigen. Meine Augen gewöhnten sich wieder an die Dunkelheit. Ich blickte mich in dem kleinen Schlafzimmer um, schaute auf die Frisierkommode mit ihren Fläschchen und Döschen und Behältern, auf die Truhe, auf den Schemel in der Ecke. Ich ließ Ran viel Zeit, dann sagte ich: »Wenn ich nicht schwanger werden kann, wird dann der Rat von Cormallon auf dich Druck ausüben, jemand anderen zu heiraten? Eine zweite Frau zu nehmen, wie man Lysander unter Druck setzt?«

»Dem würde ich mich äußerst hartnäckig widersetzen«, sagte er.

Er klang wie ein Politiker, der gegen Steuern spricht. Und wir alle wissen, wie lange das vorhält. »Du solltest dich um eines der demokratischen Ämter bewerben«, sagte ich. Dann schlug ich ein paarmal auf mein Kissen ein, um es aufzuschütteln, und kuschelte mich ins Bett, um einzuschlafen.

KAPITEL 6

Mit gemischten Gefühlen betrat ich aufs neue das Haus der Poraths. Wir störten eine private Trauer, aber wir waren ja eingeladen worden. Dazu kam, daß ich wirklich nicht wußte, was wir tun sollten. Die Rolle des Zauberers besteht allgemein darin, Schwierigkeiten zu *verursachen*, und nicht darin, herauszufinden, wie die Schwierigkeiten entstanden sind. Wenn Ran Ermittlungen nötig hatte, so bezahlte er im allgemeinen Leute, die sie für ihn anstellten... aber dann waren die Ermittlungen für gewöhnlich nichtzauberischer Natur. Und streng geschäftsmäßig.

Ich hatte die Karten gelegt, wie bei jedem Auftrag, um auf Nummer Sicher zu gehen; sie hatten eine gute Chance für Erfolg und keine große Gefahr für Ran angedeutet. Also hatte ich eingewilligt. Ich hoffte, ich würde es nicht bereuen.

Ich berührte Ran am Arm, als wir an den lackierten Säulen der mittleren Veranda vorbeigingen. Er schaute mich an.

»Ich werde nicht lange bleiben können«, sagte ich und tupfte an meine Nase. Die Katzen!

»Zwanzig Minuten. Wir sprechen mit Großmutter Porath, falls wir können, und dann mit Coalis.«

Ich nickte. Zumindest war die Eidechse aus der unmittelbaren Nachbarschaft verschwunden. Vielleicht gab es einen Schuppen oder so etwas auf dem Anwesen, wo sie gehalten wurde. Andrerseits konnte dies bedeuten, daß wir in irgendeinem Korridor auf das riesige Reptil stoßen würden.

Die Türen an der Veranda waren mit Bahnen silbernen Tuchs verhängt worden, vom Dach baumelten silberne Papierlaternen. Weihrauchduft kam aus einer Tür im rechten Flügel des Hauses. Kades Leichnam war dort aufgebahrt, bevor er verbrannt wurde.

»Auf Athena würde jemand die Leiche untersuchen«, sagte ich.

Ran nickte. »Das werden wir tun.«

»Was meinst du damit? Wir sind keine Ärzte.«

»Was würde ein Arzt nützen?« Er benutzte wie ich das Standard-Wort. »Wir kennen die physikalische Todesursache. Ertrinken. Und falls irgendwelche Spuren von Zauberei zu finden wären, dann würde ein Arzt kaum hilfreich sein.«

»Hör mal, ich glaube wirklich nicht, daß ich ...«

Der Hausverwalter, ein großer, grauhaariger Mann kurz vor dem Pensionsalter, empfing uns an der Tür, und wir verneigten uns. Er sagte: »Die Befehle des Hauses lauten, Ihnen jegliche Unterstützung zu gewähren.« Er hatte eine freundliche, ziemlich ruhige Stimme; sein ganzer Stil war der eines Mannes, den man nur sehr schwer schockieren konnte. »Ich hoffe, Sie verzeihen, daß ich Sie nicht an der Tür empfangen habe, aber heute ist alles ziemlich durcheinander.«

»Natürlich«, sagte Ran. »Einer der Gründe, weshalb ich gekommen bin, ist der, dem Haus mein Beileid auszudrücken.«

»Das wissen wir zu schätzen. Bitte kommen Sie herein. Der Wächter vom Tor sagte, daß Sie gefragt haben, ob Coalis zu Hause ist.«

»Ja«, sagte Ran, und wir tauschten einen Blick. Keiner von uns beiden hatte vermutet, daß das Torhaus ein NETZ-Terminal hatte oder daß die Poraths überhaupt ans NETZ angeschlossen waren; sie sahen so ärmlich aus, und die NETZ-Gebühren waren ziemlich happig. Aber es gab keine andere Methode, wie unsere Frage den Verwalter so schnell hätte erreichen können. »Wir würden gerne mit ihm sprechen, wenn wir dürfen. Allerdings würden wir gern zuerst mit seiner Großmutter sprechen.«

Der Verwalter führte uns durch den Hauptkorridor, und wir kamen an dem Durchgang zur Küche vorbei. »Ich befürchte, Großmutter schläft im Augenblick, gnädiger Herr. Tatsächlich würde ich nicht erwarten, sie vor morgen zu sehen. Man hat ihr Medikamente gegeben. Sie hat die ganze Sache nicht recht verkraftet.«

»Ich verstehe.« Ran räusperte sich. »In diesem Fall können wir vielleicht Co …«

»Sir Cormallon!« Über die Treppe am Ende des Korridors schritt die große Frau herab, die Eliana Porath auf der Gartenparty und auf dem Schiff wie ein Schatten gefolgt war. »Verzeihen Sie – Sie *sind* doch Ran Cormallon, der Zauberer?«

Ran bejahte die Frage. Sie verneigte sich. »Leel Canarol, Leibwächterin von Eliana Porath. Die junge Dame hat mich gebeten zu schauen, ob Sie der Besucher sind. Sie würde gerne mit Ihnen sprechen, wenn Sie nichts dagegen haben.« Sie trug schwarze Provinzlerhosen, die von Silberfäden durchzogen waren, und darüber eine seidene, ebenfalls silberne Steppweste: Kleider der Halbtrauer, aus Respekt für die Poraths. Ich bemerkte, daß selbst hier, im Bereich der Familie, sich unter der Weste noch eine Ausbuchtung von der Größe einer Pistole abzeichnete.

Der Verwalter wandte sich uns zu und wartete auf unsere Antwort. Nun ja, bisher war nichts so verlaufen, wie geplant; wir konnten also ruhig sehen, was Eliana von uns wollte. Ich gab dies Ran mit einem Achselzucken zu verstehen, und er sagte zu Leel Canarol: »Diese Aufforderung ehrt uns natürlich. Wir werden Ihnen folgen.«

Während sie uns nach oben führte, sagte sie: »Ich fürchte, Sie können heute Großmutter sowieso nicht sprechen.« Wie in den paar anderen großen Häusern, die ich besucht hatte (in eines hatte ich sogar eingeheiratet), nannte sogar das Personal die alte Dame ›Großmutter‹. Bestimmt nannten sie jedoch Jusik ›Lord Porath‹.

»Ja, der Verwalter hat es uns schon gesagt.« Ran bestätigte nicht, daß wir hier waren, um die Großmutter zu besuchen, und er nannte auch keine anderen Namen. Ich lächelte in mich hinein. Falls Leel Canarol – oder Eliana Porath – herausfinden wollte, was wir hier taten, dann würde es für sie schwer werden. Ran war mit Informationen knickrig wie ein Geizhals.

Durch einen purpurfarbenen, mit Fransen verzierten Vorhang traten wir in Elianas Zimmer, das vom Licht der Morgensonne erfüllt war. Es ging auf den Garten hinaus; die Zweige des Coyu-Baumes in der Nähe der Veranda reichten bis zum Fenster. Das Zimmer war in Weiß und Gelb gehalten, es war sauber und alt. Ein Alkoven für das Bett der Amme, eine niedrige Schlafplattform in der Mitte für Eliana selbst, zu deren Füßen ein Platz für die Leibwächterin. (Ein Zimmer, drei Personen; wahrscheinlich schnarchte mindestens eine von ihnen. Ich war froh, daß ich kein Mädchen aus den Sechs Familien war.) Die Schlafplattform war mit einer breiten Bahn eines weichen Goldstoffes verhüllt, darauf befand sich die Matratze und eine kleine Lampe.

Am Fenster befanden sich einige gedruckte Bücher, ohne Zweifel zu Themen, die für junge Damen passend waren. In der Nähe des Alkovens Blumen. Zwei Kleiderschränke. Und das war's dann schon. Das war so ziemlich Elianas Leben. Ein Stadtmädchen aus guter Familie, vor allem aus einer ohne Geld, kam nicht viel hinaus. Die notwendige Aufsicht war zu teuer, selbst wenn man die begrenzte Zahl von Orten berücksichtigte, die sie besuchen durfte.

Mir kam plötzlich der Gedanke, daß sie sich vielleicht durchaus darauf freute, irgend jemanden zu heiraten, damit sie in den Rang einer verheirateten Frau aufstieg und deren zusätzliche Freiheiten erlangte.

Arme Kleine. Sie stand von der Bank am Fenster auf und wartete wie ein wohlerzogenes Kind auf unseren Gruß. Sie trug einfache Hausgewänder in Hellgrün, ohne Silber. Ihr schwarzes Haar war mit einem Samtband zurückgebunden und hing bis zur Taille herab.

»Geehrt durch diese Begegnung«, sagte Ran. »Darf ich Ihnen das Beileid unseres Hauses ausdrücken?«

Sie nickte. »Ich hoffe, Sie nehmen keinen Anstoß an meinen Kleidern. Erst jetzt ist man daraufgekommen, daß ich keine Trauerkleider habe.« Ihr hohe und klare Stimme berichtete dies als eine Tatsache, nicht als Anlaß zum Tadel. »Tantchen Jace, könntest du uns etwas Tah holen?«

Das temperamentvolle Tantchen Jace war, wie ich jetzt bemerkte, wie eine Maus in der Ecke gesessen; nun sprang sie auf und eilte zur Tür.

»Das wird nicht notwendig sein«, sagte ich schnell. »Wir können nicht lange bleiben.« Abgesehen vom Katzenfaktor waren wir ja nur geschäftlich hier. Ich wollte keine Gastfreundschaftsverpflichtungen gegenüber Eliana eingehen. Außerdem war ich bezüglich des Essens ungeprüfter Speisen so nervös geworden wie eine geborene Ivoranerin – gestern war zwar alles in Ordnung gewesen, aber gestern hatte Kade noch gelebt und Ran war nicht unter Mordverdacht gestanden.

»Ich hoffe, Sie verzeihen unsere Eile«, sagte Ran. »Die Dame Theodora und ich stehen heute unter Zeitdruck.«

Sie biß sich auf die Lippe. Dann setzte sie sich wieder und glättete ihre grünen Gewänder. »Bitte setzen Sie sich«, sagte sie, und so setzten wir uns auf den Rand der Schlafplattform. Sie räusperte sich, dann begann sie aufs neue zu sprechen. »Das ist sehr schwierig. Vermutlich sollte ich bloß ... Man sagt, Sie hätten eingewilligt, den Tod meines Bruders zu untersuchen. Ist das wahr?«

Es ist immer interessant zu beobachten, wie Ran die Fragen anderer Leute kontert. Er sagte: »Wenn man Ihnen das gesagt hat, so werde ich es nicht leugnen.«

»Wenn es nämlich wahr ist, wissen Sie, dann muß ich mit Ihnen reden.«

Ran wartete.

Schließlich sagte sie: »Es tut mir leid, wie egozentrisch das klingt. Aber sehen Sie nicht, wie das mich betrifft? Eine ausgedehnte Untersuchung, bei der im Garten unserer Familie ein Stein nach dem anderen umgedreht wird, gerade dann, wo ich – nun ja, praktisch verlobt bin? Und Sie sind noch sein Schwager! Er wird alles mögliche hören!«

»Wirklich?« fragte Ran kühl.

»Jede Familie hat ihre Marotten, gnädiger Herr, und mir wäre es lieber, daß die meiner Familie dezent in Ruhe gelassen würden.«

»Will die Dame mir damit sagen, daß sie glaubt, ich würde jeden interessanten Klatsch, den ich erfahre, an Lysander Shikron weitergeben?«

»Tun Sie das nicht?«

Ich hätte jetzt gegrinst, wenn man das nicht als taktlos angesehen hätte. Falls sie dachte, daß Ran sich in der einen oder anderen Weise festlegen würde, dann müßte sie lange warten. In dem Schweigen, das jetzt entstanden war, wandte sie sich an mich. »Gnädige Dame, ich appelliere an Sie. Sprechen Sie für mich mit Ihrem Gemahl, denn ich habe niemanden, der meine Partei ergreift. Habe ich nicht ein Anrecht auf eine gute Heirat?«

Mein Kind, wenn ich es nicht schaffe, ihn bei wichtigeren Themen zur Kooperation zu bewegen, dann glaube ich nicht, daß Sie sehr weit kommen werden. Ich versuchte mir eine Stegreifantwort auszudenken, aber Ran ersparte es mir.

»Warum ›ausgedehnt‹?« fragte er.

»Wie bitte?« sagte Eliana.

»Sie sprachen von einer ›ausgedehnten Untersuchung‹. Warum ›ausgedehnt‹?«

»Nun ja, offensichtlich müßte der Rahmen ziemlich weit gefaßt werden – ich begreife nicht, was das zu tun hat ...«

»Warum müßte der Rahmen weit gefaßt werden?«

»Da sind natürlich die Spieler, und Kades Geschäftspartner, und allein die Götter wissen ...«

»Kade war ein Spieler?« Sie und Ran bezogen sich auf das Spiel des kontrollierten Mordes, das bei den Sechs Familien populär war. Es gab komplizierte Regeln, die es lenkten, oder so hatte ich zumindest gehört; so lang ich mich davon fernhielt, war es mir wirklich gleichgültig, was sie untereinander machten. Ich sollte noch anfügen, daß ich mit ›populär‹ nicht meinte, sie spielten es alle. Die Spieler stellten nur eine kleine Minderheit dar, aber dadurch wird es viel populärer, nicht wahr?

Sie seufzte. »Vater mochte nicht, daß er spielte. Er war der erste Sohn, und unser Haus hat keine Zweige, die es erübrigen kann. Er sagte, er hätte damit aufgehört, aber ich weiß, daß er nicht aufgehört hat.«

»Ich verstehe. Sie haben auch Geschäftspartner erwähnt.«

Ja, das hatte sie. Mir war das angesichts des Knäuels anderer Möglichkeiten schon entfallen.

»Ja.« Damit schien das Thema abgeschlossen zu sein, soweit es Eliana betraf.

»Ich wußte nicht«, sagte Ran, »daß das Haus Porath an irgendeiner Art von Geschäften beteiligt ist.«

»Wenn Sie mich ins Haus Shikron einheiraten lassen«, sagte sie mit einem Anflug von Ärger, »dann werden wir an genügend Geschäften beteiligt sein.«

»Aber Kade war schon beteiligt.«

Wir warteten. Leel Canarol saß in gespielter Entspanntheit am anderen Ende der Schlafplattform, ihre Füße in den kurzen Stiefeln ruhten auf einem Schemel. Tantchen Jace gab einen Laut der Empörung von sich, stand auf und ging demonstrativ zum Fensterbrett, um dort eine Schale mit Nähzeug zu holen.

Schließlich sagte Eliana: »Es war seine persönliche Sache. Keiner von den übrigen im Haus hatte damit etwas zu tun.«

»Eliana, ich würde dir nicht raten ...«, sagte Leel Canarol.

»Ach, pst, Lely. Er wird es sowieso herausfinden, nicht wahr?«

Die Vernünftigere ihrer beiden Anstandsdamen zuckte die Achseln. »Kade hat eine Gesellschaft zum Geldverleihen gegründet«, sagte Eliana.

Auf Ivory ist das eine hinreichend respektable Aktivität, wenn auch vielleicht ein bißchen deklassiert für eine der Sechs Familien.

»Ja und?« fragte Ran.

Sie blickte überrascht drein. »Das ist alles.«

Ran und ich schauten einander an. »Woher hat er das Geld bekommen?« fragte ich. »War er Partner einer der Banken auf dem Marktplatz?« Ich wußte ein bißchen über die weniger offiziellen Bankgeschäfte in der Hauptstadt Bescheid, da ich früher einmal in Geldschwierigkeiten geraten war.

»O nein, er hat das Anfangskapital auf seinen guten Namen geborgt.«

»Er hat es geborgt«, sagte Ran langsam. »Um damit Profit zu machen, müßte er es mit einem ziemlich hohen Zinssatz ausgeliehen haben.«

Leel Canarol kicherte. »Das hat er gewiß getan.« Eliana schaute sie wütend an.

So, so. Wenn ich es richtig verstanden hatte, so hatte sich der erste Sohn und Erbe des Hauses Porath einen Ruf als Kredithai erworben.

»Schade, daß ich ihn nicht mehr kennengelernt habe«, sagte ich sanft.

Eliana blickte mich an. »Sagen Sie es Vater nicht. Was auch immer Sie tun.«

Ran stand auf. »Wir werden tun, was wir können«, versicherte er und ließ es im unklaren. »Ich fürchte, wir müssen jetzt weiter …«

»Aber Lysander? Werden Sie ihm davon erzählen?«

»Im Augenblick«, sagte er, »betrachte ich die Heirat als ein Thema, das ich von der Angelegenheit Ihres Bruders getrennt halte.«

Sie lächelte. Wir ließen sie mit ihren Betreuerinnen zurück und waren uns beide bewußt, daß wir keine Versprechungen abgegeben hatten.

Coalis war von völlig anderer Art. Wir fanden ihn auf dem Bauch liegend in dem kleinen Hof, der an den Westflügel anschloß; ausgestreckt auf einem Stück sehr sorgfältig kultivierten gelbgrünen Rasens vor einem Miniaturbrunnen, las er ein Buch mit Gedichten. Bei unserem Kommen setzte er sich auf.

»Hier ist Platz für drei«, sagte er und meinte damit das Rasenstück. »Hallo, Theodora. Ich begrüße Sie, Sir Cormallon.«

Er trug eine Unterjacke aus Silberstoff und ein silbernes Obergewand. Er trauerte vermutlich um den Tod seiner Hoffnungen und Träume. »Hallo, Coalis«, sagte ich auf die gleiche direkte Art und wartete nicht, bis Ran etwas sagte. »Mein Ehemann entbietet Ihnen das Beileid unseres Hauses.«

Coalis lächelte träge, auf sanfte Art erfreut darüber, wie wir gerade die Tradition übertreten hatten. Na'telleths amüsierten sich oft über so etwas. »Wir wissen es zu schätzen. Ich habe gehört, daß Sie gekommen sind, wissen Sie. Ich habe gehört, daß Eliana Sie abgefangen hat, als Sie hereinkamen.«

»Sie schien über den Ruf der Familie besorgt zu sein«, sagte Ran.

»Na ja, sie hat wahrscheinlich ihre Gründe.«

»Was lesen Sie?« fragte ich.

Er hielt das Buch in die Höhe. »Keseys *Erotische Gedichte*.«

»Wirklich! Ich habe erst gestern seinen allgemeinen Sammelband durchgeblättert.« Kesey war schon seit etwa sechshundert Jahren tot, aber sein Werk erfreute sich unter den Klassikliebhabern einer gewissen Beliebtheit. Die Ausgabe, die ich hatte, war eine Übersetzung in das moderne Ivoranisch, aber Coalis' Buch sah wie eine Originalausgabe aus. »Was halten Sie von ihm?«

Er schürzte nachdenklich die Lippen. Schließlich sagte er: »Vermutlich bin ich nicht der Richtige für eine solche Frage.« Er legte das Buch hin. »Vielleicht hätte ich mir die illustrierte Ausgabe besorgen sollen.« Er schaute Ran an, dann mich. »Sie haben Fragen an mich«, sagte er.

»Allerdings«, sagte Ran.

»Ihr Vater meint – oder meinte –«, sagte ich, »daß wir etwas mit Kades Tod zu tun gehabt hätten.«

Ran warf mir einen seiner nicht zu deutenden Blicke zu, aber es konnte ja noch jemand anderer auf diesen Gedanken gekommen sein.

Coalis rupfte eine Handvoll Gras aus. »Nun ja, das war wohl naheliegend, nicht wahr?«

»Wir hatten aber nichts damit zu tun.«

»Und Sie wüßten gern, wen man sonst noch beschuldigen könnte?«

»Kurz gesagt – ja«, sagte Ran.

»Nun, mir bedeutet das nichts, so oder so. Ich muß mit der Tatsache fertig werden, daß er nicht mehr da ist; wie er umkam, ist irrelevant.«

»Nicht für uns«, gab Ran zu verstehen.

»Eliana sagte uns, daß er ein Spieler war«, sagte ich.

»Hat sie das gesagt? Wie seltsam.«

»War er kein Spieler?«

»Als er vierzehn oder fünfzehn war. In dem Alter war ich genauso«, fügte Coalis hinzu, aus der Überlegenheit seiner sechzehn Jahre. »Er hat dem abgeschworen, als er volljährig wurde, und falls er sich je wieder damit beschäftigt hat, so habe ich nie davon gehört.«

»Sie hat auch gesagt, daß er Geld zu hohen Zinssätzen auslieh.« Ich bemerkte, daß Ran meine Befragungsmethoden mißbilligte, aber er sagte nichts.

»Nun ja, *davon* habe ich gehört. Vermutlich muß ich sein Geschäft für eine Weile übernehmen, oder es an jemanden verkaufen – das Haus könnte das Geld gebrauchen, und jemand muß es jetzt herbeischaffen, wo die Heiratsgeschichte im Sand verläuft. – Erzählen Sie jedoch Vater nichts!«

Ran runzelte die Stirn. »Kade hat Sie ins Geschäft eingeweiht? Für einen Na'telleth dürfte es doch nicht sonderlich verlockend sein.«

»Oh, ich habe es nicht von Kade erfahren.«

»Von wem dann?«

»Vom Minister für Provinzangelegenheiten«, sagte Coalis. »Von Stereth Tar'krim.«

Wenn ich auf Stereths Namen stoße, dann gerate ich immer ein bißchen aus dem Gleichgewicht, und Ran geht es vermutlich genauso. Besonders in einem Augenblick wie jetzt, wo die Verbindung so fern schien. Ran lehnte sich leicht nach hinten und sah aus, als summte in seinem Ohr ein kleines Insekt, das er nicht totschlagen konnte. »Stereth Tar'krim hat mit Ihnen über das Geschäft Ihres Bruders gesprochen?« fragte er.

»Ja, er ist ein Freund von mir. Wir sind uns bei einem Na'telleth-Einkehrtag begegnet.«

Na, das kam mir aber komisch vor. Stereth Tar'krim war etwa so na'telleth wie... oder vielleicht doch? Ich erinnerte mich an eine schicksalsschwere Stunde in einem früheren Leben, als ich mit Stereth über Blut und Tod und Niederlage gesprochen hatte. »Wenn es geschieht, dann geschieht es eben«, hatte er gesagt, obwohl er damals wußte, wie wahrscheinlich es war; eine typische Na'telleth-Antwort. Stereth... Rebell, Killer, Bandit – Mönch? Ich schüttelte den Kopf, als würde ich ihn dadurch klar bekommen.

»Warten Sie«, sagte ich. »Wie hat Stereth von Kades Geldverleih erfahren?«

»Er wollte Kades Partner werden«, sagte Coalis. »Er wollte ein Bündnis mit unserem Haus eingehen, ein offizielles Bündnis – er bat darum, als anerkannter Freund des Hauses eingetragen zu werden. Vater durfte natürlich nichts über das Geschäft erfahren, aber wenn er eines Tages nicht mehr da wäre...«

»Also war Stereth ein Freund von Kade«, sagte Ran und versuchte diesen Punkt zu klären.

»Nein, Kade wollte nichts davon hören. Warum sollte er teilen, wenn er alles für sich behalten konnte?«

»Und Kade hat es Ihnen erzählt?«

»Nein, Stereth hat es mir erzählt. Kade hat nie geahnt, daß ich irgend etwas über seine Unternehmungen wußte.«

Ran blickte irritiert drein. »Sie kannten Stereth, Sie wußten, daß er sich mit Ihrem Haus verbünden wollte, Kade war im Wege – und Sie haben ihn nicht gewarnt?«

»Warum sollte ich das tun?«

Bevor Ran noch ungehaltener wurde, sagte ich: »Zuerst einmal, um die Situation zu vermeiden, in der Sie sich jetzt befinden. Erbe des Hauses Porath, und dem Kloster können Sie ade sagen.«

»Oh! Sie meinen Kades Tod. Oh, ich bin sicher, daß Stereth damit nichts zu tun hat.«

Nach einem Augenblick der Verblüffung beschlossen Ran und ich stillschweigend, diese Aussage auf sich beruhen zu lassen. »Könnten wir vielleicht eine Liste von Kades Opf… ich meine: Kunden bekommen?« fragte ich.

»Das tut mir leid. Ich bin sicher, daß er irgendwo eine Liste hatte, aber ich habe keine Ahnung, wo sie sich jetzt befindet.«

Ran stieß den Atem aus, erhob sich und streckte mir seine Hand entgegen. »Wir werden Sie dann nicht länger stören.« Ganz offensichtlich würden wir eine Erörterung der Hoffnungslosigkeit der ganzen Lage verschieben, bis wir außer Hörweite der Familie waren.

Coalis machte sich nicht die Mühe aufzustehen. Er nahm mit einem Nicken unsere Verbeugungen zur Kenntnis und lächelte höflich. Als wir den Hof verließen, sah ich, daß er sein Buch wieder aufgeschlagen hatte. Er stützte seine Füße auf den Rand des Brunnens.

Wir gingen durch den Korridor, der zum Garten führte. Kein bißchen zu früh, denn ich hatte gegen Ende des Gesprächs mein Taschentuch schon ziemlich häufig herausgeholt. Ich schneuzte mir gründlich die Nase, steckte das weiße Leinenquadrat in den Ärmel meines Gewandes, wo ich es schnell erreichen konnte, und sagte: »Mir gefällt dieses ganze Gerede über Stereth nicht.«

»Glaubst du, daß er jetzt, wo er ein Minister des Kaiserreiches ist, in der Hauptstadt ins Gewerbe der Kredithaie einsteigen würde?«

»Allzu gern. Minister brauchen Geld wie jeder andere auch.«

»Aber er muß eine große Belohnung vom Kaiser

herausgehandelt haben, als er sein Banditentum aufgab.«

Ich zuckte die Achseln. »Ich weiß nicht, wie groß. Und wer weiß, wofür er das Geld wohl haben möchte? Vielleicht hat er neue Projekte im Kopf.«

»Ihr großen pfuschenden Götter!« Wir erreichten die Haupttür. Es wäre höflich gewesen, auf den Verwalter zu warten, damit er uns hinausließ, aber ich wollte ins Freie. »Siehst du hier ein Muster, das sich wiederholt? Bei Stereth, meine ich.«

»Ich bin mir nicht sicher. Was meinst du?« Ich erinnerte mich daran, daß ich nicht meine Augen reiben durfte, sonst würden sie sich entzünden.

»Erinnerst du dich noch an unseren Sommer mit seinen Banditen? Er wollte seine Kräfte mit den Banden aus der Ebene von Totenbrunn kombinieren, aber Dramonta Sol war dagegen. Tarniss Cord war bereit.«

Ich nickte. »Und plötzlich war Dramonta Sol tot und Tarniss Cord war der Chef aller Banditen von Totenbrunn. Ich weiß es gut. Das war ein Tag, den ich wohl kaum vergessen werde. Aber was sollen wir jetzt tun? Wir wissen nicht, ob er hinter Kades Ermordung steht, aber was, wenn ja? Ich meine, er *ist* eine Art Freund von uns.«

Ran schwieg, wie er auch bei Eliana geschwiegen hatte; weder bestätigte er meine Überlegungen noch widerlegte er sie. Ich drückte gegen die schwere Holztür.

»Außerdem«, redete ich weiter, »selbst wenn er kein Freund wäre, so möchte ich ihn mir nicht zum Feind machen.«

Ran schaute mich an. Ich sagte: »Komm schon, du weißt, es ist wahr. Wenn es dazu kommt, daß wir uns mit den Poraths verkrachen oder mit Stereth Tar'krim ...«

»Man erwähnt meinen Namen?«

Stereth stand in der Tür und lächelte in der Mittagssonne.

»Es ist gut, daß man sich an mich erinnert«, sagte er. »Ich hoffe, du hast von mir nur Gutes gesagt.«

Ran tat einen Schritt zurück, wahrscheinlich unwillkürlich, und überließ es mir zu sagen: »Hallo, Stereth.«

»Hallo, Tymon.« Er nannte mich bei meinem alten Straßennamen, und da jetzt niemand in Sicht war, beugte er sich vor und küßte mich auf die Wange. Dann blickte er an mir vorbei. »Ran. Es war gut, euch beide gestern zu sehen.« Er griff hinter sich, um die Tür zu schließen, aber ich legte eine Hand auf seinen Arm.

»Bitte nicht. Ich hätte gern etwas frische Luft. Ich bin gegen diesen Ort allergisch.« Ich benutzte das ivoranische Wort »Abneigung«.

»Tymon, wirklich? Deprimiert dich all der silberne Trauerflor?« Seine Stimme war nicht ohne Mitgefühl. Manchmal jagte er einem auf diese Weise einen Schrecken ein.

»Katzen. Ich habe die Nase voll, buchstäblich.«

»Meine arme Barbarin.« Er öffnete die schwere Tür leicht mit einem Arm. Auf den ersten Blick sieht er nicht so stark aus. Sonnenlicht strömte herein, mit dem modrigen Geruch alten Holzes von der Veranda und einem schwachen Duft aus dem Garten.

Ich duckte mich unter seinem Arm hindurch und trat nach draußen, dann holte ich tief Atem aus der nicht verseuchten Luft. Ran folgte mir nach draußen. Stereth zog die Tür hinter sich zu und trat zu uns. »Ich sollte sowieso auf den Hausverwalter warten. Ich bin nicht gerne unhöflich. Wir können uns auch hier unterhalten.«

Rans Gefühle Stereth gegenüber kann ich nur als gemischt bezeichnen, aber sicherlich betrachtete er Stereths ›Unterhaltungen‹ immer mit reinem

Mißtrauen. Er sagte ruhig: »Ich nehme an, du bist der nächste, der uns über die Ermittlungen befragen möchte.«

»Welche Ermittlungen? Ich bin gekommen, um einen Kondolenzbesuch abzustatten.«

Wir schauten ihn an.

»Es ist jemand gestorben, wißt ihr«, sagte er.

»Ja.« Ran holte tief Luft. »Jusik Porath hat uns gebeten, den Todesfall zu untersuchen.« Das schien sowieso jeder zu wissen.

»So? Na, dann viel Glück.« Sein Ton klang uninteressiert. »Eigentlich habe ich überlegt, ob ich hier mit Tymon einmal unter vier Augen sprechen könnte.«

Niemand schafft es so wie Stereth, einen höllisch zu überraschen. Ich hatte keine Ahnung, was ich darauf erwidern sollte, und überließ es Ran. Er suchte nach einer Antwort. »Ich begreife wirklich nicht, was …«

»Ach, komm schon, Sokol, laß mir meinen Willen und warte unter dem Coyu-Baum dort. Wir alle wissen doch, daß sie gleich darauf zu dir geschlendert kommen und alles wiederholen wird, was ich gesagt habe.«

Ran hatte sich wieder gefangen und sagte kühl: »Und warum forderst du mich dann auf, euch allein zu lassen?«

»Weil ich mich dann in meinem Gespräch weniger gehemmt fühle. Nun also, bitte? Für einen alten Gefährten der Straße?«

Das Problem mit Stereth ist, daß er wie eine Naturkraft wirkt. Er kann bei allem, was er will, ›bitte‹ sagen, aber trotzdem hat man in einer solchen Situation das Gefühl: Wenn ich mich jetzt weigere, dann kommt eine Riesenhand aus dem Himmel und schiebt mich sowieso zu dem Coyu-Baum.

Aber er sagte ›bitte‹. Und bat als Freund. Ran seufzte und ging den Pfad zu dem Baum hinab. Als er ihn erreicht hatte, drehte er sich um und hob die Hände, als wollte er sagen: Und nun? Was möchtest du noch?

Stereth beobachtete ihn mit einem Ausdruck liebevoller Vertrautheit. »Er ist nicht glücklich. Er war auch im Nordwest-Sektor nicht sehr glücklich. Tymon, manchmal frage ich mich, was du in ihm siehst.«

»Er ist glücklich genug, wenn du nicht in der Nähe bist, Stereth.«

Er lachte. »Zweifellos, weil du ihm nachgibst, damit alles nach seinem Kopf geht.«

»Na ja, du weißt ja, wie notwendig es ist, daß alles nach deinem Kopf geht.«

»Eins zu null für dich!« Stereth sprach über Ran, wie man über einen schwierigeren jüngeren Bruder reden würde. »Aber worüber ich mit dir reden möchte, ist, daß du mir einen Gefallen erweist.«

»So?«

»Was für eine zurückhaltende Reaktion nach allem, was wir zusammen durchgemacht haben. Wie wäre es etwa mit: ›Jawohl, Stereth, nichts, was du wünschst, kann zu groß sein.‹«

»Woran denkst du?«

»Erinnerst du dich an Keleen Van Gelder?«

Ich war einen Augenblick verwirrt, weil ich dachte, er meinte jemanden, der in der Bande gewesen war, obwohl der Name nicht ivoranisch war. »Ich glaube, ich kenne diese Person nicht.«

»Sie ist die stellvertretende Botschafterin von Tellys. Du hast sie auf der Gartenparty und dann wieder auf dem Schiff gesehen.« Ich runzelte die Stirn. »Eine blonde Frau«, sagte er, »hübsch, so in den Vierzigern oder Fünfzigern. Ein bißchen größer als die durchschnittliche Barbarin. Sie sagte, sie hätte versucht, mit dir zu reden, aber sie konnte in der Menge nicht deine Aufmerksamkeit auf sich lenken.«

Ich erinnerte mich blitzartig an die Frau mit dem blonden Zopf, die ihre Konversation unterbrochen und mich angestarrt hatte. »Ja, ich glaube, ich erinnere mich. Ich wußte nicht, daß sie die Botschafterin von Tellys ist.«

»Sie möchte mit dir reden.«

Eine weitere Überraschung. »Worüber denn?«

»Ich habe keine Ahnung. Aber ich versuche, ein paar Freunde unter den Tellysianern zu finden, und ich sagte zu ihr, ich könnte dich vielleicht dazu überreden, sie zu besuchen.«

Konnte er ihr nicht sagen, er würde mich *bitten*, sie zu besuchen? Nein, konnte er nicht, er war ja Stereth. »Warum möchtest du tellysianische Freunde haben?«

»Ich bin ein freundlicher Mensch. Wie steht's, Theodora?«

»Und du weißt wirklich nicht, was sie will?«

»Ich weiß es wirklich nicht. Ich bitte nur um einen Gefallen.«

Ich überlegte. Dann kam mir eine Idee. »Hör mal, Gefährte der Straße«, sagte ich. »Es ist nicht üblich, innerhalb derselben Familie Gefälligkeiten auszutauschen, weil man davon ausgeht, daß alle Familienmitglieder sowieso für dasselbe Ziel arbeiten.«

»Wir beide gehören aber nicht zur selben Familie.«

»Ich spreche nicht von dir und von mir. Ich werde die stellvertretende Botschafterin besuchen ...«

»Danke.«

»Dann schuldest du mir einen Gefallen. Denk daran. Solltest du je in Zukunft einmal in die Lage kommen, wo *Ran* dir einen Gefallen schuldet, dann möchte ich, daß du ihn bittest, er solle eine medizinische Klinik nach Wahl seiner Frau aufsuchen und sich den Untersuchungen unterziehen, die sie bestimmt.«

Zum erstenmal hatte ich Stereth aus dem Konzept gebracht. »Medizinische Klinik«, wiederholte er. Dann sagte er: »Verzeih mir, wenn ich darauf hinweise, aber als seine Frau scheinst du mir in einer einzigartigen Position zu sein, um diese Bitte selbst auszusprechen.«

»Ich verzeihe dir«, sagte ich. »Also, abgemacht?«

»Abgemacht.« Wir schüttelten die Hände. Ran scharrte unter dem Coyu-Baum ungeduldig mit dem Fuß.

»Ich werde ihm von Van Gelder erzählen müssen«. sagte ich.

»Das dachte ich mir schon. Ich wollte nur deshalb mit dir allein sprechen, weil du dann eher zustimmen würdest.«

»Aber ich erwähne unsere Abmachung nicht«, sagte ich warnend.

»Nein, das erwarte ich auch nicht.«

Ich winkte Ran von der Veranda aus, und er kam den Pfad herauf. Dabei sah er alles andere als erfreut aus.

KAPITEL 7

Als der Hausverwalter Stereth wegbegleitet hatte, sagte Ran einfach: »Wenn du deine Lunge mit genügend frischer Luft gefüllt hast, dann sollten wir lieber zum Westflügel gehen.«

Ich hatte so sehr erwartet, er würde mich jetzt einem Kreuzverhör unterziehen, daß ich einen Augenblick verlegen war, was er ohne Zweifel beabsichtigt hatte. Außerdem... »Du meinst zur Leiche? Jetzt?«

»Es gibt keinen besseren Zeitpunkt. Morgen wird er verbrannt sein.«

Uff. Ich folgte ihm auf dem Pfad zur westlichen Veranda und die Stufen hinauf. Hier empfing uns der kräftige, bittere Duft des Weihrauchs, der die bösen Geister vertreiben sollte. (Für den Fall, daß Sie noch nie ivoranische Bestattungssitten gesehen haben, sollte ich erwähnen, daß niemand auf dem ganzen Planeten diese bösen Geister ernstnimmt. Nun ja, zumindest nicht besonders. Niemand verzichtet jedoch auf den Weihrauch. Ich nehme an, wenn man Hinterbliebenen tausend Tabals dafür bieten würde, vom Weihrauch zu lassen, dann würden sie das Geld nehmen. Aber ich glaube, sie würden sich dabei nicht sehr wohlfühlen.)

Silberne Bänder hingen vor dem Eingang. Nachdem wir schon in das eigentliche Haus gelassen worden waren, gab es keinen Grund, warum wir nicht direkt eintreten sollten, aber ich zögerte. »Sind da vielleicht Leute drinnen?« fragte ich.

»Möglicherweise. Liebe Familienmitglieder sollten eigentlich Totenwache halten.«

Und Coalis las gerade ein Buch, Eliana überlegte ihre Optionen für die Zukunft, und Großmutter war medikamentös ruhiggestellt. »Vielleicht ist Jusik drinnen. Vielleicht gefällt es ihm nicht, wenn wir am Leichnam herumfummeln. Besonders, weil er sich ja nicht sicher ist, ob du Kade nicht doch umgebracht hast.«

»Jusik wird jetzt viel zu beschäftigt sein«, sagte Ran, schob die Bänder zur Seite und öffnete die Tür.

Der Raum war menschenleer. Um Kades willen hoffte ich, daß die Wertschätzung, die ihm als Totem widerfuhr, nicht der entsprach, die man ihm als Lebendem entgegengebracht hatte, aber bei mir wuchs der Eindruck, daß dem so war. Ausgenommen natürlich bei Großmutter, aber sie würde man erst zur Bestattungszeremonie aufwecken.

Es gab keinen Sarg. Statt dessen war hier ein flaches Brett wie eine hölzerne Krankentrage auf einen schweren Tisch gelegt. Da es sich um Kade Porath handelte, den ersten Sohn seines Hauses, war das Brett aus dunklem, mit Schnitzereien verziertem Mahagoni, und die flachen silbernen Weihrauchschalen auf dem Boden an den vier Ecken des Tisches sahen aus wie alte Erbstücke. Kades Leichnam lag auf dem Brett, bekleidet mit einem Ensemble von Gewändern in Grau, Burgunderrot und Schneeweiß. Sein Kopf ruhte auf einem weißen Satinkissen. Der Schein war gewahrt, wie ich sah; jemand war hier gewesen und hatte sein Gesicht kosmetisch behandelt und sein Haar gekämmt. Auf Ivory gibt es keine Einbalsamierung, außer gelegentlich für den Kaiser. Man hält sie für eine abstoßende Sitte, die man vielleicht von Barbaren erwarten kann; die paar Leute, die ich dazu befragt hatte, hatten angewiderte Gesichter gemacht, weggeschaut und das Thema gewechselt.

Das war jetzt für uns natürlich günstig; abgesehen von etwas Rouge und Gesichtspuder sah Kade fast so aus, wie man ihn aus dem Kanal gefischt hatte. Ran trat sofort zu ihm und hob den Kopf, wobei er mit den Daumen die Basis von Kades Kinn berührte. Ich bemerkte, daß ich bis zu den zeremoniellen Kerzenleuchtern an der Wand zurückgewichen war.

»Komm her, Theodora, und hilf mir mal.«

»In Ordnung.« Ich ging zu dem Tisch und bemühte mich dabei, normal zu gehen. *Theodora von Pyrene, ich hatte keine Ahnung, daß du so zimperlich bist.*

– Was hast du erwartet? Wie viele tote Menschen habe ich schon gesehen? Und ich habe noch nie einen von ihnen anfassen müssen.

– Du enttäuschst mich ernstlich. Das ist eine Schande. Du wirst dem Bild nicht gerecht, das ich von dir habe.

– Dann wird es Zeit, daß du die Wahrheit erfährst.

In Augenblicken der Anspannung werde ich manchmal schizoid. Ich ignorierte die Empfindung des Widerwillens, legte meine Hand dorthin, wo Ran zeigte, und drehte Kades Kopf zur Seite, während Ran Kades Ohrläppchen zwischen seinen Fingern rieb, als würde er ein Salatblatt prüfen.

»Die Öffnungen der Sinne«, sagte Ran sanft. »Da kann man gewöhnlich Spuren heimlicher Einwirkungen finden.«

Ich brummte. Etwas an der Situation machte es mir schwer zu reden. Und was meinte er mit ›gewöhnlich‹? Gab es auf diesem Planeten forensische Zauberer, die aus solchen Untersuchungen einen Beruf gemacht hatten? Meine Bildung weist auf jeden Fall Lücken auf, aber ich werde mir ihrer immer erst bewußt, wenn ich über sie stolpere.

Ran fuhr mit seinem kleinen Finger über Kades Lippen. Die Fingerspitze rötete sich.

»Bedeutet das etwas?« fragte ich.

»Lippenrouge«, sagte er.

Er zog Kades Augenwinkel zurück und guckte in jedes Auge.

»Also«, sagte er, »was hat Stereth gewollt?«

»Was?«

»Was wollte der Minister für Provinzangelegenheiten von dir, Tymon?«

»Ach so. Er wollte, daß ich jemanden treffe. Keleen Van Gelder, die stellvertretende Botschafterin von Tellys.«

Ran warf mir einen kurzen Blick zu, dann blickte er wieder auf die Leiche. »Laß den Kopf runter, Liebling. Jetzt zieh den Ärmel des Obergewandes hoch. Warum möchte er, daß du die Botschafterin triffst?«

»Da bin ich mir nicht sicher. Er möchte, daß die Tellysianer ihn mögen, und Van Gelder hat um ein Treffen mit mir gebeten. Er versprach ihr, er würde es aus Gefälligkeit arrangieren.«

»Nein, zieh den Ärmel ganz hoch. Ich möchte den ganzen Arm sehen. Was ist mit Van Gelder? Warum möchte sie dich treffen?«

»Stereth sagt, er weiß es nicht.«

Wieder warf er mir einen Blick zu. »Glaubst du ihm?«

Ich hob die Schultern. »Wer weiß? Er klingt ehrlich. Und ich weiß nicht, was an einem einfachen Treffen schlimm sein soll.«

»Du meinst, du hast schon zugestimmt?«

»Ja.«

Ran seufzte. »Ich wußte doch, er hatte einen Grund dafür, daß ich unter dem Baum stehen sollte.«

Ich war erleichtert. Ran dachte, er hätte den geheimen Kern dieses Gesprächs herausgefunden, und das bedeutete, er würde nicht weiter in mich dringen.

»War das alles?« fragte er.

»So ziemlich.«

»So ziemlich?«

»Ja, das war alles. Du wirst ein bißchen nervös, was Stereth angeht, weißt du.«

»Tut mir leid.« Er hielt mit einer Hand Kades Hand

hoch und zog mit der anderen an Kades Daumen. Ich kenne eine Bewegung in der Tinaje-Heilmassage, die genauso geht, aber Kade war nicht in einem Zustand, wo er dies hätte schätzen können. Ich wechselte meine Griffhand an der Leiche, ließ ein Taschentuch aus dem Ärmel fallen, fing es auf, schneuzte mich, steckte es wieder weg und packte Kade erneut.

»Müssen wir ihn aufschneiden?« fragte ich.

»Möglicherweise. Ein bißchen. Wir müssen vielleicht ein paar Proben nehmen.«

Plötzlich ließ er Kades Hand fallen. »Au!«

»Was, was ist los?«

»*Kanz!*« Er griff erneut nach der Hand und berührte sehr vorsichtig den massiven Ring an Kades Mittelfinger. »Wau!« Er zog die Hand weg, als hätte er einen elektrischen Schlag bekommen. Dann trat er von der Leiche zurück und schaute mir in die Augen. »Es ist der Ring.«

»Was ist mit dem Ring?«

»Er ist mit einem Fluch belegt.«

Ich blinzelte. Das war interessant. Ich war einmal wochenlang die Küste auf und ab gereist und trug dabei ein mit einem Fluch belegtes Kartendeck bei mir, aber ich hatte nie einen elektrischen Schock davon bekommen. Ich griff nach dem Ring.

»Faß ihn nicht an!« Plötzlich umklammerten Rans Finger mein Handgelenk.

»Komm schon, was soll mir denn passieren? Verschwinde ich in einer Rauchwolke? Oder gehe ich plötzlich draußen im Brunnen schwimmen?«

Er blieb hartnäckig. »Wir stellen keine Vermutungen an, solange ich nicht die Möglichkeit gehabt habe, den Ring zu untersuchen.«

Es war ihm ernst. Ich ließ die Hand sinken. Stattdessen beugte ich mich über den Tisch und untersuchte den Ring mit den Augen: Ein großer blauer Stein, in Silber gefaßt. In die Fassung waren ringsherum Weinblätter graviert. Noch weitere Muster waren in den Ring selbst geätzt, aber ich konnte sie nicht richtig sehen, weil Kades Finger im Weg waren. Wahrscheinlich befanden sich auf der Innenseite auch Schriftzeichen. Es sah nach einem Familienwappen aus. Um es wirklich genau sagen zu können, hätte ich den Ring abziehen müssen. Aber das war anscheinend tabu.

»Wenn wir den Ring nicht anfassen dürfen, wie bekommen wir ihn dann ab?«

»Hast du ein paar extra Taschentücher mitgebracht?« fragte er.

»In diese Hölle? Natürlich.« Ich holte ein sauberes Taschentuch aus meiner Gürteltasche und gab es ihm.

Er faßte den Ring mit dem Taschentuch an und zog ihn von Kades Finger. Dann ließ er ihn in die Mitte des Tuchs gleiten, wie den Inhalt eines kleinen Juwelenbeutels, und knüpfte das Tuch an den vier Zipfeln zusammen. Er hielt das kleine Päckchen in die Höhe. »Hier. Sehr wahrscheinlich wirkt er nur auf den ein, der ihn trägt, aber es schadet nichts, wenn man vorsichtig ist.« Er lächelte. »Da haben wir unerwartet Glück gehabt. Der Fluch wirkt noch; wir können ihn zu dem Zauberer zurückverfolgen, der ihn auf den Ring gelegt hat. Jemand ist unvorsichtig gewesen.«

»*Zu* unvorsichtig?« fragte ich langsam.

Einen Augenblick lang schwieg Ran. »Man sollte meinen, daß ein Mordfluch so eingerichtet wäre, daß er sich entlädt und dann auflöst und nicht wie ein normaler Zauber an einem Gegenstand haften bleibt. So würde ich es machen. Aber wer kann sagen, was ›zu unvorsichtig‹ ist, bei all der Unfähigkeit, die in der Welt zugange ist?« Dann fügte er hinzu: »Wenn ich sage, daß ich es so gemacht hätte, dann meine ich damit natürlich, wenn ich die Ermordung als öffentliches Spektakel durchgeführt hätte, was ich ja niemals tun würde.« Rans persönlicher Fluch, sein Sinn für beruflichen Stolz, machte es erforderlich, daß er dies noch etliche Male im Laufe der Untersuchung betonte.

Ich bemerkte, daß ich immer noch Kades Arm hielt. Ich legte ihn hin. »Müssen wir ihn noch aufschneiden?«

»Was? O nein, wir haben, was wir brauchen.« Er ließ das kleine Bündel in die Tasche gleiten. »Wir wollen mal sehen, ob der Hausverwalter Kades Ring identifizieren kann.«

»Ran, um Himmels willen, wir können jetzt nicht einfach weggehen.«

»Warum nicht?« Er blickte ehrlich verwundert drein.

Ich wies auf den Tisch. Es sah aus, als hätte sich ein Nekrophiler an der Leiche zu schaffen gemacht. »Die *Familie,* Ran. Möchtest du, daß sie das sehen?«

»Ach so.« Er kam und half mir, Kades Kleider in Ordnung zu bringen.

»Verdammt, du hast die Lippenbemalung verschmiert, als du sein Gesicht berührtest.«

»Ich weiß nicht, was ich jetzt dagegen machen kann.« Er wischte mit dem Zipfel seines Ärmels etwas von dem verschmierten Rouge weg. Die Lippenbemalung war zur Hälfte verschwunden; Kade sah dadurch wie ein Vampir aus. Das entsprach zwar vielleicht seinem Gewerbe, aber die Familie würde es nicht mögen.

»Warte einen Moment.« Ich öffnete meine Tasche, holte das kleine Schminkset heraus, das Kylla mir geschenkt hatte, und trug auf seine Lippen neues Rouge auf.

»Was, im Namen aller Götter, machst du da?«

»Ich bin höflich, verdammt noch mal.« Kylla hatte die Farbe sorgfältig für meinen barbarischen Teint ausgewählt; sie paßte nicht für Kade, aber es war besser als nichts. »Fertig.« Ich schaute das winzige

Schminkset an, bevor ich es wegsteckte. »Das werde ich nie wieder benutzen.«

Ran seufzte. »Es erstaunt mich, wie du dir immer neue Fertigkeiten aneignest. Können wir jetzt gehen und den Verwalter suchen?«

Ich blickte auf den Tisch, die Leiche, die Weihrauchgefäße, die Kerzenständer. Alles schien in Ordnung zu sein. Ich schneuzte mich ein letztesmal. »Natürlich.«

Wir ließen den Verwalter rufen, und er empfing uns wieder an der Vordertür. Er war nicht im geringsten erstaunt, uns wiederzusehen. Ran knüpfte das Taschentuch auf und zeigte den Ring. »Ist Ihnen dieser Ring bekannt?«

Der Verwalter beäugte den Ring einen Moment lang, dann sagte er: »Nein.«

Wir waren beide überrascht. »Er war an Kades Leiche«, sagte Ran.

»Ach so. Man hatte mir gesagt, daß er einen Ring trug, als man ihn fand. Die Diener, die sich der Sache annahmen, sagten, daß seine Finger zu diesem Zeitpunkt etwas angeschwollen waren; wir dachten, es wäre das beste, den Ring zu lassen, wo er war.« Er machte eine höfliche Pause, die bedeutete: *Gibt es ein Problem?*

»Aber Sie haben ihn nie zuvor gesehen«, sagte Ran.

»Meines Wissens nicht, gnädiger Herr.«

»Falls dieser Ring Kade gehört hätte, würden Sie es dann zwangsläufig wissen?«

»Wenn er ihn gewöhnlich getragen hätte, dann schon. Ich bin auch mit dem Inhalt seines Schmuckkastens im Obergeschoß vertraut, und dieser Ring war nie dabei.«

Das beunruhigte mich ein bißchen. Wußten die Diener auf Cormallon, was in *meinem* Schmuckkasten war?

Der Verwalter fuhr fort: »Ich kann allerdings nicht sagen, ob er ihn vielleicht woanders aufbewahrt oder kürzlich erst gekauft hat.« Ran knüpfte wieder den Knoten in das Taschentuch, und der Verwalter sagte: »Verzeihen Sie, gnädiger Herr, aber planen Sie, den Ring mitzunehmen?«

»Ja, das habe ich vor.«

Der Verwalter hüstelte. »Ich befürchte, dann muß ich Sie um eine Quittung bitten, mein Herr.«

»Oh, natürlich.« Und dann standen wir ein paar Minuten herum, bis Papier gebracht wurde und der Verwalter eine Beschreibung anfertigte: »Ein Ring, blauer Cadit, silberne Fassung, auf der Außenseite graviert mit Weinblättern, auf der Innenseite mit den Worten ›wagemutig und klug‹.«

Zum erstenmal hatte ich etwas von Worten auf der Innenseite gehört. Sie klangen wie ein Motto. Ein ziemlich widersprüchliches Motto, genaugenommen.

Ran bekam das Taschentuch samt Inhalt zurück, wir dankten dem Verwalter und verließen die Poraths. Mein allergiegequälter Leib war froh, daß wir gingen, aber meine Gefühle waren gespalten. Nachdem wir Lord Jusik Porath gesagt hatten, daß wir in jeder Hinsicht am Tod seines Sohnes unschuldig waren, hatten wir gerade unseren ersten Schritt der Ermittlungen damit abgeschlossen, daß wir das Hauptbeweisstück einsteckten und mit uns nahmen.

Vielleicht war das nicht klug, aber ich weiß wirklich nicht, was wir zu diesem Zeitpunkt hätten anderes tun sollen.

Ich rief in der Botschaft von Tellys wegen eines Termins an diesem Nachmittag an. Ich war tatsächlich ziemlich neugierig, vielleicht noch mehr als über Kade. Es werden immer wieder Leute auf Ivory ermordet, aber stellvertretende Botschafter anderer Planeten hatten sich bisher nicht die Mühe gemacht, sich mit mir in Verbindung zu setzen.

Ich wurde von einem Beamten direkt mit Van Gelder verbunden. »Ich bin so froh, daß Sie anrufen«, sagte sie. Die Videoleitung war offen, und ich sah, daß sie tatsächlich die Frau von der Party war. Wenn man näher hinschaute, dann sah sie älter aus, aber mit ihren starken, klar geschnittenen Gesichtszügen verdiente sie Stereths Bezeichnung ›hübsch‹. Sie trug elegante modifizierte tellysianische Kleidung, einen seidenen einteiligen Anzug, dessen Hosen etwas großzügig geschneidert waren, so daß sie einem ivoranischen Gewand ähnelten. »Ich habe noch nicht zu Mittag gegessen. Wie steht es mit Ihnen? Bis jetzt war heute ein schrecklicher Tag, und ich möchte hier ein bißchen wegkommen. Es gibt eine Terrasse im Kaiserlichen Park, wo es einige Standard-Gerichte gibt; darf ich Sie einladen?«

Ich kam mir ein bißchen vor, als würde ich von einem kleinen Wirbelwind überrollt. »Ich hatte nicht vorgehabt ...«

»Ach, bitte kommen Sie; wenn Sie nicht hungrig sind, dann können Sie eins von diesen Sorbets bestellen und einem Mineralwasser.«

Nun ja, es handelte sich um ein gutes Restaurant – ich hatte dort schon einige Male mit Kylla und Shez gegessen. Und ich war immer noch neugierig. »In Ordnung, aber ich glaube, ich kann nicht sehr lang bleiben. Könnten Sie mir schon einen Hinweis geben, was Sie ...«

»Verdammt! Ein anderer Anruf. Das hört heute gar nicht mehr auf. Es tut mir wirklich sehr leid, daß ich auf dem NETZ so unkonzentriert bin. Treffen wir uns in vierzig Minuten?«

Ich gab auf. »Gut.«

»Ausgezeichnet, ich freue mich darauf, Sie zu treffen. Oh, falls Sie danach heimgebracht werden wollen, machen Sie sich keine Gedanken – ich habe eine Kutsche und einen Kutscher zur Verfügung!« Und sie schaltete ab.

Nun ja. Daraus war ich nicht sehr schlau geworden. Und der Kaiserliche Park war eine halbe Stunde Fußweg entfernt, in der vollen Mittagshitze. Es war gut, daß ich meinen Strohhut mitgebracht hatte.

Irgendwie trage ich immer am Ende etwas mit mir. Meinen Hut, meine Extrataschentücher, mein Geld, ein Kartendeck, eine Liste von NETZ-Nummern von Fahrzeugverleihfirmen, die ich schon so oft gefaltet hatte, daß sie schon fast unleserlich war, eine Menge Haarnadeln – ich mußte mir diesen Wuschelkopf bald wieder einmal schneiden lassen –, ein Exemplar von *Keseys Gedichten,* mit denen ich noch nicht sehr weit gekommen war... Glücklicherweise haben meine Gewänder eine Menge Taschen.

Eigentlich war ich ein bißchen enttäuscht; ich hatte mich darauf gefreut zu sehen, wie die Botschaft von Tellys von innen aussah. Die Fassade war im reinen skulpturenreichen klassischen ivoranischen Stil gehalten, aber nur die Götter wußten, wie das Innere gestaltet war. Die Athenaner und die Pyrenesen sind Minimalisten; die Ivoraner tendieren zum Barocken. Ich hatte keine Ahnung, was die Tellysianer für richtig hielten. Abgesehen davon, daß ihre eigene Regierung ihnen Beschränkungen auferlegte, was sie an Technologie auf den Planeten bringen durften, konnten sie dort alles haben. Wasserhähne aus purem Gold. Gravlifts mit Gemälden alter Meister an den Wänden. Fragen Sie einen Ivoraner, und er wird Ihnen sagen, daß die Tellysianer es sich leisten konnten, angesichts der Gelder, die sie aus den anderen Planeten für ihre technischen Konstruktionen herausquetschten. Aber dann überlegte ich: Wie viele Dinge hat Ivory zum Beispiel wirklich von Tellys gekauft? Meines Wissens nicht sehr viele.

Der Kaiserliche Park ist kühl und grün, so kühl, wie man es im Sommer in der Hauptstadt überhaupt bekommen kann, mit Bäumen, Pfaden, Brunnen, Statuen, künstlichen Wasserläufen, in denen man waten kann, und einem Kontingent kaiserlicher Sicherheitsleute, deren Effizienz nur ihre außergewöhnliche Höflichkeit gleichkommt. Eine Folge von Terrassen führt zum Fluß hinab, und auf der untersten Terrasse, direkt über dem Wasser, befindet sich ein kleines Restaurant, das von einem mit Fliesen ausgelegten Bereich mit weißen Tischen und Stühlen umgeben ist. Die Stühle, die als sinnloser Luxus betrachtet werden, haben die Sitzfläche mehr als einen halben Meter über dem Boden – was Bewohner anderer Planeten zu schätzen wissen – mit komplizierten Rücken- und Armlehnen. Ein Laubendach aus überkreuzten Latten bietet einen Sonnenschutz und erzeugt auf der Terrasse ein gesprenkeltes Muster von Hell und Dunkel. Direkt auf der anderen Seite des Flusses kann man die gestreifte Kuppel des Palastes der Ersten Gemahlin durch die Bäumen schimmern sehen.

Und das Essen ist auch nicht schlecht. Ich war erhitzt und müde, als ich dort ankam, deshalb bestellte ich sofort einen Kirschensaft und ein Schneesorbet. Dann fächelte ich mich mit der Krempe meines Hutes, bis ich wieder in heiterer Stimmung war. Jetzt, zur Halbzeit zwischen Mittag- und Abendessen, war es hier menschenleer, und deshalb steckte ich in einer äußerst undamenhaften Stellung einen Fuß unter mein Knie auf den Stuhl und beobachtete die weißen Vögel, die auf der anderen Seite des Weges zwischen den Bäumen umherflogen, und versuchte mich an die Einzelheiten einer Sage zu erinnern, die ich einmal über den Bau des Palastes der Ersten Gemahlin gehört hatte. Das Sorbet schmeckte köstlich.

»Theodora von Pyrene?«

Ich schielte ins Sonnenlicht empor und ließ meinen Fuß verstohlen auf die Fliesen hinabgleiten. »Ja.« Da war die Frau von dem NETZ-Anruf. Ihr langer blonder Zopf fiel über die Schultern ihres himmelblauen Anzugs.

»Keleen Van Gelder, stellvertretende Botschafterin von Tellys.« Sie streckte die Hand aus, und ich ergriff sie. Ich hatte schon lange keine Hand mehr geschüttelt. »Das ist mein Kollege, Jack Lykon«, fuhr sie fort. Der Mann neben ihr war jünger, vielleicht Anfang dreißig; er hatte braunes Haar, das im Scheitel schütter wurde, und dunklere braune Augen mit einem freundlichen Blick. Ich schüttelte auch seine Hand.

»Hier ist es hübsch, nicht wahr?« sagte sie und zog sich einen Stuhl herbei. Jack Lykon ließ sich auf dem dritten nieder.

»Ja, ich bin hier schon früher gewesen. Sie haben hier Bier aus Pyrene auf Lager, aber es kostet ein Vermögen.«

»Wirklich?« sagte Lykon interessiert. »Wieviel kostet es?«

Van Gelder wandte sich ihm zu und lächelte leicht, wobei sie ihre Augen zusammenkniff. »Stell dir vor, Jack, du müßtest dafür bezahlen, daß dir jemand den Krug persönlich von der Südküste herbringt. Soviel kostet es ungefähr.«

Er schien enttäuscht zu sein.

Zu mir gewandt sagte Van Gelder: »Wie ich sehe, haben Sie Sorbet bestellt. Das nehme ich vielleicht auch. Wo ist der Kellner?«

Ich streckte die Hand aus und drückte den Knopf in der Mitte des Tisches. Der einzige Kellner, ein alter Herr, der ungefähr einen Zoll pro Minute zurücklegte, kam herangewackelt. Van Gelder bestellte interessanterweise Tah zu ihrem Mahl. Lykon entschied sich für Bier aus dem Nordwest-Sektor.

»Wir sind die einzigen hier«, sagte Lykon und blickte sich mit Unbehagen um. »Ich hätte nicht einmal gemerkt, daß hier geöffnet ist.«

Mir fiel plötzlich ein, daß ich mich einmal selbst

unbehaglich gefühlt haben mochte, wenn ich allein auf einer Terrasse saß und von einem tausend Jahre alten Kellner bedient wurde. All diese Zweifel: Sollte ich überhaupt hier sein? Beobachten die Passanten mich? Was denkt das Personal des Restaurants? Aber ich war zu lange mit Ran zusammengewesen. Nach seiner Definition war man immer dort, wo man sein sollte; Cormallons wurden nie unter ihrem Status behandelt, außer von Verwirrten, und Kellner und Köche können denken, was sie wollen, solange sie den ausgezeichneten Service bieten, für den man sie bezahlt. Ende der Geschichte.

Oder vielleicht lag es nur daran, daß ich älter wurde?

Van Gelder zuckte die Achseln. »Wenn wir allein sind, dann um so besser.«

Jetzt war es auch genug der vergleichenden Sozialphilosophie. »Der Minister für Provinzangelegenheiten hat mir Ihre Einladung interessant gemacht. Darf ich fragen, woher Sie ihn kennen?«

Sie grinste. »Ein guter Diplomat beansprucht nie engere Bekanntschaft, als eine lokale Persönlichkeit vielleicht zugeben mag. Sie müssen mir erzählen, was Minister Tar'krim über unsere Beziehung gesagt hat, bevor ich bejahen oder verneinen kann.«

Sie konnte also auch auf taktvolle Weise diskret sein. »Ist es zu neugierig, wenn ich danach frage, warum Sie mich treffen wollten?«

»Überhaupt nicht, Theodora. – Ich hoffe, ich darf Sie Theodora nennen. Ich weiß, daß die Sitten von Pyrene nur einen Namen für eine Person vorsehen, und wie ich gehört habe, stammen Sie von Pyrene.«

Ich blickte auf meine leere Sorbetschale. »Ich wurde auf Pyrene geboren, aber im Augenblick besitze ich tatsächlich die doppelte Staatsbürgerschaft von Athena und Ivory.«

»Das muß Sie ja praktisch einzigartig machen.«

»Ich weiß es nicht. Ich kenne keine Statistiken darüber.«

Sie schien ein unsichtbares Dossier durchzublättern. »Pyrene, Athena, Ivory. Von den vier bewohnbaren Planeten dieses galaktischen Sektors ist Tellys der einzige, den Sie noch nicht besucht haben. Oder waren Sie schon da?«

»Nun, das liegt nicht an mir persönlich. Sie wissen ja, was interstellare Reisen kosten, Exzellenz, nur wenige Privatleute können sich das leisten. Andere Leute haben meine Kosten übernommen – nun ja, außer bei einer Reise, und da wurde mir etwas geholfen –, und ich mußte dorthin reisen, wohin mein Ticket ausgestellt war. Ich war mit einem Regierungsstipendium auf Athena, wissen Sie.«

»Das habe ich gehört. Ich habe auch gehört, daß Sie vor ein paar Jahren Ihr eigenes Ticket von hier nach Athena selbst gezahlt haben. Eine bemerkenswerte Leistung, in Ihrem Alter.«

Ich blinzelte und sagte: »Ich hatte keine Ahnung, daß ich in den heiligen Hallen der Botschaft ein solches Gesprächsthema abgebe.«

Sie lächelte. »Vielleicht kommen wir nicht genug nach draußen«, gestand sie ein.

Unser Kellner begann sich im Schneckentempo vom Pavillon des eigentlichen Restaurants auf unseren Tisch zuzubewegen. Wir sprachen in der Standard-Sprache, aber keiner von uns dreien unternahm einen Versuch, das Gespräch fortzusetzen, bis er die drei großen Teller, die Tah-Tasse und den Bierkrug abgesetzt hatte und wieder nach drinnen zurückgekehrt war. Man hätte glauben können, er könne nicht einmal ein Blatt Papier erfolgreich tragen, aber er entledigte sich seiner Last fehlerlos. Dies war ein Mann mit Erfahrung auf seinem Gebiet.

»Er muß schon als Kellner gearbeitet haben, während unsere Vorfahren noch auf dem Weg zum

Mehrzeller waren.« Ich hatte es laut gesagt. Lykon brach in Gelächter aus. Ich blickte ihn überrascht an.

»Ich dachte gerade genau dasselbe«, sagte er und bekam dann einen weiteren Kicheranfall.

Van Gelder hob ihre perfekt gepflegten Augenbrauen und sagte: »Jack hat manchmal solche Lachkrämpfe.« Sie nippte an ihrem rosafarbenen Tah. »Jedenfalls interessiert er sich für biologische Anspielungen. Aber darauf kommen wir später noch zu sprechen.«

So? Dies würde ein ungewöhnliches Mittagessen werden.

KAPITEL 8

Die stellvertretende Botschafterin von Tellys wischte Fett von ihren Fingern. Sie sprach über Zauberei, ein Thema, an dem ich mehr als nur oberflächlich interessiert bin. »Es gibt zwei Abhandlungen in der Standard-Sprache über die ivoranische ›Zauberei‹ – nur zwei in den ganzen hundert Jahren, die wir jetzt in Kontakt sind. Beide von Exzentrikern verfaßt, und beiden hat das Universitätskomitee von Athena wenig Aufmerksamkeit geschenkt. Die zweite war ein bißchen ausführlicher. Ein Verwandter von mir hat sie geschrieben, ein Tellysianer namens Branusci.«

Ich beugte mich vor; mein Interesse war geweckt. Nach meinem ersten Aufenthalt auf Ivory hatte ich die Bibliotheken von Athena wie besessen nach Arbeiten über die ivoranische Zauberei durchkämmt und nur eine einzige Abhandlung gefunden. Die zweite mußte, falls es sie überhaupt gab, unter einem anderen Schlagwort eingetragen worden sein.

»Sie war unter dem Schlagwort ›Bühnenmagie‹ eingetragen«, sagte die Botschafterin, als könnte sie Gedanken lesen. »Wirklich keine passende Kategorie, aber das war eben der Ansatz, von dem der Artikel ausging. Branusci studierte acht Marktplatzzauberer – schon mal nicht die beste Probandengruppe – und kam am Ende zu dem Schluß, daß alle ihre Effekte auf irgendeine ›rationale‹ Weise wiederholt werden konnten. Wenn es keine sichtbaren äußeren Beweise gab – wie bei einem Glückszauber, wo die Ergebnisse leicht dem Zufall zugeschrieben werden konnten –, was wurde dann bewiesen? Wenn es sichtbare Beweise gäbe – wie zum Beispiel bei einer visuellen Illusion –, dann konnte ein holographischer Projektor sie genausogut erzeugen. Oder beliebige andere Methoden zum Erreichen anderer Effekte.«

»Es gibt auf Ivory keine holographischen Projektoren.«

»Branusci weist darauf hin, daß sie eingeschmuggelt sein könnten.«

»Es klingt nicht so, als seien Sie von den Ausführungen Ihres Verwandten beeindruckt.«

Sie hob die Schultern. »Wenn ein Mann einen Elefanten levitieren kann und man sagt dann, daß man das auch mit Seilen und Flaschenzügen machen kann, dann trifft das doch wohl nicht den Kern der Sache, oder?« Sie setzte ihre Tah-Tasse ab. »Die Athenaner halten sich gerne für Rationalisten, aber ich habe den Verdacht, daß sie einfach befürchten, dumm auszusehen.«

Diesen Gedanken hatte ich selbst schon mehrfach gehabt.

»Andrerseits«, fuhr sie fort, »warum sollten sie dieses Thema nicht auf die gleiche exakte und gründliche Weise untersuchen, mit der sie etwa das Dutzend Varianten einer Legende sezieren?«

»Interessant, daß Sie diesen Vergleich wählen. Mein Studiengebiet waren kulturübergreifende Mythen und Legenden.«

Sie lächelte verhalten. »Was für ein erstaunlicher Zufall.«

Ich lachte.

Sie beugte sich vor. »Gehen wir einmal für einen Moment von der Hypothese aus, ›Magie ist real‹. Oder, um es anders zu formulieren, daß die respektableren Zauberer auf Ivory etwas anzapfen, mit dem wir bisher keine Erfahrungen gemacht haben. Sie haben Regeln erlernt, um dieses … Etwas, was immer es sein mag, zu benutzen, und diese Regeln scheinen zu funktionieren. Ob sie es jetzt Zauber nennen wollen oder eine andere Bezeichnung wählen, die für die Standard-Kultur akzeptabler ist, das ist im Augenblick für unsere Zwecke irrelevant.«

Es war schön zu hören, wie jemand über die ivoranische Zauberei in der Sprache redete, in der ich aufgewachsen war. Damit meine ich nicht Standard.

Sie wischte sich die Lippen mit der grünen Leinenserviette ab, die unser uralter Kellner gebracht hatte. »Selbst wenn man den außerordentlichen Mangel an Interesse in Betracht zieht, der auf diesem Planeten hier streng akademischen Themen gegenüber herrscht, so muß es doch Theorien über die Magie geben. Woher sie kommt, warum einige Leute darauf Zugriff haben und andere nicht…« Sie verstummte.

»Ich habe die drei seriösesten Theorien darüber gehört und etwa zwanzig ausgefallenere«, sagte ich. »Aber niemand weiß es wirklich – weiß es im guten athenanischen Sinn, meine ich. Niemand hat einen Beweis.« Das ist die simple Wahrheit, und ich sah keinen Grund, warum ich sie nicht aussprechen sollte.

Sie nickte. »Es überrascht mich nicht. Aber man kommt nicht umhin, an irgendeine genetische Beziehung zu denken.«

Ich schwieg.

»Das ist natürlich eine Spekulation. Aber wie ich gehört habe, hat Ihr gegenwärtiger Ehemann Sie vor ein paar Jahren nach Athena begleitet. Man sagte mir, er sei einer der führenden Zauberer hier in der Hauptstadt. Man kann der Frage nicht ausweichen, ob er fern von diesem Planeten seine Fähigkeiten weiterhin gebrauchen konnte. Man würde meinen, daß er es können *sollte,* falls die Zauberei mehr mit der Genetik als mit der Geographie zu tun hätte. Aber das ganze Thema liegt so abseits der üblichen Wissensgebiete, daß ich mich nicht einmal auf Vermutungen einlassen möchte.«

Mir wurde allmählich unbehaglich zumute. Meine athenanische Vergangenheit hatte mich gelehrt, den freien Austausch von Informationen zu würdigen, und in einer gewissen Hinsicht wäre ich erfreut gewesen, wenn die Standard-Gesellschaft eine ernsthafte Untersuchung des schwierigen Themas Magie unternommen hätte. Schließlich könnte man vielleicht auf diesem Gebiet einen Durchbruch erzielen und es schön in Einklang mit den Gesetzen des Universums bringen, so wie ich sie einmal gelernt hatte, und vielleicht mochte man das noch vor meinem Tod erreichen. Wissen Sie, mich beunruhigte, daß ich in eine Subkultur geraten war, die auf einer Kraft aufbaute, die nicht einmal die Leute verstanden, die sie benutzten, und daß man eines Tages alles herausfinden würde – aber zu spät, um Theodora davon zu erzählen.

Andrerseits näherten wir uns den Geheimnissen des Hauses Cormallon. Ran hatte in der Tat versucht, während seines Ausflugs in den Kulturschock auf Athena Zauberei anzuwenden, und ich wußte, was dabei herausgekommen war.

Als Angehörige der Cormallons fühlte ich mich nicht frei, dies irgend jemandem zu erzählen.

»Das Leben ist kompliziert, nicht wahr?« sagte ich.

»Mit jedem Jahr mehr«, stimmte sie zu. »Als ich zwölf Jahre alt war, verstand ich das Universum voll und ganz.«

»Ich auch.«

Plötzlich meldete sich Jack Lykon zu Wort. Ich hatte seine Anwesenheit schon fast vergessen. »Keleen«, sagte er, »sag Theodora, wer ich bin.«

Sie berührte seine Hand. »Jack ist ein sehr talentierter Genanalytiker.«

»So?« Ich schaute ihn mit neuem Interesse an.

»Es würde ihn einfach freuen, intellektuell gesehen, wenn er einmal Ihrem Gatten begegnen könnte.«

»Ja, ich fange an zu verstehen.« Ich holte tief Luft, denn ich wußte, ich müßte sie davon abbringen, bevor sie den Fehler machten, ein Honorar anzubieten. »Schauen Sie, das richtet sich jetzt nicht gegen Sie oder gegen Tellys. Ich weiß, eines Tages wird man die ivoranische Zauberei im Griff haben, quantifiziert, abgepackt in kleine Schachteln mit bunten Bändern. Wenn dieser Tag kommt, wird man es wahrscheinlich anders nennen als Zauberei. Aber das muß man ohne meine Hilfe erreichen.« Verdammt, sie blickten so verständnisvoll drein. Ich mag es nicht, wenn jemand so schaut. »Für jemand, der von einem anderen Planeten kommt, scheinen Sie eine Menge über Zauberei zu wissen. Aber ich weiß nicht, wieviel Sie über die Häuser von Ivory wissen. Sie sind alle paranoid, alle selbstsüchtig, und ihre Loyalität gilt nur ihnen selbst.«

Van Gelder verzog den Mund zu einem Lächeln. »Ich weiß«, sagte ich, »was ich aufzähle, macht sie nicht sonderlich attraktiv. Sie haben allerdings eine bedeutende gute Seite: Sie machen sich nicht die Mühe, einen zu verletzen, wenn man kein Hindernis darstellt.«

Van Gelders Lächeln war verschwunden. »Das kann nicht von allen menschlichen Kulturen gesagt werden«, sagte sie.

Dieses Stichwort griff ich nicht auf, denn ich war zu beschäftigt, meine Argumente anzubringen. »Was ich hier zu sagen versuche, ist: Ich bin eine Cormallon. Zauberei ist eine Spezialität der Cormallons, und ich kann keine Informationen über das Gewerbe unseres Hauses an andere weitergeben. Man würde es als gegen unsere Interessen gerichtet empfinden – selbst wenn Sie anbieten würden, uns zu bezahlen.«

»Gerade eben haben Sie von den Häusern noch in der dritten Person gesprochen; jetzt sprechen Sie in der ersten.«

»Schreiben Sie es meiner schizoiden Geschichte zu. Ich bin keine Pyrenesin und ich bin keine Ivoranerin; was ich meines Wissens wirklich bin, jetzt, in diesem Augenblick, ist eine Cormallon. Und wenn es fünfhundert Jahre braucht, bis diese Sache mit der Zauberei enträtselt wird, dann muß man eben solange warten.«

Sie starrten mich an, und es gab eine längere Pause. Ich spürte, wie ich rot wurde. Meine Worte eben waren wahrscheinlich einer patriotischen Ansprache so nahegekommen, wie ich es je schaffen würde. Das Schweigen wurde noch peinlicher, und ich versuchte, es zu füllen. »Schauen Sie, der Ausgangspunkt ist, daß mein Haus nie zustimmen wird, irgendwelche Geheimnisse mit der Regierung von Tellys zu teilen.«

Sie blickten einander an. Van Gelder lehnte sich auf ihrem Stuhl zurück und klopfte einmal mit ihrem Silberlöffel gegen ihre leere Sorbetschale. »Aber, Theodora, meine Freundin«, sagte sie, »wir sprechen nicht für die Regierung von Tellys.«

Ich hoffte, mein Kinn fiele mir nicht bis zum Boden. *»Was?«*

»Keleen ...«, sagte Lykon.

Sie ignorierte seinen Einwand. »Nein, wir sprechen weder für die Union von Tellys noch für das Verschlossene Königreich. Wir sprechen für eine viel kleinere, leichter kontrollierbare Gruppe. Ihre Häuser hier haben Verbündete, nicht wahr? Ich denke, wir würden gern unter diesem Aspekt betrachtet werden.«

»Wir?«

Immer noch zurückgelehnt verschränkte sie ihre Arme und lächelte. Lykon sah unglücklich aus. »Sagen Sie mir, haben Sie schon viel über die Tolla gehört?«

Schockiert richtete ich mich auf. »Ihr großen Götter der Gelehrten!«

Sie nickte. »Ganz richtig!«

Hier muß ich meine Erzählung unterbrechen und Ihnen von den Tolla berichten. Wenn Sie schon über sie Bescheid wissen, dann können Sie das folgende überblättern, aber ich möchte niemanden in Unkenntnis lassen.

Ich glaube, Sie wissen schon, daß ich die Selianer nicht mag. Aber vielleicht wissen Sie nicht, daß die Selianer eine historisch junge Entwicklung sind, die erst aufkam, nachdem die Zerstörung von Tor 53 unseren galaktischen Sektor abgeschnitten hatte. Anders als die Propagandisten der Tolla kann ich Ihnen nicht sagen, daß die Selianer an der Explosion des Tores beteiligt waren, weil sie zu dieser Zeit noch nicht existierten, aber ich muß zugeben, daß dies die einzige abscheuliche Tat ist, derer man die Selianer nicht beschuldigen kann. Als Gruppe, meine ich. Als Einzelpersonen mögen sie völlig in Ordnung sein. Ich bin mir sicher, daß ich eines Tages einen Selianer treffen werde, den ich ausstehen kann …

Wie dem auch sei, vor etwa sechzig Jahren begann man auf den anderen Planeten beunruhigende Nachrichten von Tellys zu hören. Das Verschlossene Königreich erklärte ungefähr damals seine Unabhängigkeit und kam irgendwie damit durch – ich kenne die Einzelheiten der tellysianischen Politik nicht –, und nachdem es eine Zeitlang im Saft des eigenen Selbstlobs geschmort hatte, wurde es immer militanter.

Die Selianer wollen das Universum vervollkommnen, bis es einen Zustand erreicht, der ihrem Ideal entspricht; in jener Zukunft wird dann das Vollkommene Königreich in der Realität ebenso existieren wie in der Abstraktion. »Das Vollkommene Königreich steht bevor!« lautet ein wesentlicher Glaubenssatz der Selianer. Verstehen Sie es richtig: Das hat nichts mit Tempeln zu tun oder mit einem höchsten Wesen – im Gegenteil, sie meinen, die Vollkommenheit sei mit ihren eigenen eifrigen kleinen Händen erreichbar. Selianische Häuser sind fleckenlos sauber. Wenn selianische Kinder nicht dem körperlichen Ideal entsprechen, dann bekommen sie eine Diät und Leibesübungen verschrieben und werden chirurgisch korrigiert, oder man erniedrigt sie beständig für den Rest ihres Lebens.

Ihre Definition von Vollkommenheit und ihr Mechanismus, sie zu erreichen, basiert auf zwei Dingen: auf der Verehrung des Schicksals (unter der Führung des Selianischen Zentralkomitees) und einem Sinn für Differenzierung. Differenzierung bedeutet im kollektiven Sinn, daß die Selianer anderen Menschen überlegen sind. Schicksal bedeutet, daß es ihre Bestimmung ist, eines Tages die Anerkennung dieser Überlegenheit zu erreichen. Auf die allerfriedlichste Weise, wohlgemerkt; ihr Ziel ist es nicht, zu töten oder zu foltern. Sie wollen nur den anderen helfen zu verstehen, daß ihr vorbestimmter Platz im Dienste des Königreiches ist. Sobald dieses Verständnis erreicht ist, wird das Universum auf dem Niveau funktionieren, das es eigentlich haben sollte.

Wie Sie wohl vermuten, ist jede Gruppe mit einer solchen hierarchischen Überzeugung auch ziemlich streng zu den eigenen Leuten. Soweit ich weiß, gibt es bei ihnen mindestens zwanzig verschiedene Rangstufen, von den obersten drei Klassen, die sich ihr Haar silberweiß färben, um sich zu *differenzieren* – es wäre schade, wenn ihre Mitbürger ihre natürliche Überlegenheit nicht erkennen würden –, bis hinab zum Abschaum am Ende der Stufenleiter, der aber trotzdem noch eine Stufe höher steht als alle Nichtselianer.

Die Frauen stehen direkt unter der untersten Stufe. Und hier kommen die Tolla ins Spiel.

Ich muß etwa dreizehn gewesen sein und noch auf Pyrene gelebt haben, als ich die erste Nachrichtensendung über Tellys sah. Es war ein Clip von einer

Talkshow aus der Union, mit einem regulären tellysianischen Moderator, der einen selianischen Mann interviewte. Der Mann hatte kein Silberhaar, also kann er im Verschlossenen Königreich keine hohe Stellung gehabt haben, aber er fühlte sich amüsiert und behandelte den nichtselianischen Interviewer geringschätzig. Der Interviewte wurde als sendewürdig betrachtet, weil er gerade des Mordes an seiner Frau freigesprochen worden war. Er war angeklagt worden, sie angezündet zu haben, weil sie eine schlechte Köchin war. Man zeigte ein Bild ihrer Überreste, ein kurzes Interview mit der Schwester der Frau – die sehr wenig zu sagen hatte – und kam dann auf den Ehemann zurück.

Man brachte ihn wieder ins Bild, und er grinste breit und zeigte dabei eine Reihe gerader weißer Zähne. Es war das Lächeln von jemandem, dem man etwas hatte durchgehen lassen.

Seit diesem ersten Interview hörte ich die gelegentlichen Geschichten von Mitgiftmorden, von einer Zunahme der weiblichen Auswanderung aus dem Verschlossenen Königreich in die Union von Tellys – bis schnell ein Gesetz erlassen wurde, das den Frauen verbot, selber Ausweispapiere bei sich zu tragen oder ohne die Aufsicht eines autorisierten Mannes zu reisen.

Ich weiß, daß nichts davon historisch neu ist, aber genau darauf möchte ich ja hinaus – ich rede über eine moderne, industrialisierte, technologisch fortgeschrittene Welt. Eine Welt, die geistig relativ gesund erschienen war, bevor Tor 53 zerstört wurde.

Der Rest von Tellys scheint das Königreich als einen zeitweiligen Irrweg zu betrachten und weder die Fähigkeit noch den Willen zu haben, viel deswegen zu unternehmen. Schließlich waren die Selianer nur etwa ein Fünfzehntel der Bevölkerung des Planeten. Und fielen nur über ihre eigenen Leute her. Und für den Fall, daß Sie noch nichts mit Selianern zu tun hatten, sollte ich darauf hinweisen, daß sie keine Wahnsinnigen sind, die mit Schaum vor dem Mund herumlaufen. Selbst bei ihnen gab es nicht an jeder Ecke Ehefrauenmörder, und außer der Geschichte mit der Haarfärbung sehen die meisten von ihnen ziemlich normal aus. Sie haben Berufe und Familien wie jede andere Gesellschaft, und einige von ihnen tun eine Menge Gutes. Der Altruismus ist in ihr philosophisches System eingebaut – eine Art von Noblesse-oblige-Haltung; von den oberen Rängen erwartet man, daß sie sich einige Jahre kollektiver karitativer Arbeit widmen. So kam die Selianische Medizinische Klinik nach Ivory. Es ist erstaunlich, wie ehrlich sich einige von ihnen dieser Aufgabe widmen.

Nicht, daß ich persönlich sie leiden könnte. Aber ich fühle mich verpflichtet, darauf hinzuweisen.

Aber wo die Sklaverei existiert, da gibt es Abolitionisten, und wo die Selianer existieren – da gibt es die Tolla.

Sie erschienen eines Tages und ließen auf der Leiche des Mannes, der in der Talkshow interviewt worden war, eine Mitteilung zurück, die wegen ihrer Kürze berühmt wurde: »Erschossen von den Tolla.« Kein Manifest, keine Erklärungen – als Mörder mußte man sie einfach mögen. Und dann die Wahl ihrer Bezeichnung, *Tolla,* ›Der Zorn der Göttin‹. Das Wort entstammte einer alten Legende, eine Namenswahl nicht ohne historischen Reiz. Sie waren, soviel wir aus der großen Entfernung erfahren konnten – ich befand mich damals noch auf Pyrene –, eine Gruppe von Killerinnen. Bald machten sie sich nicht mehr die Mühe, auch nur kurze Mitteilungen zu hinterlassen; jeder wußte, wer sie waren.

Auf Pyrene betrachtete man sie als eine interessante Fußnote, als exzentrisches Beispiel eines Lebens fernab der Zivilisation. Auf Athena, so fand ich heraus, mißbilligte man sie zutiefst als terroristische Gruppe. »Man handelt, um ungerechte Gesetze zu ändern; zweimal Unrecht bringt kein Recht hervor; wenn sie sich ihrer Taten nicht schämten, dann würden sie sich einem offenen Prozeß stellen.« Ihre Anonymität erschien mir eher praktisch orientiert zu sein, aber ich äußerte diese Auffassung damals nicht. Auf Athena ist die öffentliche Meinung Athenas eine starke Macht.

Nun saß ich also hier schockiert – und, ich muß es zugeben, auch etwas erfreut – jemandem gegenüber, der behauptete, bei den Tolla beteiligt zu sein.

Das Leben eines gewöhnlichen Zauberlehrlings war gerade dabei, eintönig zu werden. Es würde nett sein, mit jemandem zu sprechen, der aufregende Dinge tat.

Ich warf Lykon einen Blick zu und sagte: »Ich wußte nicht, daß man auch Männer zu den Tolla läßt.«

»Was für eine engstirnige Vorgehensweise wäre das«, sagte Van Gelder. »Nicht, daß ich sagen würde, daß einer von uns bei den Tolla ist. Ich spreche rein hypothetisch.«

Ich war fasziniert. »Ihre Regierung mag die Tolla nicht einmal. Man versucht immer, ihrer habhaft zu werden. Oder ist das nur Theater?«

Sie schüttelte den Kopf. »›Die Tolla sind eine terroristische Organisation. Wir billigen ihre Aktionen nicht.‹ Und uns ist es völliger Ernst, Theodora – ich spreche jetzt als Repräsentantin der Union von Tellys. Wenn eine Regierung sich zu Taten des Terrorismus herbeiläßt, dann verliert sie ihre moralische Mitte.«

Sie schien es ernst zu meinen. »Dann sind Sie selbst also keine Tolla?« fragte ich.

»Andrerseits, die Tat, zu der sich ein Privatmensch vielleicht gezwungen fühlt, sollte keine Auswirkungen außerhalb seines eigenen Gewissens haben. Man mag einem Gesetz nicht gehorchen, und trotzdem glauben, daß dieses Gesetz notwendig ist.«

»Das wird auf Athena nicht gelehrt.«

Ihre langen, sonnengebräunten Finger klopften auf ihren Teller. »Auf Athena kann man es sich leisten, pedantisch zu sein. Das Schlimmste, was einem dort passieren kann, ist, aus einem Komitee geworfen zu werden.«

Ich hatte einmal von einem Mann gehört, der Selbstmord beging, nachdem er aus einem Komitee geworfen worden war. Allerdings würde eine solche Reaktion vermutlich jemandem als ungerechtfertigt erscheinen, der an einer Organisation beteiligt war, die einen so offensichtlich tödlichen Zweck verfolgte.

Plötzlich wurde ich mir bewußt, daß die Sonne schon hinter der gestreiften Kuppel jenseits des Flusses stand und daß der Nachmittag praktisch schon in den Abend übergegangen war. Inzwischen waren auch zwei weitere Tische besetzt, und ich hatte dies nicht einmal gemerkt.

»Das ist faszinierend«, sagte ich ehrlich, »aber ich bin mir nicht sicher, was das mit mir oder meinem Haus zu tun hat.«

Sie zögerte. »Aufgrund Ihrer Lebensgeschichte dachte ich, daß Sie vielleicht Sympathie für unsere Sache empfinden würden. Sie sind nicht die übliche athenanische Wissenschaftlerin. Oder habe ich in Ihre Biographie nur das hineingelesen, was ich gerne glauben wollte?«

»Nein …«, sagte ich zögernd. »Wenn Sie die Wahrheit wissen wollen, ich habe zu diesem Thema gemischte Gefühle. Aber ich habe gesehen, wie Menschen aus geringeren Anlässen als denen der Tolla getötet wurden. Und wenn Sie heute auf jemanden schießen würden, dann würde ich mich aus der Schußlinie entfernen und meines Weges gehen.«

Lykon warf eine seiner seltenen Bemerkungen ein: »Das ist alles, was wir wirklich erwartet haben.«

Ich wandte mich ihm zu. »Sie sehen zu sanft aus, um zu den Tolla zu gehören.«

Er lächelte. Ein sanftes Lächeln. »Das ist zum Ausgleich«, sagte er. »Keleen sieht direkt wie ein General aus, nicht wahr?«

Ich mußte zugeben, daß dies stimmte. Alles an ihr, von ihrer wohlausgewählten halb-aber-nicht-ganz-ivoranischen Kleidung bis zur klug eingesetzten Kosmetik zeugte von Planung. Die wenigen Dinge, die ihrer Kontrolle entgangen zu sein schienen, wie die Fältchen um ihre Augen, gaben ihrem Aussehen nur Gewicht und Charakter. Es war wirklich gut, daß ihre Haut leicht gebräunt war, sonst hätte man von ihrer unmenschlich präzisen Eleganz abgestoßen sein können. Sie war voller Stärke – aber welchem Ziel diente diese Stärke?

Lykon andrerseits hätte mit seinem ruhigen, gutmütigen Gesicht genausogut ein Schild am Hals tragen können mit der Aufschrift ›Vertrauenswürdig‹. Träfe man auf Jack Lykon, während die eigene Stadt fiel, dann würde man ihm das eigene Kind zum Halten geben, während man mit den Fäusten gegen die Luke des letzten abgehenden Schiffes trommelte. Es *schien* die Art von Gesicht zu sein, die so gut zu der Seele dahinter paßte, aber ich beschloß, skeptisch zu bleiben, bis ich es sicher wußte.

Er seufzte, schaute auf seinen leeren Krug und sagte: »Glauben Sie, ich könnte noch ein Bier bekommen? Ich zögere, nach dem Kellner zu klingeln …«

»Da haben Sie recht, vielleicht schafft er es nicht bis zum Herbst.« Ich drückte den Knopf an meiner luftdichten Kanne mit Kirschensaft und beobachtete, wie das Getränk in mein Glas sprudelte. »Wenn Sie nur durstig sind, dann hilft Ihnen das vielleicht, bis Sie das Bier bekommen.« Ich bot ihm mein Glas an.

Wieviel verstanden die beiden wirklich von Ivory? Würden sie den Test bestehen? Er nahm das Glas und leerte es. In seinen Mundwinkeln blieb Schaum von dem Saft zurück. Es wirkte albern, aber liebenswert, besonders an einem Terroristen mit schütterem Haar. Er sagte auf ivoranisch: »Danke sehr.«

Van Gelder schien still amüsiert zu sein. Damit sammelte ihr Team Punkte. Wenn Cormallon mit ihnen ein Arrangement träfe, dann würden sie uns keine Schande bereiten.

Eine plötzliche Brise wehte vom Fluß herauf und zerknitterte die Servietten. Hier saß ich also, die naive, unpolitische Theodora von Pyrene, mit zwei Feinden der tellysianischen Regierung, und ich hatte einfach nicht das Gefühl, als befände ich mich in großer Gefahr. Vermutlich müssen die Tolla auch irgendwie neue Mitglieder anwerben; es muß irgendeine – wenn auch nicht sonderlich zuverlässige – Methode geben, herauszufinden, wann man etwas sagt und wann nicht. Und vielleicht war dies gar kein so großer Schritt des Vertrauens – ich war keine Bürgerin der Union von Tellys; ich war unbeteiligt an dem, was auf ihrem Planeten geschah. Gerade mein Desinteresse war ein Schild. Und im übrigen haben die Ivoraner nicht die Gewohnheit, sich in Regierungsangelegenheiten einzumischen, wenn sie es vermeiden können.

Wie auch immer sie zu ihrem Schluß gekommen waren, er traf zu. Ich hatte nicht die Absicht, irgendwelchen tellysianischen Amtsträgern von ihnen zu erzählen. Selbst wenn ich eine solche Absicht hätte, so befanden sich alle tellysianischen Beamten in der Botschaft, und es war mehr als wahrscheinlich, daß Van Gelder dort ein System zur Verfügung hatte, um mit Zivilisten fertig zu werden, die die Beamten auf peinliche Dinge aufmerksam machen wollten.

Es kam mir der Gedanke, daß es für die Tolla nützlich sein mußte, eine stellvertretende Botschafterin auf ihrer Seite zu haben. Vielleicht ging ihr Einfluß noch darüber hinaus; ich war nie auf Tellys gewesen und hatte im großen und ganzen keine Ahnung von ihrer Sicht der Dinge, aber es war kein Geheimnis, daß das Königreich dort nicht sehr geschätzt wurde, um es milde auszudrücken. Abgesehen von ihrer Politik mußten die Bürger der Union einfach der Ansicht sein, daß die Selianer ziemlich unverfroren gewesen waren, sich auf diese Weise von der Union zu trennen. Es mußte in der Union ziemlich viel heimliche Unterstützung für die Tolla geben – gewiß gab es Sympathien für ihre Ziele, wenn auch nicht für ihre Methoden.

Wenn sie auf ihrem Planeten wirklich eine Macht darstellten, dann mochte ein Bündnis mit den Tolla keine schlechte Idee für Cormallon bedeuten. Solange es ein geheimes Bündnis blieb. Und eine Gruppe wie die Tolla mußte ziemlich an Geheimhaltung gewöhnt sein.

»Sind Sie wenigstens bereit, Ihrem Gatten den Vorschlag zu überbringen?« fragte Van Gelder. »Er ist der Erste seines Hauses, nicht wahr?«

»Botschafterin Van Gelder, ich bin mir immer noch nicht im klaren darüber, worin Ihr Vorschlag *besteht*.«

»Bitte nennen Sie mich Keleen.«

»Keleen.« Ich freue mich immer, wenn ich ein Mitglied einer gefährlichen Terroristengruppe beim Vornamen ansprechen darf.

»Die Tolla sehen sich gegenwärtig mit einigen Problemen konfrontiert«, sagte sie in einem energischen, geschäftsmäßigen Ton. Der Hinweis auf ›unsere Sache‹ vorhin war die engste Annäherung an den Gebrauch der ersten Person gewesen, die sie sich erlaubte, wenn sie von der Gruppe sprach; sonst redete sie immer in der dritten Person, immer mit offizieller Distanz. »Erstens, die Angehörigen der Union werden durchsucht, bevor sich das Königreich betreten. Und im letzten planetarischen Jahr hat das Königreich begonnen, auch Leute zu durchsuchen, die intern von einem Gebiet in das andere reisen. Selbst Fernkampfwaffen, die sich schon auf dem Territorium des Königreichs befinden, müssen offensichtlich von Zeit zu Zeit transportiert werden; und dann gibt es das Problem, Munitionsnachschub für diese Waffen zu bekommen.«

»Ich verstehe.« Niemand hatte mit mir je zuvor über das Thema Waffentransport gesprochen. Ich mag zwar meine Chance für einen akademischen Grad auf Athena aufgegeben haben, aber das Leben auf Ivory hat in sich selbst eine bildende Wirkung.

»Dort ist es nicht wie auf diesem Planeten hier; die Beamten sind sehr unsicher, wenn es um Bestechung geht. Es gibt immer altmodische Gegenstände, die nicht kontrolliert werden können, wie Messer und Keulen, aber sicher verstehen Sie sofort, daß die Nähe, die ihre Anwendung erzwingt, eine Gefangennahme viel wahrscheinlicher macht.«

»Oh, bestimmt. Daran habe ich sofort gedacht.«

Sie nahm mich ernst. »Nun ja, das ist selbstverständlich. Deshalb haben jetzt einige Leute das Problem des Waffentransports im allgemeinen untersucht. Die Mehrzahl von ihnen ist dabei vom Blickwinkel des Transports ausgegangen, aber … anderen … ist die Idee gekommen, daß man die Sache vom Blickwinkel der Waffen selber angehen sollte.«

»Sie haben gerade gesagt, daß Messer und Keulen …«

Sie lächelte schwach. »Wenn man auf diesem Planeten hier lebt, dann muß man unweigerlich eine kreativere Auffassung davon bekommen, was eine Waffe darstellt.«

»Ach so.«

»Wie ich gehört habe, wird die Tragödie des jungen Kade Porath auf Zauberei zurückgeführt.«

»Ja, das habe ich auch gehört.«

»Eine lebhafte Demonstration ihrer Möglichkeiten, muß ich zugeben ...«

Ich richtete mich auf. »Was meinen Sie mit ›Demonstration‹? War Kades Tod für Sie eine Art Vorführung? Stehen Sie schon in Verhandlungen mit einem anderen Haus?«

Sie erschien ehrlich überrascht. »Guter Himmel, nein. Wenn wir zum Studium der Vorführungen kommen, dann können wir sicher jemanden weniger auffälligen als den ersten Sohn einer Adelsfamilie finden. Wofür halten Sie uns?«

»Ehrlich gesagt weiß ich nicht, wofür ich Sie halten soll. Sie werden es mir sagen müssen.«

»Die Tolla hatten nichts mit Kade Porath zu tun«, sagte Jack Lykon. »Das ist wahr. Ich meine, um Himmels willen, Theodora – das wäre doch Mord.«

Auf dieses Argument erwiderte ich nichts.

»Der einzige Wunsch meiner Vorgesetzten ist«, sagte Van Gelder, »in eine lange und profitable Beziehung mit Ihrem Haus einzutreten. Wie ich gehört habe, kann es hier ziemlich strenge Strafen für den organisierten Gebrauch der Zauberei geben – gegen die Regierung etwa. Aber lassen Sie mich betonen, daß es auf Tellys solche Gesetze nicht gibt. Zauberei wird dort nicht einmal anerkannt. Das könnte doch für Cormallon eine ganz neue Dimension zur Expansion eröffnen, Theodora. Sicherlich wäre es doch Ihre Pflicht, mein Angebot zu überbringen.«

»Ich werde es überdenken.«

»Gute, saubere ivoranische Tabals würden auf das Konto Ihres Hauses überwiesen werden – kein schmutziges, verdächtiges ausländisches Geld, das verspreche ich Ihnen. Als Gegenleistung würde man eine Konsultation beginnen, in der es darum geht, wie das Waffenproblem gelöst werden könnte, das ich vorhin beschrieben habe.« Sie redete, als zitierte sie aus einem Geschäftsvertrag. »Es müßte kein Zauberer persönlich nach Tellys reisen, um dort die Hinrichtungen vorzunehmen, sofern es sich nicht als absolut notwendig erweisen würde. Eine Art von Waffe, die von jeder verständigen Person benutzt werden kann, würde die Aufgabe gut erfüllen.«

Ich hob die Hände. »Sie haben es sehr deutlich gemacht, Exzellenz.« Plötzlich hatte ich für diesen Tag genug von Mord. Ich fühlte auf einmal den Wunsch, mich hinzulegen und zwanzig Stunden zu schlafen, wie Kades Großmutter.

Van Gelder schien meinen Rückzug zu spüren. »Hoffentlich habe ich Sie nicht irgendwie beleidigt, Theodora. Ich hatte den Eindruck, daß Ihr Gatte von Zeit zu Zeit selber Mordaufträge übernimmt, deshalb erschien es mir kaum …«

»Ja, ich weiß. Ist schon in Ordnung.« Ich stand auf. »Ich werde mir überlegen, ob ich die Sache weitergebe.«

Jack Lykon erhob sich sofort und schüttelte mir die Hand. Ich konnte in ihm immer noch keinen Tolla sehen. Man konnte ihn sich leichter als einen Landtierarzt vorstellen, der nur über die gelegentliche falsche Behandlung von Welpen leicht ungehalten wurde. »Es kann allerdings sein, daß ich etwas von Ihnen will«, sagte ich.

»Von mir?« Er war überrascht.

»Ich werde es Sie wissen lassen«, sagte ich. Fast hätte ich mich reflexartig verbeugt, aber ich fing mich rechtzeitig und beschränkte mich auf ein höfliches Lächeln in Richtung der Botschafterin.

»Ich habe eine Kutsche am Lin-Eingang«, sagte sie.

»Danke, ich würde lieber zu Fuß gehen. Ich habe über einiges nachzudenken.«

Sie neigte den Kopf. »Es wird mir ein sehr großes

Vergnügen sein, Theodora, wofür auch immer Sie sich entscheiden.«

Na ja, deshalb war sie auch Botschafterin. Ich verließ die Terrasse, ging hinauf zur obersten Ebene des Parks und folgte der schnurgeraden Allee der Pflaumenbäume zum Kyl-Eingang. Von da ist es etwa eine halbe Stunde bis zu unserem Haus.

Ich gehe gern am frühen Abend zu Fuß, wenn sich endlich eine kühle Hand auf die fieberheiße Haut eines Sommertages in der Hauptstadt legt. Natürlich betrachtet man um diese Zeit jeden vorüberwehenden Lufthauch als kühl, um nicht zu sagen als Segen. Die Läden am Kyl-Eingang des Kaiserlichen Parks sind für ihre lachhaften Preise bekannt; es macht Spaß, in die Schaufenster zu schauen, die Preise auf den Etiketten zu raten und dann genauer hinzuschauen und schockiert zu sehen, wie gründlich man sich verschätzt hat.

Während ich so dieses unschuldige Spiel spielte, überlegte ich die weniger unschuldigen Spiele, die mir von diesen beiden Tellysianern angetragen worden waren. Was sollte ich tun? Wahrscheinlich sollte ich die Tolla mißbilligen, aber die Wahrheit ist, daß ich es nicht tat. Gleichzeitig empfand ich nicht den Wunsch, persönlich darein verwickelt zu werden; von Natur aus bin ich weder Märtyrerin noch Soldatin, und ich hatte alle Hände voll zu tun, einfach hier, wo ich war, ein ehrbares Leben zu führen. Was Ran anging – ich versuchte mir vorzustellen, wie er zustimmte, Geheimnisse des Hauses einem Verbündeten mitzuteilen, den man nicht wenigstens fünfhundert Jahre kannte, und meine Vorstellung versagte kläglich.

Das schien uns nicht weiterzubringen. Gleichzeitig war Jack Lykon ein Genanalytiker, und in diesem Lebensjahr wäre für mich ein Genanalytiker sehr nützlich. Wenn nur …

Ich kam an einem Laden vorbei, der ein altes Buch in der Auslage liegen hatte; es hatte einen goldverzierten Einband mit einem Schloß und trug in goldenen und roten Schriftzeichen der klassischen Kalligraphie den Titel ›Geschichten des Dritten Kaiserreiches‹.

Wie Sie wissen, sammle ich Geschichten. Es gab eine Zeit, da hielt ich das für eine Berufung, aber in den letzten Jahren habe ich mich immer wieder gefragt, ob es nicht bloß ein Hobby ist. Was auch immer das für Geschichten aus dem Dritten Kaiserreich sein mochten, ich konnte sie wahrscheinlich woanders billiger aufspüren …

Geschichten. Ich hatte auch Geschichten aus Rans Familie gesammelt. Unglaubliche Geschichten, Legenden, Anekdoten, Erinnerungen – nicht alle von ihnen glaubhaft, aber alle interessant, und keine, unglücklicherweise, zur Veröffentlichung freigegeben. Sie standen in einem Notizbuch in meinem Zimmer auf Cormallon, und dieses Notizbuch steckte unter einem Haufen anderer Dinge auf einem Tisch neben dem Fenster. Ich hatte sie schon seit Monaten nicht mehr hergenommen und war schon seit Wochen nicht mehr auf Cormallon gewesen.

Verdammt, ich konnte mich nicht an die Einzelheiten erinnern, aber war da nicht eine Geschichte über eine ähnliche Allianz gewesen? Eine von Rans unzähligen Tanten hatte sie mir erzählt, als sie auf dem Weg zu einer Verabredung in der Hauptstadt auf dem Anwesen vorbeigekommen war … unterwegs zu ihrer Schneiderin, ja richtig. Los, Theodora, du kannst dich an die Schneiderin erinnern, wie ging denn jetzt noch mal die Geschichte?

Da war ein Haus von Bierbrauern gewesen, am Rand des Nordwest-Sektors, und sie hatten irgendein Problem mit vorsätzlich kontaminiertem Bier gehabt – Jack Lykons Getränkewahl mußte mich daran erinnert haben. Ein Paar Repräsentanten hatte um ein Hausbündnis mit Cormallon nachgesucht, um die Saboteure aufzuspüren, aber es gab irgendeinen Grund, weshalb das Bündnis nicht zustande kam – irgend etwas über eine mögliche Kränkung unserer alten Verbündeten, der Ducorts (obwohl ich nicht begriff, warum; die Ducorts produzieren Wein und Tah und betrachten sich gegenüber ehrlichen Bierbrauern als etwas Besseres). Was war also geschehen?

Der damalige Erste des Hauses hatte eine Methode ausgetüftelt, wie man kontaminierte Fässer aussortieren und jeden zauberischen Schaden am Bier auf seinen Ursprung zurückführen konnte. Nichtzauberer konnten diese Methode anwenden, aber nur nach einem schnellen Training in den Cormallon-Techniken und durch den Gebrauch von Cormallon-Materialien. Ich konnte mich nicht daran erinnern, welche Zauberei dabei verwendet wurde, aber ich erinnerte mich an die politische Lösung: Drei Brauereiangestellte waren vom Haus Cormallon adoptiert und dann an ihr eigentliches Haus ausgeliehen worden, um den Brauvorgang zu überwachen.

Das war die Crux: Die Adoption gab der Hausjustiz von Cormallon Rechte über das Leben der Brauer. Auf sie alle waren Zauber gelegt worden, die sie davon abhielten, Hausgeheimnisse an Außenstehende zu verraten. Knebelzauber wurde das genannt, und dieser Zauber kann sehr gefährlich und sehr kompliziert sein und nur mit der Zustimmung der betreffenden Person vollzogen werden. Die Brauer akzeptierten ihn aus ihrem Eigeninteresse, weil sie für ihre Kooperation sehr gut bezahlt wurden. Als die Krise vorbei war, entließ Cormallon sie wieder in ihr ursprüngliches Haus – mit dem intakten Knebelzauber und (falls ich die Cormallons richtig einschätze) vermutlich einer gewissen Gedächtnisstörung. (Letzteres wurde nie zugegeben. Gedächtnisinhalte zu löschen ist einfach; schwierig ist nur die *Auswahl*.)

Also gab es keine Allianz, Cormallon steckte sein Honorar ein, die Brauer bekamen wieder ihren Ruf für gutes Bier ... Ich fand nie heraus, was mit den drei ausgetauschten Angestellten geschah. Zauber, die sich mit dem Gedächtnis und dem Willen befassen, sind riskant; falls die drei irgendwann durch Selbstmord geendet hätten, so würde mich das nicht überraschen.

Andrerseits bestanden die Tolla per Definition aus Leuten, die hohe Risiken auf sich nahmen.

Wenn Van Gelder die Wahl hätte zwischen einer langdauernden Suche nach Genen mit hypothetischen magischen Fähigkeiten und einem praktikablen Waffenprogramm, dann würde sie sich für die Waffen entscheiden. Reine Forschung war nicht ihr Ziel. Und wenn wir einen Handel machen konnten, würde sie mir vielleicht Jack Lykon für ein oder zwei Tage ausleihen ... denn Forschung war *mein* Ziel.

Die nächste Frage wäre: War Jack Lykon jemand, der hohe Risiken auf sich nahm?

Und was, in aller Welt, sollte ich Ran sagen?

KAPITEL 9

Wie sich herausstellte, hatte ich Zeit, darüber nachzudenken, denn als ich nach Hause kam, saßen Kylla und Lysander im Wohnzimmer. Sie hielten beide Getränke in Händen (meiner Meinung nach war es eine gute Idee von Ran gewesen, ihnen einzuschenken), und da keiner dem anderen etwas an den Kopf zu werfen schien, ging ich direkt in das Zimmer.

Lysander saß neben dem Tisch auf dem Kissen mit den roten Fransen. Er hob sein Glas einen Zoll, als ich eintrat und nickte mir zu. »Theodora!« Kylla, die auf dem Diwan halb saß und halb lag, setzte sich aufrecht hin und klopfte auf den Platz neben ihr. »Theo, setz dich zu mir. Ran erzählt uns gerade, was ihr heute erlebt habt. Das klingt ja herrlich grausig.«

Ich löste mein Obergewand und setzte mich hin. Niemand fragte mich, wo ich gewesen sei, und das machte es mir einfacher. Also nippte ich an dem Drink, den Kylla mir anbot – anscheinend war es ein ›Soldatenvergnügen‹; Lysander muß unterwegs hierher irgendwo angehalten haben und eine Flasche zum Mitnehmen gekauft haben. Die alten aristokratischen Familien hatten nicht die Sitte, die Zutaten für Mixdrinks im Haus aufzubewahren, und es kam Ran nie in den Sinn, einen Vorrat anzulegen. Die meiste Zeit empfand ich das nicht als Mangel, aber es gab gelegentlich Nächte, wo Ran unterwegs war und einen der Cormallon-Zweige besuchte und ich in der Hauptstadt zurückblieb, und wo das NETZ höchst uninteressant erschien und ich im Badezimmer schon all die alten pyrenesischen Lieder gesungen hatte, an die ich mich erinnern konnte, und wo ich mir dann einen

Schlaftrunk wünschte. Es hatte keinen Sinn, dafür einen teuren Ducort-Wein zu entkorken.

Ihr Götter! Ich hoffte, daß Ran nicht bald selber ein Opfer seines Berufes werden würde. Die Sterblichkeitsrate ivoranischer Männer der Oberschicht ist relativ hoch, und dieser Gedanke tauchte von Zeit zu Zeit auf und präsentierte sich in all seinen düsteren Aspekten. Die meiste Zeit meines Lebens war ich allein gewesen, aber jetzt verlor ich schnell die Fähigkeit dazu, wenn ich sie nicht schon längst verloren hatte. Es ist wahrscheinlich wie mit Sprachen – man muß in Übung bleiben, um souverän damit umgehen zu können.

»Theo?« forschte Kylla. Sie hielt das Glas, ich ebenfalls. Ich ließ los, und sie sagte: »Beschäftigt dich etwas?«

»Der übliche Schlamassel. Hat Ran dir gesagt, wofür ich dein Rouge verwendet habe?«

»Das Set, das ich dir geschenkt hatte? Uff! Theo, das war Cachine-Kosmetik, es kostet ein Vermögen. Was hast du dir dabei gedacht?«

Die gute alte praktische Kylla. Einen paranoiden Augenblick überlegte ich, ob wir ihr und Lysander alle diese Informationen mitteilen sollten, angesichts der Tatsache, daß sie – genaugenommen – Verdächtige waren; aber ich etikettierte diesen Gedanken mit ›unwürdig‹ und schob ihn wieder beiseite. Natürlich, wir hatten Lysander nie so gut kennengelernt, wie wir vielleicht hätten sollen …

»Du warst gerade dabei, uns den Ring zu zeigen«, sagte Lysander.

Ran wiederholte seinen Trick mit dem Taschentuch und ließ das Schmuckstück aus Silber und Cadit erscheinen. Lysander stieß einen Pfiff aus. »Ich habe noch nie etwas gesehen, auf dem ein Fluch liegt. Von dem ich wußte.«

Kylla, die in einem Haus von Zauberern aufgewachsen war und sich deshalb auskannte, zuckte die Achseln. Ihre langen goldenen Ohrringe klimperten sanft. »Er ist nicht besonders schön«, sagte sie. »Kades Geschmack muß sehr gewöhnlich sein … Ich kann nicht sagen, daß ich überrascht bin, nachdem ich seine Schwester gesehen habe.«

»Kannst du mit ihm den Zauberer identifizieren?« fragte Lysander schnell.

Ran packte den Ring wieder ein. »Ja und nein. Ich habe ihn den ganzen Nachmittag untersucht – er scheint sicher genug zu sein, solang man ihn nicht an den Finger steckt –, und der Fluch wirkt noch. Also sollten wir nach der Rolle der Konnektivität in der Lage sein, uns dort hinzustellen, wo der Zauberer stand, als er den Zauber auslöste, und dann die Spur zurückzuverfolgen, um ihn aufzuspüren.«

»Wenn wir nur wüßten, wo er gestanden hat«, sagte ich.

»Ja«, stimmte Ran zu.

»Vermutlich könntest du das Schiff anfordern«, sagte Lysander, »damit in Richtung auf die Catmeral-Brücke fahren und dich willkürlich auf den Decks hin- und herbewegen, bis …«

»Muß es auf dem Schiff sein?« unterbrach ihn Kylla.

Ihr Ehemann blickte überrascht drein, aber Ran sagte: »Nein, ich wollte dieses kleine Problem gerade erwähnen. Solange er wußte, daß Kade den Ring trug, hätte der Zauberer irgendwo in Sichtweite sein können – und denkt daran, das Hauptdeck hat große Fenster –, um den Fluch auszulösen. Das bedeutet, es kann jemand auf dem Dach eines Lagerhauses oder auf der Gartenmauer vor einem der Häuser eurer Nachbarn gewesen sein, Ky.«

Lysander stöhnte. »Das bedeutet, jeder in der ganzen Stadt.«

»Oder auf der Catmeral-Brücke«, sagte Kylla.

Wir schauten sie alle an. »Warum auf der Brücke?« fragte ich.

Sie stellte ihr Glas auf den Boden. »Dort stand ein Mann. Ich bemerkte ihn, weil er sich über das Geländer lehnte und uns anstarrte. Ich ärgerte mich darüber.« Es stimmt, zu der Zeit war Kylla nicht in der Stimmung gewesen, wo sie es ertragen konnte, angestarrt zu werden oder sonstwas. »Es war mitten am Nachmittag, und die Catmeral ist keine überdachte Brücke, richtig? Und es war heiß und sonnig – die Gegend war praktisch ausgestorben, und die paar Leute, die über die Brücke gingen, hatten es eilig, wieder in den Schatten zu kommen. Aber nicht dieser Mann. Er hatte seine Arme auf dem Geländer und lehnte einfach dort und glotzte herab. Ich dachte mir: Was meint der wohl, wen er da anschaut? Dann dachte ich mir: Ein komischer Kerl.«

»Lysander, hast du …?« fragte Ran.

»Nein, ich habe ihn nicht gesehen. Ich höre jetzt zum erstenmal davon. Aber schließlich hatte ich die meiste Zeit der Brücke den Rücken zugewandt. Ich habe Kylla angeschaut.«

Ran wandte sich seiner Schwester zu. »Du hast vorher nichts davon gesagt.«

»Nun ja, wenn ich gewußt hätte, daß er einen Porath ertränken würde, dann hätte ich ihm natürlich mehr Aufmerksamkeit gewidmet! Jedenfalls gab es dann unten dieses Platschen, und ich habe ihn ganz vergessen. Bis jetzt.«

Ran warf mir einen Blick zu. Wir waren zur selben Zeit auf dem Deck gewesen. »Ich habe auch nicht zur Brücke geschaut«, sagte ich. Ran blickte unzufrieden drein. »Dieser Sicherheitsmann war eine Zeitlang mit uns dort oben«, fügte ich hinzu. »Der, den Kade zur Schnecke machte, weil er nicht auf Eliana achtgab. Aber ich erinnere mich nicht, ob wir da nahe an der Brücke waren oder nicht.«

Rans Gesicht hellte sich auf. »Selbst wenn er da nicht oben war, dann könnte er uns doch helfen zu rekonstruieren, wer wo auf dem Boot war. Sicherheitsleute müssen immer wieder die Lage visuell überprüfen. Wir könnten die Poraths anrufen und herausfinden, welchen Dienst sie benutzt hatten, und mit dem Mann ein Treffen ausmachen, bevor wir wieder mit dem Schiff losfahren.«

»Könntest du sie noch heute abend anrufen?« sagte Lysander.

Der arme Mann! Kylla mußte ihm zu Hause wirklich die Daumenschrauben angelegt haben. Er wünschte ganz offensichtlich, daß man ihm den Mord, die Hochzeit und die Poraths vom Halse schaffte.

Ran blickte einen Moment lang auf das zusammengeknotete Taschentuch, dann schob er es in die Innentasche seines Gewandes und wandte sich mit voller Aufmerksamkeit Lysander zu. »Wie steht es eigentlich mit deinem eigenen Problem? Hat Jusik seit der Kanalfahrt mit euch Kontakt aufgenommen?«

Kylla wandte sich ihm ebenfalls zu und wartete mit diesem geduldigen, von Natur aus gnadenlosen Cormallon-Ausdruck auf ihrem Gesicht. Lysander griff nach seinem Glas und leerte es mit einem langen Zug. »Er hat angerufen«, gab er zu. »Er schlug vor, ich sollte morgen an der Bestattung teilnehmen. Ich sagte ihm, ich hätte außerhalb der Stadt zu tun. Er hat nicht auf seinem Vorschlag bestanden.«

»Na ja«, sagte Ran nach kurzem Überlegen, »vielleicht besteht er auch nicht auf der Heirat.«

»Vielleicht braucht er jetzt um so mehr Geld, nachdem Kade nicht mehr da ist«, warf ich ein. Der Blick, den Lysander mir zuwarf, war keineswegs freundlich.

»Sicherlich wollen sie alle, daß Eliana Geld heiratet«, sagte er, »aber es gibt keinen Grund, daß ich das

Geld sein muß. Ich denke, wenn ich mich genügend sträube, dann lassen sie mich gehen. Schließlich war es Kades Lieblingsidee, und er ist jetzt nicht mehr da.«

Praktischerweise. Ran blickte mich an, und ich dachte: Tz, tz, was für ein unbrüderlicher Verdacht. Wenn Lysanders Familienname Cormallon gewesen wäre, dann hätte Ran keinen Zweifel über seinen Charakter gehabt; wenn Lysander Kade umgebracht hätte, dann hätte er es Ran berichtet, damit wir alle intelligenter damit fertig werden konnten. Trotz vergangener Erfahrungen glaubte Ran immer noch, daß Cormallons kein Unrecht begehen konnten.

»Wir sollten lieber heimgehen«, sagte Kylla und stand auf. »Ich habe Shez versprochen, ihr einen Gutenachtkuß zu geben. Jetzt ist Schlafengehenszeit, und sie wird ihre Amme quälen, bis ich zu Hause bin.« Sie gab mir einen flüchtigen Kuß auf die Wange, dann flüsterte sie: »Wie steht's? Ist schon eine Periode ausgeblieben?«

»Um Himmels willen, Ky!« Ich warf schnell Ran und Lysander einen Blick zu, aber die redeten zu zweit weiter.

Sie lächelte ohne ein Zeichen von Reue. »Weißt du, ich hatte nie gedacht, daß du irgendwelche Mutterinstinkte hättest. Zumindest nicht bis zu jenem Nachmittag, wo mein Gewand in der Tür bei dem Juwelier hängen blieb und du eine ganze Stunde damit zugebracht hattest, über Shez' Kinderwagen Schlüssel zu schütteln, um sie vom Heulen abzuhalten.«

»Das mußte einfach jemand tun.«

»Und du hast Geräusche gemacht wie ein startendes Raumschiff ...«

»Schon gut, Ky.«

»Irgendwie hatte ich mir nie vorgestellt, daß du dich so sehr mit der nächsten Generation amüsieren würdest.«

»Ich weiß.« Kylla hielt mich für den Typ Frau, die den Kinderwagen mit den Einkaufstüten verwechseln und das Baby zur Hauslieferung übergeben würde, weil ich einfach zu sehr mit Nachdenken darüber beschäftigt wäre, welche Form der dritten Person ich in einer Übersetzung verwenden sollte.

Sie küßte mich wieder, dann ging sie zu dem niedrigen Tisch an der Wand und hob einen eingewickelten Blumenstrauß auf, den ich zuvor nicht bemerkt hatte. Sie packte die Blumen und schwenkte sie ohne Rücksicht auf ihre Zartheit herum, als handelte es sich um eine Bratpfanne.

»Was sind das?« fragte ich. »Ich habe sie nie zuvor gesehen.«

Sie holte den Strauß heraus, damit ich ihn anschauen konnte. »Ich kenne den Namen nicht«, sagte sie, »aber es ist jetzt ihre Jahreszeit. Lysander hat sie für mich unterwegs gekauft.«

Die Blumen waren von einem violetten Blau und bestanden aus einer Unmenge perfekter winziger Blütenblätter, die aus der Entfernung aussahen, als bildeten sie ein einziges Ganzes. Ein starke Duftwolke stieg auf. »Die sind wundervoll! Das müssen ja Hunderte von Blütenblätter sein. Ran, wie heißen diese Blumen?«

»Keine Ahnung«, sagte Ran.

Kylla beugte sich vor und tätschelte mir mit freundlicher Herablassung die Hand. »Wir freuen uns alle, daß sie dir gefallen, Theo. Ran, kauf dieser Frau mehr Geschenke. Wenn schon ein paar Blumen sie so erregen, dann muß sie schon was entbehren. Wann hast du ihr zum letztenmal Schmuck geschenkt?«

Ran schwieg und dachte nach. »Ich glaube, noch nie.«

»Ihr großen Götter«, sagte Lysander und offenbarte damit Bände über seine eigene Beziehung. »Was machst du, wenn sie auf dich böse ist?«

»Falls sie sich schon einmal über mich geärgert hat, so hat sie es mir nicht gesagt. Theodora, hast du dich schon einmal über mich geärgert?«

»Nicht seit damals im Nordwest-Sektor, im letzten Sommer. Und keiner von uns beiden hatte damals eine Gelegenheit zum Einkaufen.«

»Bruder, bring das in Ordnung«, sagte Kylla. »Ich spreche als jemand, dem deine Interessen am Herzen liegen. Komm jetzt, Lysander.«

Ihr Mann folgte ihr zur Tür. »Ran, du wirst mich wissen lassen ...«

»Ich werde dich auf dem laufenden halten«, sicherte ihm Ran zu.

Sie verließen das Haus. »Wenn wir diesen Sicherheitsmann sprechen wollen«, sagte Ran zu mir, »dann müssen wir wahrscheinlich morgen früh zu seinem Büro gehen, bevor seine Schicht beginnt. Das bedeutet, wir müssen in der Morgendämmerung aufstehen.«

»*Kanz, komo,* und Ruin!« Mein Fluch beeindruckte Ran nicht, denn er wußte, daß ich nicht gerne früh aufstehe. In Gedanken stellte ich meinen Zeitplan um: Ich mußte die Tolla-Geschichte mit ihm morgen abend besprechen – sonst würden wir jetzt bis zum Tagesanbruch darüber debattieren, und ich wäre am Morgen dann ein Wrack.

»Soll ich dir über meine Tests mit dem Ring erzählen?«

»Morgen«, sagte ich.

»Möchtest du mir über dein Treffen mit der Botschafterin von Tellys erzählen?«

»Morgen.«

Er kam zu mir, kniete sich neben der Chaiselongue nieder und legte den Kopf auf meinen Schenkel. Meine Hand griff in sein dichtes weiches Haar. Er hob sein Gesicht. »Sag mir nicht, daß du müde bist. Die Nacht ist noch jung.«

So jung war aber die Nacht nicht mehr. Er schob seine Hände zu dem Zugband, das meine Unterhose hielt, und er räumte sie aus dem Weg, ohne die Seide meines Obergewandes in Unordnung zu bringen, ein lohnendes, aber kompliziertes Unterfangen, das meiner Unterstützung bedurfte. Für einen Moment blitzte in meiner Erinnerung auf, was er neulich nachts über meine Qualitäten im Bett gesagt hatte: Gerade etwas, woran eine gehemmte Barbarin sich nicht zu erinnern braucht. Sofort sagte er: »Was ist los?«

»Nichts. Bitte laß dich nicht unterbrechen.«

Er kicherte und vollendete sein Manöver. Als er alle Hindernisse beiseitegeräumt hatte, sagte ich: »Am vorletzten Geisterfest hast du mir eine Halskette aus Rohrblut mit einem Jadeanhänger geschenkt.«

Während ich sprach, stand er auf und beugte sich über mich. Knapp bevor seine Lippen sich auf die meinen senkten, sagte er: »Ich wünschte, du hättest dich daran erinnert, als Kylla noch hier war.«

Loden Broca Mercia, Sicherheitsmann bei der Firma Mercia, hatte bei seinem derzeitigen Einsatz Tagschicht. Er meldete sich zwei Stunden nach Tagesanbruch im Mercia-Büro an der Ecke Gold- und Glanzstraße – und im Sommer bricht der Tag früh an. Ich war nicht gerade am aufnahmefähigsten, um es noch deutlicher zu sagen.

Die Büroräume waren klein und kahl, wie es vermutlich von Örtlichkeiten zu erwarten war, von wo aus die Leute meistens ausgeschickt wurden, um anderswo zu arbeiten. Keine Fenster, nur ein paar Lüftungsschlitze und ein Ventilator an der Decke, um die Hitze umzuverteilen. Das Gebäude war alt, im Besucherbereich umgebaut für Energiezellen, doch aus den anderen Räumen kam der Geruch von Öllampen.

Ich setzte mich auf eine Bank und nickte kurz ein,

während Ran vom Mercia-Filialleiter folgende Fakten erfuhr: Daß die Poraths ein volles Dutzend Wachen engagiert hatten, verteilt auf zwei Schichten, mit einer für den Anlaß modifizierten Livree. Fünf dieser Wachen waren auf dem Schiff gewesen, als Kade schwimmen ging.

Loden Broca gehörte, wie der Name sagte, zum Haus, aber nicht zur Familie Mercia – einer Firma mit einem guten Ruf, klein, aber im Verzeichnis der guten Häuser im Goldtugend-Verwaltungsgebäude im Kapitalviertel aufgeführt. Was bewies dies jedoch? Wenn man mit genügend Geld ins Kapitalviertel geht, dann kann man überall alles eintragen lassen. Nach dem, was ich gehört hatte, stand das Bettlermonopol, das Haus Helad, an der Spitze des Verzeichnisses; sie schleuderten den Regierungsbeamten genügend Geld in den Rachen, um die gesamte Stadtpolizei zu finanzieren. Jedenfalls ging so das Gerücht. Aber die Firma Mercia Bewachung hatte auch durch Mundpropaganda einen guten Ruf, und darauf konnte man sich mehr verlassen als auf alle offiziellen Schreiben.

Loden Broca war vor zwei Jahren in das Haus Mercia eingetreten, nachdem er dessen Trainingskurs für Mercia-Sicherheitstechniken bezahlt und absolviert hatte. Er war etwa zwanzig Standardjahre alt. Das Durchschnittsalter der bei den Poraths diensttuenden Wachen war einundreißig gewesen; die durchschnittliche Dienstzeit acht Jahre. Loden Broca war anscheinend erst am Anfang seiner Karriere. Wie sein Filialleiter deutlich machte, war es kein guter Karrierestart, wenn der erste Sohn der Familie, die man beschützte, verlorenging.

»Er ist noch in der Probezeit«, sagte Filialleiter Ben Mercia; ein ordentlicher, grauhaariger Mann um die Fünfzig. (Sowohl zum Haus wie zur Familie gehörend, wie ich sofort reflexartig erkannte; wie weit konnte man in dieser besonderen Organisation aufsteigen, ohne daß man sich adoptieren ließ?) »Ich kann Ihnen versichern, daß wir die Sache angemessen behandeln, gnädiger Herr. Jeder Mann, der an diesem Tag Dienst hatte, wird einer Leistungsüberprüfung unterzogen. Falls Lord Porath Disziplinarmaßnahmen auslösen möchte ...«

»Wir sind nicht deswegen gekommen«, sagte Ran.

»Wir haben schon unser Honorar zurückerstattet – unser gesamtes Honorar, nicht nur das von diesem Tag. Aber um es offen zu sagen, man kann nicht jede Eventualität voraussehen. Wir geben keine Garantien. Falls Lord Porath eine Entschädigung haben möchte, dann kann ich nur darauf hinweisen, daß wir erstens nie in der Lage wären, den Gegenwert für einen ersten Sohn zu zahlen, und zweitens, daß ein solches Vorgehen ihn bei anderen Sicherheitsagenturen oder anderen Häusern nicht beliebt machen würde – Firmen würden zögern, ihren Schutz zu verkaufen, wenn man sie für jeden ... ungewöhnlichen Umstand ... der entstünde ...«

Die Worte rollten aus seinem Mund wie Murmeln aus einem offenen Beutel. Ran gab es auf, eine Sprechpause abzuwarten und fiel ihm einfach ins Wort. »Wir sind nicht aus diesem Grund hier. Wir wollten nur ein paar Fragen stellen – Ihnen, Loden Broca, und möglicherweise ein paar der anderen Wachen, die an dem Tag Dienst hatten. Das ist alles. Alle Aspekte eines finanziellen Arrangements müssen mit dem Haus Porath selbst durchgesprochen werden.«

Ben Mercia blickte Ran mißtrauisch an. »Sie haben gesagt, daß Sie das Haus Porath vertreten.«

»Nicht in finanzieller Hinsicht.«

Der mißtrauische Blick blieb. »Verzeihen Sie, gnädiger Herr. Ich bin in einem Moment wieder da.« Er drehte sich um und ging in einen anderen Raum, wobei er die Tür hinter sich schloß.

Ran setzte sich neben mir auf der Bank nieder.

»Jetzt überprüft er uns«, sagte ich.

»Ich dachte, du würdest fest schlafen«, erwiderte er. »Du schnarchst so laut, daß man sich nur schwer unterhalten kann.«

»Was für Lügen du erzählst. Kein Wunder, daß der Mann dir nicht traut.« Ich schloß die Augen wieder und lehnte den Kopf gegen die alte Stuckwand. »Auf jeden Fall habe ich nicht geschlafen, ich habe nur …«

»Deine Augen ausgeruht, ich weiß schon.« Plötzlich stupste er mich in die Seite.

Ich reagierte nicht darauf. »Ran, ich kann dich nicht ständig unterhalten.«

»Nein, schau mal, mach deine Augen auf.«

Das tat ich. Loden Broca hatte gerade den Vorraum zu unserer Linken betreten. Bei ihm war ein anderer Mann, der etwas älter war und mir bekannt vorkam. Ich sagte leise: »Der andere – hatte der auch Dienst?«

Ran runzelte die Stirn und dachte nach. »Er hat unseren Kutscher am Abend der Gartenparty dirigiert. Und ich glaube, er war auf dem Schiff.«

»Reden wir mit beiden, solange sie noch greifbar sind.«

Er nickte. »Der Filialleiter sollte lieber seine Überprüfung beenden, bevor sie zu ihren Aufträgen weggehen.«

Loden Broca hatte lockiges, vom Wind zerzaustes braunes Haar und einen beschwingten Schritt. Mit einem spöttischen Lächeln nahm er vom Disponenten seinen Dienstplan für diesen Tag entgegen. Die Art seines Lächelns deutete an, daß er diesen ganzen Papierkram für einen Witz hielt, aber daß er tolerant genug war, mitzumachen. Ein paar kurze Begegnungen geben noch keine sichere Grundlage für Spekulationen ab, aber ich hatte den starken Eindruck, daß Loden Broca einer von den Männern war, die nicht gern einer Autorität unterstehen.

Ich erinnerte mich, daß Kylla beim Betreten des Vergnügungsschiffes ein paar Bemerkungen über sein außerordentlich gutes Aussehen gemacht hatte. Ich beobachtete ihn aufmerksam, als er seinen Kollegen auf die Schulter tippte, während er einen Witz erzählte. Er sah sicherlich gut aus, und ich erinnerte mich, daß seine Augen besonders hübsch waren, aber Kyllas Kommentare schienen doch zu weit zu gehen – eher passend zu einem jungen Gott, als zu einem nett aussehenden jungen Mann auf einem Planeten, der von energiegeladenen und schönen Menschen nur so wimmelte. Ran stellte ihn auf jeden Fall in den Schatten.

Ben Mercias Tür öffnete sich wieder. Er nickte uns zu, dann rief er: »Loden! Trey! Kommt mal her!« Er wandte sich Ran zu und sagte: »Trey Lesseret hatte ebenfalls bei Porath Dienst; ich dachte mir, daß Sie vielleicht auch mit ihm sprechen wollten.«

Es ist schön, wenn man einem so zuvorkommt. »Danke«, sagte Ran, als wäre dies selbstverständlich, und er fügte hinzu: »Ich hoffe, wir halten Sie nicht von Ihren Pflichten ab.« Es würde einfacher sein, sie ohne ihren Vorgesetzten zu befragen.

»Überhaupt nicht«, sagte Ben Mercia und ließ sich mit einem fast affektierten Lächeln auf der Bank am Fenster nieder. »Ich bleibe gerne dabei und bin behilflich.«

»Das ist lobenswert.« Ran erhob sich, um mit den beiden Männern, die jetzt den Raum betraten, Verbeugungen auszutauschen. Ich stand ebenfalls auf und neigte den Kopf so weit, wie es für die Ehefrau eines Ersten des Hauses Cormallon angemessen ist, anstatt zu lächeln und mich in gleicher Weise zu verbeugen, wie ich es manchmal bei einfacheren gesellschaftlichen Begegnungen mache. Ich bin mir nicht sicher, warum, aber ich fühlte mich im Gebäude des Mercia-Wachdienstes nicht wohl und wollte den höchstmöglichen sozialen Status einnehmen. Mit einem kurzen Blick sah ich, daß Ran meine Wahl der Begrüßung bemerkt hatte. »Loden Broca Mercia, Trey Lesseret Mercia, wir sind uns schon früher kurz begegnet. Ich bin Ran Cormallon, hier im Auftrag von Lord Jusik Porath. Dies ist meine …« – Frau? Assistentin? – »Kollegin, Theodora Cormallon.« Und sollen sie sich doch bei meinem Familiennamen denken, was sie wollen.

»Geehrt durch diese Begegnung«, sagte Trey Lesseret, und Loden Broca murmelte es ihm nach. Lesseret war mindestens eines halbes Dutzend Jahre älter als sein Freund; er schien auf die Dreißig zuzugehen und war etwas kleiner und kräftiger als Loden Broca, der muskulös, aber eher schlank war. Lesseret war auch bleicher, und er kniff seine haselnußbraunen Augen zusammen, als stünden wir im Licht anstatt mit dem Rücken zur Wand eines fensterlosen Raums in einem billigeren Viertel der Hauptstadt. Er stellte einen Fuß auf den Schuhputzschemel neben der Bank. »Ich nehme an, Sie sind hier wegen Lord Poraths Jungen.«

Es war nicht recht passend, daß er von Kade als ›Junge‹ sprach, denn er war vermutlich in Kades Alter, obgleich er so aussah, als hätte er in der gleichen Zeit mehr Erfahrungen gesammelt als der einstige erste Sohn des Hauses Porath.

»Ja«, sagte Ran, »eine schreckliche Tragödie.«

»Schrecklich«, stimmte Lesseret zu und fragte forsch: »Und wie kann ich Ihnen helfen, gnädiger Herr?«

»Meine Kollegin und ich versuchen eine bessere Vorstellung davon zu bekommen, was geschehen ist. Körperlich, meine ich, hinsichtlich der Örtlichkeit. Wer wo war. Was jemand gesehen hat.«

»Ich war die meiste Zeit im Salon«, sagte Lesseret sofort. »Mein Hausbruder hier war eine Weile auf dem Oberdeck, um zu rauchen«, er zeigte auf Loden

Broca, »aber ich blieb auf der ganzen Fahrt bei den Musikern. Da hat man einen besseren Überblick über den Salon, wissen Sie.«

»Also würden Sie sich mehr oder weniger erinnern, wo die einzelnen Leute waren?« fragte ich.

Er wandte sich mir zu. »Eher mehr als weniger, gnädige Dame. Auf so etwas gebe ich acht.«

»Wie steht es mit Ihnen?« Ran wandte sich an Loden Broca. »Könnten Sie dasselbe für das Oberdeck sagen?«

Der Wächter lächelte. »Sie, diese gnädige Dame, ein anderer Mann und eine Frau waren die einzigen Leute auf der Vorderseite. Drei andere schauten von der Reling auf der Rückseite in den Kanal hinab.«

»Kade nicht eingeschlossen.«

Sein Lächeln verschwand. »Nein. Aber er kam nur für einen Augenblick hoch.«

Ich dachte, Ran würde Loden Broca jetzt fragen, ob er Kyllas geheimnisvollen Fremden auf der Catmeral-Brücke gesehen hatte. Statt dessen holte er das bekannte Taschentuch aus seiner Innentasche und knüpfte den Knoten auf. »Sie beide konnten Kade Porath gut sehen«, sagte er. »Können Sie mir sagen, ob er das die ganze Zeit, wo er an Bord war, trug?« Er zog den letzten Zipfel des Knotens zur Seite und zeigte ihnen den massiven Ring mit dem Cadit.

Lesseret zuckte die Achseln, aber auf Loden Brocas Gesicht zeichnete sich Überraschung ab, gefolgt von völligem Unverständnis. Er blickte Ran in die Augen und legte die goldene Haut seiner Stirn in Falten.

»Was tun Sie mit meinem Ring?« fragte er.

Ohne Zweifel stand er jetzt im Mittelpunkt der Aufmerksamkeit in diesem Raum. Weder Trey Lesseret noch Ben Mercia wußten etwas von der Bedeutung dieses Ringes, aber sie wollten mehr hören. Ben Mercia *bestand* darauf, mehr zu hören, zu Brocas heftigem und offensichtlichem Unbehagen. Ran löste das Problem, indem er die Dienste dieses Wächters für diesen Vormittag zu einem ziemlich überhöhten Honorar mietete, und eine Viertelstunde später wanderten wir drei etwas ziellos die Glanzstraße hinab und sahen uns vergeblich nach einem Ort um, wo wir uns setzen und miteinander reden konnten. Wenn es darauf ankam, dann war die Mercia-Agentur froh, einen anderen Wächter für Lodens Dienst an diesem Tage einzusetzen und ihre natürliche Neugierde (in der Person von Ben Mercia) im höheren Interesse des Profits zurückzustellen, wenn sie dafür ein Extrahonorar von uns einstecken konnte. Ben Mercia kannte seine Pflichten.

»Ihr Ring?« wiederholte Ran, als er seinen Blick über die schmuddeligen Schaufenster der Läden an diesem Ende der Glanzstraße gleiten ließ.

»Ein Familienerbstück«, sagte Loden Broca. »Das einzige, das ich habe, wirklich. Wagemut und Kühnheit, das Motto der Brocas.« Er lächelte wieder gequält. »Mein Vater hat ihn mir hinterlassen, und genug Geld für eine Anzahlung bei der Sicherheitsschule. Obwohl wir im Augenblick nicht wissen, wie das ausgeht. Ich bin noch in der Probezeit.«

»Können Sie sich vorstellen, wo wir den Ring gefunden haben?« fragte Ran vorsichtig.

»Sie haben gesagt, daß Kade Porath ihn trug. Das würde mich nicht überraschen. Ich habe ihm den Ring gegeben.«

Ich blickte ihm ins Gesicht, als wir um die Ecke Glanz- und Zinnstraße gingen. Er schien diese Aussage für nicht ungewöhnlich zu halten.

»Pure Nächstenliebe?« fragte Ran.

In diesem Stadtteil saßen auf den Türschwellen, an den Fenstern und sogar im Rinnstein Leute, die von ihren Wohnungen aus kleine, armselige Gewerbe betrieben. Sie versuchten, einen Lufthauch aufzuschnappen, während sie webten, Messer schliffen und Papiertiere für die Touristen vom Marktplatz bastelten. Hier gab es nicht genügend Platz für Hinterhöfe, und deshalb suchten sie Erfrischung, wo sie konnten, ungeachtet der Gefahr. Aber die Gefahr drohte ihnen eher von ihresgleichen als von gewalttätigen, mit Mord spielenden Adeligen, die wohl nicht in diese Gegend geraten würden. Ich hatte mich in einem ähnlichen Viertel aufgehalten, als ich zum erstenmal nach Ivory gekommen war, aber wir hatten etwas mehr Platz gehabt – meine Herberge hatte über einen Hof verfügt. Damit war ich vergleichsweise fürstlich untergebracht gewesen.

Lodens Gesicht zuckte schüchtern; er schien krampfhaft nach passenden Worten zu suchen und keine zu finden. »Das war es nicht«, begann er, dann verstummte er wieder. Wir kamen an einer fülligen älteren Frau in einem verblichenen orangefarbenen Gewand vorüber, die auf einem Schemel am Bordstein saß und auf einem Schleifstein Küchenmesser schärfte. Eine Plane aus ausgefranstem gestreiftem Tuch war als Sonnenschutz über die Äste eines spindeldürren Baums neben ihr gespannt. Als wir vorübergingen, bewegte sie ihren Schemel einen Zoll zurück, weiter in den Schatten. »Sehen Sie ...«, sagte Loden und brach wieder ab. Die alte Frau in dem orangefarbenen Gewand schaute auf und begegnete meinem Blick; in ihren Augen blitzte etwas Verrücktes auf, und zusammen mit all diesen spitzen Gegenständen war es mir unbehaglich. Ich wechselte auf Rans andere Seite über.

»Es ist so«, sagte Loden und hielt wieder inne. Einen Augenblick lang fühlte ich mich gedrängt zu schreien: *Spuck es aus, Mann!* – was ich dann doch unterließ, denn schließlich kam er in Fahrt. »Ich spiele Karten«, sagte er, »aber verstehen Sie mich recht, ich bin kein Zocker. Es ist nur ein Zeitvertreib. Aber eines Abends passierte es, daß ich eine Menge Geld verlor – ich hatte ein paar Drinks gehabt, Sie wissen ja, wie das ist«, sagte er zutraulich, obwohl ich tatsächlich keine Vorstellung hatte, wie es war, sich zu betrinken und seine Ersparnisse zu verspielen. Diese Erfahrung war mir fremd. Aber schließlich sind andere Menschen uns in so vieler Hinsicht fremd, daß ich mich bemühe, keine vorschnellen Urteile zu fällen. »Also endete es damit, daß ich den Kerlen einiges Geld schuldete. Und da ich keines hatte, borgte ich mir etwas.«

»Sie übertrugen also Ihre Schulden auf jemanden anderen«, sagte ich verblüfft. »Ich sehe nicht, was für einen Sinn das haben soll.«

»Na ja, damit schaffte ich mir diese Burschen vom Hals«, erklärte er.

»Dann bekamen Sie diesen neuen Kredit zu einem niedrigeren Zins?« fragte ich.

»Nicht direkt. Ach nein, der Zins war nicht niedriger. Aber ich mußte mich nur mit einer Person befassen.«

Endlich begann das Ganze Gestalt anzunehmen. »Haben Sie dieses Geld zufällig von Kade Porath geborgt?« fragte ich.

Ran blieb stehen. Er wandte sich Loden zu und sagte: »Wollen Sie uns damit sagen, daß Kade sowohl Ihr Gläubiger wie auch Ihr Auftraggeber war?«

»Nun ja, es ist nicht so, als ob …«

»War das vor oder nach der Hausparty? Ich meine, sind Sie Kade begegnet, weil Sie einen Auftrag bei den Poraths hatten, und haben Sie dann das Geld geborgt?«

»Hm, nein, ich habe es um den Frühlingsanfang geliehen. Vor fünf Monaten. Kade wußte, daß ich bei der Agentur Mercia arbeitete, und er nahm uns, als er Sicherheitsleute für die Party seiner Schwester suchte.

Er sagte, auf diese Weise könnte er wohl sicherstellen, daß ich weiterhin ein Gehalt bekäme.«

Wir hatten die Hälfte der Zinnstraße zurückgelegt. Ran blickte sich irritiert nach einem Weg aus diesem Viertel heraus um. »Trifft diese Straße nicht irgendwo auf die Traubengasse?« fragte er, anscheinend in meine Richtung.

»Das fragst du mich? Du hast viel mehr Jahre in dieser Stadt verbracht als ich.«

»Aber du bist diejenige, die ganz verrückt auf Stadtpläne ist.«

Das stimmte. Ich möchte gerne wissen, wo ich bin, im größeren Zusammenhang der Welt. Da die Philosophie keine endgültigen Antworten gibt, halte ich mich an Stadtpläne und Landkarten. Eine Menge davon hatte ich inoffiziell von Rans Großmutter geerbt – einer unglaublichen Frau, die das Anwesen in all den Jahrzehnten seit ihrer Heirat nie verlassen hatte, aber ganze Schränke voller Sternkarten, geologischer Landkarten und Kanalisationsplänen von mir völlig unbekannten Städten besaß. Die Diener stoßen noch jetzt gelegentlich in Anrichteräumen und alten Schubladen auf solche Zeichnungen.

Die Traubengasse führt am Ende auf den Marktplatz, also... »Es müßte in dieser Richtung sein«, sagte ich und wies auf die andere Seite der Straße.

»Aber da steht eine Schneiderei im Weg«, sagte er mit einem Ton, als sei mein Beitrag keineswegs hilfreich.

»Das ist nicht meine Schuld. Ich habe sie nicht gebaut.«

Loden Broca schaute unsicher vom einen zum anderen.

Ran stieß mit dem Rand seiner Sandale nach einem losen Stein, und wir gingen weiter die Straße hinab. »Wie hoch waren Ihre Schulden?« fragte er und wandte sich plötzlich wieder Loden zu.

»Etwa vier-, na ja, fünf ... hm, ich weiß nicht, was das damit zu tun hat.«

»Das sehe ich auch nicht«, sagte mein Ehemann mit entwaffnender Liebenswürdigkeit. »Sie sind darauf zu sprechen gekommen.«

Es brauchte einige Augenblicke, bis bei Loden der Groschen fiel. Schließlich sagte er widerwillig: »Fünfhundertfünfzig Tabals. Aber am Anfang waren es nur dreihundert.«

»Aha.« Ran hielt sich zurück.

»Das Problem ist, ich habe eine Zahlung unterlassen. Und Kade setzte mir deswegen heftig zu. Er wollte etwas haben, und da ich nichts *besitze*, außer diesem Ring, da ... sagte er, ich sollte ihm den Ring geben. Also habe das getan.«

»Wann?«

»Auf dem Schiff. Sie haben es gesehen, als er nach oben kam, um mich zu treffen. Er war wütend, weil ich ihm nichts gezahlt hatte, und er sah meinen Ring, als ich mit der Hand nach dem Geländer der Treppe faßte.«

Ran und ich schauten einander an. »Sie trugen den Ring offen, als Sie auf das Boot gingen?«

»Ich hatte ihn am Finger, wenn Sie das mit ›offen‹ meinen.«

»Und das war ganz spontan?« fragte Ran. »Niemand hatte einen Grund zu der Annahme, daß Sie den Ring abnehmen würden? Kade hatte ihn nie zuvor verlangt?«

»Nein, es war das erstemal, daß er darauf zu sprechen kam. Ich habe meinen Ring die ganze Zeit über getragen. Man erwartet doch nicht, daß jemand ein Familienerbstück von einem verlangt. Aber sehen Sie, ich dachte, ich sei nicht in der Lage, nein zu sagen, besonders, wo meine Hausbrüder überall auf dem Schiff waren. Sie erzählen ihnen doch nichts davon, oder?«

Er sagte das so erwartungsvoll wie ein kleines Kind. Na ja – eher wie ein kleines Kind, das bei etwas ungeschoren davonkommen möchte.

Wenn dies jedoch stimmte, dann sollten wir ihm gegenüber vielleicht so nachsichtig sein, wie wir nur konnten. Schließlich versuchte ja jemand, ihn zu ermorden.

KAPITEL 10

Loden Broca konnte Kyllas Geschichte über den unheimlichen Beobachter auf der Catmeral-Brücke nicht bestätigen. »Ich bin nach unten gegangen, bevor wir nahe genug an der Brücke waren, als daß man etwas hätte sehen können«, sagte er. »Warum? Meinen Sie, das sei möglicherweise der Zauberer gewesen? Es war doch Zauberei, nicht wahr? Kade hatte doch nicht bloß einen komischen Anfall? Ich meine, er kam mir nie völlig normal vor.«

Ran hielt an einer breiten, ungepflasterten Lücke zwischen zwei Gebäuden an. »Traubengasse«, sagte er vergnügt zu mir und verbeugte sich leicht, als überreichte er sie mir zum Geschenk. »Das ist ein guter halber Kilometer vom Schneider bis hierher«, erklärte er.

»Wahrscheinlich macht sie hinten eine Kurve, wenn man hineingeht«, sagte ich. (Die Gasse machte tatsächlich eine Kurve.)

»Gnädiger Herr?« sagte Loden.

Ran wandte sich ihm mit einem höflich nichtssagenden Lächeln zu. »Vielen Dank für Ihre Hilfe. Bitte nehmen Sie den Rest des Vormittags frei und grüßen Sie Ihren Vorgesetzten.«

Loden stand einen Augenblick lang verwirrt da. Er tat mir ein wenig leid. »Haben Sie irgendwelche Feinde?« fragte ich.

»Na ja … hm … nicht wirklich … es gibt ein paar Leute, die sich manchmal über mich geärgert haben … ah, warum fragen Sie?«

Ran nahm mich am Ellbogen und zog mich ein paar Schritte in die Gasse hinein. »Ohne Grund«, sagte ich hastig. »Ich wollte es einfach nur wissen.« Anscheinend hatten wir nicht vor, Loden Broca Mercia zu sagen, daß er ein potentielles Mordopfer war. Mir erschien dies nicht ganz richtig. Aber Ran hat immer seine Gründe für seine Handlungsweise. Ich stimme nicht immer mit ihm überein, aber er hat eben seine Gründe.

»Gnädige Dame?« fragte Loden. Er hatte immer noch diesen verwirrten Ausdruck im Gesicht, wie ein neugeborener Welpe, der sich in seinem plötzlich so farbigen Leben zurechtfinden möchte. Ach, es war eine Schande, daß wir ihn nicht wenigstens warnten.

»Tut mir leid, aber ich kann jetzt nicht plaudern«, sagte ich, während Ran eine Gangart anschlug, die uns mit bemerkenswerter Geschwindigkeit tief in die Gasse und um die Ecke eines Gebäudes führte.

»Warum sagen wir es ihm nicht?« fragte ich, als er seinen Schritt genügend verlangsamt hatte, daß ich wieder genügend Atem schöpfen konnte.

»Wir tun das alles für Jusik Porath«, sagte Ran, »was auch immer er darüber denken mag. Er bekommt unseren ersten Bericht, nicht jemand von der Agentur Mercia.«

»Aber in einer Situation wie dieser ...«

»Eine Situation wie was? Wir haben immer noch keine harten Beweise, nur Verdachtsmomente.«

»Aber wenn Loden die Wahrheit sagt ...«

Ran wurde endlich etwas langsamer. Er warf einen Blick auf die Biegung der Gasse. »Dann besuchen wir ihn später und raten ihm, achtzugeben.«

Ich dachte darüber nach, als wir dahingingen. Nach ein paar Minuten erreichten wir den Anfang der Marktbuden, die die Traubengasse bis zum Marktplatz säumen. Jeder zweite Verkaufskarren bot Speisen feil, und die Gerüche hätten eine ganze Schar Mönche von ihrem Weg zur Halle der Kontemplation abbringen können. Stark gewürztes Fleisch aller Art, in Würfel geschnitten und auf Stäbchen aufgespießt, in Scheiben geschnitten und auf heißem Reis serviert, zu Proteinstaub zermahlen und über gelbes und weißes Gemüse gestreut. Rohes Gemüse und Obst auf dem nächsten Karren, acht Sorten Aromawasser auf dem übernächsten. Es gab auch Papierwarenhändler und Puppenmacher und das ganze übliche bunte Spektrum ivoranischer Gewerbe, aber die Traubengasse war – entgegen allem Anschein – der Wallfahrtsort der Feinschmecker des ganzen Planeten. Nicht einmal die geschäftigen Garküchen am Markt selbst konnten diesen schmuddeligen Imbißverkäufern das Wasser reichen, die seit Menschengedenken von ihren Vorfahren ihre drei Meter Rasenfläche geerbt hatten. Einer der gekühlten Karren, an denen wir vorbeikamen, war bis oben hin mit pyrenesischem Bier vollgestopft; wie dem bettlerhaft wirkenden Mann hinter dem Karren dies gelang, wo in den exklusivsten Restaurants der Stadt dieses Bier oft ausgegangen war, blieb ein Geheimnis.

Ein Geheimnis. Ich blickte zu Ran. »Was wirst du Jusik sagen?«

»Vielleicht nichts, für den Augenblick. Wir wissen noch nichts sicher.«

»Vielleicht, aber ich halte es nicht für richtig, daß wir Loden auf glühenden Kohlen sitzen lassen, während wir uns unsere Gedanken machen.«

So gingen wir weiter und machten uns unsere Gedanken. »Versuchen wir es mal mit Kyllas Theorie«, sagte ich.

»Mit dem geheimnisvollen Fremden auf der Brücke?«

Ich sah, daß Ran dieser Gedanke auch gekommen war. »Warum nicht? Wir brauchen kein Boot, um diese Theorie zu testen. Du mußt nur stehen, wo der Zauberer gestanden ist, um eine Spur von rückwärts aufzurollen – also gehen wir zum südlichen Geländer

der Catmeral-Brücke, Ran, und sehen wir, was wir da sehen können.«

Die Gasse ging hier in eine Gerade über, die diagonal die Straßen in der Stadtmitte kreuzte. In der Ferne konnte ich die Einmündung in das helle Sonnenlicht des Marktplatzes erkennen. Man konnte von hier aus den Lärm hören. »Es sieht so aus, als gingen wir in die richtige Richtung zur Brücke, oder?« sagte Ran nachdenklich. Der Abschnitt des Kanals, den die Catmeral-Brücke überquert, liegt eine halbe Meile nördlich vom Marktplatz.

Ich grinste. Ich mußte zugeben, daß ich – Loden Broca hin oder her – neugierig über diese Geschichte mit Kade war, und auf eine Brücke in der Mittagssonne herumzulungern erschien mir ein geringer Preis zur Befriedigung meiner Neugier, zumindest im Moment. Genau da fiel mein Blick auf einen Marktkarren, auf dem im Überfluß rote, weiße, violette, blaue und goldene Blüten gehäuft waren – und die violetten glichen dem nicht identifizierten Strauß, den Kylla am vergangenen Abend so lässig mitgenommen hatte.

Über den Blumenhaufen erschien das dicke Gesicht einer alten Frau; ihr Kopf reichte gerade über ihre Ware. »O Ran! Schau mal! Könntest du ...«

Er trat zu dem Karren. »Ich weiß«, sagte er traurig. »Die kleinen purpurnen.«

Er reichte der Frau eine Münze – ich mußte sie ihm nicht einmal auslegen – und ich trug den ganzen Weg zur Catmeral-Brücke ein großes Bündel von Lavendelglöckchen in meinen schwitzenden Händen.

Auf der Mitte der Brücke hielten wir an und schauten nach Südosten, auf den Kanal. Das Wasser war dunkel und unbewegt. Heutzutage benutzten nicht viele Leute den Kanal; ein Stück weiter oben mußte die Nachbarschaftswache strenge Regeln über Müllablagerung einführen. Das war zehn (ivoranische) Jahre vor meiner Zeit. ›Das Jahr des Großen Gestanks‹ nannte man es. Kylla war damals gerade dreizehn und hielt sich bei Freunden in der Hauptstadt auf, und sie erzählte mir, daß sie den ganzen Sommer über regelrecht vor Parfüm triefend herumlief, wie alle anderen, die es sich leisten konnten. Die Straßenverkäufer hatten alle unter ihren Karren kleine Regale mit Duftwasser, damit die Passanten es sofort kaufen konnten, wenn ihr Vorrat zu Ende ging.

Ich beobachtete einen abgerissenen Jungen, der im Sand am Rande des Kanals spielte und die Hitze der Mittagssonne ignorierte. Er blickte auf das Wasser hinab, dann kehrte er zu seinem Spiel zurück – dieses Wasser verlockte einen nicht zum Schwimmen, ungeachtet der Sommerhitze.

Ich warf einen Blick auf Rans rechte Hand, an der der Ring mit dem Cadit funkelte. Er hatte mich erschreckt, als er ihn ansteckte, aber er hatte knapp gesagt, daß (a) es notwendig war und (b) er damit fertig wurde. Seine Stimmung war dabei nicht sonderlich optimistisch gewesen, und deshalb bestand ich nicht auf meinen Bedenken.

»Bis jetzt nichts«, sagte Ran. Er sagte es grimmig. In seinem Ton klang mehr an als nur der Ärger über die Temperatur und den Gang durch die weniger prächtigen Teile der Hauptstadt mit. Seit wir in die Traubengasse eingebogen waren, war er nicht mehr in Hochform gewesen. Ich wandte mich ihm also zu und berührte seinen Arm, um ihn auf mich aufmerksam zu machen.

»Was ist los?«

Er seufzte und sagte sanft: »Du meinst wohl, was ist, außer daß Kylla unglücklich ist und man mich für den Mörder des ersten Sohnes einer der Sechs Familien hält. Und abgesehen von der Tatsache, daß Stereth Tar'krim ein weiterer möglicher Verdächtiger ist.

Und abgesehen von den Unannehmlichkeiten dieses ganzen Vormittags.«

»Ja, abgesehen von all dem.« Das waren alles Dinge, bei denen ich voll darauf vertraute, daß er mit ihnen fertig wurde.

»Also gut«, sagte er. »Ich ärgere mich. Ich habe darüber nachgedacht, seit uns Loden Broca über seinen Ring erzählte, und ich ärgere mich mehr mit jedem Schritt.«

»Ärger?« Ich war völlig überrascht. »Worüber ärgerst du dich? Du hast so etwas immer spielend geschafft!« Was auch immer ich mit ›so etwas‹ meinte ... Zauberei, Mordanschläge, das allgemeine Mißtrauen gegenüber der Menschheit.

»Der Zauberer, der das gemacht hat ...« Er holte tief Luft und stieß den Atem aus. »Der unfähige Narr ...« Wieder holte er Luft. »Nicht genug, daß er seine Arbeit in der Öffentlichkeit vollbracht hat; er hat auch noch auf den falschen Mann gezielt. Und nicht etwa, weil das einer dieser Zufälle war, die ›geschehen, weil wir in dieser Welt sind‹. Sondern weil er leichtsinnig und dumm war und auf diese Sache nicht einmal so viele Gedanken verwendet hat, wie du oder ich der Vorbereitung eines Dinners widmen würden ...«

»Aber er konnte doch nicht wissen, daß Loden den Ring hergeben würde. Loden sagte es selbst: Wer würde es wagen, ein Familienerbstück zu verlangen?«

»Was für einen Unterschied macht das?« Sein Gesicht war leicht gerötet; er war wirklich verärgert. »Zuerst einmal ist es schon hirnlos, einen Gegenstand wie einen Ring zu benutzen, wenn man sich mit etwas so Dauerhaftem beschäftigt wie dem Tod. Ich bin seit meinem achten Lebensjahr als Zauberer ausgebildet worden, und wenn ich auf solche Nachlässigkeit stoße – etwas, das ich schon vermieden hätte, als ich acht war ...« Er schlug mit den Fäusten auf das

Geländer und ließ den Rest des Satzes unausgesprochen. Schließlich sagte er: »Was tut er denn als Zauberer? Er besudelt unser Ansehen und verleitet die Klienten dazu, uns zu mißtrauen. Und außerdem – und außerdem tritt er unseren Beruf mit Füßen. Die Schönheit der Zauberei beruht auf der Verbindung von Symbol und Funktion, darauf, daß jeder Einzelheit der passende Aspekt zukommt, darauf, daß der Tanz so achtsam getanzt wird – Theodora, Liebling, es ist so schön, wenn alles so gemacht wird, wie es sein soll. Ich weiß, du bist keine Praktikerin, aber du hast die Zauberei ja studiert; du mußt das auch sehen.«

Ich sah, daß es auf Scheidung hinauslief, wenn ich ihm jetzt nicht zustimmte. Und ich sah es auch *fast*, wirklich. Ich nickte.

»Und dieser Narr dachte, er könnte es so plump machen, wie wenn er ein Gewehr auf jemanden richtete. Selbst das erfordert Erfahrung und Training.«

Ich wußte nicht, was ich sagen sollte, deshalb ging ich auf Nummer Sicher und sagte nichts. Einen Augenblick später nahm Ran mich beim Arm und sagte heiser: »Bringen wir die Überprüfung der Brücke zu Ende und finden wir diesen *Kanz.*« Wir verließen den Scheitelpunkt des Brückenbogens.

Den Tanz tanzen, hatte er gesagt; wie Die Andere Seite des Spiegels, die ich an jenem Nachmittag getanzt hatte als Kade starb. Tänze sind auf Ivory kompliziert und nie spontan, es sei denn, man ist ein ausgebildeter und anerkannter Künstler; genauso ist es vermutlich auch mit großer Zauberei.

Nach ein paar Metern blieb er plötzlich stehen und blickte drein, als hätte ihn jemand in den Magen geboxt. Ich machte mir noch Sorgen, weil er den Ring trug. Ich rannte zu ihm und packte ihn am Arm, für den Fall, daß ihn plötzlich das Verlangen überkam, in den Kanal zu springen. »Ich habe es«, sagte er. »Ihr

Götter! Ich hatte nicht gedacht, daß wir so schnell eine Spur finden würden. Ich dachte, der Mann, den Kylla sah, wäre nur irgendein Fremder gewesen.« Er blickte auf meine Hände, die ihn noch gepackt hielten. »Was machst du da?«

Ich ließ ihn los. »Du machst mich nervös.«

Er blinzelte und schüttelte den Kopf. »Meine liebe Tymon. Also wirklich!«

»Dann mach weiter so, aber erwarte nicht, daß ich hinter dir herspringe, wenn du im Kanal landest.«

Er lächelte. »Hier entlang.« Er zeigte nach Südwesten, zurück in die Richtung, aus der wir gekommen waren.

Wir verließen die Brücke, wobei ich auf ihn aufpaßte. Es war besser, vorsichtig zu sein. Aus irgendeinem Grund schien mein Mißtrauen ihn zu erheitern, denn er legte einen Arm um meine Taille unter meinem Obergewand und sagte: »Ich habe dich schon lange nicht mehr aufgefordert, die hundertzehn Gesetze der Magie aufzusagen.«

»Sag mir nicht, daß du mich jetzt abfragen möchtest.«

»Nur ein hypothetisches Problem, Theodora. Wenn du vorgehabt hättest, Kade zu ermorden, hättest du einen Ring benutzt?«

»Angesichts deiner strengen Auffassungen zu diesem Thema, wie du sie gerade eben geäußert hast, würde ich wohl nicht ja sagen, oder?«

»Tu mir den Gefallen und sag mir deine beste Antwort.«

Wir hatten die Brücke schon verlassen und entfernten uns von dem dunklen Wasser des Kanals, und so widmete ich mich dem Problem. »Nein. Ich würde es als eine Variante der Suchhierarchie behandeln und dabei innere und äußere Züge beachten. Ich würde den Zauber auf die Person selbst legen und sie durch die Definition an ihn binden.«

»Worin bestünde die Definition?«

»Nun ja, ich müßte herausfinden, was für ein Mensch Kade war. Ringe, Kleidung und die allgemeine Erscheinung wären äußere Züge; ich überließe sie sozusagen der Garnierung des Zaubers. Den Kern würde ich auf innere Züge legen, wo es weniger wahrscheinlich ist, daß man fehlgeht. In Kades Fall weiß ich es nicht – Geldgier ist ein innerer Zug, und den schien er zu haben, obwohl wahrscheinlich die Hälfte der Leute, die an diesem Tag auf dem Boot waren, ihn auch haben ...«

Er unterbrach mich. »Zerbrich dir nicht den Kopf, Tymon, du hast bewiesen, worauf ich hinauswollte. Du bist schon zehnmal besser in der Zauberei als dieser Idiot, allein schon in der Theorie. Es ist schade, daß du die Gabe nicht besitzst.«

»Ich lese dir die Karten gut genug.«

»Weil die Wirkkraft in den Karten ist. Du wärest Spitze, wenn du selbst die Gabe hättest.«

Es war nett, daß er so dachte, denn die Cormallons waren auf Gedeih und Verderb mit der Zauberei verbunden; sie war ihr Beruf und ihre Freizeitbeschäftigung, und die Cormallons praktizierten sie wie eine Kunst und wie einen Sport. Aber ich hatte kein Verlangen nach der Gabe. Es machte mir Spaß, die Karten zu lesen (die Gründe dafür waren zu voyeuristisch, um mir zur Ehre zu gereichen), aber darüber hinaus lockte mich die Magie nicht sonderlich. Vielleicht hatte sie für mich ihre Romantik verloren, da ich gesehen hatte, wie hart die Cormallons an ihr arbeiten mußten. Oder vielleicht lag es einfach daran, daß ich so viele andere Interessen hatte – das Studium der Volkskunde und des Geschichtenerzählens, meine Ausbildung in Tinaje, selbst die Buchhaltung und Kontenführung, die man von mir auf Cormallon erwartete – und deshalb mich keiner künstlerischen Obsession hingeben wollte.

Jedoch ... »Du meinst, ich würde mich mit dem richtigen Gespür an die Magie herangehen?« fragte ich, weil ich mir auf das Kompliment etwas einbildete.

»Nun ja, du wärest geduldig und vorsichtig«, sagte er und blieb damit bei meinen farbloseren Tugenden.

So ist es: Mit Mord oder Sabotage kann man Ran nicht beunruhigen, aber Unvorsichtigkeit regt ihn auf. Na ja, man muß die Komplimente nehmen, wie man sie auf dieser Welt bekommt. Wir gingen weiter und verfolgten die Spur des Zauberers zurück auf exakt der gleichen Route, die wir gekommen waren, bis die Straße in den lärmerfüllten Marktplatz mündete. Hier standen offene Zelte und Markisen in bunter Vielfalt, Händler boten Teppiche feil, Töpfe, Obst, Waffen, lebendes Geflügel, sich selber, Herausforderungen zu Wettspielen, Glücksnamen und Glückszahlen, Versprechen fachmännischer Kenntnisse auf allen gewünschten Gebieten, Karten für das Kaiserliche Tanz-Ensemble, Bäder in zerbeulten alten Metallwannen, akrobatische Vorführungen, Gedächtniskunststücke, Unterricht in der gesprochenen Standardsprache, gebrauchte Fahrzeugteile ... Ich hatte hier auch täglich meine Dienste angeboten, damals, als ich ohne Geld und Arbeit auf Ivory gestrandet war und auch keine Beziehungen hatte, die mir das eine oder das andere hätten verschaffen können.

Wir traten in das kontrollierte Chaos und mein Blick wanderte sofort zu der Stelle an der Mauer, wo ich neben Irsa zu sitzen pflegte, die mit einem Karren Obst verkaufte. Aber jetzt war die Hauptgeschäftszeit; zu viele Leute drängten sich an uns vorüber, als daß ich hätte sehen können, ob sie da war. »Irsa!« rief ich und hoffte, ihr Gesicht aus der Masse der Fremden auftauchen zu sehen. Während ich mir die Augen aus dem Kopf schaute, klopfte mich Ran auf den Arm und zeigte auf den Ring. »Wir kommen näher«, sagte er laut in dem Lärm. Ich schielte auf den Ring. Er erschien mir nicht anders als zuvor.

»Wie kannst du …?« begann ich.

Vor uns teilte sich die Menge, und ein Bodenwagen bahnte sich langsam seinen Weg. Ich blieb stehen und schaute ihn an. Wer würde so närrisch sein, mit einem Bodenwagen über den Marktplatz zu fahren? Selbst die Kutscher wichen über die umliegenden Straßen aus. Der unselige Wagen war niedrig und hatte ein Verdeck aus Durastahl; es gab keine Möglichkeit hineinzuschauen und das zweifellos ungeduldige Gesicht des Fahrers zu sehen.

Plötzlich beschleunigte der Wagen heftig und zwang die Menschen, zur Seite zu springen. Es gab Flüche, und jemand schrie in offenkundigem Schmerz heftig auf. Ich stand einen ewig langen Sekundenbruchteil wie angewurzelt da, dann schien meine Angst mich körperlich hochzuheben und aus dem Weg zu schleudern. Der Bodenwagen raste vorbei. Ich rollte auf den Boden, und da lag ich nicht als einzige. Aus dem Lärm des Marktplatzes wurde ein fernes Summen im Hintergrund, das lauteste Geräusch war das Pochen meines Herzens. Ich stützte die Hände auf den Boden, um mich hochzustemmen; sie fühlten sich ganz wackelig und schwach an. Zu beiden Seiten halfen mir fremde Hände auf die Beine. Meine alten Reflexe erinnerten mich daran, daß auf dem Marktplatz niemand einen anfaßt, außer wenn er von einer Taschendieberei ablenken will. Ohne lange nachzudenken, versuchte ich die Hände abzuschütteln.

Sie gaben nicht nach. Ich blickte nach links und rechts und sah zwei Männer in ausgeblichenen Gewändern. Sie zogen mich weg. Ich öffnete den Mund, und ein weißes Tuch wurde mir über den Kopf geworfen, zwischen meinen Lippen festgezogen und hinten festgebunden. Ich spürte Finger am Hinterkopf, die das Tuch festbanden und dabei meine Haar durchwühlten. Es waren also mehr als zwei. Meine Beine waren noch frei, und ich stieß nach den Männern zu beiden Seiten, aber unglücklicherweise hatte ich nicht den richtigen Winkel, um viel Schaden anzurichten. Ich schlug nach dem Mann hinter mir aus, aber der unsichtbare Gentleman war klugerweise einen Schritt zurückgetreten.

Wir waren nur wenige Schritte von einem kleinen behelfsmäßigen Zelt entfernt, das an der Mauer eines Gebäudes am Rand des Marktplatzes stand. Man drängte mich zu der Zeltöffnung. Es war eines der wenigen voll abgedeckten Zelte auf dem Marktplatz; wenn ich einmal drin war, dann würde niemand wissen, wo ich mich befand. Ich konnte wenige Zoll von Ran entfernt sein, und er würde es doch nicht wissen. Falls er nicht neben mir in das Zelt geworfen wurde. Ich hoffte fast, daß dies der Fall war.

Das Ganze hatte nur wenige Sekunden gedauert. Ich wurde in das Zelt gestoßen und stolperte in dem plötzlichen Dämmerlicht. Man stieß mich auf den Boden; dort lagen wenigstens einige Kissen. Ich drehte mich unbeholfen um und blickte nach oben.

Im trüben Licht glitzerte eine Messerklinge. Einer der Männer hatte sie aus der Scheide gezogen, während er sich auf ein Knie niederließ, und holte jetzt mit ihr aus, um sie mir in den Leib zu stoßen. Man hatte nicht gezögert, nicht angehalten, nicht versucht, mit mir zu sprechen. Vor dreißig Sekunden war ich noch über den Marktplatz spaziert und hatte mit Ran geplaudert. Vor Schrecken und Zweifel war ich wie gelähmt.

Das Messer war erhoben, um zuzustoßen. Die Welt war plötzlich auf den kleinen Raum dieses schmutzigen Zeltes zusammengeschrumpft, auf diesen Mann und mich. Ich dachte nicht an Ran oder etwas anderes. Wenn man mich nach dem Namen meines Ehemannes gefragt hätte, so hätte ich ihn nicht nennen können. Ich bezweifle, ob ich meinen eigenen Namen hätte nennen können.

Dann hielt die Klinge inne. Nach den unbegreiflichen Regeln des Universums, das mich in dieses Zelt geführt hatte, zögerte die Waffe. Der Grund dafür war mir genauso unverständlich, wie der Grund meiner Anwesenheit hier. Der Mann wandte sich um. Ich folgte seinem Blick zum Zelteingang, wo die beiden anderen draußen warteten. Außer daß einer von ihnen auf dem Boden zu liegen und im Sonnenlicht zu schlummern schien. Der Mann mit dem Messer fuhr herum, sprang auf die Füße und verschwand durch die Öffnung. Ich lag auf dem Boden und rang um Atem, dann kehrte mein Gehör zurück, und ich hörte von draußen ein Handgemenge und Schreie.

Eine dicke, grauhaarige Frau mit einer gewaltigen Brust erschien im Zelteingang. In der Hand hielt sie eine schwere Messinglampe mit Blut und Haaren an einem Ende. Sie spähte herein und bleckte ihre wenigen Zähne. »Theo, meine Liebe«, sagte sie. »Ich dachte mir, daß du es warst.«

Irsa, meine alte Gefährtin aus den Tagen ohne Geld, die Pellfrüchte und rote Birnen verkaufte, um ihre zahllosen Kinder zu ernähren. Ich murmelte etwas. Sie trat näher und kniete neben mich. »Bist du in Ordnung, mein Kind?«

Ich nickte. Aber ich konnte noch nicht wieder logisch reden, und es fiel mir auch schwer, mich zu erheben. Sie spitzte die Lippen. »Ich habe nach der Schutzgemeinschaft geschrien, und deinen Freund habe ich zuletzt gesehen, wie er über Kymuls Tisch mit den Scherzartikeln gejagt wurde. Der kommt nicht zurück, weißt du.« Sie legte eine Hand auf meine Stirn, wie eine junge Mutter, die prüft, ob ihr Kind Fieber hat. »Ich hoffe, du wolltest nicht den ausfragen, der da draußen liegt; ich glaube, der steht nicht mehr auf.«

»Uuh, Irsa ...«

»Er hat dich nicht getroffen, oder, meine Liebe?«

Ich schüttelte den Kopf. »Entschuldigung ... ich weiß, nicht, was mit mir los ist ... anscheinend kann ich nicht ...«

»Der hat dich zu Tode erschreckt, fürchte ich. Keine Überraschung, der Bodenwagen hätte es auch fast geschafft. Hast du kapiert, daß der direkt auf dich zukam? Zweimal hintereinander dem Tod von der Schippe zu springen ist mehr, als man verkraften kann, zumindest innerhalb derselben fünf Minuten. Für so etwas sind wir nicht geschaffen, da muß man sich zwischendurch ausruhen können. Glaubst du, daß du sitzen kannst? Ich kann dir Wasser aus der Flasche an meinem Karren holen.«

Sie half mir aufsitzen. Vor dem Zelteingang erschien eine Silhouette. Ran. Irsa wandte sich um. Sie kannte ihn und nahm ihn mit einem kritischen Blick zur Kenntnis. »Sie sollten besser auf sie achtgeben, wissen Sie«, sagte sie. »Sie haben sie vom Markt weggeholt, wo sie sicher war.«

Seine Kleider waren verschmutzt. »Sicher«, wiederholte er. Er gab einen Laut von sich, der vielleicht ein Lachen sein sollte.

»Sicher habe ich gesagt, und sicher habe ich gemeint«, sagte Irsa. »In all der Zeit, wo *ich* sie gekannt habe, hat niemand versucht, sie umzubringen.«

Ran kniete nieder, mehr, weil ihm die Kraft zum Stehen im Augenblick zu fehlen schien, als um bequem mit mir zu sprechen. »Du bist unverletzt«, sagte er, als wollte er es mir berichten.

Ich nickte. »Er hatte ein Messer«, sagte ich. Meine Stimme klang wie die eines Kindes.

»Der meine hatte wahrscheinlich auch eines, aber sie wurden von mir abgedrängt, als eine wütende

Menge hinter dem Bodenwagen herlief. Reines Glück.«

Reines Glück. Drei Minuten zuvor waren wir noch in aller Unschuld über den Markt geschlendert.

In dem trüben Licht sah ich hinter mir einen Haufen Kissen; doch die halfen mir nicht viel bei meinem Versuch, aufzustehen. Nicht, daß es sonderlich bequem gewesen wäre zu stehen. Ran und Irsa bückten sich beide unter dem niedrigen Zeltdach.

»Was tust du da?« fragte Ran.

»Ich versuche aufzustehen.«

»Du bist kreidebleich. Bleib eine Weile liegen. Wir kommen nirgendwo zu spät.«

Es machte mich ein bißchen verlegen, wie mein Körper mir den Dienst verweigerte. Ich war schon zuvor in Lebensgefahr gewesen – man kann nicht beruflich mit den Cormallons zu tun haben und *nicht* in Lebensgefahr geraten –, aber der Finger der Ewigkeit hatte noch nie so kräftig bei mir angeklopft. So schnell. Während ich hellwach und bei Bewußtsein war – und doch keine Zeit hatte, um mich darauf vorzubereiten.

Die andere Seite des Spiegels ist ein Schädel.

»Vielleicht ist es keine schlechte Idee, ein paar Minuten zu verschnaufen«, gestand ich ein.

Er legte seine Arme um meine Schulter, und da außer Irsa niemand da war, der sehen konnte, wie ich in sein Gewand schniefte, ließ ich ihn gewähren. Tatsächlich war ich über seine Geste ganz froh.

Nach einer Weile sagte Irsa: »Kinder, wer ist der Kerl da hinten?«

Ich erstarrte sofort. Mein Alarmsystem schien noch zu beben. Aber ihre Stimme hatte beiläufig geklungen, und Irsa war keine Närrin. »Welcher Kerl?«

»Da hinter dir.«

Ich hörte auf zu schniefen und drehte mich nach dem Haufen Kissen um, die zwischen mir und der

Wand lagen. In dem Dämmerlicht konnte ich darauf eine Gestalt erkennen, die kein Kissen war. Irsa stand auf und öffnete die Zeltklappe etwas weiter.

Ich bemerkte, daß die Kissen naß waren. Dem ›Kerl‹ hatte man die Kehle durchgeschnitten.

Wortlos zogen Ran und ich die obersten Kissen zur Seite, damit wir besser sehen konnten. Ich glaube, wir hatten die gleiche Idee.

Der Lichtstrahl vom Eingang fiel auf einen Mann mittleren Alters, der eine grüne Filzkappe auf seinem kahlen Kopf trug. Für einen Ivoraner war er bleich, nicht sonnengebräunt; wahrscheinlich hatte er gut auf sich achtgegeben und war untertags nicht oft ausgegangen, sondern im Zelt geblieben, wo er sein Gewerbe ausgeübt hatte. Falls dies sein Zelt gewesen war. Nun ja, er war der Sonnenbräune ausgewichen. Der blutige Halbmond unter seinem Kinn war dunkel und begann schon zu trocknen. Ich konnte nicht sicher sagen, welche Farbe seine Gewänder ursprünglich gehabt hatten. Die Kissen, auf denen er lag, waren mit Blut durchtränkt.

Ran streckte die Hand nach ihm aus. Er trug immer noch den Ring mit dem Cadit. Die Finger zu beiden Seiten des Rings zeigten Abschürfungen, die er sich wahrscheinlich geholt hatte, als er sich vor dem Bodenwagen zur Seite warf. Ran hielt seine Hand ein paar Zentimeter vor dem Gesicht des Mannes an, dann wandte er sich mir zu.

»Unser Zauberer«, sagte ich.

Er nickte.

Es war ein ziemlich grausiger Anblick, und dazu kam noch eine Art Fäkaliengeruch, den ich erst jetzt bemerkte, aber ich konnte nicht mehr geschockt oder überrascht werden. Und dieser Zufall paßte zu dem miserablen Tag, der ihm vorausgegangen war.

Ich blickte mich in dem Zelt um und sah ein Schild, das an einer Zeltwand befestigt war:

GLÜCKSZAUBER 5–15 T.
LIEBESTRÄNKE 10–25 T.
FLÜCHE 2– 8 T.
ANGENEHME ILLUSIONEN 17–30 T.

IHRE VERGANGENHEIT UND ZUKUNFT,
WUNDER ALLER ART, BITTE FRAGEN SIE NACH

Das schien seine berufliche Identität zu beweisen. Jetzt hatte der Ring wohl seine Arbeit getan.

»Ich glaube, ich möchte mich lieber woanders ausruhen«, sagte ich, und Ran streckte die Hand aus, um mir hochzuhelfen.

Ich wandte mich Irsa zu. »Was ist mit der Schutzgemeinschaft? Werden sie das irgend jemandem melden? Werden sie uns verhören wollen?«

»Ich sehe nicht, warum, meine Liebe. Das geht niemanden etwas an. Dieser Kerl da hat bestimmt seine Beiträge gezahlt wie jeder andere auch, aber ich werde ihnen sagen, daß ihr beide nichts damit zu tun hattet, und wer zerbricht sich den Kopf über den Rest?«

»Danke«, sagte Ran.

»Ach, nichts zu danken. Die Polypen stecken gerne ihre Nasen in jeden Unfug, als würden sie ein Schmiergeld finden, wenn sie nur lange genug danach suchen – aber wir rollen den Herrn einfach in einen von Tons alten Teppichen und tragen ihn heute abend weg, wenn der Markt geräumt wird.«

Ran verstand sofort. »Theodora«, sagte er, »hast du noch deine Geldtasche?«

Meine Hände glitten unter mein Gewand, zu meinem Gürtel. »Ja.« Ich öffnete den Beutel und zählte Tabals hin, bis Ran mir winkte, innezuhalten. Er nahm die Münzen zusammen und gab sie Irsa.

»Bitte, danken Sie ihnen für ihre Freundlichkeit«, sagte er.

Sie lächelte wieder mit ihrem liebreizenden, halb zahnlosen Mund. »Die Dankbarkeit eines tugendhaften Mannes ist mehr wert als Gold.«

»Das ist wahr, aber ›die Auszeichnung der Freundschaft ist eine Münze, die kein Kaiser prägen lassen kann‹.«

Sie hätten vielleicht noch mehr solcher geldfeindlicher Aphorismen ausgetauscht, aber Irsa hatte es eilig, die Münzen in einen Beutel unter ihrem Obergewand zu stecken und sie dabei zu zählen. Wir warteten höflich, bis sie damit fertig war, dann verließen wir alle drei dieses Zelt für immer und traten hinaus in die Helligkeit eines normalen Markttages im Hochsommer.

Irsas erstes Opfer war schon weggeschleppt worden, vielleicht im Namen der öffentlichen Sauberkeit; ich sah seine Beine, die hinter einem Karren mit Speiseeis hervorragten. »Da war noch ein dritter Mann«, sagte ich etwas verspätet.

Sie legte ihr Gesicht in Falten. »Wirklich, mein Kind? Ich habe ihn nicht gesehen. Der muß sich davongemacht haben, bevor die anderen beiden dich umbringen wollten.«

Ich nickte verstehend. Jetzt funktionierte ich wieder, aber in meinem Kopf wiederholten sich immer wieder die Ereignisse der letzten zehn Minuten. Das Ziel des heutigen Tumults wurde mir klar. Man hätte drei Leichen im Zelt gefunden, mit durchgeschnittenen Kehlen. Unwillkürlich bekam ich ein Würgen im Hals.

Ein magerer junger Mann in einem braunen Gewand trat zu Irsa. Er wischte sich den Schweiß von der Stirn. »Pech, Mutter. Wir sind ihm bis zur Scheckenstraße gefolgt, aber er muß in eine Kutsche oder so etwas gestiegen sein. Er ist verschwunden.«

Ich glaube nicht, daß dieser Junge einer von Irsas zahlreichen Sprößlingen war; ich glaube, daß er sie einfach aus Respekt und Vertrautheit Mutter nannte; aber in den zwei Jahren, die ich mit ihr auf dem Markt zusammen war, hatte ich nie jemanden von ihrer Familie zu sehen bekommen, obwohl sie sich oft genug über ihre Kinder beschwerte.

Der Blick des jungen Mannes wanderte zu Ran und mir. »Tut mir sehr leid«, sagte er und deutete eine Verbeugung an.

Ran verneigte sich seinerseits, dann zuckte er die Achseln. »So etwas kommt vor. Wir wissen Ihre Bemühungen zu schätzen.«

Das mußte eine wilde Jagd gewesen sein; die Scheckenstraße war gut über einen Kilometer weit weg. Was sollten wir jetzt tun?

Rings um uns herrschte das übliche geschäftige Markttreiben. Niemand konnte sagen, daß es diesen Leuten an Energie fehlte. »Sechs Tabals?« hörte ich in der Nähe jemanden rufen. »*Sechs Tabals?* Bist du verrückt? Spielen unsere Kinder nicht zusammen wie Brüder und Schwestern? *Sechs?*«

Wer auch immer unseren Zauberer umgelegt hatte, er war erst vor kurzem in das Zelt gegangen. Wahrscheinlich war es der gleiche Messerheld, den ich so abrupt kennengelernt hatte; er und seine Freunde konnten neben der ausblutenden Leiche gewartet haben, bis Ran und ich in Sicht kamen. Wir könnten die Verkäufer in der Umgebung fragen, eine Belohnung anbieten ...

Warum sich die Mühe machen? Ich kannte das hiesige System so gut wieder jeder andere.

Fünfhundert Leute waren auf dem Marktplatz, und ich konnte wetten, daß keiner von ihnen auch nur das geringste gesehen hatte.

KAPITEL 11

Wie Irsa gesagt hatte, war der Bodenwagen direkt auf uns zugekommen. Es ist schwer, so etwas nicht persönlich zu nehmen. Obwohl ich müde und erschöpft war (zweifellos war Ran es auch, aber er gibt es nie zu), setzte der Selbsterhaltungstrieb mein Denken in Gang. Wenn man auf jemanden wartet, dann muß man wissen, daß dieser Jemand kommt; das war mir selbst in meinem Zustand rapid abnehmender Intelligenz klar. Wer wußte, daß wir hinter dem Zauberer her waren?

Nun gut, praktisch jeder, der irgend etwas mit den Poraths zu tun hatte, wußte, daß wir die Angelegenheit untersuchten. Und die Poraths kannten eine erstaunliche Menge Leute. Wenn man für einen Moment mal annahm, daß Loden das wirkliche Ziel des Anschlags gewesen war, warum hatte man die Bootspartie ausgewählt, um ihn zu erledigen? Vielleicht war diese öffentliche Darbietung kein Zufall. Wollte man vielleicht, daß der Vorfall beobachtet wurde und einen Skandal auslöste?

Wirklich? sagte diese ärgerliche schizoide Stimme in meinem Kopf. *Was für einen Skandal löst man aus, indem man einen angeheuerten Wächter ertränkt? Welcher halbwegs wichtige Mensch würde sich darüber den Kopf zerbrechen?*

Schon gut, aber der entscheidende Punkt ist, daß die Poraths und ihr Anhang noch keineswegs von der Bildfläche verschwunden sind, egal, wer das beabsichtigte Opfer war. Also, Ran hatte gestern den Ring von Kades Finger gezogen. Inzwischen konnten beliebig viele Leute davon gehört haben, und wenn sie den nächsten logischen Schluß zogen, daß wir mit Hilfe des Ringes irgendwie den Zauberer aufspüren konnten … anscheinend einen angeheuerten Zauberer, der vielleicht bereit war, seine Ethik zu vergessen und Namen zu nennen …

Ein angeheuerter Zauberer, der einfach seine Arbeit tat. So wie Ran seine Arbeit tut.

– Sei still. Es steht jedenfalls fest, daß … daß … wir anscheinend der Sache nicht nähergekommen sind, oder? Ich hatte auf dem Boden dieses schäbigen Zeltes fast mein Ende gefunden und die restlichen Kissen *dieses Kerls* beinahe mit meinem Blut getränkt, und wir hatten immer noch nicht die leiseste Ahnung, wer dafür verantwortlich war.

Vielleicht wären jetzt ein freier Tag und ein gutes Buch angezeigt.

Ran war auch der Meinung, daß weitere Aktionen bis morgen warten konnten. Wir gingen beide nach Hause, und ich setzte mich ins Studierzimmer im Erdgeschoß auf den speziell importierten Stuhl – einen Schreibtischstuhl, aber ein Meisterstück an weicher Polsterung –, kippte ihn und legte die Füße auf den Schreibtisch, während Ran zur Garküche ging, um uns ein Abendessen zu holen.

Ich bemerkte, daß auf dem NETZ Nachrichten für uns warteten, und raffte mich soweit auf, daß ich hinlangte und den Knopf drückte.

Eine der Nachrichten war die Mitteilung des Sekretärs des Hauses Cormallon über die revidierte Tagesordnung für das Jahrestreffen des Rates von Cormallon. Sie war mit einem Familiensiegel und der Bemerkung PRIVAT markiert. Das Treffen sollte am Ende der Woche stattfinden, also würde Ran sich das anschauen wollen, wenn er zurückkam. Ich hatte die ursprüngliche Tagesordnung nicht gesehen, deshalb benutzte ich meinen privilegierten Code und rief sie auf.

Sie lautete:

2. Kace

6. Std.	Frühstück/Begrüßung
7.	Finanzbericht
9.	Berichte der Zweige
10.	Mittagsmahl, serviert am Mittleren Teich
12.	Einzelprobleme
	. Mira-Stoden
	. Theodora
	. Andulsinische Allianz
15.	Pause
1. Std./Abd.	Abendessen, Wein, Unterhaltung

Springt Ihnen nicht mein Name aus der Mitte der Tagesordnung ins Gesicht?

Nehmen Sie zur Kenntnis, daß für Mira-Stoden keine Erläuterung aufgeführt wird; jedermann weiß, daß unser Zweig in jener Stadt Probleme hat. Auch für die andulsinische Allianz ist keine Erläuterung notwendig – man hat schon seit Jahren darüber geredet.

Und auch für Theodora ist keine Erläuterung notwendig.

Verdammt, ich brauchte auch keine Erläuterung. Als ich vor einiger Zeit Ran fragte, wie unser Haus es aufnähme, daß ich keinen Erben hervorbrachte, da dachte ich im Hinterkopf an das Treffen des Rates von Cormallon. Für Nichtivoraner mag es erscheinen, als wäre es ein bißchen früh in der Ehe, um sich über dieses Thema Gedanken zu machen, aber die unheilvolle Neigung der männlichen Angehörigen der großen Familien, sich umlegen zu lassen, hat die Häuser hinsichtlich der Erbfolgefrage vorausschauend werden lassen. Sie haben es gerne, wenn sie so früh wie möglich geklärt ist. Ich hatte schon erlebt, was aus einer Meinungsverschiedenheit über die Erbfolge geworden war, und konnte deshalb verstehen, daß man etwas Ähnliches vermeiden wollte.

Ich wollte Kinder, aber wenn man es mir selber überlassen hätte, dann hätte ich wahrscheinlich noch ein paar Jahre gewartet. Als die Andeutungen, die mir gegenüber gemacht wurden, mich zu dem Schluß veranlaßten, daß ich keine paar Jahre mehr hatte, ließ ich mich in der Selianischen Klinik untersuchen. Die große Neuigkeit war, daß sich mein Implantat in der Tat schon vor Monaten aufgelöst hatte und daß nichts mehr zwischen mir und dem Kindersegen stand, außer dem Zufall. Und die unbekannten Faktoren unseres getrennten genetischen Erbes.

Nicht, daß ich das für die Sache anderer Leute gehalten hätte. Aber wenn man glaubt, die Cormallons würden sich nicht einmischen und alle möglichen persönlichen Fragen über den Nachwuchs stellen, dann kennt man sie nicht. Mir fiel auf, daß sie eine Menge Zeit dafür reserviert hatten; der ganze lange Nachmittag war für ihre ›Einzelprobleme‹ reserviert.

Hatten sie die potentiellen Nebenfrauen schon ausgewählt? Ich würde jede Wette eingehen, daß irgend jemand irgendwo schon eine schriftliche Liste hatte. Eine hübsche Liste, wie diese Tagesordnung hier.

Vielleicht mit Bewertungen neben jedem Namen. Oje, vielleicht bekam der Repräsentant jedes Zweiges eine Kopie davon, wenn er zur Konferenz auftauchte.

Ich war gerade erst bei diesem Gedanken angekommen, als sich die Tür öffnete und Ran mit einem großen Beutel hereinkam. Er legte die neue Ausgabe der ›Hauptstadt-Nachrichten‹ auf den Boden und stellte den Beutel auf den Schreibtisch. »Vorsichtig, es ist heiß«, sagte er. Er öffnete den Beutel, damit ich die Schalen mit dem Essen herausnehmen konnte, dann drehte er sich um und ging nochmals zur Tür, um die ›Hauptstadt-Nachrichten‹ aufzuheben.

Ich schleuderte die oberste Schale nach ihm. Sie traf

die Wand direkt über seinem Kopf, während er sich nach der Zeitschrift bückte. Stücke von rotem Hermitfleisch glitten an der Wand hinab, und der Reis fiel in einem Klumpen auf seine Sandalen. Er sprang auf.

»Was, zum ...« Ich schickte das Gemüse hinterher. Ran sauste durch die Tür.

»Theodora?« fragte er vorsichtig vom Korridor aus.

Ich saß da und blubberte wie ein Topf auf dem Ofen. Sie müssen wissen, daß ich von Natur aus nicht dazu neige, mit Gegenständen zu werfen. Das war eher Kyllas Art. Vielleicht hatte die Tatsache, daß ich an diesem Nachmittag fast umgebracht worden war, eine Auswirkung auf meine Persönlichkeit gehabt.

»Theodora?« wiederholte er.

»Geh nach oben und rufe am NETZ die Tagesordnung des Rates auf«, sagte ich – du lieber Himmel, es war erstaunlich, wie fest und kalt meine Stimme klang.

Es herrschte Schweigen.

»Gehst du?« fragte ich.

»Hm, Theodora ...«

»Du hast sie schon gelesen, nicht wahr?«

»Liebling, du darfst das nicht persönlich nehmen ...«

»Wie lange steht schon mein Name auf der Liste?«

»Hör mir mal zu«, sagte er, immer noch vom Korridor aus. »Ich habe gewußt, daß du dich aufregen würdest ...«

»Wie lange?«

»Hm, er war auf dem ersten Entwurf, aber ich habe ihn gestrichen. Aber dann kamen so viele Leute darauf zu sprechen, da mußte ich zulassen, daß er wieder aufgenommen wurde. Aber das *bedeutet* nichts, Theodora.«

Ich überprüfte den Topf; er blubberte immer noch.

»Theodora?« kam die Stimme aus dem Korridor,

als ich nicht antwortete. Die linke Hälfte seines Gesichtes erschien im Eingang. »Wirfst du noch mehr Schüsseln?«

Ich horchte in mich, aber es war kein unmittelbarer Impuls mehr da. »Im Augenblick nicht.«

Er schlüpfte ins Zimmer. »Das ist bloß ein bedeutungsloser Punkt auf der Tagesordnung, weißt du. Niemand kann von uns verlangen, daß wir irgend etwas unternehmen.«

»Du willst nicht mit mir über Kinder reden«, sagte ich, »aber du wirst diesem Thema eine ganze Stunde bei einer Vollversammlung des Rates widmen?«

»Das ist nicht fair. Ich will mit dem Rat auch nicht darüber reden. Und wenn ich die Diskussion über Mira-Stoden lange genug ausdehnen kann, dann brauche ich vielleicht gar nicht darüber reden. Sie werden alle nur den Wein und die Goldmünzenmädchen im Kopf haben, sie werden nicht wollen, daß die Sitzung zu lange dauert. Für viele von ihnen ist es das einzige Mal im ganzen Jahr, daß sie in der Hauptstadt sind.«

Da ich mich gut an die schriftliche Tagesordnung erinnerte, sagte ich: »Dann wirst du die Frage der andulsinischen Allianz auch nicht behandeln können.«

»Was macht das schon? Die wird noch weitere zehn Jahre halten. Bei diesen Treffen wird sowieso nichts wirklich entschieden; ich habe schon alle Berichte von den Zweigen gelesen, und du ja auch. Wenn es wirklich ein Problem gäbe, dann würden wir zu den Leuten hinfliegen und es mit ihnen besprechen. Was wir mit Mira-Stoden sowieso ziemlich bald tun müssen. Man kann in einer Stunde an einem Tag im Jahr nichts regeln.«

»Aber den anderen ist dieses Thema wichtig genug, um es auf die Tagesordnung setzen zu lassen.«

Er seufzte, zog sich einen Schemel herbei und ließ

sich darauf nieder. Ich erkannte, daß es mir gelungen war, zum Kern des Problems vorzudringen: die simple Tatsache, daß die anderen dieses Thema auf die Tagesordnung gebracht hatten, war eine Botschaft für Ran.

Und natürlich für mich. Was dann bei der Diskussion gesagt wurde, war überflüssig.

Ran war der Erste des Hauses. Zweifellos war mein Körper ein Diskussionsgegenstand in allen Cormallon-Wohnungen auf dem ganzen Planeten. »Innerhalb des Hauses gibt es keinen Privatbereich«, lautete eine alte Redensart, und sie klang nicht fröhlich. Aber zum erstenmal kam mir der Gedanke, daß Rans Fähigkeiten wahrscheinlich ebenso offen erörtert wurden. Prüfte man, ob es irgendwo uneheliche Kinder von ihm gab? Oder würde man einfach darauf bestehen, ihm eine weitere Frau zu geben, wie man einem Sportler einen neuen Ball gab und ihm dann sagte, er sollte es in dieser Runde nicht vermasseln?

Ich schaute auf meinen Ehemann, wie er da auf dem Schemel saß, und sagte: »Ich verstehe allmählich, warum du niemals irgend jemandem irgendwelche Informationen gibst. Das ist die einzige Möglichkeit, dein Privatleben zu bewahren.«

Diese Bemerkung schien ihn zu beruhigen, und wir saßen bedrückt da. Rote Soße tropfte von der Wand. Später würde ich sie abzuwischen haben. Kein Wunder, daß ich es mir nicht angewöhnt hatte, mit Gegenständen zu werfen.

»Ran«, sagte ich, »schau der Tatsache in die Augen, unsere … ah … Paarung ist eine unbekannte Größe. Vielleicht haben Ivoraner und Barbaren zuvor schon zusammen Kinder gezeugt, aber ich habe nie davon gehört. Es gibt keine Berichte darüber. Niemand gibt mir eine klare Auskunft, ob wir noch eine einzige Spezies sind. Und wie steht es mit den Zauberern? Die Magie vererbt sich in Familien, und da muß man doch annehmen, daß ein physischer Faktor daran beteiligt ist. Unterscheidest du dich vom gewöhnlichen Ivoraner? Wie sehr? Weißt du es? Die Götter wissen, daß ich es nicht weiß.«

Er schwieg.

»Wir können es vielleicht noch zwanzig Jahre probieren, und ich werde nicht schwanger. Oder es könnte schon nächste Woche passieren … und was dann? Was für ein Kind würden wir hervorbringen? Begreifst du nicht, daß ich darauf eine Antwort brauche, einen Hinweis, einen Anhaltspunkt?«

Schließlich sagte er: »Ich mache mir da nicht so viele Sorgen wie du …«

»Danke, du mußt es ja auch nicht zur Welt bringen!« sagte ich. Ich hatte mich nicht davon abhalten können, diese uralte Antwort zu geben.

»Hör mir mal zu. Du erinnerst dich, daß Großmutter eine Botschaft für mich hinterlassen hat …«

Ich setzte mich vor Überraschung kerzengerade auf. Rans Großmutter war eine Frau der Überraschungen gewesen, eindrucksvoll, ein bißchen furchteinflößend, und es war unmöglich gewesen, sie nicht zu respektieren. Aus irgendeinem Grund hatte sie mich gern gehabt, und bei den wenigen Gelegenheiten, wo ich ihr begegnet war, war ich sehr vorsichtig aufgetreten. Wie vermutlich alle anderen auch.

»Sie war eine große Zauberin«, fuhr Ran fort. »Aber ich glaube, wir wissen beide, daß sie Dinge im Kopf hatte, über die sie uns nichts erzählte.«

»Ich weiß.« Großmutter war jemand gewesen, der seine eigenen Tagesordnungen schrieb und sie nicht immer anderen mitteilte.

»Nach ihrem Tod verbrachte ich einige Zeit in der Bibliothek mit ihrem Blaustein. Die psychischen Eindrücke waren noch stark … so, wie ich Großmutter kenne, wären sie wahrscheinlich immer noch wahrnehmbar, wenn ich den Blaustein heute in die Hand nehmen würde. Wenn sie eine Botschaft hinterlassen wollte, dann machte sie sie kristallklar. Sie hatte dich gern, Theodora.«

»Ich hatte sie auch gern.«

»Sie sagte mir – nun ja, vermutlich kannst du es dir vorstellen, sie sagte mir, ich sollte aufhören herumzutrödeln und dich heiraten. Sie sagte, du könntest vielleicht ein Raumschiff nach Hause nehmen, aber ein guter Jäger gebe nicht auf, wenn die Sonne untergeht.«

»Ihr Götter! Davon hast du mir nie etwas gesagt.«

»Ich habe dir gesagt, daß sie gesagt hatte, ich solle aufhören, ein Narr zu sein.«

»Aber nicht in genau diesen Worten. Und wie wußte sie, daß ich mich dafür entschieden hatte, mich nach Athena einzuschiffen? Ihre Botschaft an mich enthielt nicht ...«

Ran blickte nachdenklich drein. »Wie lautete denn überhaupt ihre Botschaft an dich?«

»Hmm, sie sagte mir auch, ich solle aufhören, eine Närrin zu sein.«

Ran wartete, ob ich noch mehr zu sagen hätte, dann fuhr er fort: »Schön. Jedenfalls sagte sie, ich wäre ein Idiot, wenn ich die Sache nicht zu Ende führte, denn du seist genau die Art von Frau, die ich bräu ... Der Kern ist, sie sagte, du seist gut für die Familie. Sie sagte, die Beziehungen zwischen den Vier Planeten würden sich verändern, und du würdest neues Blut bringen und ein besseres Verständnis für das Denken der Barbaren. Ich erwähne das neue Blut deshalb, weil sie anscheinend große Hoffnungen für unsere Nachkommenschaft hatte.«

Darauf ließ ich die Frage fallen, die ich im Kopf gehabt hatte, und stellte eine andere: »Was hat sie über diese Nachkommen gesagt?«

»Nichts Spezifisches, aber sie war immer eine außerordentliche Kartenleserin. Sie hätte nie so hart dafür gearbeitet, dich sicher nach Cormallon zu bringen, wenn sie dich nicht für wertvoll gehalten hätte. Wenn sie nicht gedacht hätte, daß wir, du und ich zusammen, wertvoll wären.«

Eine Minute lang saß ich da und verdaute diese Information. Die vagen Andeutungen einer ältlichen Verwandten, die schon verstorben war, hätten auf mich in einer so persönlichen Sache im allgemeinen keine Wirkung gehabt – wenn Sie allerdings Rans Großmutter gekannt hätten, dann hätten Sie sie auch sehr ernst genommen.

»Davon hast du mir nie etwas gesagt«, sagte ich aufs neue.

»Nun ja, das war eine persönliche Botschaft. Hat dir noch nie jemand gesagt, daß es nicht nett ist, in der Privatkorrespondenz anderer Leute zu schnüffeln? Wie zum Beispiel in Ratsmitteilungen, die den Vermerk PRIVAT tragen?«

Mit einer Handbewegung tat ich seinen Einwand ab. »Die Hälfte der Zeit wirfst du mir sowieso die Geschäftspost des Hauses zu, damit ich sie öffne. Außerdem geht mein privilegierter Code über deinen hinaus.« Das stimmte. Ich erledigte die Familienausgaben, wie die meisten Ehefrauen, und hatte Zugang zu den finanziellen Daten des Hauses. »Sie hätten den Vermerk NUR FÜR DIE AUGEN DES EMPFÄNGERS anbringen sollen, falls sie nicht wollten, daß ich es lese. Oder einfach LANGWEILIG.«

Er zuckte die Achseln. »Daß du jedoch das von unserer Großmutter erzählt hast«, sagte ich, »darüber bin ich froh. Es ist sehr beruhigend.« Wenn auch mit dem ziemlich beunruhigenden Hinweis, daß ich eine Mission hatte.

»Gut.«

»Aber ich möchte immer noch, daß ein Genanalytiker uns beide untersucht.«

Jetzt blickte er angewidert drein. »Zu allererst, ich

kenne mich ein bißchen in der Geschichte der anderen Planeten aus, und in den letzten hundertfünfzig Jahren hat es keine wirklichen, gut ausgebildeten Genanalytiker gegeben. Bloß Köche, die irgendwelchen Rezepten folgen.«

»Tellys behauptet, Fortschritte zu machen.«

»Wo hast du denn das gehört?«

»Da und dort.«

»Nun ja, für uns macht das sowieso keinen Unterschied. Wir kennen keine tellysianischen Genanalytiker.«

Jack Lykon, dachte ich. Ruf einfach in der Botschaft an. Alles, was wir machen müssen, ist, ihnen einen Gefallen zu erweisen.

Aber ich schwieg.

»Damit können wir das Thema als abgeschlossen betrachten«, sagte Ran. »Vertraue auf Großmutter, Theodora; sie ist viel zuverlässiger als ein Barbar mit schönen Worten.«

Ich stand auf. »Ich hole jetzt besser einen Lappen und wische die Wand ab, bevor es Flecken gibt.«

»Ich hole besser neues Essen«, sagte Ran und stand ebenfalls auf.

»Was wirst du bei dem Treffen sagen, wenn die Diskussion sich mit mir beschäftigt?«

»Ich werde mir etwas ausdenken.«

Ich dachte darüber nach, während wir den Korridor hinabgingen. »Sag ihnen, daß ich ein Implantat bekommen habe, als ich letztes Mal auf Athena war, und daß es sich jetzt erst allmählich auflöst. Sie müssen uns ein weiteres Jahr einräumen.«

Überrascht hielt er an. »Ist das wahr?«

»Ran, ich sage dir gerade, was du ihnen erzählen sollst. Mußt du wirklich wissen, ob es wahr ist?«

»Nein«, sagte er nachdenklich. »Vielleicht nicht. – Soll ich wieder Hermitfleisch mitbringen?«

»Ja, bitte. Und eine Soße extra.«

Er ging zur Garküche, und ich machte mich auf die Suche nach einem Lappen. Und außerdem wollte ich nachdenken.

Am nächsten Tag erstatteten wir Jusik unseren Bericht. Er saß im Garten an dem Teich, neben sich einen kleinen Tisch mit einem Kessel Tah auf einem Wärmer und einer leeren Tasse. Er trug ein silbernes Obergewand, das mit Quasten verziert war – Trauerkleidung.

Ran saß auf einem Steinblock links vom Tisch, und ich saß auf einem auf der rechten Seite. Jusik reagierte nicht auf unsere Anwesenheit; ich bin mir nicht sicher, ob er wußte, daß wir da waren. Vielleicht war es ihm einfach gleich. Nach mindestens fünf langen Minuten sagte Ran: »Wir teilen an diesem Tag Ihren Schmerz.«

Jusik blickte auf. »Danke.«

Die Bestattung war eine Stunde zuvor zu Ende gegangen. Immer noch standen überall im Garten Feuerschalen, und über einem schwarzen Sockel erhob sich in der Nähe ein Bogen aus silbrigem Metall. Dieser Bogen war einfach ein Andenken, das bis zu einem halben Jahr nach dem Tod stehengelassen wurde, um an den Verstorbenen zu erinnern. Silberne Bänder hingen von ihm herab, Überbleibsel der heutigen Zeremonie, die bald zerfallen oder weggeweht werden würden. Auf Ivory gibt es keine Friedhöfe und keine Grabdenkmäler, außer für Kaiser.

Lord Porath zeigte keine Neigung, das Gespräch voranzutreiben. Mein Ehemann jedoch erlaubt den Notfällen des realen Lebens nicht, sich dem Geschäft in den Weg zu stellen. Nachdem er eine seiner Meinung nach schickliche Pause eingelegt hatte, sagte er: »Edler Herr, wir müssen mit Ihnen über unsere Nachforschungen sprechen.«

Jusik hob die Augen zu Rans Blick wie jemand, der

nur eine Routine absolviert. »Sie haben ein Treffen mit Ihrem Auftraggeber arrangiert?«

Rans rechte Hand, die in seinen Gewändern unter dem Tisch halb verborgen war, ballte sich zur Faust, und daran erkannte ich, daß seine Stimmung gereizt war. Seine Stimme blieb jedoch ganz höflich, als er sagte: »Edler Herr, Sie selbst sind mein einziger Auftraggeber. Aus diesem Grund sind wir zu Ihnen gekommen, um Ihnen darzulegen, was wir herausgefunden haben, und nicht zu demjenigen, den sie noch mehr betreffen.«

Ein sanftes Interesse flackerte in Jusiks schwarzen Augen auf. »Wen betreffen sie noch mehr als mich?«

»Den, der das wirkliche Ziel des Zaubers war, der den Tod eures Sohnes herbeigeführt hat.« Jusik setzte sich gerade auf und richtete seinen Blick auf uns. Nachdem Ran jetzt sicher war, daß Jusik ihm zuhörte, brachte er seine Fakten vor, als wäre Lord Porath ein beliebiger Klient, der um Rat in Sachen Magie gefragt hatte. »Wir wissen, daß der Zauberer, der Ihren Sohn umgebracht hat, ein Pfuscher mit einer Bude auf dem Markt war. Er benutzte den Namen Moros, als man das letzte Mal von ihm hörte. Er löste seinen Angriff auf der Catmeral-Brücke aus, wo er wartete, bis das Schiff innerhalb seines Wirkbereichs und sein Opfer im Blickfeld war.«

»Und wer war angeblich sein Opfer?« fragte Jusik.

»Wir haben unsere Untersuchungen noch nicht abgeschlossen, aber im Augenblick scheint das wahrscheinlichste Opfer einer Ihrer Sicherheitsleute zu sein – Loden Broca Mercia.«

Hier mischte ich mich ein. »Wir hätten gerne Ihre Erlaubnis, ihn zu warnen, edler Herr.«

Jusik warf mir einen kurzen Blick zu, dann sagte er: »Und wie sind Sie auf diese weithergeholte Theorie gekommen?«

»Kennen Sie den Ring mit dem blauen Stein, den

Kade noch trug, als er aufgebahrt wurde?« fragte Ran. »Ihr Verwalter wird es Ihnen bestätigen, wenn Sie sich nicht erinnern.«

Jusik blickte überrascht drein. Er nickte, und Ran erzählte ihm den Rest der Geschichte, wobei er ein paar Details von geringerem Interesse ausließ. Jusik sagte eifrig: »Dann haben Sie also diesen Zauberer in seinem Versteck aufgespürt! Was hat er gesagt? Wer hat ihn engagiert?«

Ran und ich schauten einander an. Ran sagte: »Wir haben die Spur noch nicht bis zum Ende verfolgt. Moros scheint die Stadt verlassen zu haben.«

»Aber Sie können ihm doch folgen, nicht wahr, nachdem Sie jetzt den Ring haben?«

»Ich glaube wirklich nicht, daß er jemals wieder auftaucht«, sagte Ran bestimmt.

Jusik lehnte sich zurück. »Ich verstehe.« Er schaute mich an. »Sie sind vermutlich auch der Meinung, daß dieser Zeuge nicht wiederkommt.«

»Ich wäre sehr überrascht«, sagte ich.

Jusik war wieder zu seiner Rolle als Erster des Hauses Porath zurückgekehrt. Er hob den Tah-Kessel und goß sich eine neue Tasse sein. Sein Blick ging in die Ferne. Ran blickte mich an und schüttelte den Kopf.

»Wollen Sie Ihren Ruf dafür verpfänden, daß Kades Tod ein Zufall war?« fragte Jusik.

Ran wählte seine Worte vorsichtig: »Ich würde meinen Ruf darauf verpfänden, daß das stimmt, was ich Ihnen gerade gesagt habe.«

Jusik setzte seine Tasse ab und lächelte, als hinge nicht länger ein Silberbogen hinter seinem Kopf. »Dann gibt es also keinen Grund zu glauben, daß meine Familie überhaupt in diese Sache verwickelt ist.«

»Man könnte sagen, daß der Mißbrauch Ihrer Kanalpartie als Schauplatz eines Mordes eine Beleidigung Ihres Hauses darstellt«, sagte Ran vorsichtig.

Das Lächeln wurde etwas breiter. »Eine Beleidigung, wenn ich mich dafür entscheiden würde, es als solche zu betrachten. Ich entscheide mich dafür, tolerant zu sein.«

Ich sah, wie hinter Jusik die Gestalt von Tantchen Jace durch den Garten wandelte. Sie trat an den Silberbogen heran, ließ sich mit überkreuzten Knien nieder und setzte sich unter den Bogen in einer Haltung respektvoller Meditation. Ich war mir nicht sicher, ob sie bei der Familie Punkte sammelte oder nur hören wollte, was wir sagten.

Lord Porath beugte sich vor. »Darf ich offen mit Ihnen reden, mein Mitbruder im Amt des Ersten eines Hauses?«

»Bitte«, sagte Ran mit völlig tonloser Stimme.

»Mein Haus ist ... mit anderen Dingen beschäftigt«, sagte Jusik und breitete die Hände aus. »Unsere Aufmerksamkeit ist im Augenblick anderen Orten gewidmet. Coalis muß reifen, er braucht Erfahrung, und dann ist da die Geschichte mit Eliana und Ihrem Schwager.«

»Ja«, sagte Ran.

»Wenn Sie mit einem anderen Szenario zu mir gekommen wären – ganz hypothetisch, wenn Sie zu mir mit Nachrichten über einen Feind des Hauses gekommen wären, der Kade absichtlich getötet hätte –, dann hätte ich mich mit diesem Feind getroffen und versucht, mich mit ihm zu arrangieren. Ich möchte nicht, daß unser Name noch länger in diese Sache verwickelt wird. Ich möchte nicht, daß wir uns damit befassen müssen oder daß unser Geld da hineinfließt. Ich möchte das Ganze hinter mir haben.«

»Ich verstehe.«

Jusik stand auf, und die Etikette verlangte, daß auch wir aufstanden. Er streckte die Hand aus. »Sie bringen mir eine gute Nachricht«, sagte er etwas lauter. Ran ließ es zu, daß Jusik einen Moment lang seine Hand kollegial umfaßte, dann zog er sie zurück. Jusik verbeugte sich vor mir, und ich neigte den Kopf. »In ein paar Tagen, wenn der Beginn der Trauerzeit um ist, werden wir uns über eine angemessene Belohnung unterhalten.«

Damit waren wir entlassen, aber ich blieb noch stehen. »Edler Herr!«

»Ach – ja, gnädige Dame?«

»Sie haben uns noch nicht offiziell Ihre Erlaubnis gegeben, Loden Broca über die Gefahr zu unterrichten, in der er sich befindet.«

Er schien etwas überrascht zu sein. »Ihre Aufgabe ist doch erledigt, oder?«

»Aber er könnte jederzeit ermordet werden. Und er hat Ihnen doch nie etwas getan.«

»Ich habe nie gesagt, daß er uns etwas getan hätte«, sagte er verdutzt.

Ran nahm mich am Arm. »Meine Frau hat hierzu eine andere Einstellung.«

Jusiks Gesichtsausdruck hatte ich schon zuvor gesehen: Er sah aus wie jemand, den barbarische Sitten ganz verlegen gemacht haben.

Ran lächelte. »Ich hoffe, Sie gewähren uns Ihre Erlaubnis.«

»Nun ja … natürlich. Es bedeutet mir nichts. Aber machen Sie allen interessierten Parteien klar, daß mein Haus nichts damit zu tun haben möchte.«

»Natürlich«, stimmte Ran zu. Er begann, mich um den Teich herumzudirigieren, bevor ich etwas anderes sagen konnte.

Während wir hinausgingen, warf ich einen Blick zurück und sah Jusik, wie er dastand, das Tah-Service zu seinen Füßen, und über den Garten hinweg in die Ferne blickte. Hinter ihm war Tantchen Jace endlich aufgestanden.

»Er schien furchtbar erpicht zu sein, uns loszuwerden«, sagte ich. Wir standen an der Tür und warteten darauf, daß uns der Verwalter den Pfad hinab zum Vordertor führte. Das war unser offizieller Abschied, und ich hoffte, daß wir (oder zumindest ich) zum letztenmal dieses den Katzen geweihte Anwesen betreten hatten.

»Das ist verständlich«, sagte Ran. »Wir sind nutzloser Ballast, der ihn mit einem Vorfall verbindet, den er vergessen möchte.«

»Ich bin überrascht, daß er uns überhaupt geglaubt hat, wenn man bedenkt, wie fest er auf deine Schuld fixiert war.«

Ran zog ein Gesicht. »Ich bin sicher, er wird es noch selber überprüfen, um eine Bestätigung zu bekommen.« Er seufzte, strich sich mit der Hand über den Kopf und sagte: »Aber er wird seine Bestätigung bekommen. Der Fall ist abgeschlossen.«

Ich blieb stehen. »Was meinst du mit abgeschlossen? Wer hat Kade umgebracht?«

»Kümmert uns das?« fragte er mit ehrlicher Verblüffung.

»Dich kümmert es! Du hast eine ganze Viertelstunde darauf verwendet, mir zu erklären, was für ein unbrauchbarer Pfuscher dieser Zauberer war.«

»Na ja, das war Moros ja auch. Und jetzt ist er tot. Das ist gut für unseren Beruf.«

»Aber wer hat ihn engagiert?«

Ran schaute mich an wie jemand, der versucht, jedes einzelne Wort in einen obskuren Dialekt zu übersetzen. »Jusik ist zufrieden«, sagte er. »Wir haben uns gegenseitig Gefälligkeiten erwiesen. Ich bin sicher, die Frage, wer Kade ermordet hat, ist eine interessante Denksportaufgabe ...«

»Diese Denksportaufgabe hat uns beide fast zu Opfern eines Messerstechers auf dem Marktplatz werden lassen!«

»Das war doch nicht persönlich gemeint, Theodora.«

Aber ich hatte es verdammt noch mal persönlich aufgefaßt. Ich habe jetzt noch gelegentlich Alpträume deswegen. »Was ist, wenn sie es noch einmal versuchen?«

»Warum sollten sie? Wenn sich einmal herumspricht, daß der Fall abgeschlossen ist und wir nicht länger daran interessiert sind. Es geht uns wirklich nichts an, Liebling.«

Den letzten Satz hatte er in einem leicht tadelnden Ton gesprochen. Es klang, als stelle die Untersuchung eines Mordes ein Eindringen in die Privatsphäre des Mörders dar, wenn man nicht dafür bezahlt wurde. Als ob es *taktlos* wäre, die Sache weiterzuverfolgen.

Nun gut, er ist Ivoraner, sagte ich mir. Nenne ihm einen Grund, der ihm etwas bedeutet. »Wird das nicht deinem Ruf schaden, wenn die Leute immer noch meinen, daß du den ersten Sohn des Hauses Porath umgelegt hast? Als ihr Gast?«

Er biß sich auf die Lippe. »Jusik wird solche Gerüchte nicht fördern.«

»Einige Leute werden es immer noch glauben …«

Die Tür ging auf. Eliana, Coalis und Leel Canarol kamen heraus. Ich trat ein paar Schritte zurück.

Coalis blickte mich an. »Theodora! Ist es wahr? Sie haben Kades Mörder gefunden?«

Eliana hatte inzwischen Ran ins Visier genommen. Aber sie täuschte immer noch Bescheidenheit vor (oder vielleicht war es echt?) und wollte nicht auf ihn losstürzen und seine Aufmerksamkeit durch einen Ruf auf sich lenken, und deshalb zupfte sie ihre Leibwächterin am Ärmel. Leel Canarol trat vor und sprach Ran an (sie war, wie ich sah, etwas größer als er): »Ist es wahr, gnädiger Herr? Kade war überhaupt nicht das Opfer, sondern es sollte diesen gutaussehenden Wächter auf dem Schiff treffen?«

Ran zuckte zusammen, da wieder eine Frau ihm gegenüber Bemerkungen über Lodens Aussehen machte. Kylla hatte schon in seiner Gegenwart allerhand darüber zu sagen gehabt.

»Schnelle Arbeit«, murmelte ich. Wir hatten ihren Vater und Tantchen Jace erst vor etwa vier Minuten verlassen. Sie mußte hineingesaust und die Treppe hinaufgeflogen sein, um die Neuigkeit zu überbringen.

»Darüber müssen Sie mit Lord Porath sprechen«, sagte Ran mit Nachdruck. »Ich möchte mir nicht anmaßen, mich zu den Angelegenheiten Ihrer Familie zu äußern ...«

»Ach, kommen Sie!« sagte Coalis. »Er sagt uns nie etwas. Und wenn es in Wirklichkeit nichts mit unserer Familie zu tun hat, sollten wir dann nicht erfahren dürfen, daß wir nicht darin verwickelt sind?«

»Es tut mir leid ...«, begann Ran.

Coalis rümpfte seine dünne, aristokratische Nase. »*Stereth* wird es mir erzählen«, sagte er.

»Es steht Ihnen frei, ihn zu fragen«, sagte Ran, »wenn Sie meinen, daß er es weiß.«

»Ich glaube, wenn er es nicht weiß, dann werden Sie es *ihm* sagen müssen, wenn er danach fragt«, sagte Coalis.

Mit einem Gesichtsausdruck, als hätte er gerade etwas Schlechtes geschluckt, drehte sich Ran um und ging die Treppen hinab, ohne länger auf den Hausverwalter zu warten oder sich zu verabschieden. Das war hart an der Grenze zu schlechtem Benehmen, das er sich fast nie gestattete, und war nur deshalb akzeptabel, weil er es absichtlich tat. Als Antwort auf etwas, das er für eine Anmaßung hielt.

Eliana und ihre Leibwächterin schienen verblüfft zu sein. Ich sagte hastig: »Verzeihung, edle Dame, heute ist ein schlechter Tag!« und trottete über die Veranda und die Treppe hinab hinter Ran her.

Als wir nach Hause kamen, wartete auf dem NETZ für uns eine Nachricht von Stereth Tar'krim. Ran übertrug sie ungelesen in einen Dauerspeicher, mit einem Geheimcode versehen. Ja, ich war *sehr* neugierig. Aber angesichts meines jüngsten Abenteuers mit Geheimcodes und NETZ-Nachrichten hielt ich es für das Beste, mich von dieser fernzuhalten.

KAPITEL 12

Wie es sich gehört, warnten wir an diesem Abend Loden Broca. Seine Unterkunft in einer billigen Herberge in einem häßlichen Teil der Stadt war nicht ans NETZ angeschlossen, und da es um eine Nachricht ging, die man nicht gern einem Kurier anvertraut, waren wir gezwungen, ihn zu Hause zu besuchen.

Als wir die dunklen und schmutzigen Stufen zu seinem Zimmer hinaufstiegen, sagte Ran: »Theodora, wann immer du mich in eine dieser Affären verwickelst…«

Verstehen Sie das?

»… egal, von welchem Stand unser Klient ist, scheinen wir uns am Ende immer mit dem Bodensatz der Gesellschaft abzugeben.«

Ich stieg die steilen Stufen hinter ihm hoch und bemerkte, wie muffig die Luft hier war. »Diesmal haben wir ein nettes Haus, zu dem wir am Abend heimgehen können, und du wanderst nicht ohne Geld herum.«

»Mmm, da sind wir.« Die Treppe endete im dritten Stock, und wir kamen in einen Korridor, der genauso kümmerlich beleuchtet war wie das Treppenhaus. Ran zählte die Eingänge ab: »Eins, zwei, drei, vier – fünf!« Er schlug mit der flachen Hand an die Tür.

Wir warteten. Ran klopfte erneut. »Er ist wahrscheinlich nicht zu Hause«, sagte ich. »Wenn ich hier leben müßte, dann würde ich auch soviel Zeit, wie ich könnte, woanders verbringen.«

»Ich weigere mich, hier noch einmal herzukommen«, sagte Ran und machte noch mehr Lärm, als wollte er Loden Broca allein durch seine Willenskraft hierherzaubern.

Die Tür von Nummer Vier öffnete sich. Eine Frau in einem Nachthemd erschien; ihr langes schwarzes Haar war im Nacken zurückgebunden. Sie sah um die dreißig aus und schien nicht zu bemerken, daß ihre Beine von den Knien abwärts zu sehen waren. Vielleicht besaß sie keinen Morgenmantel. »Können Sie nicht etwas leiser sein?« sagte sie. »Ich versuche, ein paar Stunden Schlaf zu ergattern.«

Es war noch früh am Abend, aber Ran sagte höflich: »Ich bitte um Verzeihung, gnädige Dame.«

Sie blinzelte und guckte ihn in dem schwach beleuchteten Korridor an. Ich weiß nicht, ob ich es schon erwähnt habe, aber mein Gemahl gehört zu den stattlichsten Schöpfungen des Universums. »Oh«, sagte sie, als antwortete sie auf eine Frage. Dann: »Er ist nicht zu Hause. Und wenn er zu Hause wäre, dann würde er sich nicht rühren. Niemand kommt zu ihm, außer Leuten, denen er Geld schuldet.«

»Haben Sie ihn weggehen sehen?« fragte Ran. Ich bemerkte, wie er versuchte, seinen Blick in Augenhöhe zu halten. Auf Ivory sieht man nicht oft weibliche Beine, außer bei den Darstellerinnen gewisser Tanzvorführungen.

»Ich habe ihn gehört. Vor ein paar Stunden. Er ist vielleicht in einem Tith-Salon; dort verbringt er seine Zeit.«

»Wissen Sie, in welchem?« fragte ich.

Ihr Blick wanderte zu mir und kehrte dann zu Ran zurück. »Nein, tut mir leid, er könnte in jedem sein«, sagte sie, als hätte Ran die Frage gestellt.

»Wann kommt er gewöhnlich zurück?« fragte Ran.

Sie zuckte die Achseln und wischte sich mit einer Hand langsam über den Oberschenkel, als klebte dort etwas Marmelade. »Hängt davon ab, wieviel Geld seine Freunde dabei haben. Oder ob er heute ausgezahlt wurde. Oder ob er eine trifft und mit ihr auf ihre Bude geht – das bedeutet dann, daß er überhaupt nicht zurückkommt.« Sie zögerte. »Wenn ihm das Geld ausgeht, dann kann er jederzeit auftauchen. Wenn Sie wollen, können Sie bei mir warten…«

»Danke für Ihre Hilfe«, sagte ich freundlich. »Wir werden dann weitergehen. Entschuldigen Sie die Störung.«

»Macht nichts«, versicherte sie Ran und widmete mich keines Blicks.

Es wäre würdelos gewesen, zu überprüfen, wohin er schaute, deshalb beschränkte ich mich darauf, ihn verstohlen in die Rippen zu stoßen. Ich hörte, wie er Luft holte, aber sonst reagierte er nicht. Dann lächelte er unserer Informantin zu, verneigte sich und wiederholte: »Wir werden dann weitergehen. Entschuldigen Sie die Störung.«

Sie seufzte, zuckte die Achseln und ging in ihr Zimmer zurück. Ran drehte sich um und schaute mich an. »Was ist?« fragte ich.

»In ein paar Stunden bin ich grün und blau.«

»Ich habe keine Ahnung, worüber du redest.«

Er nahm meine Hand. »Gewöhnlich bist du nicht so reizbar. Macht dich die Tagesordnung der Ratssitzung so nervös?«

Gerade wollte ich das abstreiten, da zog er mich bei der Hand, und dann lag mein Kopf an seiner Brust, und wir umarmten uns in Lodens schäbigem Korridor, und ich hatte Schwierigkeiten zu sprechen. »*Kanz*«, sagte ich schließlich, »ich weiß nicht, ich weiß nicht. Es ist einfach so – ich habe keinen Ort, wohin ich gehen kann. Ich habe Pyrene *verlassen* und ich habe Athena *verlassen*, und ich bereue es nicht… aber diese Geschichte mit dem Rat ist irgendwie nicht das, was ich mir vorgestellt hatte, als ich mich auf deine Familie einließ.«

»Du verläßt Ivory nicht.«

»Ich weiß.«

Nachdem er beruhigt war, daß ich noch klar denken konnte – niemand verläßt Cormallon, entweder wird man hinausgeworfen oder man ist ein ganzes Leben lang dabei –, strich er mein Haar zurück und sagte: »Schau, diese Sitte, mehrere Ehefrauen zu haben, ist nicht so schrecklich, wie du zu denken scheinst.«

»Kylla scheint sich nicht darauf zu freuen!«

»Ich weiß nicht, ob sie gegen die Heirat ist oder gegen die Tatsache, daß sie die Nebenfrau wäre. Aber darauf kommt es nicht an; natürlich, wenn es dir soviel Kopfzerbrechen bereitet, dann werden wir es nicht machen. Niemand kann in ein Paar einheiraten, wenn die erste Ehefrau sie nicht mit allem Ritual bei der Zeremonie akzeptiert.«

»Es haben schon früher Leute Heiratszeremonien zugestimmt, obwohl sie nicht wollten. Aufgrund des Drucks.«

Er lächelte. »Ich möchte mal sehen, wer dich unter Druck setzen kann, du ausländische Barbarin ohne Manieren.«

»Sie werden *dich* unter Druck setzen, das ist das Problem.«

Er schwieg. »Soll ich warten«, sagte ich, »bis sie sich heimtückische ivoranische Methoden ausdenken, um dir das Leben so schwer wie möglich zu machen? Und während du die ganze Zeit selbst weißt, daß jede Unsicherheit bezüglich der Erbfolgerechte nicht gut für das Haus ist?«

Schließlich sagte er: »Unsere Ehe ist noch jung. Der Rat macht sich zu viele Sorgen. Wir haben noch eine Menge Zeit.«

»Wir haben nur die Zeit, die sie uns geben wollen …«

Als wir Schritte auf der Treppe hörten, lösten wir

uns voneinander. Wir zogen uns in die Schatten am Rand des Korridors zurück, denn wenn Loden Broca Gläubiger hatte, dann würde er, sobald er jemanden erblickte, wieder die Treppe hinabsausen. Und wenn es nicht Loden war, wer wußte, wie freundlich dieser Mieter sein würde?

Letztere Überlegung war gegenstandslos, denn Loden erschien auf dem Treppenabsatz. Er ging gemächlich, wenn auch nicht ganz so sicher wie am Morgen zuvor im Dienst. Der Geruch von Breedrauch begleitete ihn.

Wir warteten, bis er seine Tür geöffnet hatte, dann trat Ran vor, an seine eine Seite, ich an die andere. Loden wollte hineinschlüpfen – ein Fehler, falls wir es wirklich auf ihn abgesehen hätten –, aber Ran bekam einen Fuß in die Tür und erwischte Lodens Hemd unter seinem kurzen Obergewand. Eine Minute mit würdelosem Hin und Her gab Loden Zeit zu erkennen, wer wir waren. Er blieb verwirrt stehen. »Sir Cormallon«, sagte er. Dann schaute er in meine Richtung. »Gnädige Dame. Hm, was machen Sie hier?«

»Dürfen wir einen Augenblick hereinkommen?« fragte Ran.

Loden zögerte. Dann sagte er: »Natürlich, gnädiger Herr, aber drinnen ist ein Durcheinander.« Er hielt die Tür auf.

Es war kein Durcheinander, sondern ein totales Durcheinander. Zusammengerollte Gewänder, Hemden und Hosen lagen in Haufen auf dem Boden. Man konnte fast meinen, er wäre ein Student zu Hause auf Athena; wenn er allerdings ein Athenaner gewesen wäre, dann wären unter den Kleidern auch noch Bücher gewesen. Auf dem schmalen Fensterbrett lag eine Flöte, daneben stand ein Glas, dessen Inhalt eine Kruste zurückgelassen hatte. Darunter lag auf dem Boden ein Beutel mit angebissenen Äpfeln; einige der Früchte waren auf die staubigen Bodenbretter gerollt.

Es gab ein Bett und einen Schemel, Standardausstattung durch den Vermieter, aber keine sonstigen Möbel und keine Bilder.

Loden hatte bei der Wahl seiner Unterkunft Glück gehabt. Die Art seiner Haushaltsführung war ideal für Ungeziefer, aber zur Zeit schien es hier keines zu geben. Ich beobachtete Ran, wo er sich setzen würde, aber wie ich kam er anscheinend zu dem Schluß, es wäre klüger stehenzubleiben. »Sir Broca Mercia«, begann er.

Loden stieß ein bitteres Lachen aus. »Vielleicht nicht mehr lange Mercia«, sagte er.

»So?« fragte Ran, etwas aus dem Konzept gebracht.

Loden setzte sich auf das Bett. »Mein Vorgesetzter ist unzufrieden mit mir. Er ist unzufrieden mit uns allen, die wir zugegen waren, als Kade Porath starb, aber er ist besonders unzufrieden mit mir. Ich wünschte, Sie wären nicht in die Agentur gekommen, gnädiger Herr. Man denkt jetzt, daß Sie mir nicht soviel Aufmerksamkeit gewidmet hätten, wenn ich nicht irgendwie in die Sache verwickelt wäre.«

»Wir denken, daß Sie darin verwickelt *sind*«, sagte ich.

Er blickte mich an. »Ich schwöre, ich habe Kade Porath nicht einmal so gut gekannt ...«

»Nein, Sie mißverstehen mich. Wir denken, daß Sie vielleicht das eigentliche Ziel dieses Anschlags waren.«

Er öffnete den Mund, schloß ihn, öffnete ihn erneut, gab aber keinen Laut von sich. Anscheinend war dieser Gedanke so neu für ihn, daß er Zeit brauchte, um ihn zu begreifen. Dann sagte er: »Ich glaube, Sie müssen sich täuschen ...«

»Vielleicht«, sagte Ran, »aber hören Sie sich mal unsere Indizien an.« Er erzählte Loden Broca die Geschichte des Ringes. »Ganz deutlich war der Ring der Ansatzpunkt für den Mord«, schloß er. »Und Sie haben uns schon gesagt, daß niemand wußte, daß Sie ihn Kade geben würden.«

Man konnte praktisch sehen, wie sich ein unsichtbarer Amboß auf Lodens Schultern senkte.

»Hat man schon vorher einmal versucht, Sie umzubringen?« fragte ich.

Er bewegte die Lippen ein paarmal wie ein Fisch, dann sagte er: »Nein. Und man weiß ja, wo ich zu finden bin, es ist kein Geheimnis, daß ich hier lebe ... obwohl ich ... im allgemeinen nicht die Tür öffne. Ich bin gern ungestört.«

Im Grab ist man auch schön ungestört, sagte die Stimme des Gelehrten in meinem Kopf. Ich hatte nicht viel Respekt für den Menschen Loden Broca, aber plötzlich tat er mir leid. So, wie die Dinge standen, war sein Leben keinen Pfifferling mehr wert. Vielleicht war er ein schlechter Spieler und trieb sich in Tith-Salons herum, aber bedeutete das, daß er es verdiente zu sterben? Dieses schäbige Zimmer war das Beste, was er für sich erreicht hatte, und jetzt würde er es verlieren, möglicherweise auch seinen Job und möglicherweise noch eine Menge mehr.

Ich hatte einmal in einer billigen Herberge gelebt und hatte Hunger gelitten, wenn ich nicht arbeiten konnte.

Ich warf Ran einen Blick zu, den er mit Besorgnis aufnahm. »Wir haben getan, was wir konnten«, sagte er schnell und ging zur Tür. »Wir waren der Meinung, daß wir Sie warnen sollten. Komm, Theodora, wir haben noch eine Menge zu tun.«

»Warte mal einen Augenblick«, sagte ich irritiert. Ich tastete nach dem Geldbeutel an dem Gürtel unter meinem Obergewand und holte nach dem Gefühl zwei Zehntabal-Münzen heraus. Ich trat zu dem Bett und sagte: »Hier.« Loden streckte die Hand aus und sah dabei ziemlich verdutzt drein. Ich ließ die Münzen in seine Hand fallen. »Vielleicht sollten Sie die

Hauptstadt für eine Weile verlassen. Hat Mercia noch anderswo Zweigniederlassungen?«

»In Timial«, sagte Loden. »Aber mein Vorgesetzter wäre noch mißtrauischer als je zuvor, wenn ich um eine Versetzung bitten würde.«

»Theodora«, sagte Ran an der Tür, leicht ungehalten.

»Schon gut, schon gut«, murmelte ich und ging zu ihm.

»Viel Glück, Sir Broca Mercia«, sagte Ran höflich.

Loden nickte und blieb in der Dunkelheit sitzen, immer noch mit diesem verdutzten Ausdruck im Gesicht. So ließen wir ihn sitzen.

In der Nacht erwachte ich ein paar Stunden vor Tagesanbruch und beschloß, ins Erdgeschoß zu gehen, um etwas Wasser zu trinken. Ich stolperte hinunter, nur halb wach, trank und war gerade auf dem Rückweg durch den Korridor zur Treppe nach oben, als ich in der Dunkelheit bei der Vordertür etwas sah, was dort nicht hingehörte. Etwas Großes, Massiges. Die Umrissen eines Mannes, der auf dem Boden lag.

Mein Herz begann zu pochen wie ein Preßlufthammer. Wie war es da einem überhaupt gelungen, ins Haus zu kommen? Ran hatte das Haus durch Zauber geschützt. Wer es wirklich darauf angelegt hätte, hätte natürlich durchkommen können, aber nur ein Narr würde mit Absicht sich einen Fluch aufladen. Ganz zu schweigen von den Schlössern und Riegeln, die man überwinden mußte. Aber da lag einer. Mein Gehirn suchte krampfhaft nach jemandem, der rechtmäßigerweise da in der Dunkelheit liegen durfte, aber mir fiel niemand ein. Was, zum Teufel, tat der da auf dem Boden? War er eingebrochen, dann müde geworden und hatte sich zum Schlafen hingelegt? Nerven wie Drahtseile, oder nur Dummheit? Himmel, was, wenn es eine Leiche war? Was den Gedanken nahelegte, daß wahrscheinlich noch jemand anderer im Haus war...

Diese Gedanken rasten mir durch den Kopf. Seit ich diese Umrisse da im Dunkeln gesehen hatte, waren erst drei Sekunden vergangen. Es war zu finster, um sein Gesicht zu erkennen. Waren seine Augen offen oder zu? Ich ging ganz sachte weiter, bis ich die Treppe erreichte. Dann ging ich die ersten paar Stufen rückwärts nach oben.

Die Gestalt rührte sich. Mein Puls raste. Ich hatte mir doch schon halb eingeredet, daß der Fremde tot war. Jetzt flitzte ich die Treppen hoch und schrie: »RAN!«

Bei einem Schrei wie diesem – und ich schrie aus Leibeskräften, das kann ich Ihnen sagen – sollte man meinen, daß Ran zuerst die Pistole aus dem Fach am Kopfende des Bettes holte, bevor er etwas anderes unternahm.

Wenn kein Notfall vorliegt, dann bekommt man ihn nur sehr schwer aus dem Bett, aber nun stand er bewaffnet im Eingang zum Schlafzimmer, als ich dort ankam. »Da ist jemand«, keuchte ich. Wahrscheinlich schon direkt hinter mir. Ich warf einen Blick über die Schulter, sah eine Gestalt, die sich auf der Treppe bewegte, duckte mich unter Rans Armen hindurch und holte das Messer, das am Gürtel an der Bettecke hing. Dann drehte ich mich um.

Die Lichter gingen an. Wir blinzelten. Ran sagte: »Sim? Da ist doch sonst niemand, oder?«

»Nein, ich habe niemanden gesehen«, sagte eine rollende Stimme. »Ich glaube, ich habe die Dame erschreckt.«

Ich war wieder am Eingang. Am Ende des Korridors stand ein Mann von etwa vierzig Jahren in einer konservativen Straßenjacke mit einem Nachtgewand darüber. Er sah etwas verlegen aus. Unter seinem Nachtgewand zeichnete sich ein Halfter ab, aber seine Hände waren leer. Ich schaute ihn an, dann wandte ich mich an meinen Mann. »Ran?« fragte ich.

Er drehte sich um und legte die Pistole auf die Schlafplattform. »Theodora«, sagte er, »das ist mein Cousin Sim aus Mira-Stoden.«

Einer von Rans zahllosen Cousins? Ich kam zu dem Schluß, daß es für meine Ehe besser wäre, wenn ich mein Messer auch weglegte. Ich öffnete den Mund, um Ran etwas Wirkungsvolles zu sagen, dann machte ich ihn wieder zu und wandte mich Sim zu. »Geehrt durch diese Begegnung.« Dann wandte ich mich wieder an Ran. »Was tut er hier mitten in der Nacht?«

»Du bist schon zeitig schlafen gegangen«, sagte Ran. »Er kam an, als du schon im Bett warst. Ich wollte es dir am Morgen sagen – ich wußte nicht, daß du nach unten gehen würdest. Oder wenn, dann dachte ich, ich würde aufwachen, wenn du das Bett verläßt.«

»Ich weiß nicht, warum du das denkst. Du wachst nie auf, wenn ich das Bett verlasse. Ich mache das jede Nacht.«

»Wirklich? – Nun ja, beim Frühstück wäre genug Zeit gewesen, um euch erneut miteinander bekanntzumachen.«

»Erneut bekanntmachen?«

»Du mußt dich an Sim erinnern. Er war bei unserer Hochzeitsparty.«

»Alle Welt war bei unserer Hochzeitsparty.« Ich blickte auf Sim, der verlegen schwieg. »Hallo, Sim. Tut mir leid, wenn ich dich überrascht habe.«

»Ist schon in Ordnung, Dame Theodora. Tut mir leid, daß ich dich so erschreckt habe.«

Glücklicherweise hatte ihn der ganze Vorfall so verlegen gemacht, daß er es vergaß, den langen Austausch von Entschuldigungsfloskeln zu beginnen, in den wir uns hätten verwickeln können. »Laß die

›Dame‹ weg, denn jetzt sind wir einander ja endgültig vorgestellt worden. Aber darf ich fragen, warum du da an der Tür gelegen hast? Das erscheint mir ein exzentrischer Platz zum Schlafen. Damit will ich aber natürlich nicht sagen, daß du dich nicht unten zum Schlafen hinlegen darfst, wo du willst.«

Ich spürte Rans Finger auf meinem Arm, als er zwischen uns trat, um Sim weitere Erklärungen zu ersparen. »Das ist der traditionelle Schlafplatz für Leibwachen, Theodora. Ich habe Sim gebeten, für eine Weile zu uns zu kommen. Nach dem Vorfall vom Marktplatz erschien mir das klug. Mein Cousin hat schon zuvor als Sicherheitsmann gearbeitet.«

»Ich... verstehe.« Ich musterte Rans Gesicht, das wie immer nicht viel verriet. »Du hast bei mir den Eindruck erweckt, daß wir deiner Meinung nicht mehr in Gefahr sind. Jetzt, wo der Fall abgeschlossen ist.«

»Es ist möglich, daß noch nicht alle gehört haben, daß der Fall abgeschlossen ist. Du weißt, ich bin gerne vorsichtig, Theodora.«

»Ja, ich weiß.« Ich hielt inne. »Wird Sim dich zu den Ratssitzungen begleiten? Das wird ein bißchen Gerede geben, oder?«

»Nun ja, in Wirklichkeit dachte ich, daß er bei dir bleibt, während ich zu den Sitzungen gehe.«

»Ich verstehe«, sagte ich wieder.

»Ich dachte, daß dir das ein größeres Gefühl von Sicherheit geben würde«, fügte er hinzu.

Meine Brust hob und senkte sich in dem erschöpften Rhythmus eines Reittiers, das den ganzen Tag hart geritten wurde und jetzt trockengerieben werden muß. »Du hast gedacht, daß es mir ein Gefühl der Sicherheit geben würde.« Ich ging an Ran vorbei zurück in das Schlafzimmer und klopfte auf seine Hand, die auf dem Türbalken ruhte. »Wir werden das am Morgen weiter diskutieren.« Ich zog die Bettdecke zur Seite und schlüpfte ins Bett.

Ich hörte, wie Ran sagte: »Ich nehme an, wir sehen dich dann beim Frühstück, Sim.«

»Tut mir leid, die Aufregung«, erwiderte er.

»Ist schon in Ordnung.«

»Sag mal, habt ihr Dreikorn in der Speisekammer? Ich esse das immer zum Frühstück.«

»Darüber würde ich mir jetzt keine Gedanken machen, Sim.«

Ich hörte, wie jemand die Treppe hinabging, und zog mir die Decke über den Kopf. »Ihr Götter der Narren und Gelehrten!«

»Hast du etwas gesagt?« fragte Ran.

»Ich sagte: ›Gute Nacht.‹«

Vier Tage später saß ich also im Arboretum des ›Taka-Zentrums für Gastlichkeit‹, direkt am Fluß unterhalb des Kaiserlichen Parks, und am Eingang wartete ein massiver Schatten namens Sim. Das Taka war erst vor zehn Jahren hochgezogen worden, ein Turm aus Durastahl mit schußsicherem Glas und endlosen Suiten von Räumen, der Konferenzeinrichtungen für alle Geschmäcker bot – für die eher demokratischen Treffen polierte Mahagonitische, an denen gleichzeitig zwanzig Leute sitzen konnten und wo der komplette NETZ-Service zur Verfügung stand; polierte Marmorhallen von schüsselförmigem Querschnitt mit einem Podium in der Mitte für Zusammenkünfte, die eine Arena vorzogen; Gemeinschaftsbäder aus poliertem Stein, auf Wunsch mit nettem Taka-Personal, das einem den Rücken bürstete, während man Geschäfte besprach. Es gab auch Gemeinschaftsbetten für Anlässe, wo die intellektuellen und die körperlichen Aspekte der Diskussion ineinander übergingen. Das alles weiß ich, weil in der Lobby eine Broschüre über das Gebäude auslag.

Ich war, wie Sie sehen, nicht zum Treffen des Rates von Cormallon eingeladen worden, das jetzt im zwanzigsten Stock stattfand. (In einem Raum mit Tisch, wie Ran mir versichert hatte.) Das war ein Treffen, an dem nur die Leiter der Zweige teilnahmen. Ich war zur Konferenz der Finanzverwalter eingeladen worden, die im Frühjahr stattfindet; da traditionsgemäß die Frauen die Kasse verwalten, war dies ein Treffen mit vorwiegend weiblicher Teilnehmerschaft gewesen. Das Treffen der Leiter der Zweige sollte eigentlich mehr auf die Politik des Hauses ausgerichtet sein, obwohl nichts wirklich an einem Tag erledigt werden konnte, wie Ran mir erklärt hatte. Aber für den Fall, daß jemand in die Versuchung geriet, Versprechungen zu machen, die er nicht halten konnte, wurde zuvor jeder Delegierte von seiner Schwester, Ehefrau oder Mutter instruiert, was er zusagen durfte und was nicht.

Plötzlich wurde mir bewußt, daß ich das Gleiche mit Ran getan hatte, als ich ihm sagte, er solle dem Rat erzählen, ich hätte noch ein Implantat.

Ich saß im Arboretum inmitten der blühenden Pflanzen und lauschte den drei Brunnen, die im Hintergrund plätscherten. Ran hatte mich nicht gebeten zu warten, aber ich hatte keine unmittelbaren Verpflichtungen und meine Gedanken waren zu unkonzentriert, als daß ich jetzt hätte etwas anfangen können. Was machte ich überhaupt auf diesem Planeten? Was, um Himmels willen, war über mich gekommen? Jetzt wäre es auf Athena ganz *sicher*. Solange ich dem Pfad gefolgt wäre, den die Universität für mich vorgesehen hatte, wäre meine Zukunft finanziell gesichert gewesen, wenn ich auch niemals reich geworden wäre. Und niemand hätte mich allzusehr verletzen können. Auf Athena dauert nichts ein Leben lang, ganz anders, als wenn man in die Cormallons einheiratet; wenn auf Athena etwas schiefgeht, dann zieht man in eine andere Wohngruppe um und geht statt dessen dort eine halbherzige Verbindung ein.

Ich fühlte mich nicht einmal fähig, ein Kind großzuziehen, und hier rang ich mit dem Rat um eine Gelegenheit dazu und schwor, daß dies kein Problem darstellen würde. Nicht, daß man von mir viel erwarten würde bei der tatsächlichen Erziehung; meine Pflichten endeten schon bei der leiblichen Hervorbringung. Soweit es das Haus betraf, war ich frei, den ganzen Tag auf einer Chaiselongue zu liegen und mich an Zitroneneis zu laben; es gab eine Menge Leute, die auf die Kinder aufpassen und für ihre Erziehung sorgen konnten.

Aber die Wahrheit war, daß ich mit dieser Vorstellung mehr Probleme hatte, als ich Ran sagen konnte. Mehr Probleme, als ich selber willens war, mir einzugestehen. Seit dem kleinen Vorfall auf dem Markt hatten alle Ängste über das Kinderkriegen auf diesem verrückten Planeten enorm zugenommen. Hatte die Erfahrung, um ein Haar getötet zu werden, mein Gespür für den Schädel auf der anderen Seite des Spiegels verstärkt? Oder war ich bloß nervöser geworden? Sah ich die Dinge jetzt deutlicher, Dinge, die ich vorher ignoriert hatte? Oder erreichte ich einen neuen Grad der Feigheit?

Gib es zu, Theodora, diese Sache mit der *leiblichen Hervorbringung* macht dir angst. Irgendwo in deinem Hinterkopf hast du den Verdacht, daß du dabei umkommen kannst. Aber selbst wenn wir uns genetisch zu sehr unterscheiden – selbst, wenn der Fötus nicht kompatibel wäre –, dann wären doch die Chancen viel größer, daß das Ungeborene stirbt, anstatt du? Engagiere einen Arzt von einem anderen Planeten, der Tag und Nacht bei dir ist, wenn du so ängstlich bist. Wir stehen doch hier nicht am Anfang der Geschichte, es gibt gewisse Techniken … Du hast das auf dich genommen, als du zugestimmt hast, hier zu bleiben.

Der menschliche Körper ist ein so kompliziertes,

bemitleidenswertes Bündel von Organen. Ich sagte zu der großen rosafarbenen Blüte vor meiner Bank: »Warum kann ich nicht einfach einen Samen in einen Topf säen und nach neun Monaten wiederkommen?«

»Ich weiß es nicht«, sagte eine Stimme hinter mir. »Warum kannst du das nicht?«

Ich drehte mich um. Stereth Tar'krim stand hinter meiner Bank. Mit seiner Brille sah er aus wie ein kluges neugieriges Kaninchen. Er nahm sie ab und wischte sie an seinem Obergewand aus blauer Seide ab. »Bei der Feuchtigkeit hier läuft sie an«, beschwerte er sich. »Man könnte meinen, wir wären hier wieder im Nordwest-Sektor.«

Ich sah, wie Sim sich von hinten Stereth näherte, und winkte ihn zurück. Mir wurde plötzlich bewußt, daß wir – abgesehen von meinem neuen Freund am Eingang – ganz allein in diesem großen, menschenleeren, von Pflanzen wimmelnden Raum waren. Und Stereth kannte wahrscheinlich eine Menge schmutziger Tricks mehr, als Sim je gekannt hatte. Es gab jedoch keinen Grund, warum Stereth auf mich böse sein sollte. Oder doch?

»Hallo«, sagte ich.

»Hallo, Tymon. Kann ich mich neben dich setzen?«

Ich rückte auf der Bank zur Seite. Er ließ sich nieder, glättete sein Gewand und sagte: »Damals im Sektor hast du nie Selbstgespräche geführt.«

»Dort bin ich auch nie allein gewesen«, erklärte ich. »Du hast immer jemanden auf mich aufpassen lassen.«

Er lächelte. »Das waren große Zeiten, nicht wahr? Erinnerst du dich an die Nacht, wo ihr heimkamt, du und Des, nachdem ihr die halbe Provinzmiliz ausgetrickst hattet?«

»Was möchtest du von mir, Stereth?«

»Komisch, daß du das fragst, Tymon, denn ich habe mich eben gefragt, was du wohl möchtest. Du sitzt hier und führst traurige Gespräche mit einer Lysuspflanze. Ich bin überrascht, daß du diese große rosafarbene Blüte für deine Konversation ausgesucht hast – du bist mir nie als jemand erschienen, der hinter auffälligen Typen her ist.«

Ich spürte, wie ich errötete. »Dieser Raum hier ist zu warm«, murmelte ich.

»Ja, das habe ich bemerkt«, stimmte er höflich zu. »Aber kann ich etwas für dein Glück tun, meine Freundin? Alles in Ordnung mit deinem Liebesleben? Du streitest dich nicht wieder mit Ran, oder?«

»Wir kommen gut miteinander aus, danke. Warum dieses Interesse für mein Privatleben?«

»Ich weiß nicht, was mich darauf gebracht hat«, sagte Stereth und betrachtete die riesige rosafarbene Blüte vor uns. Sie war farbenprächtig wie eine Dschungelblume und in der Mitte erhob sich ein langes Staubgefäß, dessen Basis ein tieferes Rosa aufwies und das schlaff auf dem Durcheinander der Blütenblätter ruhte, die es umgaben. Diese Blüte war ein peinlich üppiges Stück Natur, und ich mußte dauernd den Impuls unterdrücken, ein Tuch darüber zu werfen.

»Ran ist oben«, sagte ich, um das Thema zu wechseln. »Er hat ein Treffen.«

»Ich weiß. Ich habe im Cormallon-Anwesen angerufen, mich als kaiserlicher Minister vorgestellt und gebeten, mich mit dir oder mit Ran zu verbinden. Man sagte mir, ich könne hier eine Nachricht hinterlassen, falls es dringend wäre. Deshalb bin ich hierherspaziert, und so haben wir uns hier getroffen. – Du weißt ja, vor ein paar Tagen habe ich über das NETZ eine Nachricht für euch beide geschickt.«

»Ach ja. Tut mir leid, wir waren beschäftigt.«

»Reden wir nicht mehr davon. Was mir jetzt wichtiger ist, mein Freund Coalis sagt mir, daß ihr anscheinend zu dem Schluß gekommen seid, einer der

Sicherheitsleute sei das wirkliche Ziel des Anschlags gewesen. Stimmt das?«

»Du hast ein starkes Interesse für diese Angelegenheit, Minister Tar'krim.«

»Allerdings. Deshalb wäre ich auch gern informiert, wenn ihr da noch weiter nachforscht.«

»Warum sollte dich interessieren, was einem gemieteten Sicherheitsmann passiert?«

Er schob seine Brille auf dem Nasenrücken hoch und stieß einen Seufzer aus. »Coalis und ich haben eine Partnerschaft bezüglich einiger seiner ererbten Geschäfte. Ich würde einfach gern wissen, daß sie sicher sind. Ist das zuviel verlangt von einem alten Freund?«

Ich riß irritiert ein zusammengerolltes Blatt von der Mutantenpflanze ab. »Weiß du, ich kann nicht verstehen, wie du und der junge Mönch auf lange Sicht miteinander auskommt. Besonders im Gewerbe der Kredithaie.«

»Coalis ist im Grunde seines Herzen ein guter Junge. Er erinnert mich an Lex na'Valory.«

Ich starrte Stereth an. Er erwiderte unschuldig meinen Blick. Lex na'Valory war einer aus Stereths alter Bande, dem die anderen wegen seiner Neigung zu psychotischer Gewalttätigkeit aus dem Weg gegangen waren. »*Coalis?* Ich *mag* Coalis.«

»Ich habe immer Lex gemocht«, erwiderte er gleichmütig, »obwohl man ihm extra Spielraum geben mußte.«

»Ihr Götter.« Ich zwang mich, wieder an die zur Debatte stehende Frage zu denken. »Nun ja, wenn du meinst, daß Loden Broca Mercia das Ziel des Anschlags war, dann dürften ja deiner Meinung nach die Poraths aus der Geschichte draußen sein.«

»Nicht notwendigerweise. Broca schuldete Kade ein hübsche Summe Geld, und damit besteht eine Verbindung zu dem Geschäft.«

Ich machte große Augen. »Du hast Kades Kundenbuch!«

Er lächelte.

»Woher hast du es bekommen?«

»Ich habe es in einem Wettbewerb gewonnen. Komm schon, Tymon, du weißt doch, daß ich meine Quellen nicht offenlege. Wenn ich das täte, dann wärt ihr, Ran und du, schon längst geköpft.«

So direkt hatte Stereth uns noch nie daran erinnert, wie sehr wir von seiner Verschwiegenheit abhingen.

»Vielleicht kannst du mir einen Gefallen erweisen, alter Freund«, sagte ich. Er blickte mich erwartungsvoll an. »Ein Zauberer vom Marktplatz namens Moros war in die Sache verwickelt. Wir können nicht viel über ihn herausbringen. Wenn du herausfinden könntest, wo er gelebt hat, oder wer seine Freunde waren …«

»Gelebt hat«, wiederholte er. »Freunde waren … Darf ich das so verstehen, daß Moros selbst nicht mehr auftaucht?«

»Diese Annahme trifft zu.«

Er grinste. »Meine alte barbarische Gefährtin … ich bin beeindruckt. Wie habt ihr die Leiche beseitigt, ohne daß es unnötiges Gerede gab? Seid ihr jetzt mit einer Mannschaft von Leibwächtern unterwegs?«

Ich nickte. »Wir haben sie in einem Wettbewerb gewonnen.«

Er prustete durch die Nase und sagte mit fester Stimme: »Es tut mir leid, daß ich mich nicht eher mit euch in Verbindung gesetzt habe.«

»Offen gesagt, ich war überrascht, daß du auf dem Schiff deine Bekanntschaft mit uns nicht verheimlicht hast. Ich dachte, du wolltest nicht, daß wir uns dazu bekennen, wenn wir uns begegnen.«

Er schien echt verletzt zu sein. »Nur bis etwas Zeit vergangen war. Das war um euretwillen, nicht wegen mir, Tymon. Ihr konntet es euch nicht leisten, daß dein Zauberer-Ehemann mit Stereth Tar'krims Bande in Verbindung gebracht wird. Aber seitdem ist ein Jahr vergangen, genügend Zeit, daß ich euch beide legitim hier in der Hauptstadt kennengelernt haben könnte.«

»Dann bitte ich um Verzeihung, Stereth. Das war sehr rücksichtsvoll von dir.«

»Das war es wohl, verdammt noch mal.« Er blickte sich irritiert um, dann sagte er: »Verlassen wir dieses rosa Monstrum.« Er zeigte auf die riesige Blüte. »Ich habe den Eindruck, ich kann deine Aufmerksamkeit nicht von ihr auf mich ziehen.«

Wir gingen weiter in das Arboretum hinein und ließen uns neben einem der Brunnen nieder. Der Eingang lag jetzt genau gegenüber und war halb von Blättern verdeckt. Sim war gerade noch in der Entfernung zu erkennen. Wasserplätschern bildete den Hintergrund für den Rest unseres Gesprächs.

»Wer ist übrigens der große Gentleman, der sich so für dich interessiert?« fragte Stereth.

»Ein Cousin von Ran. Er ist zu Besuch in der Hauptstadt.« Sim kam gleichmütig ein paar Meter näher, um uns besser im Blickfeld zu haben.

»Aha.« Stereth lächelte ihm freundlich zu. »Wie ich sehe, interessiert er sich nur für die Gegenden in der Hauptstadt, wo du gerade bist.« Vielleicht war es nur ein Zufall, daß Stereth seine Hände gut sichtbar auf seine Knie legte. Dann wandte er sich mir zu und sagte: »Also erzähl mir jetzt alles, alte Gefährtin. Zwinge mich nicht, dich erst betrunken zu machen, wie in den alten Zeiten.«

Ich war überrascht. »Ehrlich, du weißt über Kade Porath soviel wie ich ...«

»Ach, laß doch Kade Porath. Er war eine vorübergehende Geschäftsangelegenheit. Er hat vor langer Zeit gelebt, und das in einem anderen Land. In einem halben Jahr wird ihn nicht einmal mehr seine Familie vermissen.« Seine Brille funkelte in dem von oben kommenden Licht. »Ich möchte wissen, warum du so abgehärmt aussiehst. Ich kann nicht glauben, daß das nur von einem Fall von Mord durch Zauberei kommt.«

Wenn man die ganze Zeit auf der Hut ist, dann läßt man sich leicht gehen, wenn man eine freundliche Stimme hört. Wie Sie vielleicht schon bemerkt haben, sind unsere Beziehungen zu Stereth kompliziert, um es vorsichtig auszudrücken, aber ich hatte Gründe zu der Annahme, daß er echt besorgt war um mein Wohlergehen. Soweit er überhaupt um etwas besorgt ist; in mancher Hinsicht ist er nämlich etwas gefühllos. Aber er war immer loyal zu seinen Leuten, solange er wußte, daß er sich auf sie verlassen konnte.

»Nun, siehst du, was ich meine?« hörte ich Stereth weiterreden. »Jetzt verziehst du das Gesicht schon wieder so.«

Ich war nicht gerade den Tränen nahe, aber ich mußte um mein inneres Gleichgewicht ringen. »Ach, ihr Götter«, sagte ich schließlich, »es ist nichts, das für einen Ivoraner wichtig wäre.«

»Für einen Ivoraner? Steck mich nicht in eine Schublade, Tymon, das funktioniert nicht. Komm, spuck es einfach aus.«

Ich holte tief Luft. »Ran ist oben und versucht dem Rat zu erklären, warum wir noch keine Kinder haben.«

Er blinzelte. Offensichtlich hatte er nicht erwartet, so etwas zu hören. Dann legte er die Hand auf meine Schulter und sagte: »Du bist unfruchtbar, ist es das? Tymon, da gibt es Lösungswege, wenn es um die Erben eines Hauses geht. Du kannst …«

»Nein, nein, nein. Das heißt, vielleicht bin ich unfruchtbar, bei Ran, aber wir wissen es noch nicht. Schau, es ist ein kompliziertes Thema, aber was mir wirklich Sorgen macht, ist, daß ich Angst davor habe, schwanger zu werden.« Plötzlich kam mir ein Gedanke. »Cantry!«

»Was hat meine Frau damit zu tun?«

»Sie ist doch teilweise barbarischer Abstammung, nicht wahr?«

»Tatsächlich ist sie ganz barbarischer Abstammung. Ihre Eltern waren beide Tellysianer.«

Ich war geknickt. »Dann wissen wir es also immer noch nicht. Aber warte mal einen Augenblick, Stereth, wie steht es mit euren Kindern?«

In seinen Augen blitzte Überraschung auf. Stereth hatte ein Kind gehabt, aber das war vor langer Zeit gewesen, und jetzt war es tot. »Ich meine, was ist, wenn Cantry schwanger wird?« sagte ich schnell.

Jeder andere hätte sich jetzt über mich geärgert, aber Stereth ist unfähig zum Ärger, wenn er hinter etwas her ist. Selbst wenn es nur die Marotte ist herauszufinden, was seine alte »Gefährtin der Straße« plagt. Er sagte sanft: »Das ist für uns kein Thema. Meine Frau kann keine Kinder bekommen.«

»Oh, das tut mir leid.«

»Das ist eine lange Geschichte, Tymon. Und ist es jetzt nicht an der Zeit, daß du mir sagst, warum du daran so interessiert bist?«

Ich begann ihm das Problem mit den Spezies zu erklären, und er hob die Hand.

»Ich verstehe.« Er dachte nach. »Du bist ein Risiko eingegangen, als du dich entschlossen hast, in eine ivoranische Familie einzuheiraten, nicht wahr?«

»Wir haben beide ein Risiko auf uns genommen. Aber ich habe dauernd dieses Gefühl – ich weiß nicht, woher es kommt, denn ich bin für gewöhnlich nicht so intuitiv –, daß ich sterben werde, wenn ich versuche, Rans Kind zur Welt zu bringen.«

Solche Intuitionen werden auf Ivory nicht einfach abgetan, nicht einmal von meinem Gangsterfreund Stereth. Er saß nachdenklich da und stützte sein Kinn auf die Faust. »Das ist ernst«, sagte er schließlich. »Was sagt der Rat?«

»O ihr Götter, ich will das nicht dem Rat erzählen! Sie werden ihn dann veranlassen, jemand anderen zu heiraten!«

Warum konnte ich all das Stereth erzählen, wenn es so schwer war, mit Ran darüber zu sprechen?

Stereth hob das Kinn. »Ran respektiert deine Gefühle in dieser Sache nicht?«

»Ich habe es ihm noch nicht gesagt.«

Er schüttelte den Kopf. »Tymon, Tymon.«

»Du weißt, wie er über die Pflicht denkt. Ich möchte nicht, daß er mich für einen Feigling hält.«

Er lächelte. »Wenn ich mich an deine Vergangenheit erinnere, dann glaube ich, daß du dir darüber wirklich keine Sorgen zu machen brauchst.«

»Das ist anders. Das ist … persönlicher, unmittelbarer. Stereth, vor ein paar Tagen hat jemand auf dem Marktplatz versucht, mich zu erstechen. Ich war dem Tod näher, zeitlich gesehen, als je zuvor in meinem Leben, und das schließt auch die Zeit im Sektor ein. Das hat mich umgehauen.«

»Das ist normal, Tymon.«

»Dich hätte es nicht umgehauen.«

»Ich bin nicht normal.« Wir beide wußten, daß dies stimmte.

»Ich weiß nicht …«, sagte ich. »Mir kommt es vor, als wäre ich der anderen Seite des Spiegels zu nahe gekommen. Vielleicht bin ich überempfindlich, wenn ich meine, Ran würde den Respekt für mich verlieren, aber ich selbst habe nicht gerade viel Respekt.«

»Du beschäftigst dich zuviel mit einer einfachen körperlichen Reaktion. Der Körper möchte leben. Das mußt du einfach spüren.«

»Also ist das vielleicht einfach ein simpler Fall von Bammel? Ich habe gehofft, daß es nur das ist.«

»Nimm einen Rat von deinem Onkel Stereth an,

meine Liebe. Erzähl Ran von deinen Zweifeln. Betrinke dich, wenn du mußt. Ihr Götter, er ist schließlich Zauberer; er sollte doch eigentlich eine bessere Vorstellung davon haben, was eine gute Intuition ist und was nicht. Warum strampelst du dich damit alleine ab, wenn das Wissen eines Experten für dich verfügbar ist?«

Ich schwieg, und Stereth ließ mich einen Augenblick in Ruhe. Dann sagte ich: »Weißt du, ich gehöre für gewöhnlich nicht zu den Leuten, die so sehr in ihrem Innenleben herumstochern. Vermutlich erwarte ich einfach, daß ich mein Leben bis zu einem gewissen Grad vermassele, aber in Fällen wie diesem, wo die Konsequenzen über mich hinausgehen – da ist es, als würde ich die Mannschaft im Stich lassen. Deshalb hasse ich Verantwortung.«

Ich dachte, er würde etwas dazu zu sagen haben, aber er sagte nichts. Ich redete einfach weiter. »Und was, wenn ich nicht sterbe? Was, wenn ich eine Art Monster hervorbringe? Oder ein Baby, das den Rest seines Lebens leiden wird, weil ich mich entschlossen habe, ein Risiko einzugehen? – Weißt du, als ich lernte, einen Luftwagen zu steuern, da entdeckte ich, daß ich mit dem Gedanken leben konnte, abzustürzen und zu sterben, aber die Vorstellung, auf andere draufzustürzen und *sie* umzubringen, die lähmte mich völlig.«

Ich sprach jetzt Gedanken aus, die ich mir bis jetzt noch nicht voll eingestanden hatte. »Du bist sehr gut darin, einem so etwas zu entlocken, weißt du das?« sagte ich mit einem Anflug von Verstimmung.

»Du erzählst mir das alles nur, weil du es eigentlich Ran erzählen willst«, sagte er sanft. »Gib dafür nicht mir die Schuld. Und schau mich bitte nicht so aufgeregt an, sonst kommt der große Kerl dort her, um nachzuschauen, was ich mit dir angestellt habe.«

»Ihr Götter«, sagte ich plötzlich, »ich verabscheue

den Gedanken, daß alle Cormallons auf diesem Planeten ihre Hoffnung auf mich richten!«

Aus irgendeinem Grund mußte er darüber lächeln. Nachdem er alles gesagt hatte, was er dazu sagen würde, saß Stereth mit mir dort am Brunnen und hielt meine Hand. Wir müssen dort wenigstens eine Viertelstunde gesessen und unseren eigenen Gedanken gefolgt sein, als er plötzlich bemerkte: »Die andere Seite des Spiegels ... Es gibt eine Redensart in diesem Kaiserreich: ›Söhne und Töchter sind das, was wir anstatt von Friedhöfen haben.‹ Der Weiterbestand des Hauses, die Bejahung des Lebens und all das. Weißt du, Kinder zu haben könnte vielleicht das Beste für dich sein; es ist leichter, um eines anderen willen mutig zu sein, statt für einen selbst.« Er lächelte. »Das habe ich zumindest gehört. Wir können uns dabei nicht nach meinen Reaktionen richten, denn die sind zu eigenartig.«

»Ha, das stimmt gewiß.« Ich wandte mich ihm zu. »Stereth, worum geht es bei der ganzen Geschichte mit der Botschaft von Tellys? Warum baust du da Verbindungen auf? Wucherkredite an das Botschaftspersonal auszuleihen wird dich nur in Schwierigkeiten bringen.«

Er lächelte, nahm seine Brille ab und polierte sie wieder. Dann setzte er sie wieder auf.

»Und worum geht es bei der Geschichte mit den Tolla? Hast du gewußt, daß sie darin verwickelt sind?«

Er stand auf, beugte sich zu mir und küßte mich auf die Wange. »Die Tolla«, sagte er, »sind eine Erfindung der Phantasie barbarischer Nachrichtenredakteure.« Dann verneigte er sich wie ein Gentleman – zum erstenmal verabschiedete er sich von mir auf diese Weise –, wandte sich um und ging durch das Arboretum hinaus in die Hauptlobby.

Ich verbrachte den ganzen Tag im Park – Sim folgte mir in diskreter Entfernung, und ich lud ihn nicht ein näherzukommen, da ich nachdenken wollte – und kehrte am späten Nachmittag in das Arboretum zurück. Ich hinterließ eine Nachricht an der Rezeption in der Lobby, daß Ran ausgerufen werden sollte, wenn er herabkam, und er fand mich dann am Brunnen. »Hast du hier den ganzen Tag gewartet?« fragte er. Er setzte sich neben mich auf die Bank, wo Stereth gesessen war.

»Nein, ich habe fast den ganzen Tag auf den Wegen im Park zugebracht.« Ich war zwischen den schönen Beeten herumgegangen und hatte die Themen erwogen, über die eine tugendsame ivoranische Frau nachdenken sollte: Mord, Kreditwucher, Terrorismus auf anderen Planeten, und ob man Kinder bekommen sollte. »Du siehst nicht glücklich aus.«

»Nein«, stimmte er zu. Er holte Luft. »Sie haben darauf bestanden, über unsere Ehe zu diskutieren. Ich habe ihnen die Geschichte von dem Implantat erzählt, aber sie sagten, es mache nichts aus, wenn man schon einen Reserveplan bereit hätte. Einer meiner Cousins holte eine inoffizielle Liste zweiter Ehefrauen heraus.«

Na ja, wenigstens konnte ich mich nicht beschweren, daß er mir nicht alles erzählte. »Was hast du getan?«

»Es gibt morgen ein Arbeitsfrühstück, bevor wir das Treffen beenden. Ich habe gesagt, ich würde dann meine Haltung erläutern.«

Ich hatte im Park viel nachgedacht. »Wenn du sie morgen triffst, dann möchte ich, daß du ihnen erzählst, deine Frau habe gesagt, jede weitere Aktion sei unnötig. Erzähle ihnen, daß wir um die Zeit des Treffens im nächsten Jahr ein Kind haben werden.«

Er schaute mich an.

»Sag ihnen, wenn ich es nicht wüßte, wer dann sonst?« fügte ich hinzu.

KAPITEL 13

In der folgenden Nacht träumte ich wieder von Gräbern.

Am Morgen schlief ich lang und tief und erwachte desorientiert. Ran war schon zu dem Arbeitsfrühstück gegangen, deshalb stand ich auf, zog einen Morgenmantel über und holte mir etwas Obst und ein Brötchen. Üblicherweise wasche ich mich sofort und ziehe mich an, um die Morgenroutine hinter mich zu bringen, aber an diesem Morgen ließ ich mich etwas gehen, so als fühlte ich mich schon krank.

Auf meinen Vorschlag hin war Sim mit Ran zum Taka-Gebäude gegangen. Ich hatte ihnen am Vorabend gesagt, daß ich den ganzen Vormittag zu Hause bleiben würde, ohne Bedarf für einen Leibwächter, und warum sollten die Talente seines Cousins verschwendet werden? Ich hoffte, daß Sim sich diskret im Hintergrund halten würde.

Ich nahm meine Tasse Tah zum NETZ-Terminal mit und rief die Nachrichten ab. Stereths alte Botschaft war noch immer gespeichert, ihr Geheimcode war noch intakt, sie war nicht gelesen worden, gleichsam tot. Eine Nachricht von Kylla besagte, ich solle sie anrufen. Und dann war da noch eine Botschaft von Loden Broca Mercia.

Loden Broca Mercia? Ich hätte nicht einmal gedacht, daß er überhaupt einen NETZ-Code hatte. Ich las:

Gnädige Dame,
ich bin Ihnen sehr dankbar für Ihre Freundlichkeit. Es ist etwas geschehen, das mich zwingt, Sie erneut um

Ihre Hilfe zu bitten, so sehr mir dies auch widerstrebt. Bitte kommen Sie so schnell wie möglich zu meiner Unterkunft. Dies ist ein Notfall. Ich muß Sie sofort treffen. Jede Minute zählt.

Loden Broca

Himmel! Die Botschaft war vor einer halben Stunde eingetroffen. Da ich eine Barbarin bin, erschien mir ein direkter Hilferuf nach einer Antwort zu verlangen, und die Botschaft klang ja direkt verzweifelt. Offensichtlich mußte sofort etwas unternommen werden. Meine Phantasie begann zu arbeiten. Was, zum Teufel, ging in Loden Brocas Wohnung vor? Vor meinem geistigen Auge sah ich Männer, die versuchten, die Tür aufzubrechen, während er sich drinnen verkrochen hatte … Wie war er aber in diesem Fall an ein NETZ-Terminal gekommen? Schon gut, dieses Bild mußte ich fallenlassen.

Aber verdammt, was sollte ich denn zur Lösung seines Problems tun? Sicherlich hatte ich in letzter Zeit schon genügend mitgemacht. Plötzlich erinnerte ich mich an meine peinliche Flucht durch das Haus in der vorletzten Nacht, verfolgt von Cousin Sim … Zwei Tage später, allein am NETZ-Terminal, spürte ich, wie mein Gesicht heiß wurde. Ich hatte in diesen letzten Tagen nicht gerade mein bestes Verhalten an den Tag gelegt.

Ich ließ die Reste meines Frühstücks stehen, spritzte mir etwas Wasser ins Gesicht und zog meine Gewänder über. Schluß mit dem Krankenstand!

Nun … sollte ich Ran anrufen, bevor ich wegging? Ich wollte sein Arbeitsfrühstück nicht wirklich unterbrechen, wenn er damit beschäftigt war, den Rat auf meine Linie zu bringen. Ich schrieb eine kurze Mitteilung, wohin ich ging, und eilte zur Tür. Dann blieb ich stehen. In Ordnung, du möchtest dich nicht wie ein Feigling benehmen, aber es ist doch auch nicht nötig, sich wie eine Närrin aufzuführen, oder? Ich ging zurück zu der Klapptür in dem Kämmerchen neben der Treppe, öffnete sie und holte eine der Pistolen und Munition heraus. Dann wickelte ich einen grünen Seidenschal um den Kopf, steckte mein rotbraunes Haar hoch und setzte einen Sonnenhut darauf. So sah ich wie eine normale, wenn auch etwas kleine, Ivoranerin aus. Die Ausbuchtung unter meinem Gewand würde niemand als ungewöhnlich ansehen.

Etwa zwanzig Minuten später kam ich schwitzend und atemlos an Lodens Herberge an. Draußen stand niemand. Ich verlangsamte meinen Schritt, überprüfte den Eingang und die benachbarten Gebäude. Paranoia ist immer hilfreich. Vielleicht hätte ich nicht kommen sollen, es ging mich in Wirklichkeit nichts an, in welche Schwierigkeiten Loden geriet… aber der Mann hatte um Hilfe gebeten.

Es war Tag, also war die Haupttür nicht verriegelt. Ich überlegte, ob ich einfach die Straße überqueren und versuchsweise an der Klinke ziehen sollte, als die Tür vor meinen Augen aufsprang. Loden erschien. Er schleifte eine schmutzige Matratze mit sich. Während er sie die Stufen hinabschleppte, kam ein grauhaariger Mann und stellte sich hinter ihn in den Eingang. »Und lassen Sie Ihren Kanz nicht auf meinen Stufen zurück«, schrie er. »Legen Sie ihn auf die Straße! Einmal können Sie noch hochgehen, und dann sperre ich die Tür hinter Ihnen ab!«

Ich nahm meine Hand von der Pistole, nach der ich unwillkürlich gegriffen hatte. Der Grauhaarige schlug die Tür zu. Loden schleifte die Matratze an den Rand der Straße. Er schien mich nicht zu sehen.

Ich ging zu ihm hinüber und tippte ihn auf die Schulter. Er fuhr zusammen. »Gnädige Dame!« rief er aus. »Danke, daß Sie gekommen sind …«

»Das war Ihr Hausherr, nicht wahr«, sagte ich.

»Hm, ja. Er scheint sich künstlich aufzuregen – ich habe nichts getan ...«

»Sie haben mich hierherrennen lassen, weil Sie aus Ihrer Wohnung geworfen werden.«

»Er wirft mich auf die Straße! Ich weiß nicht, wohin ich gehen soll ...«

Ich drehte mich um und ging davon. Er rannte hinter mir her. »Warten Sie! Warten Sie, edle Dame, bitte – Sie haben noch nicht die ganze Geschichte gehört. Geben Sie mir ein paar Sekunden Zeit – Sie sind ja jetzt sowieso hier.«

Ich blieb stehen und wartete. Er zog ein Taschentuch heraus und wischte sich die Stirn ab. »Hören Sie, es ist ernster, als Sie denken. Ich bin ohne Bezahlung von meinem Dienst bei der Agentur Mercia suspendiert. Und Len schmeißt mich hier raus, weil ich ein paar Wochen im Rückstand bin. Ich bin nicht mehr im Dienst, und deshalb habe ich keine Wachen mehr um mich herum. Ich habe nicht einmal einen Schutz in der Nacht. Sie haben mir doch gesagt, daß mein Leben in Gefahr ist! Was soll ich jetzt tun?«

An dem, was er sagte, war etwas dran. Die Chancen, daß er umgebracht wurde, waren gestiegen. »Es sieht aus, als wäre es für Sie an der Zeit, die Stadt zu verlassen«, sagte ich.

»Aber wenn ich das tue, dann nimmt man mich nie wieder bei Mercia auf. Das ist das einzige Gewerbe, für das ich ausgebildet bin. Und ich schulde ihnen den Rest meiner Gewerbeabgabe.«

Ich seufzte. Er schien sich in einer ausweglosen Situation zu befinden. »Ich verstehe nicht, was ich Ihrer Meinung nach tun könnte.«

»Ich weiß es auch nicht, aber ... gibt es da gar nichts?«

Plötzlich erschien mir Loden als sehr jung. Nach dem Standard-Kalender mußte er jünger als zwanzig sein – unerfahren, aus der Provinz ... und ein Idiot von einem Pechvogel. Ran würde nie zustimmen, diesen Jungen bei uns aufzunehmen, und das konnte ich ihm nicht übelnehmen. Wo sonst könnten wir ihn unterbringen? Kylla? Ich würde ihr das nie aufhalsen. »Vielleicht kann ich Ihnen etwas Geld leihen für eine Herberge«, sagte ich zögernd, und dabei wußte ich, daß das Haus Cormallon dieses Geld nie wiedersehen würde.

Er schürzte die Lippen. »Hm ... wenn es keinen anderen Weg gibt ... In einer Herberge gibt es keinen Sicherheitsschutz, gnädige Dame. Nicht gegen jemand, der einen wirklich erwischen will. Ich habe hier keine Nacht mehr durchschlafen können, seit Sie mich gewarnt haben.«

»Also, was wollen Sie dann?«

»Ich weiß es nicht.«

Wir standen am Rande der staubigen Straße. »Also gut, was ist noch in Ihrem Zimmer?«

»Kleider«, sagte er eifrig, »Gewänder und Uniformen, Stiefel und Sandalen.«

»Holen Sie das, was Sie in einem Sack tragen können.« Ich blickte mißtrauisch auf die schmutzige Matratze – weiß der Himmel, was da drin alles wimmelte – und sagte: »Und schmeißen Sie das Ding da weg.«

Er ließ sie sofort auf die Straße fallen und ging wieder nach drinnen.

Da er sehr lange oben blieb, ging ich schließlich hinauf und half ihm, seine Besitztümer durchzugehen. Und am Ende trug ich natürlich auch einen Sack.

Wir zogen mit unseren Lasten durch die Straßen und ich dachte: Was für ein Trottel du doch bist, Theodora.

Ich ließ ihn die beiden Säcke bei einer Straßenwäscherei abgeben und zahlte noch dafür. Dann führte ich ihn zu der Straße, an der unser Haus liegt. Er setzte seinen Fuß auf eine der Betonstufen, die zu unserer Vordertür führten, und ich sagte: »Warten Sie einen Moment, mein Kleiner.«

Mein Kleiner? Woher war mir das gekommen? Plötzlich kam ich mir vor wie eine Großmutter. Er trat wieder zurück und wartete.

»Ich bringe keinen Fremden auf das Territorium der Familie meines Gatten«, sagte ich. »Ich kenne Sie nicht, und Sie haben mich nicht gerade von Ihrer Zuverlässigkeit überzeugt.« Das war ein bißchen grob, aber meiner wirklichen Meinung nach war der einzige Grund, weshalb ich ihn vom Verdacht einer Teilnahme an Kades Ermordung freisprechen konnte, der Eindruck, daß er nicht fähig war, irgend etwas im voraus zu planen. Zwar meinte Ran, der Mord sei dürftig ausgeführt worden, aber wenn Loden daran beteiligt gewesen wäre, dann hätte ich stark bezweifelt, ob der Anschlag überhaupt geglückt wäre. Allein aufgrund seiner Unfähigkeit war es weitaus wahrscheinlicher, daß er einfach das war, als was er erschien – jemand, der tief in Schwierigkeiten steckte.

Ich ging zur Rückseite der Treppe an die Wand und klopfte auf eine viereckige Durastahlplatte, die etwa eineinhalb Meter hoch war. »Das ist unsere Sicherheitsstation für den Eingang von Paketen. Niemand kann hineinschauen, ihre Wände sind sechs Zentimeter dick und aus schußsicherem Material. Sie wird belüftet, denn früher pflegte hier ein Gefolgsmann der Cormallons zu sitzen, um die Post entgegenzunehmen und zu öffnen.« Ich grinste plötzlich. »Ein sehr tapferer Gefolgsmann, vermute ich. Jedenfalls ist da drinnen Platz, um zu sitzen oder zu liegen, und wir können Ihnen einen Eimer für Ihre persönlichen Bedürfnisse geben. Das ist nicht schlechter als in manchen Herbergen. Zum Schlafen ist es sicher genug.«

Ich schaute ihn an. »Oder wenn Sie meinen, das sei

unter Ihrer Würde, dann kann ich Ihnen das Geld für eine andere Herberge leihen.«

»Nein, das paßt schon«, sagte er sofort. Dann zögerte er: »Sie meinen es ernst, nicht wahr?«

»Schauen Sie, ich bin heute zu Ihrer Wohnung gegangen und war bereit, mein Leben für Sie zu riskieren, und ich werde alles für Sie tun, was ich sonst noch tun kann, aber ich werde Sie nicht auf Cormallon-Territorium bringen. Also, fassen Sie einen Entschluß ...«

»Nein, nein – ich habe nicht gemeint – ich bleibe gerne hier. Einfach bis ich weiß, was ich als nächstes tun soll.«

O ja, der Kaiser wird von seinem Thron herabsteigen und Papierschiffe im Park schwimmen lassen, bevor Sie zu einem vernünftigen Entschluß kommen. – Das ist häßlich von dir, Theodora. Sei fair. Der Junge steht unter einem starken Druck.

Widerstrebend sagte ich: »Ich gebe Ihnen Geld für Essen. Aber essen Sie nicht da drinnen, sonst fängt es an zu stinken.«

»In Ordnung.« Ohne Zögern nahm er die Zehntabal-Münze, die ich ihm reichte.

Dann ging er zur Garküche, und ich befestigte an der Station einen Zettel mit dem Hinweis, daß sie nicht funktionierte und daß alle Pakete zur Villa der Shikrons umgeleitet werden sollten.

Ich hoffte, daß Ran in einer toleranten Stimmung war, wenn er nach Hause kam.

»Ich habe ihn in den Postkasten gesteckt«, sagte ich zu Ran, als Sim diskret das Zimmer verlassen hatte.

»Wie bitte?« fragte Ran. »In den *Postkasten?*«

»Draußen an der Vorderseite. Ich habe mir vorgestellt, er könnte dort schlafen, bis er wieder etwas mehr Ordnung in sein Leben bekommt.«

»Postkasten?« wiederholte Ran.

»Ich habe einen Zettel hingehängt«, sagte ich, »mit dem Hinweis, daß die Zusteller Lieferungen an Kyllas Haus weiterleiten sollten. Und ich habe alles herausgeholt, was heute morgen drin war.«

»Theodora, du willst mir doch nicht etwa sagen, daß Loden Broca seine Nächte in unserer Paketempfangsstation verbringt?«

»Na ja, es ist nicht gerade eine Suite im Taka-Hotel, aber sie ist schußsicher, und wir beide haben schon an schlimmeren Orten geschlafen ...«

Er setzte sich auf den Diwan in unserem Wohnzimmer. »Ihr großen pfuschenden Götter!« Dann blickte er mich an. »Haben wir vielleicht Tah im Haus?«

Ich ging, um ihm eine Tasse rosa Tah zu holen, weil das am meisten beruhigt und weil offensichtlich war, daß Ran keinen guten Vormittag gehabt hatte. Ich füllte mit dem Löffel Tah in den Kessel, ließ es aufkochen und brachte Ran den quadratischen Tah-Hälter mit zwei leeren Tassen. Nachdem er ein bißchen getrunken hatte, sagte ich: »Und wie war jetzt das Arbeitsfrühstück?«

»Wirst du mir den Rest dieser Loden-Broca-Geschichte erzählen?«

»Ich möchte zuerst deine Geschichte hören.«

»Ihr Götter. Schon gut, ich haben ihnen erzählt, was du gesagt hattest.«

»Und?«

»Sie sind eine höfliche Bande. Sie konnten nicht die Aussage einer Cormallon-Dame attackieren, und deshalb stimmten sie zu, die ganze Sache auf nächstes Jahr zu verschieben.«

»Halleluja!«

Das war kein ivoranisches Wort, aber Ran verstand es. »Theodora, was wirst du nächstes Jahr tun?«

»Jetzt möchte ich dich über Loden aufklären«, sagte ich, und das tat ich dann auch.

Als ich fertig war, sagte Ran: »Was für ein Idiot er bloß ist.«

»Ich weiß.«

»Ich möchte ihn so schnell wie möglich wieder aus unserer Paketstation draußen haben. Aber er hat vermutlich dein weiches barbarisches Herz ausgenutzt.«

»Er hat uns um Hilfe gebeten, Ran.«

»Und was heißt das? Soll er doch die Mercia-Leute um Hilfe bitten. Und warum hast du mich nicht im Taka-Gebäude angerufen? Ich hätte dir Sim schicken können.«

»Wahrscheinlicher ist, daß du mir gesagt hättest, ich sollte ihn zu den Mercia-Leuten schicken.«

»Na ja, stimmt.« Ran leugnet offenkundige Wahrheiten nicht. »Aber ich hätte Sim trotzdem geschickt.«

»Dafür war keine Zeit. Außerdem, warum sollte ich auf Sim warten, wo du doch gesagt hast, wir wären keine Ziele mehr für Anschläge? *Sind* wir in Gefahr?«

Er blickte gequält drein. »Sag mir überhaupt mal, was Sims Aufgabe hier ist«, sagte ich.

»Er ist auf Urlaub hier«, sagte Ran. »Zeig ihm die Hauptstadt.«

Wir schauten einander an. Er seufzte. »Also gut, was geschehen ist, ist geschehen. Falls irgend jemand Loden in unserem Haus aufspürt, um ihn zu schnappen, dann haben wir zumindest Sim hier, damit er uns bei der Verteidigung helfen kann. – Denk dran, das gilt für den Fall, daß wir uns einer Gefahr gegenübersehen, Theodora. Wenn die Gefahr nur für Loden besteht, dann kann er selber damit fertig werden.«

»Ja, natürlich.«

»Das ist mein Ernst. Ich möchte nicht, daß du irgendein Risiko eingehst, bloß weil seine hübschen braunen Augen in Gefahr sind.«

»Das über die Augen hat Kylla gesagt. Nicht ich.«

»Ja, jetzt erinnere ich mich. Du hast bloß gesagt, sie seien bemerkenswert schön.«

Ich lächelte. »Danke für dein Verständnis.« Ich küßte ihn auf die Wange.

Sim streckte den Kopf zur Tür herein und fragte: »Habt ihr ein Extrapaar Hausschuhe? Und habe ich die ›Klatsch-Zeitung‹ heute morgen schon irgendwo gesehen?«

»Er paßt sich sehr gut an«, flüsterte ich Ran zu.

»Und haben wir noch Brot und Marmelade?« fragte Sim. »Ich mag Brot und Marmelade sehr. Kirsche wäre am besten. Aber ich möchte euch keine Ungelegenheiten bereiten.«

Die Cormallons waren alle heimgereist (Sim ausgenommen). Unser Auftrag für Jusik war offiziell abgeschlossen. Und da Loden sich als ein ruhiger Gast erwies, mußte ich Ran zustimmen, daß unsere Angreifer vom Marktplatz wahrscheinlich das Interesse an uns verloren hatten, als der Fall abgeschlossen wurde. Ran und Sim waren zu Rans Schneider gegangen, um für sie beide neue Anzüge machen zu lassen, und ich war froh gewesen, sie aus dem Haus zu schicken, da ich mich auf ein paar Stunden friedlicher Lektüre freute.

Natürlich läutete bald die Türglocke. Ich schaute auf den Monitor, sah, daß es Coalis war, und ließ ihn herein.

»Sie haben mich bei Keseys *Gedichten* unterbrochen«, sagte ich. »Ich werde dieses verdammte Buch vielleicht nie fertigkriegen.«

»Was für ein Willkommensgruß, gnädige Dame.« Aber er lächelte, und ich sah, daß meine Art der Begrüßung sein Na'telleth-Herz erfreute. »Wir sollten vielleicht die Bände tauschen, bevor ich wieder gehe. Ich trage die *Erotischen Gedichte* in meiner Tasche, und mit *denen* werde *ich* nicht fertig.«

»Werden Sie auch ständig von lästigen Fremden dabei unterbrochen?«

»Nein, ich mag die Gedichte einfach nicht. Ich sollte Sie jedoch nicht voreingenommen machen.« Er bückte sich unter dem kurzen Vorhang durch, der das Wohnzimmer vom Korridor abtrennt, nahm seinen Sonnenhut ab und warf ihn fachmännisch auf einen Tisch; dabei verfehlte er nur um ein Haar eine wahnsinnig teure Vase.

Er ließ sich auf ein Kissen fallen und grinste zu mir empor. »Ich bin froh, daß Sie zu Hause sind. Setzen Sie sich, ich bin gekommen, um Ihnen etwas zu zeigen.«

Ich zog mir ein Kissen her und setzte mich neben ihn. »Stereth hat mich gebeten zu kommen«, sagte er.

»Hat er das?« Das überraschte mich ein bißchen, aber schließlich wußte ich keinen anderen Grund, warum er uns besuchen sollte.

»Er wollte, daß ich Sie bezüglich eines bestimmten Themas beruhigte.« Coalis griff in die Tasche seines Untergewandes und holte ein dünnes, abgegriffenes Buch heraus, das von einem Stück Schnur mit einem einfachen Schuljungenknoten zusammengehalten wurde.

»Ich hoffe, das ist nicht Ihr Band Kesey«, sagte ich und spürte schon, daß es etwas anderes war.

Er nahm die Schnur ab und blätterte ein paar Seiten vor, dann zurück. »Hier«, sagte er und reichte es mir.

Loden Broca Mercia hatte eine eigene Seite für sich. Ich stieß einen Pfiff aus. »Sechshundert Tabals. Das sind beträchtliche Schulden für einen einfachen Wachmann.«

»Er war auch nicht sehr beständig in der Rückzahlung«, erklärte Coalis.

Ich las die Einträge in grüner Tinte, Zahlungen von zwanzig bis dreißig Tabals auf einmal. Kein Wunder, daß der Junge in der Herberge von Abfällen und Leitungswasser gelebt hatte. An dem, was Coalis gesagt hatte, war jedoch etwas dran: Loden hatte oft ein paar Wochen lang nichts gezahlt und damit seine Zinsen gefährlich steigen lassen. Selbst bei seinem Gehalt hätte er eigentlich gleich am Anfang höhere Zahlungen leisten sollen. Die Zahlen zeigten dies ganz deutlich, besonders die Zahlen in schwarzer Tinte, die mit einer schöneren Handschrift am Ende der Seite eingetragen waren. »Ist das wahr?« fragte ich. »Er schuldet zwölfhundert Tabals?«

»Das geschieht, wenn man Zahlungen versäumt«, sagte Coalis. »Er hat die Ausgangssumme kaum verringert.«

Ich schloß das Buch und gab es Coalis zurück, der es wieder zusammenband. Dies alles diente dazu, Lodens Geschichte zu bestätigen. Obwohl er über die Höhe seiner Schuld gelogen hatte, was vermutlich verständlich war. Es ist schwer zuzugeben, daß man ein solcher Narr gewesen ist.

»Stereth hat Sie gebeten, mir das zu zeigen?« fragte ich.

»Er sagte, er wolle die Ungewißheit in Ihrem Leben einschränken. Er sagte mir nicht, was er damit meinte.«

Wer war sich je sicher, was Stereth meinte? »Wie gut kennen Sie überhaupt den Minister?«

»Ich?« Die Frage schien ihn zu überraschen. »Ich habe es Ihnen doch erzählt, wir trafen uns bei einem Na'telleth-Einkehrtag. Mich beeindruckte sein Talent für Konzentration. Wir haben neuerdings wegen unserer Partnerschaft viel Zeit miteinander verbracht, aber vermutlich wird er sich anderen Dingen widmen, wenn ich erst mal etabliert bin.«

»Er ist also für Sie in der Partnerschaft hilfreich gewesen. Es hat sich gelohnt, ihn zu beteiligen.«

»Auf jeden Fall! Ohne Stereth hätte ich mich in der ganzen Geschichte nicht ausgekannt.« Coalis' Gesicht strahlte. »Er ist wunderbar gewesen.«

»Erzählt er Ihnen viel über ... über früher, als er ein Banditenanführer war?«

»Ich wünschte, er würde erzählen. Er sagt, diese Zeiten seien vorbei.«

Darauf stieß ich einen unhörbaren Seufzer der Erleichterung aus. Nicht daß Stereth ein Klatschmaul gewesen wäre, aber trotzdem war es gut, dies zu hören.

»Er führt mich jetzt allerdings in alle möglichen Dinge ein«, fuhr Coalis fort.

»So? Was für Dinge?«

»Alles mögliche. Er hat eine Menge Freunde, und er hat mich einigen davon vorgestellt. Die haben mir bei dem Geschäft viel helfen können.«

»Ich dachte, Sie würden das Geschäft vor allem als Einmannunternehmen betreiben. Hat es nicht Kade so gemacht?«

»Nun ja, aber man muß wissen, was zu tun ist ... man braucht Leute, die die Maßnahmen durchführen. Ich bin zu klein, um alles selbst zu machen.«

Zu klein? Oh – »Sie reden von den Maßnahmen, wo es darum geht, Leute zu verprügeln oder ihnen die Beine zu brechen.«

»Nun ja, das *gehört* zum Geschäft, Theodora. Sonst würde uns niemand etwas zurückzahlen. Sie haben keine regulären Sicherheiten.«

»Nein, ich verstehe Ihr Konzept. Also ... leiten Sie jetzt die Maßnahmen, oder?«

»Noch nicht. Bis jetzt habe ich nur zugeschaut. Das ist sehr interessant.«

»Dessen bin ich mir sicher«, sagte ich zurückhaltend und dachte: *Also deshalb erinnert er mich an Lex na'Valory.*

»Aber Stereth hat mir eine Chance zur Leitung versprochen.«

»Nun, das klingt ja ... vielversprechend.«

»Ich werde alles selbst beaufsichtigen, sobald Stereth das Geschäft zum Laufen gebracht hat.«

»Wirklich.« Ich überlegte, wie ich das Thema wechseln könnte. »Vermutlich hat Kades Tod Ihnen eine ganz neue Welt eröffnet. Vielleicht war es alles in allem nicht das Schlimmste, daß Sie dem Kloster entgehen. Es erscheint mir mehr wie eine Befreiung.«

Er blickte leicht schockiert drein. »Wie können Sie das sagen, Theodora? Das Geschäft des Geldverleihens ist interessant, aber es ist nur eine Illusion. Wie jeder andere Geldverleiher werde ich meine Kunden diese Tatsache lehren. Dafür ist gar nicht viel bewußte Belehrung notwendig. Ich kann Ihnen versichern, so gut wie alle von ihnen erkennen schließlich, daß das Geld, das sie zuerst haben wollten, gar nicht so wichtig war.«

»Ich verstehe. Sie bringen Na'telleth-Philosophie ins gewöhnliche Leben.«

»Natürlich, da gehört sie hin. Selbstverständlich würde ich im Kloster schnellere Fortschritte machen, aber ich habe vor, dem Pfad zu folgen, so gut ich kann.«

»Das ist sehr ... hm ... bewundernswert von Ihnen. Ich selbst bin auf dem Na'telleth-Weg nicht so weit fortgeschritten.«

»Sie sind nur eine Barbarin«, sagte er tolerant. »Und ich bin sicher, Sie haben mehr gelernt, als Sie denken. Man kommt gar nicht drum herum, Lektionen in Na'telleth-ri zu bekommen, einfach dadurch, daß man lebt.«

»Da ist etwas daran. Ich habe in letzter Zeit viel über ›die andere Seite des Spiegels‹ nachgedacht.«

»Ausgezeichnet«, sagte er zufrieden. »Das ist genau, was ich meine. Aber haben Sie keine Angst davor. Schauen Sie dem Schädel ins Gesicht. Das ist die Na'telleth-Methode.«

Ich lachte. »Die barbarische Methode ist, ihm auszuweichen.«

»Auf diese Weise findet der Schädel *Sie*.«

Dem Schädel ins Gesicht schauen. Leichter gesagt als getan. Coalis langte nach seinem Sonnenhut und stand auf. »Ich befürchte, ich muß mich jetzt beeilen«, sagte er entschuldigend. »Ich werde zu Hause erwartet. – Oh! Tauschen wir doch die Bücher aus«, fügte er hinzu und hielt mir seinen Band von Kesey hin. Ich gab ihm den meinen und nahm seinen. Wir standen einen Moment lang am Vordereingang und er lächelte, ein unschuldiges Lächeln für einen sechzehnjährigen edelgeborenen Kredithai und Mönch. »Ich bin froh, daß diese Geschichte mit Kade vorbei ist«, sagte er plötzlich. Er schickte sich an, ins Sonnenlicht hinauszutreten. Dann drehte er sich noch einmal um und sagte zutraulich: »Ich bin aus Kesey überhaupt nicht schlau geworden. Wenn Sie da durchblicken, dann müssen Sie versprechen, daß Sie es mir erklären.«

»Ich verspreche es.«

Er band seinen Sonnenhut fest, eilte flott unsere Vordertreppe hinab und ging unter der Zeile schlanker Mirandis-Bäume die Straße hinunter.

Dieser Tag, der sechste Kace, war ein ziemlich gewöhnlicher Tag. Ich erledigte einige Arbeiten im Haushalt, die getan werden mußten, ging einige Aufzeichnungen durch, überlegte eine Umorganisation des Aktenarchivs und verzichtete dann darauf. Als Ran und Sim heimkamen, hörte ich ihren ausführlichen Beschreibungen zu und bewunderte pflichtschuldigst die Gewänder, die sie bestellt hatten.

In der Nacht lag ich im Bett und lauschte auf einen der seltenen Sommerregen. Was Coalis während seines Besuches zu sagen gehabt hatte, hatte mich interessiert; irgendwie war für mich die Geschichte von Kades Sturz in den Kanal noch nicht zu Ende, ganz egal, was Ran meinen mochte. Wenn ich diese Sache weiterverfolgte, dann würde ich es auf mich gestellt tun müssen, soviel war klar.

Warum weiterverfolgen? Ich konnte nicht die Gerechtigkeit für mich in Anspruch nehmen; ich hatte Kade nicht einmal gekannt, und was ich von ihm wußte, beeindruckte mich nicht. Lag es einfach daran, daß ich es nicht mochte, wenn ich nicht wußte, wie Geschichten ausgingen? Ich mußte zugeben, der Gedanke, daß ich es nie wissen würde, beleidigte meinen wissenschaftlichen Sinn für Ordnung. Oder verlangte ich einfach verzweifelt nach dem, was Stereth ›Gewißheit in meinem Leben‹ nannte?

Es wäre gut, etwas zu haben, worauf ich mich konzentrieren könnte, etwas außerhalb meiner selbst. In letzter Zeit konnte ich mich nicht einmal auf das verdammte Buch mit den Gedichten konzentrieren, nicht einmal, wenn ich allein war und nichts mich ablenkte. Tatsächlich war es am schlimmsten, wenn ich allein und ohne Ablenkungen war.

Wo lag mein Problem? Warum konnte ich nicht einfach Ran sagen, daß mir der Gedanke, unser Kind zu bekommen, Angst machte? Aber ich war ein Produkt der Universität von Athena. Ich konnte keine Beweise anbieten, nur meine Beunruhigung, und das war kein hinreichender Grund, um etwas auszuweichen, das getan werden mußte. *(Er wird den Respekt vor dir verlieren, Theodora. – Ach, halt die Klappe.)* Als ich einwilligte, nach Ivory zurückzukommen, hatte ich gewußt, daß unsere Ehe kompliziert sein würde, aber irgendwie hatte ich gedacht, ich könnte dieses Thema einfach umgehen.

Eine schlechte Annahme für eine Wissenschaftlerin.

Ran lag neben mir, auf einen Arm gestützt, und sah einige Papiere durch. Das Protokoll der Ratssitzung. Ich hatte mich sehr dafür interessiert, bis ich herausfand, daß das ›Problem Theodora‹ darin nicht erwähnt wurde; dieses Thema war ›inoffiziell‹ diskutiert worden. Zweifellos aus Respekt für meine Privatsphäre, aber ich hätte gern eine Niederschrift in der Hand gehabt, damit ich mich für die Zukunft hätte wappnen können.

Ich hörte, wie die Papiere abgelegt wurden. Er streckte sich. »Du bist heute abend so ruhig. Und du hast nicht einmal ein Buch in der Hand.«

»Ich denke nach.«

»So?«

Die perfekte Gelegenheit, das Thema anzuschneiden... »Ich habe daran gedacht, daß ich lieber mein Haar schneiden lassen sollte. Es fällt mir dauernd ins Gesicht, wenn ich es nicht mit zehntausend Nadeln zurückstecke.«

Zehntausend Nadeln. Die Biographie der Theodora von Pyrene mit ihrem grundlegenden Unvermögen zur Organisation. Ran rollte etwas näher heran. »Laß es nicht schneiden. So lang hast du es noch nie gehabt.«

Was finden die Männer bloß an langem Haar? »Verlangen ist ein Reflex, körperliche Erscheinung eine Illusion«, sagte ich.

»Du hast wieder mit Coalis gesprochen«, sagte Ran einfach. Es beeindruckte mich, wie er diese Verbindung herstellte.

»Er war heute hier und hat mir Kades Schuldnerbuch gezeigt, das Lodens Geschichte bestätigt.«

»Lassen wir Loden heute nacht im Postkasten. Laß dein Haar nicht abschneiden.«

»Kurz ist es bequemer, da brauche ich nichts dafür tun. Ist dir je aufgefallen, wie in Schauspielen der Held eine einzige Haarnadel herauszieht und dann das Haar der Heldin in einer sinnlichen Fülle herabfällt, kurz bevor sie sich leidenschaftlich lieben? Wenn ich die Heldin wäre, dann würden wir die nächsten zwanzig Minuten Nadeln suchen und herausziehen.«

»Aber Theodora, ich *liebe* es, nach Haarnadeln zu suchen.«

Er rollte herüber und schaute ganz aufrichtig auf mich herab. »Zählen wir rückwärts«, sagte er. »Neuntausend, neunhundert und neunundneunzig.« Er zog eine Haarnadel heraus. »Neuntausend, neunhundert und achtundneunzig. Weißt du, wenn du mich auslachst, dann schaffen wir das nie.«

Gegen Mitternacht regnete es immer noch. Ich lag wach und wünschte mir ein Feuer, eine Überschwemmung oder ein Erdbeben; etwas Solides und Schreckliches in der Außenwelt, worauf ich mich konzentrieren konnte. Etwas anderes als ich selbst.

Dem Schädel ins Gesicht schauen. Für Sie ist das einfach, Coalis.

Ich stieg aus dem Bett und wanderte in das Studierzimmer im Obergeschoß. Dabei brachte ich meinen Lederbeutel mit, den ich hinter meinem Kissen aufbewahrte. Ich setzte mich auf den Teppich, öffnete den Beutel und holte das Kartendeck heraus, das Ran von seiner Großmutter geerbt hatte.

Vielleicht war dies Zeitverschwendung. Ich hatte die Karten gelegt, als wir Jusiks Fall übernommen hatten, und sie hatten mir direkte geschäftliche Antworten auf direkte geschäftliche Fragen gegeben. Die Karten waren auf Rans Belange und seine Sicherheit eingestimmt; wenn es darum ging, daß sie auf meine persönlichen Zweifel antworten sollten, dann war zu erwarten, daß sie weniger hilfreich sein würden.

Aber wenn Coalis den Dingen ins Gesicht schauen konnte, dann konnte ich das auch. Ich mischte die Karten schnell, bevor ich meine Meinung ändern konnte, und begann auszulegen.

Die Bande der Brüder. Die Karte zeigte einen Tisch mit sechs Männern, die sich in einen ziemlich glücklichen Zustand der Trunkenheit zechten. Ich ließ meinen Finger auf der Karte und beobachtete, wie das Bild sich auflöste in einen Raum, den ich nie zuvor gesehen hatte, einen Raum mit einem riesigen dicken Glasfenster, durch das man den blauen Himmel sehen konnte, und mit einem Mahagonitisch, an dem über ein Dutzend Männer in respektablen Gewändern auf einer gebogenen Bank auf Kissen saßen. Ran war am Fenster. *Das Taka-Zentrum,* dachte ich. Ran antwortete auf etwas und gab kurze Erwiderungen, während ein Mann nach dem anderen erregte Kommentare anbrachte. Verdammt, wenn mir die Karten doch auch den Ton gegeben hätten, nicht nur das Bild! Schließlich stand ein kleiner Mann auf, der unter seinem Straßengewand eine Ferienjacke in Regenbogenfarben trug, und gestikulierte heftig. Ran trat vom Fenster weg, seine Augen funkelten wütend, er spuckte Worte hervor und schlug am Ende mit der Faust auf den Tisch. Der kleine Mann zog sich zurück, und alle hörten zu reden auf. Himmel – ich hatte Ran noch nie mit der Faust auf den Tisch schlagen sehen.

Ich nahm den Finger von der Karte, als ich meine Haltung veränderte, und fragte mich, ob es eine Methode gäbe, mit der ich eine Niederschrift vom NETZ bekommen könnte. Die Karte wurde wieder zur Bande der Brüder, schön gezeichnet und gemalt, mit Weinblättern unter dem Tisch.

Auf seine Art ein interessanter Einblick. Jedoch war das nicht, wonach ich suchte; es war nur ein Ausschnitt aus vergangener Realität. Ich brauchte bessere Informationen.

Ein wilder und grimmiger Impuls kam über mich. Schluß mit diesem Schwanken und Zögern. Ich mischte die Karten wieder zusammen, legte sie auf den Boden, stand auf und ging ins Bad. Dort nahm ich den facettierten Spiegel von seinem Haken über dem Waschbecken und brachte ihn ins Studierzimmer. Ich legte ihn auf den Teppich, mit der Spiegelfläche nach unten.

Ich schaute auf seine einfache Holzrückseite mit seinem Drahtgeflecht. In der Vergangenheit hatte ich ein paarmal eine tiefere und seltsamere Art des Kartenlegens erlebt; unheimlicher, symbolischer, nicht einfach nur ein Fenster in die normale Realität. Im allgemeinen versuchte ich, mich von so etwas fernzuhalten ... konnte ich es jetzt herbeirufen? Ich ging zu Rans Schreibtisch, holte einen alten Schreibpinsel und nahm den Tuschestein, den er als Briefbeschwerer benutzte, in das Waschbecken im Bad, um Tusche anzureiben. Als die Tusche mir ausreichend erschien, kniete ich mich neben dem Spiegel nieder, tauchte den Pinsel ein und malte auf die Rückseite des Spiegels einen Schädel.

Das war nicht schwer. Die alten Wasserflecken auf dem Holz schienen einen Schädel anzudeuten, bevor ich begann, obwohl ich versuchte, darüber nicht zu sehr nachzudenken. Als ich fertig war, brachte ich den Pinsel wieder zum Waschbecken, um ihn auszuwaschen, damit ich keine Tusche auf Rans Schreibtisch hinterließ. Den Pinsel ließ ich zum Trocknen im Becken zurück.

Nachdem ich alle notwendigen Vorkehrungen getroffen hatte, setzte ich mich mit überkreuzten Beinen neben den Spiegel. Ich nahm die Karten und mischte sie über dem Spiegel; dabei versuchte ich, meinen Geist von der Folge alltäglicher Aufgaben zu lösen, die uns bis an unser Lebensende mit dem Gesicht zum Boden dahintrotten läßt. Es war der Tod, nach dem ich Ausschau hielt ... eine Sichtung aus der Distanz, nicht aus der Nähe, und wenn ich Glück hatte, dann war das vielleicht nur ein Phantom.

Ich wartete, bis es mir gleich war, ob ich die eine oder die andere Karte zog, und dann zog ich eine. Es war Das Alte Haus, ein Steingebäude in einem Wald, halb im Sonnenlicht gelegen, halb im Schatten der Bäume. Warum in aller Welt war diese Karte gekommen? Ein Hinweis auf das Haus Cormallon? In einer gewöhnlichen Konfiguration könnte es Bedauern oder Nostalgie bedeuten… Bevor ich die Kartenlesung durch eine Analyse ruinieren konnte, legte ich den Finger auf das Bild.

Und ich stand in einem alten Korridor, an einem Ort, der mir halb vertraut war. Ich ging den Korridor entlang. Meine Schritte machten keinen Laut. Warum kannte ich diesen Ort?

Ein muffiger, verschlissener Vorhang hing vor einem Eingang. Ich ging vorüber und dann eine Treppe hinab, und bei jedem Schritt, den ich tat, empfand ich ein schreckliches Gefühl von Verlassenheit. Ich war mir sicher, daß hier niemand lebte. Am Ende der Treppe befand sich ein kurzer Flur und eine massive Holztür. Eine Art von altem Moos wuchs auf dem Holz der Tür. Mit etwas Anstrengung zog ich die Tür auf – und erinnerte mich plötzlich, wie Stereth diese Tür einmal aufgezogen hatte, vor Tagen.

Ich war im Haus der Poraths im alten Viertel der Stadt. Was hatte das mit mir und der anderen Seite des Spiegels zu tun? Ich trat auf die niedrige hölzerne Veranda mit den lackierten Säulen hinaus… die nun vermodert war und große Löcher im Boden aufwies, um die ich herumgehen mußte. Aus dem Garten kam kein Laut eines Vogels oder eines Insekts, er war überwuchert und verlassen. Ich trat von der Veranda herunter in dieses unnatürliche Schweigen.

Ich folgte den Überbleibseln des Pfades durch den Garten zu der Stelle, wo wir mit Jusik Porath gesprochen hatten. Der Silberbogen zur Erinnerung an Kade war verschwunden, statt dessen stand dort eine weiße Marmorstatue. Und da, wo Jusik gesessen war, saß jemand in einem Knäuel seidener Gewänder. Er stand auf und blickte an mir vorbei. Es war Ran.

Er wandte sich der Statue zu. Ich rief »Ran!« und hörte den Klang in meinem Kopf widerhallen, als ob er nur in mir existierte. Es war die Art von Klang, den man durch Ohrschützer hört, obwohl meine Ohren offen waren. Ich ging auf Ran zu.

Die Statue war von mir! Das war irgendwie der schrecklichste Augenblick der Nacht, und ich spürte, wie es mir kalt über die Arme lief. Es war keine klassische Statue, und auf meinem Gesicht war kein edler Ausdruck; das war ich in einem meiner Straßenkleider, und die Statue sah aus, als hätte mich jemand im Vorübergehen eingefangen und meinen Kopf mit einer dünnen Schicht weißer Farbe überzogen. Ran legte eine Hand auf die Ellenbeuge der Statue. Darunter quoll Rot auf.

Die Statue blutete. Ich war mir verschwommen bewußt, daß ich dies alles von einem anderen Ort aus beobachtete, und ich bedauerte, daß ich gekommen war. Mehr Wunden erschienen. Ran zog sein Obergewand und sein Hemd aus und versuchte, die Statue abzuwischen. Aber das Blut hörte nicht auf zu fließen. Es sammelte sich zu einer Pfütze an den Füßen der Statue, durchtränkte das Hemd und hinterließ Flecken auf Rans Gesicht, auf seinen Händen und seiner Kleidung.

Ich wollte von hier weg. Ich wollte *jetzt* von hier weg. Ich lebte nicht hier, oder? Ich kam von einem anderen Ort. Das war nur ein Bild, ich konnte zurückgehen, wenn ich wollte! … Wenn ich mich daran erinnern konnte, wie.

Ich begann zu schreien. Der Schrei hallte in meinem Kopf wider, ohne die Luft um mich herum in Schwingungen zu versetzen. Ich war völlig allein.

KAPITEL 14

Ich erwachte in meinem Bett. Das Zimmer war hell. Ich blickte mich um. Kylla schlummerte auf einem Kissen an der Wand, der lange Ohrring aus Golddraht in ihrem linken Ohr hing bis auf ihre Brust, wo das Gewand aufgegangen war.

Ich hatte immer noch ein unwirkliches Gefühl. Ich fürchtete mich, aus dem Bett zu steigen, da ich nicht wußte, ob der Boden sich unter mir öffnen würde oder ob die Wände anfangen würden zu bluten. Irgendwie hatte ich die Kontrolle über meine Normalität verloren.

Kylla öffnete die Augen. »Theo«, sagte sie, und das war nicht das schreckliche Schweigen der symbolischen Welt der Karten, sondern ›Theo‹, wie ein Sommernachmittag. Die Welt richtete sich wieder ein, so schnell, wie wenn man aus einem Alptraum erwacht und plötzlich *weiß*, was wahr ist und was nicht. »Geht es dir gut?« fragte sie, stand auf und trat ans Bett.

»Ich glaube schon. Was ist passiert?«

»Warte mal.« Sie ging zur Tür und rief: »Sie ist wach!« Dann kam sie wieder ans Bett. »Theo, meine Liebe, wie ich hörte, hast du mit Magie herumgepfuscht, und das hättest du nicht tun sollen.«

»Ich habe es schon früher einmal getan …«, begann ich zu protestieren, aber sie legte ihren Finger auf meine Lippen.

»Heb dir das für Ran auf. Ich bin sicher, er hat dir eine Menge zu sagen.«

Das konnte man wohl annehmen. Ran gehört nicht zu den Leuten, die darüber erhaben sind, einen im nachhinein zu kritisieren. Kylla legte die Kissen wieder auf die Zederntruhe, dann nahm sie ein Glas Wasser, das sie schon am Rand der Schlafplattform bereitgestellt hatte, und reichte es mir. Ihr zuliebe trank ich es aus, obwohl ich nicht durstig war.

Ran erschien, vollständig bekleidet. Ich überlegte, wie spät es wohl sein mochte. Er trat zu mir und setzte sich auf den Rand der Plattform. Er nahm meine Hand. Dann sagte er: »Was in aller Welt hast du dir dabei gedacht?«

Auf jeden Fall keine Zeit mit Sentimentalitäten verlieren! »Komm schon, Ran, das war einfach ein normales Kartenlegen.«

»Nach einem normalen Kartenlegen muß ich dich nicht bewußtlos aus dem Studierzimmer tragen. Während einem normalen Kartenlegen beginnst du nicht zu schreien.«

»Schon gut, ich gebe zu, da kannst du recht haben...«

»Bei einem normalen Kartenlegen *bewahrst du die Kontrolle.*«

Oha. Jetzt kam der Vortrag über ›das Gefährlichste‹...

»Das Gefährlichste, was du mit der Magie anstellen kannst, ist, ihr das kleinste bißchen willkürlicher Freiheit zu lassen! Du mußt jede Variable definieren und kontrollieren! Zauberei ist kein Ort für eine Na'telleth-Haltung!«

Wenn Ran dieses Thema anschneidet, albere ich nie herum. Ich bemühte mich, aufmerksam und verlegen dreinzuschauen, und das war in der Tat gar nicht schwer.

Etwas ruhiger sagte er: »Theodora, ich zögere, dies zu fragen, aber – hast du den Karten eine zeitlich unbegrenzte Frage gestellt?«

»Ich habe schon früher allgemeine Fragen gestellt«, sagte ich und versuchte mich genau daran zu erinnern, in welchem Gemütszustand ich in der vergangenen Nacht gewesen war – Tod, Kinder, Erinnerungen an den Attentäter vom Marktplatz, alles durcheinander gemischt. Vielleicht war ich wirklich in meinen Sorgen zeitlich unbegrenzt gewesen.

»Du hast schon früher allgemeine Fragen gestellt, aber nicht, wenn du diese Na'telleth-Technik benutzt, diese Methode, wo du deinen Geist entleerst, um zu sehen, was dann geschieht. Du weißt, ich mag es nicht, wenn du experimentierst. Die Karten sind eine vollkommen vernünftige Informationsquelle, wenn du sie als ein einfaches Fenster benutzt. Also *benutze* sie auf diese Weise, Theodora. Wenn du sie mit dieser ungewöhnlichen Methode benutzt, dann bekommen wir in der Hälfte der Fälle symbolische Antworten, die wir nicht einmal interpretieren können!«

»Es tut mir leid, wenn ich dir Sorgen bereitet habe.«

Er seufzte. »Worauf warst du überhaupt so neugierig, daß du mitten in der Nacht aufstehen und gefährliche Experimente anstellen mußtest, um es herauszufinden?«

Ich war in dem Moment nicht in der Stimmung, diese Diskussion zu beginnen. Ich fühlte mich erschöpft, so als hätte ich mich gerade von einer schweren Krankheit erholt. »Können wir uns damit später befassen?«

Er zögerte. Sein Gesicht wurde ausdruckslos. »Natürlich«, sagte er steif. »Wir können es irgendwann später besprechen. Ich muß sowieso in Mira-Stoden anrufen und meine Reise verschieben.«

»Welche Reise?«

»Wir haben im Rat beschlossen, daß ich bei Julas Streit persönlich als Schiedsrichter fungieren soll. Das wird wahrscheinlich ein paar Tage dauern. So etwas erledigt man nicht über das NETZ.«

»Warum verschiebst du die Reise? Ist etwas anderes passiert?«

»Ja, Theodora, ich habe dich vom Boden des Studierzimmers aufgelesen.«

»Ach so.« Er sah wirklich nicht zufrieden mit mir aus. »Hör mal, du mußt nicht hier bei mir bleiben. Mir geht es gut.«

»Ich bleibe.«

»Ehrlich gesagt, mir wäre es lieber, wenn du gehst.«

Er schwieg. »Mir geht es wirklich gut«, sagte ich.

»Du möchtest, daß ich gehe«, sagte er schließlich.

»Nun ja, warum sollten wir den Rat noch mehr verärgern?« Und ich wollte mich nicht den Fragen aussetzen, die er stellen würde – wie ich wußte –, sobald er vom NETZ wiederkam.

Er stand auf. »Wie du es wünschst.« Es klang gewiß nicht, als wäre er jetzt zufriedener als zuvor. »Ich schaue, daß es nicht länger dauert als bis morgen mittag.« Dieser Satz klang fast wie eine Warnung. »Sim wird hier sein«, fügte er hinzu, »und Kylla wird heute abend nach dir schauen.«

Verspätet fiel ihm ein, daß er vielleicht Kylla fragen sollte, was sie darüber dachte. »Ky, das wird doch kein Problem für dich sein, mal vorbeizuschauen, oder?«

Bevor sie antworten konnte, sagte ich: »Das ist nicht nötig, Ky. Das war ein Ausrutscher letzte Nacht. Jetzt geht es mir gut, wirklich.«

»Ich werde trotzdem vorbeikommen«, sagte sie.

Also ging Ran fort, und er sah dabei unzufrieden aus.

Um Ihnen eine Vorstellung von meinem Gemütszustand zu Beginn der Hochsommerwoche zu geben, sollte ich wohl erwähnen, daß ich mich alle paar Tage wenigstens einmal ganz intensiv an diese Sekunden im Zelt des Zauberers auf dem Marktplatz erinnerte. Ich hatte von Leuten gehört, die solche traumatischen Momente aufs neue durchlebten, und ich weiß nicht, ob es das war oder nicht. Ich hatte nie einen Zweifel darüber, wo ich mich wirklich befand oder was wirklich geschah, aber wenn ich manchmal auf der Straße ging oder einen Speisebehälter öffnete oder – meistens – im Bett lag und auf das Einschlafen wartete, dann fand ich mich plötzlich in einer erstaunlich lebhaften Erinnerung dieser paar Sekunden, wie in einer Vision. Ich konnte den Sand unter meinen Händen spüren, als ich auf dem Boden aufschlug, konnte das Messer drohend über mir ragen sehen, und mein Magen zog sich wieder so schrecklich zusammen wie damals.

Ich erlebte es wieder, nachdem Kylla und Ran gegangen waren und ich in der Speisekammer saß und mit einem Löffel Marmelade auf ein Stück Brot häufte. *Interessant,* sagte ein distanzierter Teil meines Geistes, während Marmelade auf meine Finger tropfte. Es trug allerdings nicht dazu bei, meinen Appetit zu stärken.

»Bist du fertig mit der Marmelade?« fragte Sims Stimme.

Ich drehte mich um. »Oh. Entschuldigung, hier hast du sie.«

»Danke, Madame.«

»Du weißt, du kannst mich Theodora nennen. Wir sind Cousin und Cousine.«

Er biß kräftig von dem Marmeladenbrot ab.

Während er kaute, sagte ich: »Du hast also Urlaub. Bist du schon im Lavendelpalast gewesen?«

Er schüttelte den Kopf.

»In den Laternengärten? Im Kaiserlichen Park?«

»Nein, Madame.«

Ich korrigierte ihn nicht. »Schön, möchtest du ausgehen? Ich bin es müde, der Gesellschaft zur Last zu fallen. Geh nur und schau dir die Sehenswürdigkeiten an.«

»Nein, danke, Madame.«

»Heute ist auf den Goldkrautfeldern ein Fliegerrennen.«

»Nein, danke.«

Es war offenkundig, daß Ran ihn schon instruiert hatte. Ran andrerseits hatte sich frei gefühlt, selbst nach Mira-Stoden zu gehen, ohne daß er sich die Mühe machte, um meine Erlaubnis zu fragen, bevor er diesen Babysitter an mich kettete. Ich nahm Sim den Marmeladentopf ab und strich eine weitere Schnitte voll. Dabei nährte ich Rachegedanken. Es war angenehm, eine Weile auf jemand anderen wütend zu sein.

Die Türglocke läutete wie verrückt. Ich ließ von meinem Frühstück ab und ging nachsehen, wer es war. Sim schaute schon durch den Spion. »Niemand, den ich kenne«, sagte er zu mir.

Ich schaute selbst. Es war Trey Lesseret, Lodens Kollege von der Agentur Mercia. »Wir lassen ihn herein«, sagte ich, »aber bleib in der Nähe.«

Sim nickte. Er hielt Paranoia für etwas Gutes. Ich drückte auf die Schlösser und öffnete die Tür.

Trey Lesseret verbeugte sich schnell und sagte: »Gnädige Dame. Darf ich Sie einen Augenblick sprechen?« Er trug seine Berufskleidung und schien sich somit auf dem Weg zur Arbeit oder in einer Pause während eines Auftrags zu befinden. Sein Gesichtsausdruck war unglücklich, fast verzweifelt.

Er ignorierte Sim. Sobald er im Haus war, wandte er sich mir zu und sagte: »Verzeihen Sie mein Eindringen, aber wissen Sie, wo Loden Broca ist?«

»Warum sollte ich wissen, wo Sir Broca ist? Sicherlich ist er bei der Arbeit. Warum fragen Sie nicht Ihren Vorgesetzten?«

»Verzeihen Sie, aber Loden hat mir schon gesagt, daß er sich hier aufhält.« Ach, Loden, Sie Gipfel an Verschwiegenheit. »Ich habe einen guten Grund für diese Frage, wissen Sie. Heute morgen wurde bei der

Agentur über das NETZ nach ihm gefragt – jemand möchte wissen, wo er ist. Lodens einzige Verwandten leben in der Provinz, und von denen würde keiner das NETZ benutzen.«

»Ich verstehe.« Ich zögerte. »Wissen Sie über Lodens Situation Bescheid?«

»Er hat mir erzählt, daß jemand versucht, ihn umzubringen, wenn Sie das meinen. Deshalb dachte ich mir, ich sollte lieber den jungen Idi … ich sollte ihn lieber finden. Es ist überhaupt das erste Mal, daß jemand ihn in der Arbeit erreichen möchte. Das heißt, jemand, der kein Mädchen ist.« Er machte eine Pause und fuhr sich mit der Hand durch sein schütteres graues Haar. »Das weiß ich allerdings nur, weil ich gehört habe, wie der Sekretär darüber sprach. Ich weiß keine Einzelheiten. Aber ich denke, er hat verdammtes Glück, daß man ihn weggeschickt hat, bis die Probezeit um ist. Sonst hätte man ihn innerhalb von Minuten aufspüren können – wir sollen ständig lokalisierbar sein, das gehört zu unserer Überwachungsstrategie.«

Ich dachte nach. »Hat Ihnen Loden *genau* gesagt, wo er sich jetzt aufhält?«

»In Ihrer Paketempfangsstation. Aber es hat niemand geantwortet, als ich mit meinem Messerknauf an den Eingang schlug.«

»Warten Sie.« Ich lief und holte mein Obergewand, band meinen Gürtel samt der Tasche um und zog ein Paar Sandalen über. »Sim, komm mit!«

Wir gingen hinaus und die Treppen hinunter zum Eingang der Paketstation. Während Sim darauf achtete, daß Lesseret anderswo hinsah – was er in aller Höflichkeit auch tat –, tippte ich den Code zur Öffnung des Eingangs ein. Metall glitt zur Seite und rechts vom verschlossenen Einwurfrohr entstand eine mannsgroße Öffnung. Mir fiel plötzlich ein, daß in einer der alten Rätselgeschichten dies der Ort war, wo die zweite Leiche gefunden wurde.

Uns wehte eine Duftwolke von Breedrauch entgegen. Ich mußte husten, und Lesseret sah etwas verlegen drein. Ich bückte mich und guckte durch den Dunst ins Innere; es war leer, abgesehen von einem Schlaflager aus alten Mänteln und einem halben Nußkuchen. Davon, daß ich mich so weit hineinbeugte, mußte ich erneut husten. »Man könnte schon davon high werden, daß man sich bloß da reinsetzt«, sagte ich, während ich aufstand und den Eingang wieder zumachte. »Offensichtlich macht er sich keine Sorgen wegen der Belüftung.«

»Bitte helfen Sie mir«, sagte Lesseret.

Ich war überrascht. »Was kann ich tun? Sie haben gesehen, er ist nicht hier.«

»Er muß gewarnt werden. Aber ich kann nicht nach ihm suchen. In zwanzig Minuten muß ich wieder bei meinem Auftrag sein. Ich bin auch noch in der Probezeit, aber man läßt mich weiter arbeiten – ich kann mir keine schwarzen Striche leisten.«

»Es tut mir leid, aber ich verstehe nicht, was Sie von mir erwarten.«

»Sehen Sie, er ist nicht in der Arbeit und er ist nicht hier. Er ist so gut wie sicher in einem Tith-Salon.«

Ich warf Sim einen Blick zu, doch dessen Gesicht blieb ausdruckslos. »Wollen Sie damit sagen, ich soll alle Tith-Salons in der Hauptstadt anrufen?«

»Nein, natürlich nicht. Sie würden Ihnen nie die Wahrheit sagen, ob ein Kunde da ist oder nicht. Sie werden persönlich gehen müssen und nachschauen.«

So? »Sir Lesseret … Sie scheinen ein netter Mensch zu sein, und es ist gut, daß Sie sich Sorgen um einen Freund machen, aber das geht zu weit. Ich *kenne* Loden nicht einmal.«

»Er könnte umgebracht werden! Er könnte heute *ums Leben kommen!* Ich weiß nicht, an wen ich mich sonst wenden soll. Schauen Sie, ich habe nicht viel

Geld, aber ich könnte Ihnen jede Woche ein bißchen zahlen ...«

Ich zuckte zusammen, da ich an Kade und Coalis dachte. »Nein, wart mal«, sagte ich zu Sim, »hast du eine Ahnung, wie viele Tith-Salons es in dieser Stadt gibt?«

»Dreißig oder vierzig, denke ich«, sagte er.

»So schlimm ist es nicht«, sagte Lesseret eifrig. »Er geht immer ins Spielviertel, und dort gibt es nur ungefähr zwanzig.«

Das ›Spielviertel‹ ist ein fünf Häuserblöcke umfassender Stadtteil, wo sich Tith-Salons und Kartenspiellokale und andere, mir noch unbekannte, Etablissements zusammenzudrängen schienen. Es war ein Viertel der bunten Lichter. Wenigstens war es dorthin nicht sehr weit.

Für Lodens Feinde war es auch nicht sehr weit, wenn sie herausbrachten, daß er sich dort aufhielt.

Ich seufzte. »Hat er kein Lieblingslokal?«

»Eigentlich nicht. Gewöhnlich geht er in die Straße des Roten Tah, dort gibt es fünf oder sechs Häuser ... aber manchmal geht er auch woanders hin.«

»Großartig.« Vermutlich hatte ich die Verantwortung für Loden übernommen, als ich ihn in unseren Postkasten gesteckt hatte. Ich hätte ihn von Anfang an seinen eigenen Weg zurück in die Provinz suchen lassen sollen. Ich zeigte auf den halben Nußkuchen auf dem Boden. »Wissen Sie, ich habe ihn gebeten, kein Essen da mit hineinzunehmen.«

»Der Junge hört einem nicht zu«, sagte Lesseret besorgt und sprach damit meine eigenen Gedanken aus.

»Nein«, seufzte ich, »wirklich nicht.« Ich schaute Sim an. Wenn man sich bei der Auswahl eines Leibwächters nicht auf den eigenen Ehemann verlassen kann, was für einen Sinn hat es dann, verheiratet zu sein? »Machst du mit dabei? Wir haben keine Verpflichtung.«

»Es ist nicht an mir, das zu entscheiden«, sagte er spröde. »Wenn du gehst, dann gehe ich mit.«

»Cousin Sim, jetzt ist der Augenblick, wo du Einwände machen kannst. Wir können wieder hineingehen und zu Mittag essen, wenn du möchtest. Wenn das Ganze gefährlich ist, dann bekommst du wahrscheinlich den ersten Schlag ab, und ich möchte dich nicht in etwas verwickeln, dem du genausogut aus dem Weg gehen kannst.«

»Es liegt an dir«, sagte er eigensinnig. Das Cormalonsche Pflichtgefühl. Ich gab es auf.

»Gehen Sie zurück zu Ihrer Arbeit«, sagte ich zu Trey Lesseret. »Wir werden schauen, ob wir Loden finden können.«

»Ich danke Ihnen«, sagte er glücklich und ging so weit, meine Hand zu nehmen und sich über ihr zu verneigen.

»Lassen Sie nur. Wir werden wahrscheinlich sowieso nicht auf ihn stoßen.«

Aber er war allzufroh darüber, daß er sein Problem auf die Schultern eines anderen abgeladen hatte, und ließ sich von mir seine Begeisterung nicht dämpfen. Und bevor wir noch unsere Meinung ändern konnten, eilte er schon die Straße hinab.

In der Straße des Roten Tah gibt es eher ein Dutzend Salons, wenn man die Spielkartenlokale und Raucherhöhlen auf beiden Seiten der Straße mitzählt. In diesem kleinen Stadtviertel hatte ich noch nie zuvor haltgemacht; es übte keine Anziehung auf mich aus. Außer einem gelegentlichen Kartenspiel zum Zeitvertreib war mir das Glücksspiel immer ein Buch mit sieben Siegeln gewesen. Je mehr der Zufall eine Situation beherrscht, desto mehr neige ich dazu, sie zu vermeiden – wahrscheinlich, weil ich verliere. Als ich ein Kind war, zu Hause auf Pyrene, hatten wir einen kleinen Säulengang neben der Sporthalle, wo wir auf einem Rad mit sechs Zahlen um Studienbons wetten konnten. Ich war das einzige Kind in der Krippe, das in all den Jahren, wo ich dort war, kein einzigesmal gewann. Die Gewinner konnten sich etwas von den Backwaren aussuchen, die die Küchenmannschaft des Tages übriggelassen hatte. Es hatte sich eingebürgert, daß unsere Krippenwartin Bargeld mitbrachte und etwas für die kleine Theodora kaufte, da die ja unfähig war, etwas zu gewinnen.

Das war eine gute Impfung gegen das Spielfieber; alles, was ich mit dem Glücksspiel assoziiere, ist Enttäuschung.

Die Straße des Roten Tah war voller Menschen, selbst am Nachmittag, also war anderen offensichtlich nicht die wohltätige Lektion meines Pechs erteilt worden. Wir standen am Rand des Viertels, neben dem ersten Salon, unter einem bemalten Holzschild, das ein riesiges Rad zeigte, von dem Könige, Fürsten und Bettler in den Dreck fielen, während es sich drehte. Offensichtlich kein Etablissement, das große Versprechungen machte. »Wir könnten uns aufteilen«, sagte ich zu Sim, »jeder nimmt eine Seite der Straße.«

Er schüttelte den Kopf.

»Ich werde es Ran nicht erzählen. Diese Leute suchen ja nicht uns. Sie sind hinter Loden her.«

Er schüttelte den Kopf.

»Schön. Dann versuchen wir es zuerst mal beim ›Rad der Illusion‹. Ich freue mich schon darauf, einen Spielsalon mit einem Na'telleth-Namen kennenzulernen. Glaubst du, daß man da vielleicht nicht um Geld spielt?«

Er hielt mir geduldig die Tür auf und gab keine Antwort. Sim hält sich an seine Richtlinien, wenn er im Dienst ist. Das Lokal war gerammelt voll, dunkel und nicht sehr sauber; ich brauchte etwas zehn Sekunden, um festzustellen, daß Loden nicht hier war.

Im Hintergrund gab es ein Rad mit Zahlen, davor standen Kartentische und Bänke, mit fanatisch wirkenden Männern und Frauen aller Altersstufen. Eine Frau um die Zwanzig in einem mit Goldfäden durchwirkten Kleid saß gegenüber einem vielleicht sechzigjährigen Mann mit einer verschlissenen Jacke und einem zahnlosen Mund. Ihre Aufmerksamkeit war ausschließlich auf das Spiel konzentriert. Mir dämmerte die Erkenntnis, daß das Glücksspiel eine Gleichheit unter den Menschen herstellt, die noch keine Gesellschaftsordnung erreicht hat.

»Er ist nicht hier«, sagte ich. Sim knurrte. Ich überlegte, wie lange es dauern würde, wenn wir jeden Salon in dieser Straße aufsuchten; es wäre schade, wenn Loden von einem zum anderen weiterzog und uns so entging. Ich stupste Sim an. »Schauen wir mal, ob wir den Geschäftsführer finden können.«

»Das ist kein richtiger Tith-Salon«, sagte Sim. »Hier gibt es nur die Karten und das Rad.«

»Es schadet ja nichts, wenn wir einmal fragen«, sagte ich.

Die Geschäftsführerin war eine Frau mittleren Alters von großer Höflichkeit mit einem ausdruckslosen Gesicht. Sie trug ein grünes Gewand und hatte eine Pfeife in der Hand. »Junge Männer kommen hier immerzu herein«, sagte sie, als ich nach Loden fragte. »Alte auch. Jedermann kommt hierher.«

»Er trägt vielleicht die Kleidung eines Sicherheitsmannes. Hosen und Jacke. Und sein Name ist Loden Broca.«

Sie zögerte, dann klopfte sie mit ihrer Pfeife an die Wand. Feine graue Asche fiel auf den Boden und verschwand dort in Schmutz und Schatten. »Loden Broca. Ja, ich kenne den Namen. Ich kenne alle Namen auf der Schuldnerseite unseres Hauptbuches, gnädige Dame. Ich habe ernstlich meine Zweifel, daß

Broca heute hierher kommt. Er schuldet uns eine hübsche Summe Geld.«

»Ich dachte, er hätte alle seine Schulden bezahlt«, sagte ich, da ich mich an den Kredit erinnerte, den er bei Kade zu diesem Zweck aufgenommen hatte.

»Er hat etwas bezahlt. Nicht alles.« Sie verzog ihre harten schmalen Lippen. »Sollten Sie ihn ausfindig machen, dann erinnern Sie sich hoffentlich daran, daß wir eine Provision von zehn Prozent dafür zahlen, wenn man uns den Verbleib von zahlungsunwilligen Kunden mitteilt.«

»Gut, ich werde sicher daran denken.« Ich leitete den Rückzug ein. »Los, komm, Sim.«

Niemand aus dem ›Rad der Illusion‹ machte Anstalten, uns zu folgen, und ich war froh, als wir uns wieder im Sonnenlicht befanden. »Was für eine fröhliche Straße das ist. Ich kann verstehen, warum sie so beliebt ist. Versuchen wir es jetzt bei ›Grün und Gold‹.«

›Grün und Gold‹ war besser beleuchtet, als das vorige Lokal, aber auch nicht hilfreicher. Wenigstens hatte Loden hier kein Schuldkonto. In den nächsten Stunden suchten wir weitere sechs Lokale auf; glücklicherweise waren Sim und ich gut genug gekleidet, um von den Geschäftsführern höflich behandelt zu werden.

Im ›Regenbogenpalast‹, einem besonders kleinen und schlichten Etablissement, setzte ich mich einen Augenblick lang an einer der Maschinen nieder. Meine Füße taten mir weh. Sim stand neben mir und musterte prüfend die Besucher. Ein pummeliges Mädchen von vielleicht fünf Jahren mit einer rosa Schleife kam sofort zu mir gerannt; sie verneigte sich und bot mir auf einem runden Silbertablett eine Tasse Tah an. Ich war durstig, deshalb dankte ich der Kleinen und nahm die Tasse.

Sie lief wieder fort, bevor ich ihr zahlen konnte.

»Jetzt mußt du die Maschine einschalten«, sagte Sim. »Die Getränke sind nur für Spieler.«

»Du scheinst eine Menge über diese Orte zu wissen«, sagte ich. Ich stopfte ein paar Kembits in den Münzschlitz und beobachtete, wie das Spielbrett aufleuchtete, dann las ich die Bedienungsanleitung, während ich meine Tasse leerte. »Mensch, ich glaube, ich kenne das. Das ist doch eine Variante von Solitär.«

Sim nahm diese Bemerkung mit seinem üblichen Interesse auf, und so überprüfte ich meine Theorie, indem ich mit dem Knopf ein paar Spielsteine auf dem Bildschirm umherbewegte. Mein Punktestand begann zu klettern. Das Spiel war nicht ganz wie Solitär, aber es ähnelte ihm; das strategische Element hatte ein bißchen mehr Einfluß, sonst hätte ich wahrscheinlich meine übliche Pechsträhne erlebt. Statt dessen gewann ich zwei von drei Spielen.

Ich war drauf und dran, das vierte Spiel zu beginnen, als Sim mir auf die Schulter klopfte. »Ist dieser Kerl nicht in Lebensgefahr, oder wie sehe ich das?«

»O ja.« Ich drehte den Sitz herum und stand auf. Dabei spürte ich, wie mein Gesicht heiß wurde. »Ich habe nur ein paar Minuten meine Füße ausgeruht.«

»Das war eine Viertelstunde.«

»Du machst Witze.«

Ich hätte mich davor hüten sollen, Sim des Witzemachens zu beschuldigen. In allem Ernst bewies er mir die Richtigkeit seiner Behauptung an seinem Chronometer, an der Uhr über der Maschinenreihe und (als wir draußen waren) an der Sonne am Himmel. Als wir endlich die Tür der ›Inneren Höfe des Himmels‹ erreicht hatten, bereute ich, daß ich überhaupt etwas gesagt hatte.

Im ›Himmel‹ war schwer was los. Es war ein großes Lokal, laut und peinlich sauber, mit der Art von Beleuchtung, die einem mehr über die Leute sagt, als man wissen will. Dies war eigentlich der

Tithball-Himmel; an drei Wänden waren ein Dutzend Spielstände aufgebaut. An der vierten Wand standen Reihen kleinerer Maschinen mit hell leuchtenden Spielsteinen von der gleichen süchtigmachenden Art, die ich gerade im ›Regenbogen‹ zurückgelassen hatte. Die Mitte des Raumes war angefüllt mit Tischen und Bänken; dort konnte man essen und trinken, während man darauf wartete, daß eine Spielbahn frei wurde. Die ›Höfe des Himmels‹ boten alles nur Erdenkliche; ein Gast konnte hier Tage verbringen, ohne daß er seinen Fuß nach draußen setzen mußte.

Es waren schon über hundert Leute da, und die Hauptgeschäftszeit kam wohl erst am Abend. Sim und ich gingen an den Spielständen vorbei auf den rückwärtigen Teil zu, wo eine erhöhte Plattform einen besseren Überblick über den Raum erlaubte. Drei muskulöse Herren mit zurückgebundenen Ärmeln waren zu sehr in ihr Spiel vertieft, um zu sehen, daß sie uns den Weg blockierten. Ich sah zu, wie einer mit einem juwelenbesetzten Armreif seinen Arm zurückwarf und den Ball die Spielbahn hinabfliegen ließ. Der Ball schlug am anderen Ende auf dem Boden auf, prallte hoch und traf die Wand, die mit ›Osten‹ gekennzeichnet war. Der Spieler lachte. Über der Spielbahn öffnete ein Phönixkopf aus Bronze schwerfällig seinen Schnabel und zeigte den Punktestand an: 450. Der Tithball sprang noch dreimal vom Boden hoch und traf auf eine schräge Fläche im Hintergrund. Der Mann mit dem Armreif starrte verdattert; sein triumphierender Gesichtsausdruck wich dem eines Kindes, dem man unfairerweise die Flasche weggenommen hat. Der Ball rollte über die Schräge hinab und verschwand. Der Punktestand im Schnabel des Phönix wechselte auf 10.

Seine Kameraden lachten. »Du hast recht«, sagte einer von ihnen, »dein Spiel hat sich wirklich verbessert.«

Der Mann mit dem Armreif blickte wütend drein. Er klatschte in die Hände, murmelte etwas und zeigte auf den Spalt, wo der Ball verschwunden war.

Der Ball hüpfte wieder heraus und rollte die Spielbahn hinab in die offenen Hände des Mannes.

Der Punktestand im Schnabel des Phönix wechselte wieder auf 450.

»Heh, das ist nicht fair«, sagte einer der anderen Männer.

»Eine Tat der Götter«, sagte der mit dem Armreif. »Wenn ein Servierer mich angestoßen hätte, während ich werfe, dann hätten wir *das* bei der Zählung berücksichtigt.«

»Das ist etwas anderes.«

»Ich sehe nicht ein, warum.«

»Hör mal, Zauberei ist nicht erlaubt!«

»Die Regeln sagen nichts über Zauberei, weder so noch so.«

Sim gelang es endlich, sich zwischen den Männern hindurchzuzwängen, und sie waren viel zu beschäftigt mit ihrem Streit, um dagegen zu protestieren. Wir hatten die Plattform noch nicht ganz erreicht, als Sim plötzlich stehenblieb und zeigte.

Loden saß an einem der Tische in der Mitte. Er trug Provinzlerhosen, doch über dem Hemd hatte er ein fleckiges Seidengewand an. Vor ihm standen zwei leere Weinschalen, eine in die andere gestellt, und daneben ein kleiner Teller mit einem Gericht, das mit einer roten Soße übergossen war. Auf Lodens Schoß saß ein hellhaariges Mädchen von etwa achtzehn Jahren.

»Der Verschwender«, murmelte ich. Sim bahnte sich würdevoll einen Weg durch die Menge, und ich segelte in seinem Kielwasser. Als wir den Tisch erreichten, blickte Loden auf und lächelte zufrieden.

»Theodora!« rief er. »Setzen Sie sich, gnädische … gnädige Dame. Darf ich Ihnen vorstellen: Das ist

Perle«, sagte er und gab dem Mädchen auf seinem Schoß einen sanften Klaps auf den Po.

Sie kicherte. »Rubin«, korrigierte sie.

»Auf jeden Fall ist sie ein Juwel. Und das ist Rickert.« Er zeigte mit dem Arm auf die dritte Person am Tisch, einen jungen Mann, dessen Ärmel noch für das Spiel zurückgebunden waren. Rickert nickte säuerlich.

»Loden, wir müssen miteinander reden«, sagte ich.

»Gewiß, das sage ich ja. Setzen Sie sich. Rück auf der Bank rüber, Ricki, und laß Theodora sich setzen.« Er packte eine vorübergehende Serviererin an ihrem Gewand, und die Frau blieb stehen. »Noch zwei Schalen hierher, ja? Danke, meine Süße.« Er zwinkerte ihr zu.

Die Serviererin fing meinen Blick auf. Sie rollte mit den Augen.

»Loden, wir müssen miteinander reden«, sagte ich. »Unter vier Augen. Sofort.«

Rickert stand auf. »Wir müssen sowieso gehen. Komm, Rubin.«

Rubin schaute ihn nicht an. »Wir haben noch Stunden Zeit, Liebling. Mir gefällt es hier, wo ich bin.«

»Nein«, sagte Rickert in einem Ton, der sogar Rubins Aufmerksamkeit auf sich zog.

Sie wandte sich ihm langsam zu und zwinkerte. »Es ist noch früh ...«

»Jetzt!«

Sie erhob sich gemächlich aus Lodens Schoß und zog eine Schnute. Ich bemerkte, daß Loden noch eine Hand unter ihrem Gewand hatte, aber ich konnte nicht feststellen, ob Rickert das aus seinem Blickwinkel sehen konnte. Sie setzte sich langsam in Bewegung und zog ihr Gewand hinter sich her.

Rickert nahm ihre Hand und zerrte sie in Richtung auf die Tür.

»Ich weiß nicht, warum du dich plötzlich so aufregst«, hörte ich sie sich beschweren, während sie in der Menge untertauchten.

Ich sah Loden an, der meinen Blick mit glücklicher Vergeßlichkeit erwiderte. Sim setzte sich neben mich.

»Es ist gut, mal rauszukommen, nicht wahr?« sagte Loden. »Ich muß schon sagen, diese Paketstation kann einem aufs Gemüt gehen. Aber damit möchte ich nicht sagen, daß ich nicht froh bin, jetzt einen Unterschlupf zu haben.«

Bei Loden war schwer zu entscheiden, wieviel von seinem Benehmen Trunkenheit war und wieviel sein normaler Mangel an Einsicht. Ich hoffte, daß er nicht schon zu voll war, um noch aufmerken zu können.

»Hören Sie zu«, sagte ich, »Ihr Freund Trey ist heute zu mir gekommen.«

»Trey! Ein großartiger Kerl. Hat er nach mir gesucht?« Die beiden neuen Weinschalen wurden gebracht. Loden griff nach einer, aber Sim schob sie vernünftigerweise aus Lodens Reichweite.

»Loden, Trey sagt, daß jemand in der Arbeit nach Ihnen gefragt hat. Wissen Sie, was das bedeutet?«

Er blickte mich verständnislos an. »Wer sollte in der Arbeit nach mir fragen?«

»Ich weiß es nicht, Loden, aber das ist es ja gerade. Doch da man Sie umbringen möchte, dachte Trey, Sie sollten im Verborgenen bleiben.«

Ich beobachtete, wie dieser Gedanke allmählich seinen Weg ins Zentrum von Lodens Gehirn fand.

»Oh«, sagte er wie in einer schmerzlichen Erkenntnis.

Den Göttern sei Dank! Jetzt konnten wir ihn vielleicht ruhig von hier wegbringen.

Sim stand auf, da er offenkundig erwartete, wir würden jetzt gehen. Ich weiß nicht, woran es lag – die Wirkungen der Menschenmenge, das beständige Gefühl von Geld und Gefahr, die unpersönliche Verzweiflung um mich herum – aber plötzlich glaubte ich überhaupt nicht mehr, daß Loden nicht wußte, wer hinter ihm her war.

»Sie sind in etwas verwickelt, nicht wahr?« sagte ich.

Es gelang ihm, gleichzeitig schlau und beschämt dreinzublicken.

»O Loden«, seufzte ich, »wie können Sie bloß aus Ihrem Leben einen solchen Schlamassel machen?«

Das sagte ich aus purer Traurigkeit über die Verschwendung, und er legte seine Hand über den Tisch hinweg auf die meine.

»Theodora ...«, begann er.

»Hier ist er«, sagte jemand.

Es war der Mann mit dem juwelenbesetzten Armreif, daneben seine zwei Freunde. »Ich dachte, du würdest uns eine Revanche geben«, sagte einer.

»Oh, sicher«, sagte Loden, »ihr wartet, bis ich acht Weinschalen geleert habe ...«

»Du hast nicht die Zeit gehabt, mehr als drei zu trinken. Und ich dachte, du hast gesagt, du könntest uns schlagen, selbst wenn du mit deinen Füßen spielst?«

»Wieviel habt ihr euch gedacht?« fragte Loden, der Sim und mich anscheinend mit einemmal vergessen hatte.

Die Männer schauten einander an. »Zwanzig Tabals«, sagte der mit dem Armreif.

»Dreißig«, sagte Loden.

Ich fuchtelte mit der Hand, um seine Aufmerksamkeit auf mich zu lenken. »Wir waren doch gerade dabei zu gehen, oder?«

Er zwinkerte mir zu. »Ich bleibe nur noch ein paar Minuten.«

»Das stimmt, gnädige Dame«, sagte einer der Männer. »Wir brauchen wohl nicht lange, um ihn fertigzumachen.«

Sie gingen zu der hinteren Wand mit den Tithball-

Spielbahnen. Loden blieb stehen, um sich die Ärmel seines Gewandes zurückzubinden. Ich trat zu ihm. »Was wollten Sie mir gerade vor einer Minute erzählen?«

»Was?«

»Vor einer Minute. Sie wollten mir gerade erzählen, in was Sie verwickelt sind.«

»Ach, das.« Er schien in Gedanken zu etwas zurückzukehren, das schon vor Jahren geschehen war, und noch dazu in einem anderen Land. »Nein, ich wollte gerade erklären, warum ich hier bin. Für gewöhnlich leere ich nicht so viele Weinschalen mitten am Tag, aber ich hatte einen Streit mit meiner Freundin, und das hat mich vermutlich aufgeregt.«

»Sie haben sich mit Rubin gestritten?«

»Rubin?« Er runzelte die Stirn.

»Das Mädchen, das bei Ihnen war, Loden.«

»Ach die! Nein, nein, ich hatte einen Streit mit meiner *Freundin*.«

Wie viele Freundinnen hatte der Knabe? Der Mann mit dem Armreif rief: »Kommst du jetzt oder nicht?«

»Jetzt macht euch mal nicht naß«, sagte Loden vergnügt und fummelte an seinen Ärmeln herum. Er kam am Rand der Spielbahn an. »Wenn ich den ersten mache, dann bekommt ihr nie einen Schuß«, sagte er zu dem Mann mit dem Armreif.

»Da hast du recht«, sagte sein Gegner im Ton eines Mannes, der einem Idioten seinen Willen läßt. Er legte einen Ball in Lodens Hand. »Der Phönix ist gefüttert.«

»Für den Punktestand«, verkündete Loden und warf direkt auf die nördliche Wand. Er traf den Streifen mit der Aufschrift ›Werfers Wahl‹ und grinste. »Ich spiele um achthundert.«

Daraufhin gab es Gemurmel. Ich blickte mich um und sah, daß sich schon einige Leute versammelt hatten, die Blut rochen. Eine Frau in einem orangefarbenen Gewand schüttelte den Kopf über soviel Tollkühnheit. Sim, der neben mir stand, flüsterte mir zu: »Wenn er seine Punkte nicht in drei Würfen schafft, dann verliert er. Und mit zweihundert pro Wand braucht er eine Menge Glück.«

Ich wußte überhaupt nichts über die Tith-Wetten, aber ich wußte, daß Loden und ich zwei sehr verschiedene Menschen waren. Ich würde nie eine solche Wette eingehen, egal für wie gut ich mich hielt.

Loden rollte den Ball in der Hand herum, warf ihn hoch, fing ihn wieder auf und streckte den Arm versuchsweise aus. Noch mehr Zuschauer versammelten sich.

Er warf. Der Ball prallte auf den Boden, traf die Nordwand, prallte von der Westwand ab, wobei er jedesmal einen Bereich traf, der Punkte gab, dann flog er über die Ballfalle und rollte auf der Spielbahn zu Loden zurück. Loden lächelte.

Der Bronzeschnabel des Phönix öffnete sich und zeigte 400 an.

Von der Menge stieg ein befriedigtes Gemurmel auf. Da hatte jemand viel riskiert und sie dann damit überrascht, daß er es schaffte, und das bedeutete Unterhaltung. Lodens Popularität hatte wahrscheinlich auch 400 erreicht.

Aber sie hielten sich zurück. Schließlich waren sie Ivoraner, und er konnte immer noch alles vermasseln. Loden warf einen Blick auf den Mann mit dem Armreif, dessen Gesicht keinerlei Regung zeigte, und lächelte wieder. Ohne weitere Vorbereitungen tat er seinen zweiten Wurf. Ostwand, Nordwand, Sprung über die Falle und Schluß.

Der Phönix zeigte 800 an. Die Menge ebenso. Man klopfte Loden auf den Rücken, gratulierte ihm, rief alle guten Wünsche. Seine drei Wettgegner waren die einzigen unzufriedenen Leute im Raum. Der Mann mit dem Armreif bahnte sich seinen Weg durch den

Menschenknäuel um Loden und schob seine Hand in sein Gewand, um sein Geld herauszuholen.

Als die Hand herauskam, hielt sie etwas Schlankes, Glänzendes … Ich runzelte die Stirn. Der Mann schob sich neben Loden und berührte ihn damit am Handgelenk.

Ein Hitzestift. »Sim!« schrie ich und versuchte, mich durch die Menge zu schieben.

Der Mann mit dem Armreif hatte Lodens Hand gepackt und hielt sie mit einem Schraubgriff. In Lodens Augen erschien die Panik. Dann packte Sim die Schultern des Angreifers und zog ihn weg. Der Mann wehrte sich mit der Waffe, die er so günstig zur Hand hatte, mit dem Hitzestift. Er stieß ihn in Sims Arm und drückte ihn dagegen, während Sims anderer Arm nach dem Hals des Mannes griff. Sim sank auf den Boden.

Ich hatte einmal ein Kampftraining mitgemacht, aber unglücklicherweise war dies nur ein Reaktionstraining gewesen. Ich hatte keine Ahnung, wie man jemanden von hinten angreift. Aber es gelang mir, an den Mann mit dem Armreif heranzukommen, und ich trat ihn ins rechte Kniegelenk. Es knickte ein, und der Mann verlor sein Gleichgewicht.

Er ließ Sim los, der jetzt schräg auf dem Boden lag. Der Mann wandte sich mir zu und sah so wütend drein, wie ich noch nie jemanden gesehen hatte.

Oje! Die Menge hatte sich etwas zurückgezogen, aber um uns herum drängten sich noch zu viele Leute, als daß wir hätten wegrennen können. Ich sprang auf den Tithball-Spielbahn.

Eine Strafglocke läutete. Anscheinend hatte ich die Grenze überschritten und würde Punkte verlieren. Ich lief in der Mitte der Bahn auf die hinteren Wände zu.

Jetzt ertönten Sirenen. Ich schaute zurück und sah, daß der Mann mit dem Armreif hinter mir auf die

Spielbahn geklettert war. Was, um Himmels willen, war in mich gefahren, daß ich in eine solche Sackgasse gerannt war? Die Nord-, Ost- und Westwand schlossen mich ein.

Ich kniete nieder, griff in die Ballfalle und holte Bälle heraus, die tagsüber verloren gegangen waren. Ich warf einen und traf daneben. Der zweite traf den Mann mit dem Armreif an der Schläfe. Damit gewann ich etwa eine halbe Sekunde, und angesichts meines Zieles würde ich wahrscheinlich nicht mehr herausholen.

Inzwischen blitzten Lichter, und von überall her kamen kräftige Angestellte der Spielhalle angerannt. *Deshalb* war ich in die Sackgasse gelaufen – danke, mein Unterbewußtsein. Die Kumpane des Angreifers waren schon abgehauen. Er drehte sich um und rannte los, sprang von der Spielbahn in die Menge, die ihn sehr schnell durchließ. Ivoraner begeben sich nicht gern in eine Gefahr, von der sie mit Recht der Meinung sind, daß sie anderen zukommt.

Die Rausschmeißer der ›Höfe des Himmels‹ halfen mir von der Spielbahn herunter, allerdings nicht sonderlich sanft. Einer von ihnen hatte Sim umgedreht und fühlte seinen Puls. »Wie geht es ihm?« fragte ich, als sie mich an Sim vorbei zum Geschäftsführer schleiften.

Der Geschäftsführer war ein kleiner Mann von etwa vierzig Jahren in tadellosen Gewändern. Er war ungefähr von meiner Größe, was einen bei einem ivoranischen Mann überraschte. Als ich ihn erreichte, begann er mit einem starken Provinzakzent zu schreien: »Was glauben Sie denn, was Sie da tun! Verschmutzen meine Spielbahn, unterbrechen zahlende Gäste! Sind Sie besoffen? Sind Sie verrückt? Ich will Sie hier nie, nie mehr sehen! Sie schulden uns Geld! Geld, um die Bahn zu reinigen, Geld für den Zeitverlust! Wir sind ein angesehenes Unternehmen! Geld als Entschädigung für den Schaden an unserem Ruf!«

Ich verneigte mich zweimal tief, um die Rausschmeißer zu beruhigen, dann griff ich in den Beutel an meinem Gürtel und holte eine Handvoll von Zehntabalmünzen heraus. Ich verneigte mich erneut, hielt meine Hände dem Manager hin und begann von einer Hand in die andere zu zählen: »Zehn, zwanzig, dreißig, vierzig …« Ich sprach leise; anfangs gingen meine Worte in seiner Tirade unter, aber als ich fünfzig erreichte, war er verstummt, und ich sprach in das Schweigen hinein.

»Sechzig«, sagte ich und hielt ihm das Geld hin.

Er musterte mich mißtrauisch. »Obwohl ich eine Barbarin bin«, sagte ich, »gehöre auch ich einem angesehenen Haus an. Bitte nehmen Sie meine Entschuldigung an, so unwürdig ich auch bin, für die Schwierigkeiten, die ich Ihnen bereitet habe. Den strahlenden Ruf Ihres Unternehmens zu beschädigen liegt mir völlig fern.«

Ich verneigte mich wieder. Die Rausschmeißer blickten verlegen drein. Schließlich sagte der Geschäftsführer: »Eigentlich ist da ein Bußgeld fällig.« Aber seine Stimme hatte die Überzeugung des gerechten Zorns verloren.

»Bitte senden Sie Ihre Rechnung an das Haus Cormallon«, sagte ich. »Wenn es Unstimmigkeiten über unsere Entschädigung geben sollte, dann unterbreiten wir unsere Angelegenheit gerne einem Schiedsgericht Ihrer Wahl.«

Sechzig Tabals war das Doppelte dessen, was er vor einem Schiedsgericht bekommen würde. Er biß sich auf die Lippe. »So soll es sein«, stimmte er zu und nahm mein Geld.

Ich schaute auf die Rausschmeißer. »Wie geht es meinem Begleiter?«

Sim. Meine Verantwortung.

»Der Spieler?« fragte einer von ihnen. »Dem geht es gut, er hat nur ein Brandmal und ist ein bißchen erschrocken.«

Zum Teufel mit Loden! »Nein, ich meine den anderen.«

»Der große Kerl«, sagte einer zum anderen.

»Ach der. Lon hat Hilfe angefordert, damit er auf die andere Seite der Straße getragen wird. Dort wohnte eine Heilerin, über dem ›Grünen Binsenlicht‹.«

»Lebt er noch?« fragte ich.

»Er ist am Leben. War allerdings dem Hitzestift länger ausgesetzt als der andere. Weiß nicht, wie er damit fertig wird.«

Ich wandte mich an den Geschäftsführer. »Cormallon wird für alle medizinische Hilfe bezahlen. Er gehört zu unserem Haus. Wir wollen die denkbar beste Behandlung.«

»Kat ist in Ordnung«, sagte der Geschäftsführer. »Sie muß pro Woche mit sechs Hitzestiftverbrennungen zu tun haben, bei dieser Gegend. Ganz zu schweigen von Stich- und Schußverletzungen.«

Er hatte sich erheblich beruhigt, und jetzt begann ich außer Fassung zu geraten. Ich spürte, wie die Adrenalinflut in meinen Adern abebbte. Sollte ich verlangen, daß Sim in eine tellysianische Klinik gebracht wurde? Aber bei Hitzestiftverbrennungen war Eile geboten, und wenn diese Kat wirklich Erfahrung hatte… Ich nickte. »Cormallon wäre dankbar, wenn Sie sich um sein Wohlergehen kümmerten.« Er lächelte und verbeugte sich, denn er verstand, daß ich mein Haus verpflichtet hatte, seine Rechnung wohlwollend aufzunehmen.

»Kery! Jin!« rief er. »Sorgt dafür, daß ihm auf dem Weg zur Heilerin nichts passiert, und bleibt bei ihm, wenn ihr dort seid.«

Ich wollte mich unbedingt hinsetzen. Aber wenn

ich das getan hätte, dann wäre ich vielleicht nicht wieder hochgekommen. Ich trat zur Seite, so daß ich mich an eine der Spielmaschinen anlehnen konnte.

Loden saß ein paar Meter entfernt auf dem Boden. Sein Gesicht war blaß. Er hielt sein eines Handgelenk und schaute auf ein rotes Mal, das sich seinen Arm hinauf ausdehnte. Wenn ich ein besserer Mensch wäre, dann hätte ich vielleicht Mitleid mit ihm gehabt. An dem Tag auf dem Marktplatz hatte ich mich ganz ähnlich gefühlt.

Der Geschäftsführer folgte meinem Blick. »Kommen Sie«, sagte er und winkte mich an Lodens Seite. Über Lodens Kopf hinweg sagte er zu mir: »Der gehört nicht zu Ihrem Haus?«

»Ganz und gar nicht«, sagte ich.

»Cormallon übernimmt keine Verantwortung für ihn?«

»Überhaupt nicht.«

»Dann muß er ein Bußgeld zahlen. Weil er in die Sache verwickelt ist.«

Falls Sie es noch nicht gemerkt haben, Fairneß ist hier kein Thema. Loden schien uns nicht zu bemerken; er starrte immer noch in die andere Seite des Spiegels. Der Geschäftsführer stupste ihn mit dem Fuß an.

»Junger Mann! Sie schulden den ›Höfen des Himmels‹ ein Bußgeld.«

Ich konnte Cormallon nicht dafür verpflichten, später für ihn zu zahlen; das würde uns in der Öffentlichkeit miteinander verbinden, und ich wollte nicht, daß die Sache, in die Loden verwickelt war, auch unser Haus berührte.

Wie dem auch sei, er schien taub zu sein. Der Geschäftsführer kauerte sich nieder und rief ihm ins Ohr: »Hören Sie mich? Sie schulden ein Bußgeld!«

Loden drehte den Kopf langsam herum. »Ich habe nichts getan.«

Sie würden ihn nie gehen lassen, solange er nicht zahlte. Ich kauerte mich auf der anderen Seite nieder. Aus dieser Entfernung konnte ich sein billiges Parfüm riechen. »Loden«, sagte ich und sprach leise und deutlich, »bezahlen Sie ihn, oder ich bringe Sie um.«

Nach einer Schrecksekunde nickte er, er holte seinen Geldbeutel heraus. Seine Bewegungen waren die eines Hundertjährigen.

Der Geschäftsführer riß ihm den Beutel aus der Hand und durchsuchte ihn mit Abscheu. Er schnaubte. »Acht Tabals.« Er warf den leeren Beutel wieder in Lodens Schoß und steckte das Geld ein.

Dann ließ man uns allein, und ich schaute in Lodens verzweifeltes Gesicht. Ich verkniff mir den ärgerlichen Ton, in dem ich hatte sprechen wollen, und sagte sanft: »Glauben Sie nicht, Sie sollten es mir jetzt erzählen?«

Er starrte immer noch in hellem Schrecken vor sich hin und begann zu weinen.

KAPITEL 15

Auf dem Heimweg war Loden noch nicht in der Lage, mir etwas zu erzählen. Ich half ihm, als wir zu unserem Haus zurückgingen, durch eine Straße nach der anderen, aber viel konnte ich ihm nicht helfen. Ich war selbst fast am Ende meiner Kräfte und wünschte mir, daß ich das Geld für eine Kutsche oder einen Mietwagen hätte. Bei jedem Geräusch schrak ich zusammen und blickte um mich, ob der Mann mit dem Armreif und seine Freunde wieder auftauchten. Wahrscheinlich hielt mich einfach meine Angst in Gang.

Als wir an der Vordertür ankamen, mußte ich eine Entscheidung fällen: Sollte ich ihn, wenn auch noch so vorübergehend, in das Haus aufnehmen oder ihn wieder in die Paketstation stecken? Ein ethisches Dilemma. Ihn ins Haus zu nehmen hieß, offiziell Gefahr auf das Territorium von Cormallon zu bringen; andrerseits war der Junge gräßlich beieinander.

Vermutlich spielte die Tatsache, daß Ran in dieser Nacht nicht zu Hause war, die entscheidende Rolle. Ich würde Loden bis zum nächsten Morgen bleiben lassen und dann rausschmeißen, bevor Ran von Mira-Stoden zurückkam. Wenn man sich mit einem Ehepartner streitet, dann ist es immer leichter, etwas zu rechtfertigen, das schon geschehen ist.

Also steckte ich Loden in ein freies Zimmer mit einem Feldbett, wo er sich auf der Stelle schlafen legte. Inzwischen war es schon früher Abend.

Die Türglocke schreckte mich hoch. Ich lief zum Spion und sah Kylla, die eine Tüte mit etwas aus der

Garküche an der Ecke trug. Ich hatte vergessen, daß sie an diesem Abend kommen wollte.

»Hallo, Theo«, sagte sie, als ich sie hereinließ. Sie stellte die Tüte auf einem Tisch ab. »Ich habe Suppe und Reis und eine Menge Süßigkeiten gebracht. Wir können uns die ganze Nacht vollstopfen. Hast du schon etwas von Ran gehört? Wie geht es dir? Geht es dir besser seit heute morgen ...«, sprudelte sie hervor, dann schaute sie mich gründlich an. »Theo, meine Liebe«, sagte sie sofort. »Du siehst schrecklich aus. Was ist passiert?«

»O Ky. Das war ein langer Tag seit gestern.«

»Liebling! Setz dich. Ich mache alles. Ich bringe dir Tah und Süßigkeiten, und du kannst mir alles erzählen.« Sie führte mich zu dem Diwan, ließ mich niedersetzen und umsorgte mich sehr zufriedenstellend.

Zuerst brachte sie mir Suppe und bestand darauf, daß ich beim Essen die Füße hochlegte. Während sie ging, um die anderen Essensbehälter zu öffnen, rief sie: »Ich schau mal nach, ob Nachrichten auf dem NETZ angekommen sind, okay?«

»Gut«, sagte ich. Kylla hatte ihr halbes Leben in diesem Haus verbracht. Mir kam es immer ein bißchen komisch vor, wenn sie mich um die Erlaubnis fragte, das NETZ zu benutzen.

Kylla mag ihre Suppe gern heiß und gut gewürzt, und so war sie auch jetzt. Ich spürte, wie meine Augen zu tränen begannen, während ich von der Suppe probierte, und der scharfe Geschmack munterte mich auf. Ich war bereit, mich für den Rest des Abends bedienen zu lassen... obwohl ich eigentlich irgendwann einmal nach Loden schauen sollte, dachte ich vage.

Kylla kam ohne das übrige Abendessen zurück. »Was ist los?« fragte ich, als ich ihr Gesicht sah.

»Der Verwalter unseres Hauses sagt, daß ich gerade eine geschriebene Einladung zu Tah und Kartenspiel morgen vormittag bekommen habe – bei Eliana Porath.«

Na, dazu brauchte Eliana Nervenstärke und vielleicht sogar schieren Mut.

Kylla schaute mich an. »Hast du gehört, was ich gesagt habe? Eine Einladung zu Eliana Porath!«

»Ich habe es gehört. Du mußt nicht hingehen, Kylla.«

»Den Teufel muß ich nicht. Wenn dieses kleine Käsegesicht etwas vorhat, dann möchte ich wissen, was. Was soll ich deiner Meinung nach anziehen?«

Ich mußte lachen.

»Das ist nicht komisch, Theo!«

»Nein, natürlich nicht. Dein minzefarbenes Gewand ist sehr hübsch.«

Wir sprachen etwa eine halbe Stunde über Kleider, während das Essen kalt wurde, und kurz darauf läutete die Glocke erneut, und die Botin der Poraths erschien an unserer Schwelle. Sie war ein Mädchen von neun oder zehn Jahren, mit Gewändern in drei Nuancen von Rot. Sie verneigte sich und überreichte Kylla einen kleinen himmelblauen Umschlag. Kylla verschwand im Studierzimmer im Erdgeschoß, um ihre Antwort abzufassen, und ich bot dem Mädchen Süßigkeiten an. Ich aß ein Stück zuerst, wie es die Etikette erforderte, dann gab ich drei Stücke extra, die sie in die Tasche stecken und mit nach Hause nehmen sollte.

Als sie mit dem Antwortschreiben und den Süßigkeiten gegangen war, kam Kylla und setzte sich neben mich auf den Diwan. »Möchtest du zu Ende essen?« fragte ich.

Sie schüttelte den Kopf. »Ich bin nicht hungrig.«

Ich hatte einen Mordshunger und öffnete deshalb einen Behälter mit Reis und Rindfleisch. Der Geruch erfüllte das Zimmer, und Kylla nahm sich etwas davon. »Es tut mir leid!« sagte sie plötzlich und legte ihre Gabel nieder. »Du warst gerade dabei, mir zu erzählen, was heute geschehen ist.«

»Das ist eine lange Geschichte …«, begann ich.

Sie runzelte die Stirn. »Glaubst du wirklich, das minzefarbene Gewand ist in Ordnung? Es hat einen Tuchkragen.«

»Es ist schön, und es steht dir gut.«

Sie schaute mich an und errötete, und wir begannen beide zu lachen. Ich tätschelte ihre Hand. »Ist schon in Ordnung. Es ist eine fixe Idee. Ich versteh's.«

Sie beschäftigte sich mit den Essensschalen und ihr Blick fiel auf ein Exemplar der ›Hauptstadt-Nachrichten‹. Die Boten wollten sich nicht die Mühe machen, sie zu Kyllas Haus weiterzuschicken, und als sie bemerkten, daß sie den Einwurfschlitz nicht aufbekamen, legten sie die Zeitschrift einfach vor der Paketstation nieder. In den letzten paar Tagen war Loden einfach über sie hinweggegangen und hatte sie im Rinnstein herumliegen lassen. An diesem Morgen hatte er tatsächlich daran gedacht, sie in einem Stapel vor unsere Tür zu legen.

»Ich wußte nicht, daß ihr die ›Hof-Revue‹ bekommt«, sagte Kylla. Die ›Hof-Revue‹ ist ein freches, politisch orientiertes Blatt, weniger akzeptabel in seiner Illegalität als die ›Hauptstadt-Nachrichten‹.

»Die bekommen wir nicht«, sagte ich und schaute auf die Adresse auf der Titelseite. »Die sind für unsere Nachbarn zur Linken.«

»Wie bist du daran gekommen?«

»Loden, der Idiot«, sagte ich aus tiefstem Herzen, ohne lange nachzudenken.

Natürlich wollte Kylla eine Erklärung haben. Die fiel ziemlich lang aus. Schließlich blickte Kylla mich mit leuchtenden Augen an. »Du hast also diesen prächtigen Sicherheitsmann bei euch übernachten lassen?«

»Glaub mir«, sagte ich, »diese Erfahrung wird überbewertet.«

Als ich am nächsten Morgen aufstand, machte ich den gleichen Anruf wie am vorhergehenden Abend, bevor ich zu Bett gegangen war: bei den ›Inneren Höfen des Himmels‹. Die Heilerin namens Kat hatte keinen NETZ-Anschluß. Beidemal schickte der Geschäftsführer jemanden über die Straße, und beidemal gab er mir die gleiche Antwort: Sim war am Leben, und seine Erholung erschien hoffnungsvoll. »Wir informieren Sie sofort, wenn eine Änderung eintritt«, sagte der Geschäftsführer. »Aber Kat sagt immerzu, daß er wieder werden wird. Er war dem Hitzestift nicht lang genug ausgesetzt, um dauerhaften Schaden zu nehmen.«

Ich dankte ihm und legte auf. Soweit es mich anging, konnte Sim soviel Kirschenmarmelade haben, wie er wollte, solange er nur heil wiederkam. Gerade als ich aufstand, kam über das NETZ eine weitere Botschaft: von den Poraths.

Wieder die Poraths? Warum sollten sie mich anrufen?

Ich nahm die Nachricht an, und Eliana Poraths Gesicht schaute mich vom Schirm an. Da sie keine Erfahrungen mit den NETZ-Gewohnheiten hatte, benutzte sie aufdringlich die Videoleitung. »Dame Theodora«, sagte sie, »ich bin so froh, daß Sie zu Hause sind.«

»Hm, Dame Eliana. Schön, Sie wiederzusehen.«

»Ich muß Sie um einen Gefallen bitten.«

»So?«

»Ich habe da … äh … ein kleines Problem. Mein Vater scheint Ihre Schwägerin eingeladen zu haben, heute zu einer Tah-und-Karten-Party zu uns zu kommen. Ich habe das erst heute morgen herausgefunden, und jetzt machen wir schnell alles fertig.«

»Aha.«

»Ja, nun, mir ist das sehr peinlich ... so spät wird es wie ein nachträglicher Einfall erscheinen ... aber könnten Sie vielleicht auch kommen?«

»Ich? Ich kann doch wirklich keine Kartenspiele.«

»Das ist schon *gut*«, sagte sie eifrig. »Das macht nichts. Es ist nur so, daß im Augenblick Kylla der einzige Gast ist, und selbst wenn Tantchen Jace oder Leel mitmachen, dann reicht es nicht für ein richtiges Spiel. Verstehen Sie mich?«

»In der Tat.« Zu mehreren ist man sicherer. Eliana Porath war keine Närrin.

»Ich wäre Ihnen wirklich sehr dankbar, wenn Sie kämen. Und es wird ja nur ein paar Stunden dauern. Wir können danach eine nette Mahlzeit einnehmen, im Garten – unsere Köchin kocht wunderbar ...«

»Schon gut, Eliana, ich werde kommen.«

»Wirklich?« Sie atmete erleichtert auf. »Vielen Dank. Es ist zur sechsten Stunde, und ich werde der Wache am Tor sagen, daß man Sie erwartet. Ich laufe jetzt lieber und schaue nach dem Tisch ... Danke!« Und sie war weg.

Na ja, Glücksspiel aller Art war offensichtlich mein Los.

Gestern Lärm, Spielmaschinen und Tithball, heute morgen vornehmes Hasardspiel mit Tah und Karten. Ich wollte schon abschalten, als mir verspätet einfiel, nachzuschauen, ob noch weitere Nachrichten da waren.

Es gab zwei, beide mit Datum vom Vortag: eine von Ran, die andere von Stereth. Ich rief beide auf.

Komme voraussichtlich morgen mittag nach Hause. Hoffe, dir geht es besser. Wo bist du?

Ran

Dein Zauberer vom Marktplatz namens Moros heißt nicht Moros. Er war einmal Bril Savin, aber die Savins haben ihn enteignet. Er hatte eine Hütte außerhalb der Stadt, am Westufer des Flusses. Ich hoffe, dieses Wissen gibt dir mehr Gewißheit in deinem Leben.

Stereth Tar'krim

Rans Nachricht war typisch. Mit diesem »Wo bist du?« würde er mir noch in den Ohren liegen, wenn er wieder da war. Und der gute alte Stereth und seine Maßnahmen für Gewißheit in meinem Leben. Ich würde allerdings nicht darauf zählen, alter Freund. Seine Nachricht machte einen neugierig, wie es mit Nachrichten von Stereth so oft der Fall ist. Wahrscheinlich war die Hütte verlassen, seit Moros gestorben war. Keine Erwähnung von Ehefrauen oder Kindern… enteignete Personen finden selten Lebenspartner. Seit seinem Tod waren schon Tage vergangen, und es gab keinen Grund anzunehmen, daß jetzt jemand dort war, selbst wenn sie wußten, wo er lebte. Es konnte nicht schaden, dort ein bißchen herumzustöbern… Verdammt. Ich mußte es tun, bevor Ran nach Hause kam. Er war durchaus fähig, drei weitere Cousins in die Stadt zu holen, um mich innerhalb der Stadtmauern zu halten, bis ich das Interesse an der Sache verlor.

Ich sagte mir, es gäbe keinen Grund, Stereths Information nachzugehen, außer Neugier, die ja an sich schon mächtig war, und dem Verlangen, Loden aus Schwierigkeiten und aus unserem Leben hinauszubringen. Apropos aus unserem Leben hinaus – ich weckte den Jungen auf, verköstigte ihn und sagte ihm, daß ich ihn hinauswerfen würde, bevor mein Mann heimkäme. Er nahm diese Mitteilung auf, als hätte er sie früher schon gehört.

»Ich möchte Sie jedoch heute später noch einmal sehen«, sagte ich zu ihm, »also sollten Sie schon jetzt anfangen, an Ihrer Geschichte zu arbeiten.« Er nickte und blickte ganz schüchtern drein. Wenigstens schien er nicht so unter Druck zu stehen wie am Abend zuvor. »Ich meine es ernst, Loden. Damit hat das Ganze dann ein Ende.«

»Ich weiß«, sagte er. Er ging die Vordertreppe hinab, die Götter allein wußten, in was für neue Schwierigkeiten hinein.

Gütiger Himmel! Ich hoffe, Ran dachte nicht so über *mich*.

Es war ungefähr die fünfte Stunde. Ich rannte nach oben und weckte Kylla auf, die auf dem Bett in meinem Zimmer ausgestreckt lag. Sie hatte die Gewohnheit ihrer Angehörigen, die ganze Matratze für sich zu nehmen. »Ky, du mußt aufstehen. Wir kommen zu spät. Ky!«

Sie blinzelte verschlafen. »Wie spät ist es?«

»Noch eine Stunde bis zu Elianas Party.«

»Ach, ihr Götter, nein.« Sie ließ ihr Kinn wieder aufs Kissen fallen. »Das ist doch nicht möglich. Ich habe kaum geschlafen!«

»Du hast seit der Herrschaft des letzten Kaisers geschlafen – geschlafen wie ein Murmeltier, wenn ich das anfügen darf. Ich dachte, daß du gerne noch die Zeit hättest, um die Ringe unter deinen Augen zu übermalen, bevor du Eliana besuchst.«

Dieser Aufruf zum Kampf weckte ihre Aufmerksamkeit. »Ohhh … warum, warum hast du mich eine ganze Flasche Ducort-Wein trinken lassen?«

»Du hattest darauf bestanden. Du hattest gesagt, du würdest ihn vertragen.«

Stöhnend schleppte sie sich aus dem Bett. »Siehst du nicht, wie ich leide? Du solltest wenigstens die Schuld dafür auf dich nehmen.«

»Ja, Ky, es tut mir leid, daß ich dich gestern abend gezwungen habe, den ganzen Wein zu trinken.«

»Das klingt schon besser.« Sie wankte ins Bad und

sperrte die Tür zu. Ich ging mich selber fertigzumachen, denn ich wußte, sie würde mindestens eine halbe Stunde brauchen.

Ich zog eines meiner besten Gewänder an, dachte nach und nahm aus dem Kästchen unter dem Bett die Halskette aus Jade und Rohrblut, die Ran mir zum letzten Geisterfest geschenkt hatte. Dies war schließlich eine gesellschaftliche Einladung. Ich würde Kylla fragen, ob das nicht etwas auffällig für die Tageszeit war, aber zusammen mit unauffälligen Ohrringen müßte es gehen.

Ich nahm die Kette aus dem Kästchen und erinnerte mich an jenes Geisterfest. Ich blickte in den Spiegel, während ich die Kette hochhielt, und ich sah, daß meine Augen sichtbar verschleiert waren. »Dich sollte jemand unter seine Fittiche nehmen, mein Mädchen«, sagte ich zu dem Spiegelbild. Dann ging ich ins Büro im Obergeschoß und hinterließ eine NETZ-Nachricht für Ran, daß ich wahrscheinlich bei den Poraths zum Mittagessen wäre, wenn er heimkäme, und ich wies ihn auf Stereths Botschaft hin, der ich anschließend nachgehen wollte. Manipulation funktioniert auf zwei Arten, wie man weiß. Zumindest würde ich Gesellschaft beim Durchstöbern der Hütte bekommen, denn ich zweifelte nicht daran, daß Ran dort auftauchen würde, um mir sein Mißfallen kundzutun.

Es beruhigte mich, als ich den Silberbogen im Garten der Poraths sah. Das letztemal hatte ich diesen Garten vor zwei Nächten in der von den Karten ausgelösten Halluzination gesehen, und dort, wo jetzt der Bogen jetzt so beruhigend anorganisch glänzte, hatte meine Statue Ströme von Blut vergossen. Ran hatte recht, dachte ich mit Unbehagen, das war mein eigener Fehler gewesen; ich hatte die Geschichten von Kade und den Poraths mit meinen Sorgen um den Rat der Cormallons miteinander vermengt und zeitlich nicht eingegrenzte Fragen durch meinen Kopf schwirren lassen. Mach so weiter, Theodora, und du wirst in der Magie fast so gut wie der verstorbene Moros. Vor uns ragte das Haus der Poraths auf, voll mit Familie, Dienerschaft, Katzen und Hauseidechse, ganz und gar nicht leer oder verlassen. Genieße es, sagte ich zu mir selbst, ein bißchen Zeit mit ruhigen, respektablen Leuten zu verbringen, nach all der Aufregung von gestern. Die Leute hier mögen zwar vielleicht ermordet werden – bei den Göttern! –, aber sie waren immer höflich.

Kylla und ich gingen auf die mittlere Veranda zu, in unseren schönsten Kleidern – ich trug das Rohrbluthalsband –, da raschelte es in den hohen Jinevra-Büschen um den blauen Teich.

Ein Kopf streckte sich zu uns heraus. »Hallo, Theodora!«

»Coalis! Was, in aller Welt, tun Sie da drinnen?«

»Ah, verzeihen Sie, daß ich nicht herauskomme. Ich wollte nur sagen, daß ich gestern abend mit Stereth geschäftlich unterwegs war und daß er mich gebeten hat, Sie wissen zu lassen, daß er für Sie eine NETZ-Botschaft hinterlassen hat.«

»Ich weiß«, sagte ich verdutzt.

»Na ja, als ich ihm erzählte, daß Sie heute vielleicht kämen – da Ihre Schwägerin zu Besuch kommen würde –, da sagte er, ich sollte Ihnen sagen, daß es um Ihren Zauberer vom Marktplatz geht. Er sagte, daß Sie seiner Meinung nach manchmal seine Nachrichten nicht lesen.«

»Nett von Ihnen, Coalis, daß Sie das an mich weitergeben. Darf ich fragen, was Sie in den Jinevra-Büschen tun?«

Aus der Richtung des Hauses erschollen Rufe. Coalis zuckte zusammen. »Bitte, lassen Sie diese Frage«, sagte er.

Die Rufe wurden jetzt lauter. Es war Jusiks Stimme. Die Vordertür flog auf, und Lord Porath kam heraus, rasend vor Wut, mit erhobenen Fäusten. Man konnte praktisch von hier aus sehen, wie seine Adern pulsierten. »Wo ist er?« schrie er. »Er ist noch auf dem Anwesen, erzählt mir bloß nicht, daß er nicht hier ist! Der Torhüter hat ihn nicht hinausgelassen!« Er ging die Stufen hinab, gefolgt von Leel Canarol, Tantchen Jace, Eliana, dem Hausverwalter und drei anderen, die ich nicht kannte. Sie folgten ihm durch die Tür und über die Veranda wie ein Wurf ängstlicher Kätzchen.

Coalis' Stimme kam flehend von irgendwo unterhalb meines Ohres: »Gehen Sie von den Büschen weg!«

Jusik pirschte durch den Garten. Ich schaute auf ihn, dann wieder auf die Büsche, und dann entfernte ich mich eilig.

Zu spät. Ich hatte seine Aufmerksamkeit angezogen, und es mußte sich etwas hinter den Büschen bewegt haben. »Da! Beweg dich nicht, du Narr, du Schande, oder ich prügle dich windelweich! Wag bloß nicht abzuhauen!«

Mit zwanzig Schritten war er bei den Büschen und riß mit einem heftigen Ruck Coalis am Arm heraus. Auf dieser Seite gab es zwischen den dünnen Zweigen der Jinevra eigentlich nicht genügend Zwischenraum, damit Coalis durchkommen konnte, aber Jusik nahm darauf keine Rücksicht. Der neugebackene Erste Sohn des Hauses Porath wurde von den Zweigen gepeitscht und zerkratzt.

Er warf sich sofort zu seines Vaters Füßen auf den Boden, so wie angeblich die Sechs Familien es vor dem Kaiser tun, wenn sie ihn von ihrer Aufrichtigkeit überzeugen wollen.

»Du Parasit!« schrie Jusik. »Du Flußkröte! Enttäuschung all unserer Hoffnungen! Steh auf!«

Coalis rappelte sich sofort hoch und sagte immer noch kein Wort.

»Die ganze Nacht draußen! Zum Saufen und Spielen, ohne Zweifel! Aber was kümmert dich das? Warum sollte es dir etwas ausmachen, wenn das Haus Porath von dir abhängt? Glaubst du, erster Sohn zu sein gibt dir das Recht, deine Zeit und dein Geld zu verplempern?« Er hielt eine halbe Sekunde inne, als wartete er darauf, daß Coalis sich schuldig erklärte, aber keiner sagte ein Wort. Die anderen Mitglieder des Haushaltes hatten sich in einem Halbkreis um die beiden versammelt und alle blickten gleich erschrocken drein. »Wenn du nur mehr wie dein Bruder wärest! Ich wünsche mir vom Himmel, daß du in den Kanal gefallen wärst, und nicht er! Glaubst du, *dich* hätte auch nur einer vermißt?«

Coalis starrte weiter auf den Boden. »Genug!« schrie der Vater. »An den Baum dort! Auf der Stelle!«

Coalis ging zu dem Baum, unter dem Ran einmal gestanden war und darauf gewartet hatte, daß ich meine Unterredung mit Stereth beendete. Er legte seine Handflächen auf den Stamm. Jetzt sah ich, daß ein Lederriemen in einer von Jusiks geballten Fäusten baumelte.

»Nimm das Gewand ab!« schrie Jusik. »Glaubst du, du kannst mich zum Narren halten?«

Coalis zog sein Obergewand aus und zog sein weißes Baumwollhemd herunter.

Ich dachte, er würde irgendwie protestieren – zumindest zurückbrüllen, denn Sanftheit brachte ihm gar nichts ein –, aber er tat es nicht. Und so erschrocken auch der Rest der Familie dreinblickte, keiner machte Anstalten dazwischenzutreten. Offensichtlich wollten sie die Wut nicht auf sich lenken, aber selbst dann …

Der Riemen traf. Coalis' Rücken krümmte sich, und ein Laut kam aus seinem Mund – kein Schrei und auch nicht ganz ein Stöhnen –, ein Laut, der mich, die ich noch nie zuvor eine Auspeitschung gesehen oder am eigenen Leib erlebt hatte, überzeugte, daß dies ein ausgesucht schmerzhafter Vorgang war.

Ich war entsetzt. Ich stand wie angewurzelt, auf groteske Weise fasziniert, aber vor allem entsetzt, und das nicht nur durch den Schmerz. Auf Pyrene gibt es keine körperliche Züchtigung Minderjähriger, und auf Athena wird sie zutiefst mißbilligt. Dies hier war ein Rückschritt in eine Art dunkles Zeitalter, ein Theaterereignis, das aus dem Rampenlicht irgendwie ins reale Leben geraten war, aber noch schlimmer: Es war etwas, das meine Zeitgenossen offensichtlich für selbstverständlich nahmen.

Der Riemen schlug wieder und wieder zu. Und niemand bewegte sich. Jusik war der Erste des Hauses Porath, er konnte seinem Sohn die Knochen aus dem Leib prügeln, wenn er wollte.

Fremdartig. Ich merkte, daß Kylla voller Unbehagen neben mir stand – verlegen wegen ihrer Anwesenheit bei einem privaten Familienereignis, mit Mitgefühl für Coalis und Mißbilligung für Jusik –, aber ohne diese zusätzliche Schicht von Abscheu und Verständnislosigkeit, mit der ich die Szene wahrnahm.

Acht Schläge. Damals zählte ich nicht mit, aber ich kann jetzt noch immer das Klatschen des Riemens nachhallen hören. Acht Schläge, nach gewissen Maßstäben nicht einmal sonderlich grausam. Er hätte Coalis zu Tode prügeln können und wäre rechtlich nicht dafür belangt worden.

Jusik hob seinen Arm ein neuntes Mal und warf den Riemen am Baum vorbei auf den Boden. »Ich möchte, daß du morgen früh in meine Bibliothek kommst! Ich möchte hören, wie du die Zwanzig Lektionen eines Pflichtbewußten Sohnes aufsagst, und du solltest dabei nicht ein einziges Wort falsch machen! Du solltest studieren und dich nicht draußen auf den Straßen unter den Abschaum der Provinzen mischen ...« Er keuchte schwer und versuchte, sich vor einem erneuten Wutausbruch zu bewahren. Er trat von dem Baum zurück, und Coalis warf sich sofort wieder pflichtschuldigst auf den Boden – diesmal ließ er sich mehr fallen, als daß er sich warf. Jusik gab einen Laut des Abscheus von sich, wandte sich ab und stolzierte ins Haus zurück.

Alle anderen rannten sofort zu Coalis und versuchten ihm aufzuhelfen. Dabei murmelten sie tröstende Worte und untersuchten seinen Rücken. Tantchen Jace wurde in die Küche geschickt, nasse Tücher zu holen. Leel Canarol ließ Coalis sich umdrehen, damit sie seine Wunden betrachten konnte, sie machte ›tz tz‹ und riet ihm, sein Hemd bis morgen nicht mehr anzuziehen. Eliana schniefte und küßte ihn.

Kylla und ich tauschten Blicke. Sollten wir hier weiter bleiben? Man ignorierte uns sowieso mehr oder weniger ... vielleicht war dies eine gute Gelegenheit, um uns aus dem Staub zu machen?

Eliana blickte auf und schaute uns an. »Unsere Gäste«, sagte sie zu den anderen, wie eine Gastgeberin, die jemanden daran erinnert, die Cocktailhappen zu servieren. Kylla und ich traten vor.

Coalis war uns zugewandt, und so konnte ich nicht sehen, was der Riemen auf seinem Rücken angerichtet hatte. Auf seiner Wange war an der Stelle, wo er sie gegen die Baumrinde gepreßt hatte, eine feine Staubschicht, durchzogen von den Spuren von Tränen. Seine Augen waren noch feucht, und seine Haut war bleicher als sonst, aber sein Gesichtsausdruck war nicht anders, als zehn Minuten zuvor in den Jinevra-Büschen. Ich suchte in seinem Gesicht nach etwas, an das ich mich halten konnte, aber da gab es nichts. Er sah nicht gerade *ruhig* aus ... eher beherrscht, reserviert.

»Es tut mir leid«, sagte ich und meinte damit, daß

ich es bedauerte, die Aufmerksamkeit auf ihn in den Büschen gelenkt zu haben.

»Das ist schon in Ordnung. So etwas passiert eben von Zeit zu Zeit.«

Tantchen Jace kam angerannt, die Hände voller tropfnasser Tücher. Coalis mußte sich setzen, und sie kniete sich hinter ihn und half Leel Canarol, ihn zu behandeln. Wasser rann über Coalis' Rücken auf den Boden. Bei jeder Berührung zuckte er zusammen.

»Was ist denn überhaupt in deinen Vater gefahren?« murmelte Tantchen Jace. »Er hat dich doch noch nie geschlagen.«

»Co hat auch noch nie seine Nächte außer Haus verbracht«, sagte Leel trocken.

»Das ist es nicht«, sagte Coalis. »Au!«

»Entschuldigung.«

»Es ist nur, daß ich erwarten mußte, daß er mir nach Kades Tod ... viel mehr Aufmerksamkeit schenken würde. Schließlich hat er Kade die ganze Zeit geprügelt. Bei mir dachte er wahrscheinlich nie, daß es wichtig genug wäre.«

»Also bist du jetzt wichtig genug, um bestraft zu werden«, sagte Leel. »Du Glücklicher. Ich bin froh, daß ich eine Bürgerliche aus der Provinz bin.«

»Es ist so unfair«, sagte Eliana. »Du hast kein Geld des Hauses ausgegeben – du hast welches verdient.«

»Wirst du wohl leise sprechen?« sagte Coalis mit einem Stirnrunzeln. »Wenn wir damit anfangen, Vater über alles aufzuklären, was wir in unserer Freizeit machen, dann weiß ich ein paar Dinge, die ich ihm mitteilen könnte.«

Seine Schwester zog ein Gesicht, ließ aber das Thema fallen.

»Wir scheinen zu einem unpassenden Augenblick hier hereingeschneit zu sein«, sagte Kylla. »Vielleicht sollten wir unseren Besuch auf einen anderen Tag verschieben.«

Eliana richtete sich auf. »Nein, bitte ... wenn Vater Sie schon gebeten hat zu kommen, dann sollten wir uns lieber daran halten. Es tut mir leid, daß alles so – durcheinander ist.« Sie legte eine Hand an die Stirn und schien zu überlegen, was sie für einen gewöhnlichen Besuch tun würde. »Wir haben gerade erst den Tisch hergerichtet«, sagte sie entschuldigend. »Vater hat uns nicht gesagt, daß er Sie eingeladen hat; die Botin hat es uns erst heute morgen im Vorbeigehen gesagt, und deshalb sind wir herumgerannt und haben versucht, alles fertig zu bekommen.«

Sie überlegte und schien zu dem Schluß zu kommen, daß ihrer Aussage ein gewisser Charme fehlte, denn sie schwächte sie sofort ab: »Sie sind uns beide durchaus willkommen. Ich möchte bloß unsere mangelhaften Vorbereitungen erklären. Wir freuen uns wirklich sehr, daß Sie zugestimmt haben zu kommen.« Sie seufzte. »Das war kein guter Morgen. Fangen wir neu an.«

»Wir freuen uns hier zu sein«, sagte Kylla, die wußte, was von ihr erwartet wurde. »Können wir Ihnen irgendwie behilflich sein?«

»Bei mir geht's schon«, sagte Coalis. »Ich werde mich bloß eine Weile hinlegen. Macht wegen mir keine Umstände.«

»Es wird wieder werden«, stimmte Leel zu, die seine Wunden reinigte. »Gehen Sie doch nach oben. Ich werde in ein paar Minuten nachkommen.«

Vielleicht war ich ein bißchen zu direkt, aber ich hatte auch keinen guten Morgen gehabt, und deshalb fragte ich: »Hat Ihr Vater etwas Bestimmtes vorgehabt? Etwas, das er mit uns bei dieser Einladung besprechen wollte?«

Eliana nahm es mir nicht übel. »Wir haben uns die gleiche Frage gestellt«, sagte sie offen. »Aber er war so aufgeregt, seit er erfahren hatte, daß Coalis die ganze Nacht weg war, und wir hielten es wirklich nicht für den richtigen Zeitpunkt, um ihn zu fragen.«

Ich hätte das Thema auch nicht angeschnitten. Wir folgten Eliana nach oben in ihr Zimmer, wo ein kleiner Tisch mit einem Pack Spielkarten in der Mitte aufgestellt worden war. Ringsherum lagen Kissen. Von der Schlafplattform hatte man die Matratze heruntergenommen und an die Wand am anderen Ende des Zimmers gelehnt, statt dessen stand da jetzt ein tragbarer Tah-Kocher mit Kessel und Tassen.

Wir traten ein und setzten uns. Es entstand ein ziemlich verlegenes Schweigen. »Leel wird jeden Moment hier sein«, sagte Eliana, obwohl wir das genausogut wußten wie sie. Ich blickte mich in dem Zimmer um, in der Welt der ersten Tochter des Hauses Porath. Kein Unterschied zum letztenmal: sauber, klein, in Ordnung gehalten. Auf dem Fensterbrett lag neben einem Stapel Notenblätter eine Flöte.

»Spielen Sie Flöte?« fragte ich.

»Ich lerne es«, sagte sie. Tantchen Jace machte eine verlegene Bewegung.

Glücklicherweise traf Leel ein, bevor das Gespräch erstarb, und wir konnten eine Diskussion darüber beginnen, mit welchem Spiel wir anfangen wollten. Manchmal denke ich, daß Kartenspiele und Dinnerparties uns nur einen Vorwand geben, etwas zu tun, während wir alle ausloten, wie wir in dem sozialen Geflecht zueinander stehen.

Aber, wie ich schon zu Eliana über das NETZ gesagt hatte, ich kenne nicht viele ivoranische Spiele. »Ich weiß, wie man Schlafender Hund spielt«, bot ich an.

Die Reaktion darauf war ein gespanntes Schweigen; anscheinend betrachtete man es als ein vulgäres Spiel. Ich hatte es im letzten Sommer von einigen Banditen im Nordwest-Sektor gelernt.

»Wir können Flush spielen«, verkündete Eliana.

»*Immer* Flush«, sagte Leel Canarol. »Das ist das eintönigste Spiel von der Welt.«

»Wir spielen Flush Sechsunddreißig«, sagte ihre Herrin mit einem Anflug von Gereiztheit. »*Das* ist nicht eintönig, es ist das komplizierteste Spiel, das es gibt. Du kannst anschreiben, Lely. Weil du es ja so leicht findest.«

Leel Canarol machte ein Gesicht, aber sie streckte ihre schlaksige Figur gegen die Wand, bis wir alle etwas knacken hörten, dann grinste sie und ging zum Fensterbrett und nahm von dort eine Feder und Papier. Das Papier war von der pastellfarbenen Art mit Struktur, die es in kleinem Format für die persönlichen Mitteilungen junger Damen gab.

Leel zog einen Schemel her und legte ein Bein darauf. »Also los«, sagte sie.

»Würden Sie bitte geben?« fragte Eliana Kylla.

»Vielen Dank«, sagte Kylla. Sie nahm das Deck mit den altmodischen schwarz-roten ovalen Karten, mischte sie grimmig und teilte Eliana, Tantchen Jace und mir je sieben Karten aus.

»Hm«, sagte ich, »Verzeihung, aber jemand muß mir zeigen, wie das gespielt wird.«

Kylla und Eliana starrten einander an, mit dem Ausdruck entschlossener Höflichkeit auf ihren Gesichtern. Ich glaube, sie hatten mich gar nicht gehört.

Tantchen Jace warf zwei Karten ab und nahm zwei vom Stapel. Eliana lächelte Kylla brav an und sagte: »Mit meinen Karten bleibe ich, meine Liebe.«

Ich kam zu dem Schluß, daß es am besten wäre, wenn ich einfach blindlings mitmachte, und so tauschte ich eine Karte.

Kylla nahm zwei ohne einen Kommentar. So ging es ein paarmal herum, dann sagte Tantchen Jace: »Flush!« und legte ihre Karten in drei Sets hin. Sie ergaben keine besondere Ordnung, die ich hätte erkennen können. Dann legten wir alle unsere Blätter hin, und Leel Canarol ging herum, prüfte, zählte und schrieb auf.

So ging es etwa eine Stunde weiter. Ich hielt mich zurück und vermied die weniger verständlichen Spielschritte; zum Beispiel das Manöver, bei dem Eliana plötzlich eine Karte im rechten Winkel auf den Stapel legte und »Blockade!« rief. Glücklicherweise schien niemand von mir etwas zu erwarten. Natürlich geriet meine Nase nach vierzig Minuten Spiel in einen kritischen Zustand; ich hielt mein Taschentuch in der Faust und gab die Karten von einer Hand in die andere, während ich schniefte und mich so leise schneuzte, wie ich nur konnte. Tantchen Jace warf mir von Zeit zu Zeit merkwürdige Blicke zu, aber die anderen waren zu wohlerzogen, um offiziell von meinem Zustand Kenntnis zu nehmen.

Nach einer Runde wandte sich Tantchen Jace mir zu und sagte: »Warum, in aller Welt, haben Sie nicht angesagt? Sie hatten ein perfektes Blatt!«

Ich zuckte die Achseln und hoffte, daß ich so aussähe, als stünde ich kühl über allem. Leel sagte: »Sie muß nicht ansagen, wenn sie nicht will. Vielleicht arbeitet sie an einer Strategie.«

Das tat ich tatsächlich. Meinen Kopf unten halten und mich auf den Boden werfen, wenn die Schüsse zu sausen anfangen.

»Wo stehen wir?« fragte Eliana plötzlich und schob ihr langes dunkles Haar über die Schulter zurück.

Leel schaute auf ihren Zettel. »Nach dieser letzten Runde sechsundzwanzig für dich, und damit bist du sechs hinter Kylla, zwölf über Tantchen und achtzehn über Theodora.«

»Sechs unter Kylla?« Eliana runzelte die Stirn. »Hast du meine Bonuspunkte für einen perfekten Flush mitgezählt?«

Leel hielt ihr den Zettel hin. Kylla schaute ein wenig gereizt drein und sagte: »Vielleicht möchtest du mal die Rechnung überprüfen, meine Liebe. Ich möchte ungern ein Schulmädchen übervorteilen.«

Eliana nahm den Zettel, schaute ihn an und stellte fest: »Das ist eine Neun, keine Sechs, Leel. Gibt mir drei Punkte mehr.«

Kylla beugte den Kopf, um das Gekritzel zu lesen. »Für mich sieht das wie eine Sechs aus«, sagte sie.

»Fortgeschrittenes Alter kann eine solche Wirkung auf die Sehfähigkeit haben«, erwiderte Eliana. »Nehmen Sie mein Wort, *ältere* Schwester, das ist eine Neun.«

Leel Canarol und Tantchen Jace begannen sehr schnell miteinander zu reden. »Hätten Sie gern ein anderes Blatt?« fragte Leel und sammelte die Karten ein, ohne auf eine Antwort zu warten.

»Das wäre reizend«, sagte Tantchen sofort. »Oder vielleicht sollten wir alle etwas Tah trinken. Theodora, was möchten Sie ...«

»Vielleicht sind Ihre langen Ärmel auf die Zahl gefallen und haben sie verschmiert, geliebte Schwester«, sagte Kylla. »Übrigens wollte ich Ihnen schon zu diesem Gewand ein Kompliment machen, als ich ankam; vor etwa sechs Jahren wäre es sehr modern gewesen.«

»Schau mal, wie spät es schon ist!« sagte ich. »Ky, sollten wir nicht ...«

»Vermutlich dürften Sie Expertin für alte Mode sein«, stimmte Eliana zu.

Kyllas aristokratische Nasenflügel begann zu beben, und das war kein gutes Zeichen. »Und es ist wahr«, fuhr Eliana fort, »diese extralangen Ärmel geraten einem in den Weg. Vielleicht können Sie mir eines Ihren Spitzenbänder leihen, um sie zurückzubinden.«

Rans Großmutter hatte Spitzenbänder getragen. Ich erhob mich. »Wir *müssen* gehen«, sagte ich.

Die beiden saßen da und rührten sich nicht.

»Kylla«, sagte ich und biß die Zähne zusammen. Endlich, endlich stand sie auf.

Eliana lächelte sie an und sagte: »Es tut mir so leid, daß Sie gehen müssen. Mir hat unser Spiel gefallen, und ich muß Ihnen ein Kompliment machen für die Kalligraphie Ihrer Antwort auf unsere Einladung. Wer hat sie für Sie geschrieben?«

»Ich freue mich, daß sie Ihnen gefallen hat, meine Liebe. Wer hat sie Ihnen vorgelesen?«

Genau in dem Augenblick, als Kylla sich umdrehte, um hinauszugehen, gab Eliana ein Knurren von sich und sprang auf. Der kleine Kartentisch fiel um, und Eliana packte von hinten Kyllas Arm. Es sah aus, als wollte sie Kyllas Rücken hinaufklettern.

Kylla wirbelte herum und stieß sie weg. Leel Canarol sprang auf ihre Schutzbefohlene zu und verfehlte sie. Eliana rappelte sich hoch und führte einen schwungvollen, aber schlecht geübten Schlag gegen Kylla aus, den diese blockierte. Ich schob den Türvorhang zur Seite und rief: »Hilfe! Verwalter!«

Coalis stand im Korridor. Von hinten hörte ich ein lautes Klatschen; da war jemand in Hautkontakt geraten. Coalis ging an mir vorbei und trat zwischen die beiden Kontrahentinnen, während es Leel gelang, Elianas Arme zu umklammern. Coalis hob seine Hände mit den Handflächen nach oben Kylla hin. Ohne Hemd sah er verletzbar aus. »Wir bitten um Verzeihung. Wir bitten um Verzeihung«, stieß er hervor. Auf Kyllas Wange war ein roter Fleck in der Form einer Hand, und Kylla atmete heftig. »Wir bitten um Verzeihung«, sagte Coalis erneut. »Wir bitten ergebenst um Verzeihung.«

Kylla zögerte für einen Moment, dann nickte sie. Sie warf einen Blick auf das Zimmer wie ein Erbe, der gerade ein Stück Land geerbt hat, das zu armselig ist, als daß er davon beeindruckt werden könnte. Dann drehte sie sich um und ging hinaus.

Ich folgte ihr. Im Korridor zupfte mich jemand an meinem Gewand. »Das war ja was, nicht wahr?« sagte Coalis. »Ich hatte keine Ahnung, daß so etwas passieren würde, als ich die Einladungen verschickte.«

Ich starrte ihn an. »*Sie* haben die Einladung geschickt?«

»Warum nicht? Ich bin jetzt der erste Sohn. Ich kann ohne Erlaubnis Leute nach Hause einladen.«

»Coalis … kennen Sie den Ausdruck ‹unbedingt Ärger haben wollen›?«

»Oh, aber das war doch großartig, oder? Was für eine Unterhaltung!«

Ich blieb stehen, blickte ihm in die Augen und sagte: »Sie spielen mit Dingen, die Sie nicht wirklich begreifen.«

»Ach, kommen Sie, Theodora, ich wollte bloß sehen, was passieren würde. Was, glauben Sie, hätten die getan, wenn sie Waffen zur Hand gehabt hätten?«

Sein Gesicht war ruhig wie gewöhnlich, aber seine Augen glühten. »Diese Familie hat sogar noch mehr Probleme als die Cormallons«, murmelte ich.

»Wie bitte?«

»Ich sagte, ich muß jetzt gehen. Kylla braucht Begleitung auf dem Heimweg.«

»Ach ja. Nun, Sie sind jederzeit wieder willkommen. Kylla natürlich auch.«

»Danke«, brachte ich noch heraus, vollführte meine steifste Verbeugung und rannte hinter meiner Schwägerin her.

Leel Canarol holte mich im Garten ein. »Bitte, gnädige Dame, ich möchte Sie bitten, diesen Vorfall nicht gegenüber Lord Porath zu erwähnen.«

Ich blieb stehen und dachte an das Schauspiel am Morgen. »Würde er sie sonst schlagen?« fragte ich leise. Kylla war vor uns am Tor, und ich wollte nicht, daß sie diese Idee aufschnappte.

»Er hat sie noch nie geschlagen, Madame. Aber er kann allen im Haus das Leben sehr schwer machen, wenn er unzufrieden ist.«

»Ich verstehe.«

»Und – ich habe zufällig mitangehört, was Coalis gesagt hat – wenn Lord Porath herausbekommt, daß sein Sohn dafür verantwortlich ist, dann könnte es eine zweite Lektion mit dem Riemen geben. Großmutter ist den ganzen Vormittag mit einem Kopfweh in ihrem Zimmer geblieben, aber wenn sie erfährt, daß Coalis geschlagen wurde, dann macht sie Lord Porath das Leben zur Hölle. Und wenn *sein* Leben eine Hölle ist, dann können wir genausogut alle in die Provinzen auswandern und unsere Namen ändern.«

»Ja, ich verstehe, was Sie sagen wollen. Schauen Sie, ich sehe keinen Grund, warum ich Lord Porath gegenüber etwas erwähnen sollte, aber ich kann natürlich nicht für Kylla sprechen.«

»Sie können vielleicht mit ihr reden … wenn sie sich wieder beruhigt hat.«

»Hmmm. Ich werde tun, was ich kann. Mehr kann ich nicht versprechen.«

»Danke«, sagte sie und verneigte sich. Als sie den Kopf wieder hob, lächelte sie gequält, als wüßte sie sehr gut, daß ich mich fragte, warum sie für die Poraths arbeitete.

Ich schüttelte den Kopf. Das Lächeln wurde zu einem Grinsen. »Ach, es ist nicht so schlimm«, sagte sie. »Ich habe schon da und dort gearbeitet, und von den Sechs Familien machen einem die Poraths wahrscheinlich am wenigstens Schwierigkeiten.«

»Der Himmel helfe uns allen«, sagte ich.

Sie machte eine lässige Abschiedsgeste und ging mit federnden Schritten zurück zur Veranda.

KAPITEL 16

Ich gab Kylla vorsichtshalber mein Rohrbluthalsband und erklärte ihr, daß ich jetzt sofort wo hingehen müßte und es dort nicht tragen wollte. Ich machte mir nicht die Mühe, ihr Einzelheiten zu erzählen, da sie geistesabwesend dreinschaute und mir offenkundig gar nicht zuhörte; aber ich paßte auf, daß sie das Halsband sicher in ihrer Tasche verwahrte.

Dann nahm sie die Kutsche, mit der wir gekommen waren, und fuhr weg. Ich begann einen langen Fußmarsch durch die Stadt hindurch zu den Überresten der nordwestlichen Stadtmauer. Ich brauchte dazu in der Mittagshitze gute anderthalb Stunden, und schon nach fünf Minuten schwitzte ich in meinen Partykleidern und mußte an ein kühles Bad denken. Das Nordtor, wo die Bodenwagen und die Karren durchfuhren, lag einige Straßen im Osten, aber ich erinnerte mich, hier in der Nähe einen Fußweg gesehen zu haben, der eigentlich durch eine Tür in der Mauer hinaus- und dann am Ostufer des Flusses entlangführen mußte.

Den gab es tatsächlich. Wildblumen und Abfälle säumten das Ufer. Jenseits der Mauer waren wenige Menschen unterwegs, und ich war froh, daß ich Kylla das Halsband gegeben hatte. Jedoch hatte ich wenigstens nach vorn und nach hinten weit genug freie Sicht, um zu sehen, daß niemand mir folgte. Hier verzweigte der Weg sich in zwei Pfade. Der eine führte oben auf der Uferböschung zwischen roten und blauen Blumen hindurch, der andere lief hinab zu dem schlammigen Trampelpfad neben dem Wasser.

Ich wählte den trockeneren und hübscheren Pfad. Ein Stück weg vom Ufer stand eine Hütte, vor der ein rotbrauner Hund bellte und Wäsche in der vom Fluß wehenden Brise flatterte. Der Hund steigerte sich in eine fast wahnsinnige Erregung und gab mir zu verstehen, daß er mich gerne in Stücke reißen würde, wenn ihn nicht ein Zaun aus Holz und Draht unpraktischerweise daran hinderte. Er warf sich sogar einigemal gegen den Zaun, und ich überlegte, wie fest denn das Hindernis wohl war.

Außer dieser Hütte gab es keine menschlichen Behausungen, bis man einige Kilometer auf das Land hinauskam und die Bauerngüter begannen. Aber etwa eine Viertelstunde von der Mauer entfernt kam ich zu einem Abschnitt der Felder und des Flußufers, den die Stadt, offiziell oder auch nicht, als Schuttabladeplatz benutzte. Alte Tische lagen halb versunken im Schlamm am Fluß; zerbrochenes Geschirr, zersplittertes Glas in allen Regenbogenfarben und Metallteile bedeckten den Boden. Es gab Stapel von Altpapier, das mit regierungsamtlichem Behördenkauderwelsch bedruckt war. Flußratten streiften interessiert dazwischen umher. Und drunten am Flußpfad war eine Hütte, gebaut aus Holzbrettern und Metall vom Schuttplatz, die Hütte von Moros, falls Stereth recht hatte, dem Zauberer, der Kade von der Catmeral-Brücke aus getötet hatte.

Nun, ich wußte sicher, daß er nicht zu Hause war. Das mußte natürlich nicht unbedingt bedeuten, daß die Hütte leer war. Durch den Schutt und Müll war ein Trampelpfad hinab zur Hütte gebahnt, und ich folgte ihm, vorbei an einem alten einzelnen Wagensitz, einem Set zerbrochener Tah-Tische, drei Bänken und einem Teil von einem Bett.

Neben der Tür war ein winziges Fenster, verschlossen durch eine Jalousie. Ich zog an der Türklinke, dann drückte ich gegen die Tür, schließlich gab ich ihr einen Tritt, so fest ich nur konnte. Sie ging auf.

Die Hütte war leer. Ich trat ein. Sie bestand aus einem einzigen Raum mit vollgestopften Regalen, einem Ofen in der Mitte des Bodens mit einem Eisengitter ringsherum, einem winzigen altmodischen Schreibtisch voller Papiere (der mit seiner barocken Eleganz hier fehl am Platze wirkte), und einem kleinen Holztresen, auf dem Gefäße mit Lebensmitteln standen. Ein nicht definierbares Stück Fleisch hing an einer Schnur von der Decke; es fing gerade an zu riechen. In einer Ecke war eine Art Hängematte installiert, mit Bettzeug und einem Flaschenzug.

Alles wartete einfach auf Moros' Rückkehr. Es war anzunehmen, daß man das Fleisch inzwischen schon herabgenommen hätte, wenn noch jemand anderer hier lebte. Ich legte mein Obergewand ab und warf es auf das hängende Bett. Meine Aufgabe hier war möglicherweise langweilig, meinte ich, aber nicht gefährlich, und ich nahm mir zuerst die Gefäße mit den Lebensmitteln vor.

Nein, ich hatte keine Ahnung, wonach ich suchte. Ich folgte jener Ermittlungsmethode, deren Motto lautet: »Stelle Fragen, sammle Daten, und vielleicht kommt dabei etwas heraus.« Die Gefäße mit den Lebensmitteln nahm ich zuerst dran, weil es der Logik nach am wenigsten wahrscheinlich erschien, daß sie etwas Interessantes enthielten; da wir uns aber auf Ivory befanden, nahm ich an, daß Geheimnisse eher dort versteckt waren als anderswo.

Moros hatte Zucker, Reis und getrocknete Früchte in den Gefäßen gehabt. Kein Mann mit einem üppigen Budget. Ich öffnete die Ofentür: Der Ofen war leer. Ich stocherte eine Weile unter dem Ofen herum, dann begann ich, Moros' endlose Sammlung von Flaschen zu inspizieren, die ordentlich etikettiert in seinen überfüllten Regalen standen. Kräuter und Kuriositäten, Krimskrams – ein Rezeptbuch für Zauberei, aber nichts, das mir irgend etwas sagte.

Ich zog die Bettdecke ab und schaute unter die Matratze. Ich klopfte den Fußboden und die Wände ab. Ich holte die Öllampe von ihrem Haken an der Decke herunter.

Blieb also nur noch der Schreibtisch übrig. Wenigstens bot mir der Polsterstuhl eine Sitzgelegenheit.

Ich beschloß, im Uhrzeigersinn vorzugehen und begann die gefalteten Papiere zu öffnen, die rechts oben gestapelt lagen.

Eine Rechnung für ein neues Gewand, neueren Datums und noch unbezahlt.

Eine zerrissene Stellenanzeige für einen Zauberer, der bereit war, in die Provinzen zu reisen.

Notizen über Zauberei, anscheinend ohne Bezug zum Ertrinken.

Interessant: Eine Reihe von Handskizzen des Flusses und des Schuttabladeplatzes draußen. Auf dem alten Wagensitz saß eine Rattenfamilie; mit ihren funkelnden Augen sahen sie sehr komisch aus. Moros hatte den falschen Beruf ergriffen.

Hatte den falschen Beruf ergriffen *gehabt*.

Ein Brief. Aha, dachte ich, jetzt kommen wir zum Wesentlichen!

> *Hallo, Gernie,*
> *Natürlich habe ich dich nicht vergessen. Es ist nur einfach nicht der ~~richtige~~ ~~passende~~ günstigste Zeitpunkt dafür, daß Du zu mir kommst. Hier ist alles völlig ungewiß; es würde mich nicht überraschen, wenn es hier bald zu Straßenkämpfen käme.*

Mich hätte es überrascht. Bis jetzt war der Sommer ziemlich langweilig gewesen, was politische Geschehnisse betraf.

Bleib also, wo Du bist, ich flehe Dich an. Nimm inzwischen diese kleine Hilfe von ~~25~~ ~~12~~ 10 Tabals an. Ich hoffe, das wird die Dinge für Dich und Deine Mutter etwas leichter machen.

Richte allen meine besten Wünsche aus. Um die Wahrheit zu sagen, meine Klientenliste nimmt nicht so schnell zu, wie ich gehofft hatte, aber mir geht es sehr gut …

Ich legte den Brief hin. Gernie, wer auch immer er oder sie war, würde sich Gedanken machen, wenn keine Briefe mehr kamen. Vielleicht würde Gernie in die Hauptstadt kommen, um nachzuschauen, was los war.

Um Moros' willen hoffte ich, daß man ihm nie bis hierher nachging und sah, wie er gelebt hatte.

Komm schon, Theodora, du verwickelst dich schon wieder in die Sache. Du wirst nie all diese Papiere durchbekommen, wenn du bei jedem innehältst und dich Spekulationen hingibst.

– Eine Kritik der Saison des Chakon-Tanztheaters, aus den ›Hauptstadt-Nachrichten‹ gerissen.

– Drei Briefe von Gernie, die vom vielen Zusammen- und Auseinanderfalten schon fast in Fetzen zerfielen; Gernies Geschlecht war immer noch unklar, nicht aber seine/ihre Leidenschaft. Gernie bat immerzu flehentlich darum, in die Hauptstadt kommen zu dürfen, um bei Moros zu sein. Einige der Briefe waren ziemlich freizügig; als prüde Athenanerin war ich ein bißchen schockiert, aber auch – ich muß es gestehen – fasziniert …

Doch der Nachmittag wurde immer später. Ich legte die Briefe auf ihren Platz zurück. Auf einem Stapel Papiere stand ein geschnitztes Holzkästchen; ich öffnete es und kippte es um.

Eine Masse Gewinnkupons aus Spielhallen im

Glücksspielviertel. Punkte für so gut wie alle Arten von Spielen, von denen ich schon gehört hatte, und für viele, die ich nicht kannte. Moros war, wie so viele andere, nicht immun gegen Glücksfieber gewesen, aber er hatte wenigstens einen Vorrat an Coupons angesammelt, die man später in den entsprechenden Hallen gegen Geld eintauschen konnte. Natürlich konnte man nicht sagen, wieviel er von seinem eigenen Geld hatte hinlegen müssen, um all dies zu gewinnen. Ich blätterte sie durch: ›Wolkenhügel‹, ›Rad der Illusion‹, ›Goldteller‹. Der Mann mußte sich durch alle Etablissements der Straße des Roten Tahs durchgearbeitet haben. Ich drehte den roten Kupon des Tith-Salons ›Roter Schirm‹ um.

»Schuldschein 85 Tab. L. Broca«

Ich erstarrte.

Ich drehte ein anderes um. »Schuldschein 32 Tab. L. Broca«

Jetzt drehte ich alle um, einen nach dem anderen. Die meisten waren leer, aber auf etwa der Hälfte der Kupons vom ›Schirm‹ und dem ›Silbernen Schuh‹ stand ein Betrag mit Lodens Unterschrift darunter.

Der Idiot! Gibt seine Unterschrift jemandem, mit dem er in einem Verbrechen unter einer Decke steckt...

Das war eine ivoranische Reaktion. Die nächste war athenanisch und lautete: Warte mal, welche Beweise haben wir hier wirklich? Loden schuldete also Moros Geld. Loden schuldete anscheinend jedermann Geld. Welches Licht konnte das auf Moros' Auftrag von der Catmeral-Brücke werfen?

Nun, solange Kade im Spiel war, war Lodens Geld schon so gut wie verpfändet. Moros hatte wirklich nicht die geringste Chance, daß einer dieser Schuldscheine eingelöst wurde. Wahrscheinlich hatte Loden zur seiner Selbstverteidigung auf diese Tatsache hingewiesen.

Würden sie sich wirklich zusammentun, um Kade zu ermorden, einfach damit Loden sich da herauswinden konnte? Aber sie konnten sich ja nicht sicher sein, ob nicht jemand anderer Kades Kontenbuch in die Hände bekommen würde, wie es ja auch geschehen war. Jedoch machte Stereth Tar'krim einen Lebensstil daraus, etwas über den Haufen zu werfen. Und wenn man Coalis' mönchischen Hintergrund in Betracht zog, dann dürften die Aussichten ziemlich gut erschienen sein, daß die Schulden verschwinden würden, wenn Kade einmal nicht mehr war.

Ich saß auf dem Schemel, hielt eine Handvoll Kupons und dachte nach.

Eine andere Möglichkeit: Loden hatte Moros engagiert, um Kade umzubringen, und die Schuldscheine stellten überhaupt keine Verluste beim Spiel dar, sondern waren eine plausible Methode, um ihn zur Zahlung nach der Tat zu verpflichten.

Aber warum war dann Moros gestorben, mit durchschnittener Kehle, an jenem Tag auf dem Markt? Und wer waren die Schläger, die Ran und mich zu schnappen versuchten? Und Loden war einfach ein solcher *Idiot*... Offen gesagt, selbst ein vermasselter Mord schien über seine Fähigkeiten hinauszugehen.

Ich wünschte mir, der verdammte Hund von der Hütte am Pfad würde aufhören zu bellen; ich konnte ihn bis hierher hören. Ich nahm mir gereizt den nächsten Papierstapel vor. Der/die produktive Gernie, mit mehr zum gleichen Thema. Noch mehr Skizzen. Ein mit der Hand gezeichneter Stadtplan; schön ausgeführt, dachte ich. Ich nahm die Glücksspielkupons und steckte sie mir in die Gürteltasche, legte den Papierstapel wieder hin und nahm mir einen anderen vor.

Dieser verrückte Hund! Schließlich schien er sich wieder zu beruhigen. Seine Mordlust war vergänglich; derjenige, der an der Hütte vorbeigegangen war, befand sich jetzt wahrscheinlich außer Sichtweite des Hundes.

Plötzlich stand ich auf, trat zu dem kleinen schmutzigen Fenster und guckte hinaus. Oben auf der Uferböschung zeichneten sich zwei Gestalten silhouettenhaft ab.

Loden Broca und Trey Lesseret. Es gab *keinen Grund*, warum sie hier und jetzt auftauchen sollten, nach all den Stunden und Tagen, die sie seit dem Mord Zeit dafür gehabt hatten. Ach, die Unfairneß der Götter! Das ging über einen bloßen Zufall hinaus, hierin offenbarte sich die boshafte Natur des Universums. Ich blickte mich in dem Raum um, als erwartete ich, daß sich eine Lösung von selber anböte, so wie ein Clown, der in einer Slapstickfarce aus einem Schrank springt; aber die Gesetze der Physik blieben gültig. Ein Raum. Ein Ausgang. Kein Platz, um etwas von der Größe eines Menschen zu verstecken.

Hinter dem Ofen – zu niedrig. Hinter dem Schreibtisch – zu niedrig. Der Tresen. Wart mal – das Bett? Ich stürzte mich auf Moros' Flaschenzug und ließ die Schlafstatt weiter herunter. Dann warf ich mein Obergewand wieder dort hinauf, setzte einen Fuß auf das Gitter, das den Ofen umgab, und rollte mich auf die Hängematte. Würde ich aus dieser Position das Bett noch höher ziehen können? – Ja. Wenn auch mit Schwierigkeiten. Ich zog an den Seilen, bis das Bett so nahe an der Decke war, daß ich fast an ihr klebte, und dann lag ich da in dem Knäuel verschwitzter Kleider, die mir am Leib klebten. Eine Sekunde lang fühlte ich mich wieder in jenen Augenblick auf dem Marktplatz versetzt, als ich zu dem Messer aufschaute. Wahrscheinlich würden Loden und Trey sich keine Mühe mit Messern machen müssen, denn Trey hatte sicher noch seine Pistole von der Agentur Mercia. Ich kam mir überhaupt nicht versteckt vor. Die Pheromone, die ich da ausdünstete, hätte man wahrscheinlich an Sadisten verkaufen können.

Sie brauchten ewig lange, bis sie an der Hütte ankamen. Einige Jahrhunderte vergingen, bevor sie die Tür öffneten.

»*Kanz*«, hörte ich Treys Stimme, »schau mal, in was ich da getreten bin.«

Loden lachte.

»Jetzt denkst du, das ist komisch«, sagte Trey, »aber ich werde es überall auf dem Boden vertreten, und du mußt dann den Gestank ertragen.«

»So lange bleiben wir ja nicht hier«, sagte Loden.

Schritte auf den Holzbrettern. »Wo sollen wir anfangen?« fragte Trey. Ohne auf eine Antwort zu warten, fuhr er fort: »Du übernimmst den Schreibtisch und ich nehme die Gefäße.«

Das Geräusch, wie Gefäße geöffnet und Deckel auf den Tresen geworfen wurden. Papiere wurden vom Schreibtisch auf den Boden geworfen. Dann wurden anscheinend die Flaschen in den Regalen untersucht. Trey mußte wohl zuerst fertig gewesen und dann zu Loden an den Schreibtisch getreten sein, denn ich hörte, wie beide die Papiere durchgingen.

»Ich glaube nicht, daß sie hier sind«, sagte Trey.

»Sie müssen hier sein.«

Noch mehr Papiere wurden zerknittert und weggeworfen. Das Geräusch der Stiefel wurde jetzt teilweise von den weggeworfenen Briefen auf dem Boden gedämpft.

»Ich glaube nicht, daß sie hier sind«, sagte Trey erneut, im Ton eines Vaters, der sagt: Dein Geburtstagsgeschenk ist nicht rechtzeitig angekommen; trage es wie ein Mann.

»Er hat nicht woanders gewohnt, er hat hier gewohnt! Sie müssen hier irgendwo sein. Wir haben bloß nicht gründlich genug gesucht.«

»Könnte sie jemand anderer vor uns genommen haben?«

»Wer?«

»Ich weiß nicht. Deine Cormallons vielleicht. Du hast gesagt, daß man ihnen die Adresse mitgeteilt hat.«

»Die Cormallons arbeiten nicht mehr für Lord Porath. Und dafür war sowieso keine Zeit. Niemand wußte bis gestern überhaupt, wo Moros gelebt hat. Er hat immer dicht gehalten – egal, wie besoffen er war, nie ein Wort über private Dinge.«

»Du hättest dich mehr bemühen sollen, es herauszufinden. Deine kleine Freundin hatte recht, Loden, du kannst nicht einfach irgendwelches Zeug mit deinem Namen darauf herumliegen lassen.«

»Halte mir keine Vorträge. Wenn ich gern Vorträge hören würde, dann würde ich noch zu Hause wohnen. Und was hätte ich überhaupt tun können? Niemand wußte, wo er lebte!«

»Jemand wußte es.«

»Niemand in den Spielhallen. Minister Tar'krim hat eine Hure aufgespürt, die Moros einmal hierhergebracht hat, sonst wüßte es immer noch niemand.«

»Ha«, sagte Trey in einem sarkastischen Ton. »Wenn niemand Nachforschungen anstellt, wie kommt es dann, daß Stereth Tar'krim sich die Mühe gemacht hat, die Hure aufzuspüren?«

Schweigen. Schließlich sagte Loden: »Ich bin nicht verantwortlich für ...«

»Ich weiß. Du bist für *nichts* verantwortlich.«

»Das ist nicht fair! Niemand versteht, was ich mitgemacht habe. Besonders in den letzten paar Tagen. Die Agentur schmeißt mich hinaus, ich muß in einem verdammten *Postkasten* hausen, für ... – und was ist mit den ›Höfen des Himmels‹, na? Zwei Angeber versuchen mich bei einem Tithball-Duell mit einem Hitzestift umzubringen! Ich bin vor Schreck fast auf der

Stelle gestorben. Niemand hat mich gewarnt, daß so etwas passieren kann.«

»Das machte deine Reaktion um so glaubwürdiger, nicht wahr?« sagte Trey mit eisigem Humor.

»Diese Art von Hilfe brauche ich nicht«, sagte Loden entschlossen. Einen Augenblick später fügte er hinzu: »Obwohl die barbarische Feder danach mehr Mitgefühl zu haben schien.«

Feder ist ein Ausdruck, den man in Rans Kreisen nicht oft hört. Er bedeutet eine Frau – im Sprachgebrauch allgemein eine Frau im gebärfähigen Alter. Ich werde Ihnen nicht sagen, woher sich dieser Ausdruck ableitet. Sollten Sie je nach Ivory kommen, dann benutzen Sie dieses Wort besser nicht.

»Siehst du!« sagte Trey. »Sei froh, daß Samtauge und ich uns um dich kümmern.« Er knüllte Papiere zusammen, während er sprach. »*Kanz!* Sie sind nicht auf dem Schreibtisch, Loden, finde dich damit ab.«

»Was machen wir also?«

»Ich hoffe, du hast recht. Hoffe, sie sind hier irgendwo. Denn dann verbrennen sie mit, wenn wir die Hütte anzünden.«

Was?

»Hol die Kanister«, sagte Trey. »Ich habe sie draußen abgesetzt.«

Wartet mal hier eine verdammte Minute …

Loden ging hinaus, kehrte zurück, und dann hörte ich, wie etwas Schweres aus Metall auf den Boden gestellt wurde. Jemand nahm den Stöpsel aus einem Kanister, vielleicht war es Trey, denn er begann zu schwatzen, während er seine Arbeit tat. »Also sag mir« – *schwapp!* – »hast du die ganze Zeit im Postkasten zugebracht?« *Schwapp!* »Oder stimmt das, was man über die barbarischen Frauen erzählt?« *Schwapp, klatsch!* »Häßlich zum Anschauen, aber wilde Tiere auf der Matratze?« Ein chemischer Geruch erfüllte den Raum.

»Ich schweige über meine Erfahrungen«, sagte Loden.

»Verdammt, ja, das tust du.« Ein Kanister wurde wieder auf den Boden gestellt. Jetzt klang er leer. »Deine Hosen haben mehr erlebt als eine kaiserliche Legion im Feld.«

Loden gluckste. »Da wir gerade von Matratzen reden …«, sagte Trey nachdenklich.

»Was?«

»Die da oben an der Decke.«

Ich erstarrte vollständig, als würde dadurch dieser Gedanke aus Treys Hirn verschwinden.

»Was ist damit?« fragte Loden.

»Nun, wir haben dort nicht nachgeschaut. Vielleicht hat Moros seine Kupons gern ins Bett mitgenommen und sich daran erfreut.«

»Wen interessiert das? Wir werden sowieso den ganzen Stall hier niederbrennen.«

»Loden. Mein Junge. Wir wollen *wissen,* daß wir sie verbrannt haben, nicht wahr? Wir wollen uns nicht den Rest unseres Lebens wegen ihnen Gedanken machen.«

»Niemand macht sich noch Gedanken um Kade. Bis zum nächsten Frühjahr haben sie schon vergessen, daß er überhaupt einmal existiert hat.«

»Loden, es ist schon mancher über unerledigte Dinge gestolpert. Nimm den Flaschenzug.«

Mit einem Quietschen begann das Bett sich zu senken. Ich drehte mich auf die rechte Seite und meinen rechten Ellbogen und zog das linke Knie hoch. Das Bett senkte sich weiter; schon waren die Regale mit den Flaschen zu sehen. Ich nahm den linken Fuß von der Matratze und legte mein Bein zurück. Sie würden beide neben dem Flaschenzug stehen, links von mir. Ich drehte mich in dem Bett um meine Achse und hoffte, daß die Schwingung, die meine Bewegung hervorrief, als die natürliche

Folge des Herunterlassens des Bettes erscheinen würde.

Ich hatte einmal ein paar Tricks von einer wilden Kämpferin gelernt, einem früheren Mitglied der Kaiserlichen Garde. Ich hatte sie schon lange nicht mehr geübt, da ich keinen gut gepolsterten Partner zur Verfügung hatte, an dem ich das Verstümmeln und Umbringen ausprobieren konnte – ich war unter ungewöhnlichen Umständen trainiert worden. Aber wenn man nur noch ein paar kostbare Möglichkeiten übrig hat …

Die Überraschung, konnte ich meine alte Instruktorin sagen hören, *die Überraschung ist deine Verbündete. Die meisten Kämpfe sind in drei Sekunden vorbei – wenn du sie überhaupt gewinnst.* Und sie hatte uns die Sekunden zählen lassen, um zu beweisen, daß dies stimmte.

Trey und Loden waren trainierte Leibwächter mit Waffen. Sie wußten besser als ich, was zu tun war. Aber sie erwarteten nicht Lodens barbarische Feder auf dem Bett, und sie würden von ihr nicht mehr erwarten, als daß sie sich ängstlich duckte. Die Zeit war auf meiner Seite, und das war auch schon alles.

Eine Hand an einem Seil wurde sichtbar. In einer Sekunde würde ein Kopf zu sehen sein …

Treys Kopf. Ich stieß meinen linken Fuß mit aller Kraft nach vorn und stellte mir dabei vor, hinter Treys Kopf wäre eine Melone, die ich zertreten müßte. Ich spürte, wie der Absatz meiner Sandale in sein weiches Gesicht drang. Er stolperte rückwärts und hatte nicht einmal die Zeit gehabt, schockiert dreinzuschauen.

Aber das schwingende Bett hatte mir nicht genug Hebelkraft gegeben. Ich sprang herunter, rannte zu Trey, so nahe, als wären wir Liebende, zog sein blutendes Gesicht, das er mit beiden Händen hielt, herunter und schlug seine Stirn gegen mein Knie.

Er sank auf den Boden. Ich trat seinen Kopf noch einmal, sicherheitshalber. Jetzt waren wahrscheinlich etwa zwei Sekunden vergangen. Loden stand neben dem Flaschenzug, war ein paar Schritte zurückgetreten und blickte erschrocken und hilflos drein. Er hatte kein Halfter am Gürtel, war nicht bewaffnet, zumindest nicht mit einer Pistole – vielleicht hatte er sie abliefern müssen, als die Agentur Mercia ihn vom Dienst suspendierte.

Ich schaute auf Trey, bereit, seine Pistole zu packen und auf Loden zu richten. Auch hier kein Halfter? Was war mit der Welt bloß los, wenn Leibwächter unbewaffnet herumgingen? Durften sie die Kanonen nicht mitnehmen, wenn sie außer Dienst waren?

Kanz. Damit blieb nur Nahkampf übrig, und das Element der Überraschung verlor rasch seinen Wert. Ich mochte Loden bei einem Intelligenztest schlagen, aber er war gute zwölf Zentimeter größer als ich, ganz zu schweigen davon, daß er stärker und in besserer Verfassung war. Und, nicht zu vergessen, besser trainiert.

Schnell, Theodora. Los jetzt, bevor er die Situation einschätzen kann. Noch ist er überrumpelt. Ich warf mich auf ihn.

Er wich aus, streckte die Arme aus und ließ mich nicht an sich heran. »Theo«, sagte er, »warten Sie einen Augenblick.«

Laßt die Gegner kein Gespräch beginnen, konnte ich meine Instruktorin sagen hören. *Nichts von dem, was sie sagen, ist für euch von geringstem Interesse.*

Er zog sich noch weiter zurück, hinter den Ofen. »Entspannen Sie sich, verdammt noch mal, ja? Schauen Sie, ich bin unbewaffnet.«

Jetzt müßte er eigentlich bereit sein zu kämpfen; er hatte genug Zeit gehabt, um sich zu fassen und zu erkennen, daß er mich zu Brei schlagen konnte. Der

Umstand, daß er es nicht tat, verlieh seinen Worten etwas Glaubhaftigkeit.

Ich begann zu schwanken. Oh, *Kanz,* wenn ich mich direkt gegen ihn geschleudert hätte, dann hätte ich es vollendet, bevor der nachträgliche Schock einsetzte.

Sein Blick fiel auf Trey, der am Boden lag. »Theo«, sagte er, »wir sind aus einem guten Grund hier.« Er blickte mir in die Augen und wischte sich den Schweiß von der Stirn. »Könnten Sie mir bitte eine Minute Zeit geben, um es Ihnen zu erklären?«

»Was? Um was geht es?« Meine Stimme klang angespannt.

Er war schrecklich höflich zu jemand, der keine Bedrohung darstellte. Vielleicht hatte er ein psychologisches Problem, selber zu töten. Sie sind moralisch unsicher, Loden. Die Verantwortung liegt bei dem, der es arrangiert, nicht nur bei dem, der es ausführt. Sie sind kein Mann, der die Dinge durchdenkt, nicht wahr?

»Also?« fragte ich wieder.

»Ich wollte Ihnen heute abend davon erzählen ... Sie müssen mir glauben.« Er zog ein Seidentuch aus einer Tasche und wischte sich den Hals ab. Ich konnte von hier aus sein billiges Parfüm riechen, sogar durch den chemischen Geruch der ausgeschütteten Flüssigkeit hindurch; es war ein moschusartiger, widerwärtiger Duft, der mich an einen nassen Hund erinnerte. Die Paketstation hatte danach gerochen, als wir sie geöffnet hatten. Die beiden Gerüche verschmolzen ekelerregend.

Es bestand die Möglichkeit, daß ich ohnmächtig wurde. Ich legte eine Hand auf den Rand des Ofens und stützte soviel Gewicht darauf, wie es ging, ohne daß meine Schwäche offenkundig wurde. »Also reden Sie.«

»Hören Sie ... hm ... Theo, Sie sind wirklich nett zu

mir gewesen, und ich weiß es zu schätzen. Meine Familie lebt tausend Kilometer weit weg von hier. Ich hatte niemanden außer Trey, an den ich mich wenden konnte.«

Vermutlich war es so. Und wenig Vernunft beim Glücksspiel und schlechter Geschmack beim Parfüm machen aus Ihnen noch keinen Mörder. Jetzt möchte ich mal sehen, wie Sie die Schuldscheine erklären. Ich trat ein paar Schritte zurück; er war immer noch zwischen mir und der Tür.

»Ich habe bei jeder zweiten Spielhalle in der Straße des Roten Tah Schulden gehabt. Ich wollte sie einfach loswerden, verstehen Sie? Also legte ich alle meine Schulden bei Kade zusammen.« Und benutzte die neuen Geldmittel, um noch mehr Spielsalons aufzusuchen, anstatt die alten Schulden zu tilgen. Ich begann das Muster zu begreifen. »Sagen Sie mir nicht, daß Sie noch nie etwas Verrücktes in Ihrem Leben angestellt haben. Sind Sie nie ein Risiko eingegangen? Haben Sie nie mit Würfeln gespielt?«

Zwei Planeten hatte ich verlassen und in fremdartiges Denken, Magie und Unvernunft eingeheiratet. Offensichtlich vergeudete ich meine Zeit nicht mit Spielereien mit kleinen bemalten Spielmarken.

»Na, kommen Sie schon, Theo. Haben Sie ein bißchen Nachsicht mit mir.«

»Und was ist mit Kade?«

»Ich habe Ihnen doch gesagt, ich habe Kade nichts getan. Ich bin kein Zauberer, ich bin bloß ein Leibwächter in einer Leihagentur. Außerdem«, er trat näher und gestikulierte, »sagen Sie mir bloß nicht, daß Sie sich auch nur einen Pfifferling um Kade scheren.«

Ich scherte mich nicht, um vollkommen ehrlich zu sein, wie es eine gute Athenanerin sein sollte. Aber darauf kam es ja gar nicht an.

»Seien Sie vernünftig«, sagte er. »Ich versuche nur,

zurechtzukommen. Wie großartig ist den mein Leben schon, meine Liebe? Ich lebe in einem Postkasten.«

Ich hatte es nicht nötig, von Loden Broca ›meine Liebe‹ genannt zu werden. Er stand jetzt direkt neben mir, sein blaues Seidentuch hing aus der Tasche seines Obergewandes. Er legte eine Hand auf die Wand hinter mir. »Verlange ich so viel?« Seine Stimme war jetzt leise und heiser.

Hatte der ivoranische Kulturschock endlich einen kumulativen Gipfel erreicht, auf dem ich meinen Verstand verloren hatte, oder erlaubte sich Loden einen Scherz, hier in Moros' Hütte, wo sein Freund Trey ausgestreckt auf dem Boden lag? Er beugte sich vor und küßte mich sanft auf die Wange. »Ich bitte nur«, sagte er und bewegte sich abwärts auf meinen Mund zu, »um etwas Verständnis.« Dann ging er eine Fingerbreite zurück und musterte mein Gesicht.

Ich muß gestehen, ich war völlig in einer morbiden Faszination gefangen. Niemals hatte ich bisher soviel unbegründete Frechheit, soviel aufgeblasenes Ego mit soviel Torheit verbunden erlebt. Es mußte schrecklich sein, von einer *glanzvollen Ausstrahlung* abhängig zu sein und keine zu besitzen. Die Situation war abstoßend, aber auf eine makabre Weise auch fesselnd. Sie schien weit entfernt von meinem Leben zu sein, wie eine Szene aus einem Melodram, wo die Bühne beleuchtet war und ich hinten in der zehnten Reihe gebannt die Realität eines anderen verfolgte. Ich hatte einen plötzlichen selbstmörderischen Impuls, ihm nachzugeben, einfach um zu sehen, was er als nächstes tun würde, und ich mußte mich daran hindern, die Umarmung zu erwidern.

Aber der gesunde Menschenverstand brach in mein Staunen ein, in Form einer Stimme, oder eher der Erinnerung an eine Stimme. Meine alte Kampfinstruktorin: *Er steht direkt vor dir.*

Ja, das tat er, Ganz offen.

Also? Du weißt, was du zu tun hast.

Mit Bedauern tat ich es. Zu diesem Zeitpunkt begann ich Loden als einen Minderjährigen zu betrachten, der einen Vormund brauchte, oder vielleicht die Einweisung in ein Heim. Aber ich wußte, was meine Instruktorin von mir erwartet hätte. Und Ran auch. Und Kylla. Und jeder lebende Nichtathenaner auf diesem Planeten.

Ich legte meine Arme um seinen Hals, um sie besser zu placieren. Er beugte sich wieder herab.

Ich zog mein Knie mit einer jähen Bewegung hoch. Als er vornüberfiel, stieß er einen seltsamen Laut aus, etwa wie ein Hermitvogel, dem gerade der Hals umgedreht wird. Ich packte seinen Kopf, schob ihn etwas weg und zog mein anderes Knie hoch. Volltreffer!

Er fiel auf den Boden. Seine Augen waren geschlossen, aber ich hörte ein leises, unwillkürliches Stöhnen. Er bewegte sich nicht.

Versetz ihm noch einen Tritt, um sicherzugehen, daß er k.o. ist, sagte die Stimme meiner Instruktorin.

Ach, komm – er ist doch nicht bewaffnet. Und er ist gar nicht in der Verfassung, auf mich ohne Waffen loszugehen.

Das ist die angemessene Prozedur.

Aber er ist doch ein Idiot. Kann ich ihn nicht einfach so lassen?

Keine Antwort von meiner verinnerlichten Instruktorin. Ich ging auf der anderen Seite um den Ofen herum, öffnete die Tür und ging hinaus.

Eigentlich müßte ich genügend Adrenalin in den Adern haben, um den Weg zurück in die Stadt zu schaffen, dachte ich, als ich die schlüpfrige Uferböschung hinaufkletterte. Aber für den Rest des Tages und morgen würde ich wahrscheinlich außer Gefecht sein. Ich kam an dem Stapel zerbrochener Tah-Tische vorbei, die da in schlammigem Glanz lagen. Ihre grünlackierten Ränder hatten Risse, und sie sahen ziemlich jämmerlich aus. Einst hatte jemand sie stolz in seinem Haus aufgestellt. Je nun, wir werden am Ende alle einmal verrotten, genau wie dieser Krempel hier.

– Oh, um Himmels willen, Theodora. Geh nach Hause und genehmige dir eine Flasche Ducort-Wein – bei deiner jetzigen Verfassung wird dich eine Schale schon ins Reich der Träume schicken. Ran wird dort sein, und morgen bist du wieder in Ordnung.

Gute Idee. Ich kletterte weiter. Etwas schien am Rand meines Gesichtsfeldes vorbeizuglitzern. Ein Trick des Sonnenlichtes? Ich drehte mich um.

Loden stand in der Tür und hielt eine Pistole in der Hand. Der Schuß mußte über meinen Kopf hinweggegangen sein.

Wie hat er denn die bekommen, im Namen der Götter? Ich warf mich hinter den zerbrochenen Wagensitz. Loden hatte doch kein Halfter getragen. Trey hatte auch kein Halfter getragen. Warum sollte einer von ihnen woanders eine Pistole verstecken? Der Wagensitz würde als Schutz nicht taugen, dachte ich.

Loden kletterte mühsam den Hügel herauf; mit einer Hand hielt er sich den Kopf. Ich kroch durch den Schlamm hinter dem Wagensitz in einen Haufen alter Schachteln. Ich wußte nicht, was in ihnen war, aber sie stanken.

Es war schrecklich. Ich würde von jemandem umgebracht werden, den ich nicht einmal respektierte.

Und das war auch nicht recht! Ich schlüpfte unter einen umgedrehten Karton. Nicht, daß ich etwa vom Universum Fairneß erwartet hätte, aber das hier kam mir vor wie eines jener Maschinenspiele mit Spielsteinen, das für einen nahezu perfekt aufging, wo aber dann ein einziger Spielstein fehlte. Theodora, die Barbarin, hatte gerade zwei voll ausgewachsene Sicherheitsleute fertiggemacht. Zwei! Trainierte! Und danach… im Schlamm erschossen von einem triebhaften, egoistischen Narren, der zu dumm ist, sich bei Regen unterzustellen.

Loden erreichte den Wagensitz. Ich weiß nicht, warum es mich ärgerte, gerade von Loden umgebracht zu werden, aber es war so. Nicht, daß ich mich darauf freute, von jemandem ehrbaren und intelligenten umgelegt zu werden; ich freute mich darauf, im Bett zu sterben. Oder noch besser, überhaupt nicht zu sterben. Aber dem Ganzen hier fehlte, nun ja, die Würde.

Hab dir gesagt, du solltest ihm einen Extratritt geben.

Ach, sei still! Ich verkroch mich unter dem Schachtelhaufen. *Kanz*, ich konnte Loden von hier aus nicht mehr sehen. Den Tod zu riskieren, so schien mir, sei der Spannung vorzuziehen. Ich kam auf der anderen Seite der Kartons heraus und hob den Kopf – sehr, sehr behutsam.

Der Wagensitz war deutlich in zwei Stücke gespalten, diagonal. Der Boden dahinter war trocken, nicht länger schlammig. Loden war nirgends zu sehen.

Weiter oben auf dem Ufer stand ein Kleiderschrank, dessen Tür fehlte. Er war groß genug, um einen Mann zu verstecken. Es sei denn, Loden hatte beschlossen, hinter einen der Schutthaufen zu kriechen… aber sein momentanes Kopfweh würde wohl das Kriechen als reizlos erscheinen lassen. Jedoch war er offensichtlich so wütend auf mich, daß er sich anstrengte, mich zu Tode zu erschrecken – sonst würde er einfach wieder offen mit der Pistole hervorkommen.

Ich hatte ein Messer bei mir, aber in einem Kampf kann es gefährlicher sein, es zu ziehen, als es steckenzulassen. Messer können kleinen Barbarinnen abgenommen werden, und dann kann man damit ihre Kehle durchschneiden, was von armseliger Ironie wäre, wenn es mir jetzt passierte. Aber er war jetzt weit genug von mir entfernt, so daß ich das Messer werfen konnte ... allerdings nicht so schnell, wie er mit einer Pistole schießen konnte.

Kanz. Ran würde nie genau erfahren, was geschehen war.

Ich bin kein Tatmensch! dachte ich verzweifelt. Ich bin bloß eine Wissenschaftlerin! Ich sammle Sachen, ich schreibe Sachen auf ...

Eine Bewegung an der rechten Peripherie meines Blickfeldes. Ich riß den Kopf herum. Weit unten am Ufer, auf dem Pfad am Wasser, zwei Gestalten ... Ich erkannte ein rot-weißes Gewand. Der Gang, die Gestik der Person daneben. *Ran und Stereth.* Was taten die hier zusammen? *Und wenn schon?* Ich unterdrückte den gefährlichen Impuls, aufzuspringen und zu winken.

Sie waren noch ein gutes Stück entfernt. Wenn Loden sie sah, dann würde er mich schnell niederschießen, sie wegputzen und von hier abhauen. Nein. Ich mußte ihn beschäftigt halten, ihn nicht wissen lassen, daß das Spiel ein Zeitlimit hatte. Machen Sie weiter, Loden, quälen Sie mich noch etwas. Spielen Sie mit mir, erschrecken Sie mich, erinnern Sie mich daran, daß Sie eine Pistole haben und ich nicht.

Ich kroch um die Kartons herum und hinter einen Tisch. Wenn Loden eine Bewegung sah, dann würde das seinen Blick von dem Pfad dort unten ablenken. War da nicht der Saum eines Ärmels hinter dem Kleiderschrank?

»Lady Theodora!« Seine Stimme durchdrang das Schweigen um uns, überlagerte das schwache Plätschern des Flusses. Wenn ich antwortete, dann würde er sicher wissen, wo ich war, falls er es noch nicht wußte. »Warum tun Sie das?«

Warum ich durch den Schlamm und den Gestank krieche? Wenn Sie den Ausdruck auf Ihrem Gesicht gesehen hätten, dann hätten Sie mich das nicht gefragt.

»Kommen Sie doch heraus und reden Sie mit mir, wie ein normaler Mensch«, rief er.

Es tut mir leid, daß ich hier seinen Ton nicht wiedergeben kann. Der sagte nämlich: Kommen Sie heraus, damit ich Sie erschießen und mit meinem Leben weitermachen kann. Ich weiß nicht, ob er eine Ahnung hatte, wie leicht er zu durchschauen war.

Ich warf einen Blick hinab zum Ufer: Noch zu weit weg. Es wäre schade, jetzt zu sterben, mit der Möglichkeit der Rettung so nah, aber auf diese Weise enden einige dieser Spiele mit den Spielsteinen – wenn einem ein einziger Stein fehlt, dann verliert man das ganze Spiel. Ich drehte mich um. Loden war hinter dem Kleiderschrank hervorgekommen. »Wissen Sie, ich habe wirklich nichts gegen Sie persönlich«, versicherte er mir, während er auf mein Versteck zukam. »Vor ein paar Minuten hatte ich noch eine Wut auf Sie, aber jetzt sehe ich ein, daß Sie erschrocken waren.« Seine Stimme klang jetzt ehrlicher. Vielleicht wollte er sich damit dafür entschuldigen, daß er mich erschießen würde.

»Trey ist nicht tot«, fügte er hinzu. Warum er mir das mitteilen wollte, weiß ich nicht. Ich ließ mich den Abhang hinabrollen, auf die Müllsäcke zu, die direkt darunter lagen.

Ich kam zu einem Halt, und mein Gesicht knallte gegen etwas Hartes, das aus einem der Müllsäcke herausragte. Ein Stuhlbein. Auf dem ganzen Planeten gab es kaum einen Stuhl, und ich knallte auf einen, während ich vor einem Wahnsinnigen flüchte. Meine Nase begann begeistert zu bluten.

Der Sack vor mir platzte auseinander, säuberlich auseinandergeschnitten; von den Schnitträndern stieg etwas Rauch auf. Lodens Stimme klang befriedigt:

»Sie haben eine Spur hinterlassen beim Runtergleiten, Theo.«

So lohnte sich also das Verstecken. Ich sprang auf. Er blinzelte, verdutzt über mein plötzliches Auftauchen. Ich wandte den Kopf, um nach meinen potentiellen Rettern zu schauen, und Lodens Blick folgte dem meinen. Mein geliebter Gemahl und der Minister für Provinzangelegenheiten waren gut zu sehen. Loden glotzte verblüfft. Wie ich von den Geschehnissen in der Hütte wußte, reagierte er nicht sehr gut auf Überraschungen.

Aber er riß sich zusammen. Er wandte sich mir zu und hob die Pistole. Ich schaute zum Ufer hinab, holte soviel Luft wie noch nie in meinem Leben und schrie: »STERETH!«

Die beiden Gestalten auf dem Pfad drehten sich um. Lodens Arm war direkt auf mein Gesicht gerichtet. Rans Pistolenschuß traf seine Schulter – eine ganze Sekunde, nachdem Stereths Schuß Lodens Schädel gespalten hatte.

Da ich mich zu wackelig fühlte, um stehenzubleiben, setzte ich mich mit meinen Partygewändern in den Schlamm und wartete, bis sie den Hügel heraufgeklettert waren. Ran erreichte mich als erster.

»Dein Gesicht ist ganz blutig«, sagte er schwer atmend.

»Das ist nur ein Nasenbluten. Ich bin gegen etwas gestoßen.«

Er schaute kurz auf Lodens Leiche, dann warf er mir einen Blick zu, der besagte: Wir werden später darüber reden. Dann kniete er plötzlich im Schlamm neben mir und betrachtete die Schußwunde in Lodens Schulter. Stereth traf ein paar Sekunden später ein und streckte mir eine ruhige Hand hin, die nicht die geringste Spur von Erregung zeigte. »Ich würde gern noch einen Augenblick sitzenbleiben«, sagte ich.

Er trat taktvoll zurück und holte eine Pfeife aus der Tasche seines Obergewandes. Er stopfte sie, zündete sie an und wandte sich höflich Ran zu. Ran kniete immer noch neben Loden. Sein Gesicht war ganz bleich. »Danke«, sagte er, ohne aufzuschauen.

Stereth lächelte. »Nun, Sir Cormallon«, sagte er freundlich, »es scheint, als schuldeten Sie mir einen Gefallen.«

KAPITEL 17

Tja, sie diskutierten eine gute Viertelstunde über Schulden, Verbindlichkeiten und darüber, was sie mit den Leichen machen sollten, und dabei schienen sie mich völlig vergessen zu haben.

Dann schleiften sie Lodens Leiche hinunter zur Hütte, wo man einige Zeit brauchen würde, um sie zu finden. Ein brennendes Streichholz auf die ausgegossenen Chemikalien zu werfen hätte das Problem zwar gelöst, aber neugierige Fragen seitens der Stadtverwaltung heraufbeschworen. Als sie wiederkamen, waren etwa vierzig Minuten vergangen und meine Nase blutete heftiger als zuvor.

Sie begannen wieder zu streiten. »Ran!« sagte ich. »Ran! Stereth!« Sie schienen mich nicht zu hören. Ich stieß mit dem Fuß und traf Rans Schienbein.

»Was machst du…?« begann er, runzelte dann die Stirn und blickte auf mich herab. »Du blutest noch.«

»Das ist kein Spaß. Ich glaube allmählich, ich brauche medizinische Hilfe.« Mir erschien es am besten, nur durch den Mund zu atmen.

Stereth kauerte sich neben mir nieder. »Ich habe im Nordwest-Sektor eine Menge Wunden gesehen«, sagte er freundlich. »Versuch mal, deinen Nasenrücken zusammenzuzwicken.«

Wir hockten alle drei im Schlamm herum, zwickten meine Nase und ersetzten ein durchweichtes Taschentuch durch das nächste. Glücklicherweise hatte ich einen guten Vorrat mitgenommen, als ich an diesem Morgen erfahren hatte, daß ich zu den Poraths eingeladen war. Zum Teufel mit den Poraths! Von der ganzen Schneuzerei war wahrscheinlich das Innere meiner Nase völlig empfindlich geworden.

Nach einer Weile sagte Ran: »Es scheint nicht aufzuhören, oder?«

Stereth überlegte. »Es wird *schlimmer*. Sprudelt wie ein Quell. Da scheint eine Arterie verletzt zu sein.«

Ich muß erbärmlich gestöhnt haben, denn beide beeilten sich, mich zu beruhigen: »Aber das wird schon wieder!« – Tut mir leid, daß ich gestöhnt habe, aber wenn Sie zurückblicken, dann werden Sie mir wohl zustimmen, daß dies kein guter Tag für mich gewesen war. Es ist nicht leicht, wenn man der Held der eigenen Geschichte ist. Man tut sein Bestes.

Jedenfalls muß mein kläglicher Laut sie endlich zum Handeln animiert haben. »Sie verliert eine schreckliche Menge Blut«, sagte Stereth. »Wir sollten sie lieber zu einem Heiler bringen.«

»Zu einer tellysianischen Klinik«, sagte ich durch den blutgetränkten Taschentuchknäuel hindurch. Ich habe einen großen Respekt für die einheimischen ivoranischen Heiler, aber sie sind meiner Meinung nach im Vorbeugen besser als im Heilen. Allerdings wollte ich jetzt nicht darüber diskutieren.

»Ein Heiler wird damit fertig, Theodora«, sagte Ran.

»Ich möchte einen Doktor.«

Er legte ein paar frische Taschentücher auf mein Gesicht und sagte: »Wir bringen dich einfach dorthin, wohin es näher ist.«

Das war sinnvoll. Ich ließ mich von ihnen hinab ans Ufer zum Pfad führen, und dann hinauf zum Rand des Kanals. Inzwischen waren mir die Taschentücher ausgegangen; Stereth legte sein Obergewand ab, zog sein Hemd aus und gab es mir, damit ich es vor mein Gesicht hielt. Ich konnte kaum sehen, wohin wir gingen.

Wir gingen zu einer Heilerin in der Pfeil-Straße. Sie war eine fröhliche, intelligente Frau mit einem verständnisvollen, mütterlichen Lächeln, genau wie man sich eine Heilerin wünschte. Sie stopfte sehr vorsichtig soviel Baumwollgaze in mein linkes Nasenloch, daß man davon Vorhänge für alle Konferenzräume im Taka-Zentrum hätte machen können, dann bandagierte sie meine Nase. Ich kann nicht behaupten, daß ich zu dem Zeitpunkt begeistert darüber war, aber das Ergebnis war mehr als befriedigend. Das Bluten hörte auf.

Es freute sie, daß ich zufrieden war. »Wie fühlen Sie sich?« fragte sie.

Unter diesen Umständen war dies eine Frage, über die ich zuerst nachdenken mußte, bevor ich antworten konnte. Schließlich sagte ich vorsichtig: »Es ist schön, daß mir kein Blut mehr über das Gesicht rinnt.«

Sie brach in ein Lachen aus. »Alles ist relativ, nicht wahr?« Sie half mir vom Behandlungstisch herunter, und wir gingen ins Nebenzimmer zu Ran.

»Stereth hat sich schon verabschiedet«, sagte Ran. »Er mußte zu einer Verabredung.« Er wandte sich an die Heilerin. »Wird sie wieder in Ordnung kommen?«

»Helfen Sie ihr, daß sie sich paar Tage lang nicht aufregt.« Sie wandte sich an mich. »Vermeiden Sie jede Anstrengung. Bücken Sie sich nicht. Versuchen Sie, nicht zu heftig zu lachen. Und wenn Sie scheißen müssen, dann pressen Sie nicht«, fügte sie hinzu, mit der völligen Unbefangenheit, die die Ivoraner gegenüber den Körperfunktionen haben. »Und versuchen Sie nicht, den Verband selbst abzunehmen; kommen Sie dafür in zwei Tagen wieder. Ich möchte meine Kauterisierungsinstrumente bereithalten, falls es wieder schlimm zu bluten anfängt.«

»Ihre was?« fragte ich.

»Haben Sie je das Innere Ihrer Nase kauterisieren lassen?«

»Hm, nein, ich glaube nicht«, erwiderte ich und schwor mir insgeheim, daß ich zu einer der ausländischen Kliniken gehen würde, um mir den Verband entfernen zu lassen. Ich lächelte. »Danke für Ihre Hilfe, gnädige Dame.«

»Nichts zu danken«, sagte sie, »es ist etwas Besonderes, eine Barbarin behandeln zu können. In dieser Gegend stammen anscheinend alle Leute aus derselben Provinz.«

Wir setzten uns auf die Stufen vor ihrer Praxis und warteten auf die Kutsche, die Ran bestellt hatte. Nach einer Weile sagte er: »Stereth sagte mir, ich solle zu einer Klinik nach der Wahl meiner Frau gehen.«

»Aha.« Ich war plötzlich froh, daß ich mich diesmal nicht durchgesetzt hatte mit meinem Wunsch nach dem ausländischen Arzt. Denn Ran hätte sich vielleicht schon der Verpflichtung entledigt betrachtet. »Du weißt ja, daß diese Heilerin hier nicht zählt, ich habe sie nicht gewählt.«

»Das weiß ich. Warum hat Stereth diese spezielle Forderung gestellt?«

»Hm ...« Meine ganze Sprachfertigkeit hatte mich verlassen.

»Theodora? Was ist, liebe Frau?«

»Nun, du weißt ja, ich möchte, daß wir uns beide einer Genanalyse unterziehen, damit wir sehen, ob wir ein lebensfähiges Kind haben können ...«

»Ich habe dir schon gesagt, daß es außerordentlich unverantwortlich von mir wäre, den Selianern zu erlauben, daß sie meine genetische Struktur untersuchen.«

»Ich hatte nicht vorgehabt, zu den Selianern zu gehen.«

Das mußte er erst verdauen. »Dann sag mir mal, wohin hattest du vor mich zu schleifen?«

»Ich dachte, wir beide könnten zur Jack-Lykon-Klinik gehen.«

»Eine Klinik dieses Namens gibt es in der Hauptstadt nicht… obwohl der Name mir bekannt vorkommt.«

»Das ist der Mann, den ich bei dem Treffen mit der stellvertretenden Botschafterin von Tellys kennengelernt habe. Ah, mit der Repräsentantin der Tolla.«

Er drehte sich langsam zu mir um. »Willst du mir sagen, daß du die Tolla für sicherere Bewahrer von geheimen Informationen unseres Hauses hältst?«

»Ran, ich habe eine Idee.« Die Vorstellung, die Tolla einzusetzen, hatte ihn so geschockt, daß er vorübergehend schwieg, und das nutzte ich aus. Ich erzählte die Geschichte von den Brauern, ihrer Adoption und dem Schweigen, zu dem sie verpflichtet worden waren. »Warum können wir Jack Lykon nicht ins Haus Cormallon adoptieren?« fragte ich. »Seit der Zerstörung von Tor 53 hat es nicht mehr sehr viele gute Genanalytiker gegeben; das Wissen, von dem du meinst, es mache ihn gefährlich, könnte ihn für unser Haus nützlich machen. Die Tolla werden ihn uns gerne ausleihen, als Gegenleistung für unsere Hilfe bei ihrem Waffenproblem.«

»Ihr Waffenproblem ist vielleicht nicht durch Zauberei zu lösen.«

»Ich habe volles Vertrauen in deine Fähigkeit, irgend etwas auszutüfteln.«

»Und ich bezweifle, daß Jack Lykon bereit ist, sich in unsere Gewalt zu begeben, sobald er über die Situation vollständig Bescheid weiß.«

»Wenn er wirklich ein Tolla ist, dann wird er seine Pflicht tun. Und er scheint außerdem ein netter Kerl zu sein.«

Ran schwieg, und ich drang nicht weiter in ihn. Schließlich sagte er: »Laß mich mal darüber nachdenken.«

»Natürlich«, sagte ich und war froh, nicht erwähnt zu haben, daß seine Zustimmung erforderlich war, um meine Verpflichtung Stereth gegenüber zu erfüllen. Es würde besser funktionieren, wenn ich nichts davon erzählte.

Dann sagte Ran: »Theodora?« Seine Stimme hatte einen anderen Klang angenommen.

»Was ist?«

»Als dieser Narr versucht hat, dich zu erschießen... warum hast du Stereth gerufen, und nicht mich?«

O ihr Götter. Ich hatte befürchtet, daß er das fragen würde. Ich hatte keine gute Antwort parat.

»Weißt du, Ran, alles passierte so schnell. Ich weiß nicht, warum ich nach Stereth schrie; vielleicht dachte ich, die Chance sei größer, daß er bewaffnet wäre.«

»Du weißt doch, daß ich seit dem Vorfall auf dem Marktplatz überallhin eine Pistole mitnehme.«

»Vielleicht ... hatte ich das vergessen. Ich habe da ja nicht klar gedacht.«

Er schwieg wieder. Zwar war er nicht ganz befriedigt, aber er verfolgte die Sache nicht weiter. Seit damals habe ich viel darüber nachgedacht, weil ich es auch nicht verstand. Vertraute ich Stereth mehr als Ran? Nicht daß ich wüßte. Liebte ich Ran nicht? Wußte ich nicht, daß er mich schützen würde, wenn es notwendig wäre? Wußte ich nicht sehr wohl, daß er eine Pistole bei sich trug? Es gibt keine höhere Instanz, die mir Antworten auf diese Fragen liefern kann, aber ich glaube, am Ende war es die schlichte Tatsache, daß ich automatisch an Stereth dachte, als ich einen erfahrenen Killer nötig hatte.

Damals jedoch war ich nicht in der Verfassung, die Sache so gründlich zu analysieren. Ran sah beunruhigt aus, und auch ich machte mir Sorgen.

Nach einer Weile sagte er: »Wußtest du, daß dieser Narr Loden« – er sagte immer ›dieser-Narr-Loden‹, als wäre es ein einziges Wort – »einen Attraktionszauber benutzte? Natürlich nannte er es wahrscheinlich einen Liebeszauber.«

»Du machst Witze.«

»Der Zauber war in seinem Parfüm. Loden triefte geradezu davon. Ich mußte den Gestank erdulden, als wir ihn zu der Hütte hinabschleppten.«

Natürlich würde es für Ran stinken, wenn es dafür bestimmt war, Frauen anzuziehen, was Loden, wenn man seinen Ruf berücksichtigt, vermutlich verlangt hatte. Allerdings hatte ich diesen Duft auch nicht sehr gemocht, obwohl ›Gestank‹ vielleicht ein bißchen stark war.

»Er muß darin gebadet haben«, sagte Ran. »Du hast … nichts gemerkt?«

»Nein, ich versichere es dir.«

»Kein plötzliches Verlangen, sich mit ihm auf dem Boden der Hütte herumzuwälzen?«

»Vielleicht hat man ihm aus Versehen einen Haßtrank gegeben. Das einzige Verlangen, das ich verspürte, war, ihm das Knie in die Eier zu rammen, was ich auch getan habe.«

»Interessant«, sagte er und verwandelte sich aus dem Ehemann in den professionellen Zauberer. »Wir müssen die Situation einmal analysieren, wenn wir Zeit haben.«

Ich wollte gerade zu bedenken geben, daß barbarische Gene vielleicht anders waren, aber dann dachte ich, ich hätte mein Glück bei diesem Thema schon genug strapaziert.

Kein Wunder, daß Ran unbehaglich zumute war. Ich hatte meine Zeit damit verbracht, mit Taugenichtsen herumzuhängen, die mit Liebeszaubern bewaffnet waren, und dann hatte ich Stereth um Hilfe gerufen, damit er mich aus den Konsequenzen meines Besuches rettete. Es war keine Überraschung, daß mein Gemahl ein bißchen beleidigt war.

Indem ich das Thema nur zum Teil wechselte, sagte ich: »Stereth schuldete mir einen Gefallen. Dafür, daß ich die Botschafterin von Tellys besucht hatte.«

»Ich verstehe.«

Er sprach wieder in diesem verbissenen Ton und zeigte sich wieder so verschlossen, wie damals, als ich ihm gesagt hatte, er solle nach Mira-Stoden fahren.

Ach, zum Teufel! Ich hatte mich gerade gründlich blamiert, ich war im Schlamm herumgekrochen und hatte meine Gewänder vollgeblutet, und das in einer Situation, die ich mit etwas fixerem Denken hätte vermeiden können – denn wenn ich Lodens Schuldscheine wieder auf den Schreibtisch zurückgelegt hätte, bevor ich mich versteckte, dann hätten die beiden sich nie die Mühe gemacht, das Bett herunterzulassen. Und ich hätte die Schuldscheine ja auch nicht gebraucht; der Fall wäre nie vor Gericht gelandet. Ran und ich hätten einfach Lord Porath die Geschichte erzählen können, und der hätte sich dann selbst seinen Reim darauf machen sollen.

Wir können genausogut aufhören, den Schorf von den Überresten der Würde abzukratzen und die ganze Geschichte zugeben.

»Ran, ich habe Angst.«

Er blickte verdutzt drein. »Loden und sein Freund sind endgültig aus dem Weg geräumt, meine Liebe. Stereth und ich haben sichergestellt …«

»Nein, ich habe Angst vor der Vorstellung, ein Baby zu bekommen. Ich weiß, ich sollte eigentlich eine Art felsenfester Matriarchin sein, die die Fackel der Vererbung an die nächste Generation der Cormallons weiterreicht, aber ich …« Ich hielt inne.

»Aber was?« Seine Stimme war ruhig.

»Ich denke dauernd, daß ich sterben werde. Ich habe immerzu diese Träume. Ich stelle einfach fest, jedesmal, wenn ich mir vorstelle, ein Kind zu bekommen… dann sehe ich ständig, daß es nach meinem Tod aufgezogen wird.«

»Davon hast du nie etwas erzählt.«

»Ich sollte ja eigentlich mich dadurch nicht schrecken lassen, oder? Tapfer weitermachen und meine Pflicht tun, nicht an die Kosten denken…«

»Theodora…«

»Aber wie sehr ich auch deine Familie mag, Sterben war nicht auf der Liste der Dinge, die ich vorhatte, als ich mit dir zurückkam.«

»Theodora, wir auf Ivory nehmen Intuitionen ernst. Warum hast du mir nichts davon erzählt?«

Ich schwieg. Schließlich sagte ich: »Wie weiß ich, wieviel davon Intuition ist, und wieviel einfach Bammel?«

Er seufzte. Dann legte er einen Arm um meine Schultern. »Vielleicht können wir zu einer dieser ausländischen Kliniken gehen und uns erkundigen?«

Hast du deinen Respekt vor mir verloren? Los, Theodora, stell zwei heikle Fragen hintereinander. »Ran?«

»Was?«

»Was wolltet ihr, du und Stereth, in Moros' Haus?«

»Oh! Ich habe schon kapiert. Ich hatte beschlossen, Stereth anzurufen, um zu erfahren, ob er dachte, daß noch jemand anderer wußte, wo Moros gelebt hatte, und wie lang die anderen es schon wußten. Falls die Hütte schon geräumt war, weißt du, dann wäre es zwecklos gewesen, dorthin zu gehen. Während wir uns unterhielten, erwähnte ich, daß ich dich dort treffen wollte. Es war seine Idee mitzukommen.«

Ich grinste. »Stereth wartet nicht darauf, daß man ihn bittet.«

»Glücklicherweise nicht, für uns beide. Wenigstens in diesem Fall.« Dann lächelte er. »Das war also der Grund, warum du noch Tymon-verrückter herumgegangen bist als sonst.«

»Vielleicht solltest du das noch einmal formulieren, mein Gemahl.«

»Sim wird erleichtert sein«, sagte er und ignorierte meinen Vorschlag. »Ich konnte ihm keinen Fingerzeig geben, in was für Schwierigkeiten du dich vielleicht bringen möchtest. Jetzt kann ich ihm sagen, daß er sich entspannen und seinen Urlaub nehmen soll. Er möchte unbedingt den Lavendelpalast besuchen, weißt du.«

»Du meinst, er redet tatsächlich über andere Themen als nur Essen?«

»Ich kenne Sim schon seit Jahren. Er braucht eine Weile, bis er seine natürliche Zurückhaltung aufgibt.«

»Ach so. Ich freue mich schon auf die Plaudereien mit ihm, in zwanzig Jahren.«

Ich freute mich auch darauf, ihn in den Lavendelpalast zu schicken – nach einer ausgedehnten Bettruhe seinerseits. Ich beschloß, auf den geeigneten Augenblick zu warten, um Ran über diese Eskapade zu informieren.

So saßen wir also da und warteten auf die Kutsche, aneinandergekuschelt wie zwei Vögel im Winter. Er muß eine Ahnung davon gehabt haben, womit sich meine Gedanken beschäftigten, denn einmal küßte er die Schulter meines verschmierten Gewandes und sagte: »Ach, komm schon. Mach dir keine Sorgen deswegen.«

Ich hörte das Geräusch der Kutschenräder und berührte mit einem Finger meine Wange, um zu prüfen, ob dort noch Schmutz übrig war, den wir übersehen hatten. Die Heilerin hatte mich gefragt, ob ich in bestimmten Teilen meines Gesichts etwas fühlte; jetzt erschien mir diese Frage voll von unheilvollen Andeutungen. Ich berührte erneut meine linke Wange. »Ran, ich spüre nichts in meinem Gesicht, wenn ich es berühre! Meine Haut fühlt sich seltsam an.«

»Theodora«, sagte er, »du berührst den Verband.«

Oh. Ich war froh, daß Stereth nicht hier war und nicht Zeuge dieser Szene geworden war.

»Hier kommt die Kutsche«, sagte Ran und half mir beim Einsteigen.

Schauen Sie, wenn es zu Abenteuern kommt, dann tue ich mein Bestes. Einige Menschen sind dazu geboren, ihre pantherhafte Grazie spielen zu lassen, nachdem sie den Beifall der Massen erhalten haben. Einige Menschen sind dazu geboren, vernünftige feste Schuhe zu tragen, und zu denen gehöre ich. Nach diesem Erlebnis verbrachte ich einige Tage zu Hause, entspannte mich und ließ mich aufs angenehmste von Ran und Kylla verwöhnen. Ich hatte Zeit, darüber nachzudenken, daß ein klardenkender Mensch die Situation mit Loden besser im Griff gehabt hätte, wenn er oder sie innegehalten hätte, um zu bedenken, wie schnell diese gedungenen Schläger auf dem Markt in Aktion getreten waren – nur ein paar Stunden, nachdem wir Loden eine Beschreibung von Moros gegeben hatten.

Ich hatte auch Zeit über Lodens – na ja – impotentes Parfüm nachzudenken; wahrscheinlich hatte er es von Moros bekommen. Ran hatte es anscheinend für eine echte Mixtur gehalten. Warum hatte ich dann darauf mit so berechtigter Verachtung reagiert? Hier sind einige der abschwächenden Faktoren, die ich herausgefunden habe:

(1) Ich bin eine Barbarin; was die Auswirkungen dieses Erbes im Sinne der Magie sein mögen, ist nie gründlich untersucht worden, aber auf der physisch nüchternsten Ebene glaube ich, daß mein Geruchssinn dem eines einheimischen Ivoraners unterlegen ist; (2) meine Nase hatte seit der ›Nacht der Katzen‹ nur unzureichend funktioniert; und (3) wie viele Leute wußte Loden nicht, wie ein Attraktionszauber wirkt. Denn er ist ein Betrug, ein Stück purer Täu-

schung, und produziert eine Reihe von körperlichen Symptomen, die unter den entsprechenden Umständen das Opfer davon überzeugen, er (oder sie) sei von einem sexuellen Fieber gepackt. Während sie in Wirklichkeit von einer Reihe medizinisch bestimmter Wirkungen gepackt sind, die vom Zauberer kühl abgehakt werden: Erhöhter Pulsschlag (Punkt eins); trockener Mund (Punkt zwei); schwitzende Handflächen ... Statistisch gesehen funktioniert ein guter Attraktionszauber in fünfundachtzig Prozent der Fälle. Bei den anderen fünfzehn Prozent handelt es sich um Leute, die aufgrund der Umstände oder aus purer Exzentrizität die bei ihnen auftretenden Symptome von dem Phänomen loslösen können, von dem sie glauben gemacht werden sollen, daß es mit ihnen geschieht.

Ein hypothetisches Beispiel: Wenn jemand meint, er sei in unmittelbarer Gefahr, ermordet zu werden, dann hat er Gründe genug für erhöhten Pulsschlag und schweißnasse Handflächen, ohne daß er sie einer anderen Ursache zuschreiben muß. Es stimmt natürlich, daß ein Attraktionszauber ein paar Symptome verursacht, die nicht auf der Liste der Wirkungen etwa eines Angstzaubers stehen – aber nochmals: Wenn jemand sich in unmittelbarer Todesgefahr befindet, dann sind seine Gedanken auf etwas ganz anderes gerichtet.

Loden war ein Idiot, es zu versuchen. Aber schließlich war Loden eben ein Narr.

Einige Tage später befand ich mich, nervös wartend, im Hof von Cormallon. Ich ging den ganzen Teich entlang, an den Säulen vorbei, wendete und ging wieder zurück. Um sich nicht verrückt machen zu lassen, hatte Ran mich allein gelassen und war ins Studierzimmer gegangen.

Jack Lykon war im Obergeschoß und ließ seine genetischen Szenarios auf einem gesperrten NETZ-Terminal laufen. Jack Lykon Cormallon, um es genau zu sagen; zwei Tage zuvor war er adoptiert worden. Bei der tellysianischen Botschaft waren Dokumente hinterlegt, die sein freiwilliges Einverständnis beschrieben, sich unter die Autorität unseres Hauses zu begeben, und die die Botschaft und jede tellysianische Gruppe oder Organisation von jeder Verantwortung entbanden, falls er sterben oder verschwinden sollte.

Jack hatte darauf tatsächlich sehr freundlich reagiert. »Seien Sie nicht töricht«, hatte er gesagt, als ich mich bei ihm für unsere Prozeduren entschuldigte, »ich kann es gar nicht erwarten, Sie in meine Hände zu bekommen, Theodora. Das heißt, Ihre Daten.«

»Sie werden sie an niemanden weitergeben können«, betonte ich.

Jack grinste. Es schien ihm nicht zu schaden, daß er der Mittelpunkt eines acht Stunden erfordernden und von drei Zauberern durchgeführten Zauberbanns war, von dem Beobachter ausgeschlossen gewesen waren, der jedoch im ganzen Korridor des obersten Stockwerks einen sehr seltsamen Geruch hinterlassen hatte. »Zuerst kommt es darauf an, daß ich selbst die Daten erfahre; sie jemandem anderen weiterzugeben, steht ganz weit hinten an zweiter Stelle, fürchte ich.«

»Hmm. Kein Wunder, daß es Ihnen nichts ausmacht, ein Cormallon zu sein.«

Er hatte den ganzen Tag und die ganze Nacht NETZ-Szenarios laufen lassen. Inzwischen mußte er schon Hunderte haben. Er hatte nicht gesagt, daß es so lange dauern würde.

Ich war ohne Mahlzeit ununterbrochen bis zum Abend auf und ab gegangen, als er an der Tür zum Speisesaal erschien. »Theo?«

Ich ging sofort zu ihm. »Was? Sagen Sie es mir.«

Er fuhr sich mit der Hand durch sein spärliches braunes Haar. Um seine Augen waren tiefe Falten, seine salopp geschmackvolle tellysianische Jacke hatte er schon lange abgelegt, sein Hemd war zerknittert und fleckig. »Ich habe … Gott bin ich durstig.« Seine Stimme war ein heiseres Krächzen. Er blickte sich im Speisesaal um wie in einem fremden Land, dann nahm er eine Karaffe von einer Anrichte und trank direkt daraus. Mit dem Handrücken wischte er sich den Mund ab. »Ich habe Ihren Gatten gebeten, auch dabeizusein«, sagte er jetzt mit festerer Stimme.

»Ich kann nicht warten. Sagen Sie es mir jetzt.«

»Man kann es nicht in einen Satz zusammenpressen …«

Am anderen Ende betrat Ran die Halle. Er warf einen Blick auf eine Flasche Ducort-Wein auf einem Gestell am Eingang. Offensichtlich überlegte er, ob er in Kürze eine Stärkung nötig hätte. Dann ging er an der Anrichte entlang, nahm mit einem Blick meinen Zustand wahr und sagte: »Jack?«

»Können wir uns setzen?« fragte Jack.

Ran zeigte auf einige verstreute Kissen an einer Ecke des Eßtisches. Wir setzten uns.

»Zuerst müssen Sie verstehen, daß wir es hier mit einer Menge Unbekannter zu tun haben«, sagte Jack. »Ein Exemplar macht noch keine Statistik. Ich mußte eine Menge Variablen mit Fragezeichen versehen, und deshalb spreche ich bei allem, was ich sage, nicht mit einem hohen Zuverlässigkeitsgrad.«

Er schaute Ran an, als überlegte er, wie ein Zauberer diese Ausdrucksweise aufnehmen würde. Das Komische daran war, daß dies genau die Art ist, wie Zauberer reden. Er schaute Ran unsicher in die Augen. »Verstehen Sie, was ich Ihnen sagen will?«

»In der Tat verstehe ich, Herr Lykon. Sie sagen es sehr klar. Fahren Sie bitte fort.«

»Hm, ja. Ich habe auf jeden Fall alle möglichen Arten von Simulationen durchgeführt und dabei in verschiedenen Phasen verschiedene Vermutungen zugrundegelegt, aufbauend auf dem, was wir schon wissen, aber es sind dennoch Vermutungen. Ich habe übrigens nichts gefunden, das wie ein ›Gen für Zauberei‹ aussieht. Vermutlich hat die Zauberei eine genetische Grundlage, aber offensichtlich ist die subtiler. Wir müssen tiefer graben.«

»Warum nehmen Sie an, daß sie eine genetische Grundlage hat?« fragte Ran ruhig, während ich versuchte, mir nicht die Zunge durchzubeißen.

»Nun ja, letztlich hat alles eine genetische Grundlage«, sagte Jack. Die Version des Genanalytikers von der Hand des Schicksals. »Auf alle Fälle ist das nicht die Frage, an der Sie beide interessiert sind. Hier wird es kompliziert ...«

»Gehören Ran und ich derselben Spezies an?« mischte ich mich ein.

Jack blickte gequält drein. »Theodora, lassen Sie mich das mal auf meine eigene Weise erzählen, Ihnen selbst zuliebe, sonst bekommen Sie nur die halbe Geschichte zu hören ...«

»Können Sie nicht mit Ja oder Nein antworten? Ich werde mir danach die ganze Geschichte anhören, das verspreche ich.«

»Nichts ist je so einfach. Die Kategorie der Spezies ist vom Menschen eingeführt worden – in unserem Versuch, das Universum in Teile zu zerlegen, um es besser zu verstehen. Diese Kategorien waren jedoch nie so fest und bestimmt. Wir wollen ja/nein, entweder/oder, Yin/Yang, aber alles ist in Wirklichkeit ein Kontinuum – selbst das Geschlecht ist ein Kontinuum. Jedes Jahr werden eine Menge Babies geboren, deren Geschlecht für den anwesenden Arzt nicht klar ist. Man muß sich dann auf der Stelle für etwas entscheiden, oder die Eltern regen sich auf, und dann ist zwölf Jahre später die Hölle los ...«

»Jack, das ist ja alles sehr faszinierend, aber ich

muß über meine eigenen Kinder hier Bescheid wissen…«

»Theo, ich versuche Ihnen zu sagen, warum ich nicht das Orakel mit den endgültigen Antworten bin.«

»Und ich greife nach Strohhalmen, Jack. Werfen Sie mir ein paar unsichere Hypothesen hin. Bitte!«

Er seufzte schwer. »Also gut. Die Zeichen scheinen darauf hinzudeuten, daß Sie beide ein Kind haben können.«

Eins zu null! Ich hätte am liebsten gelächelt, aber ich wartete darauf, daß er noch die anderen Schuhe fallen ließ. Ich sage ›Schuhe‹, weil Jack die Neigungen eines Tausendfüßlers entwickelte.

»Soweit ich es sagen kann, fällt die höchste Wahrscheinlichkeit auf die Vermutung, daß das Kind lebensfähig wäre, mit einem starken Risiko, daß es unfruchtbar ist.«

»Wie stehen die Chancen?«

»Lebensfähigkeit? Zweiundsiebzig Prozent. Unfruchtbarkeit: dreiundneunzig Prozent. Und das sage ich mit einem Zuverlässigkeitsgrad von fünfundachtzig, plus minus fünf.«

Ich wandte mich Ran zu, dessen dunkle Augen leicht benommen schauten, wie jemand, der gerade eine Ohrfeige bekommen hat, dabei jedoch versucht, auf gesellschaftlich korrekte Weise weiterzumachen. *Der Rat von Cormallon darf das nie erfahren.* Er nahm meine Hand.

»Die Schätzung der Lebensfähigkeit geht davon aus, daß ausländische klinische Versorgung jederzeit verfügbar ist, genauso wie Zugang zu entsprechenden Einrichtungen für Frühgeburten. Ohne diese beiden Faktoren sinken die Chancen beträchtlich.«

»Glauben Sie, daß es eine Frühgeburt geben könnte?« fragte ich.

Er rutschte verlegen auf seinem Kissen hin und her. »Nicht direkt. Nun ja, wahrscheinlich schon. Es wird hier kompliziert, weil Theodora keine normale Pyrenesin ist …«

»Brr! Wie kommen Sie denn auf *die* Idee?«

»Das sagen Ihre Gene, Theo. Sie haben einen höheren Anteil an markierten Unbekannten, als für einen Bürger der Standard-Gesellschaft üblich ist. Nicht, daß Sie damit eine Mißgeburt oder sonstwas wären; es taucht bei der allgemeinen Bevölkerung immer ein Anteil von Unbekannten auf. Das hält uns auf Trab. Statistisch gesehen haben Sie viel Gesellschaft, aber das macht unsere Aufgabe nur noch viel schwerer.«

Er wischte sich erneut das Gesicht ab und blickte sich nach der Karaffe um. Sie stand immer noch auf der Anrichte. Er zuckte die Achseln, als betrachtete er sie als unerreichbar, und sagte: »Ich mußte eine Menge Extraszenarios laufen lassen. Deshalb brauchte ich so lange. Ich hoffte, ich hätte dabei irgendwo mehr Glück, aber das war nicht der Fall. Die große Mehrzahl der Kombinationen endete beim Tod.«

»Sie sagten, der Fötus wäre lebensfähig …«, sagte ich langsam.

»Jaa. Der Fötus überlebt. Sie sterben. In neunundneunzig Prozent der Fälle.«

Rans Hand war erstarrt und fühlte sich an wie aus Metall.

Ich fragte: »Warum?«

»Unverträglichkeiten zwischen Ihnen und allen Nachkommen, die Sie mit Ran haben würden. Die sind allerdings ziemlich überlebensorientierte kleine Racker; jedesmal, wenn das Szenario mit einem Tod endete, dann war es Ihrer.«

»Huch.« Ich spürte ein leichtes Beben von Hysterie irgendwo drunten auf dem Grund des Ozeans. »Es ist gut zu wissen, daß ich sehr starke Individuen hervorbringen würde.«

»Sie sind sich dessen nicht sicher«, sagte Ran völlig emotionslos.

»Ich bin mir bei allem nicht sicher. Das sage ich Ihnen ja gerade. Sie wollten die Meinung eines Experten, und die haben sie bekommen – eine Meinung.« Jack öffnete seine professionelle Fassade um einen millimeterbreiten Spalt. »Es tut mir leid, Theo. Ich hätte Ihnen gern etwas Angenehmeres erzählt.«

Der Nachdruck, mit dem er alles auf einer theoretischen Ebene halten wollte, und sein Festhalten an der Rolle eines distanzierten Experten waren, wie ich erkannte, seinem eigenen Unbehagen entsprungen, mich unglücklich zu machen. »Es ist schon gut«, sagte ich. »Wir wollten die Fakten erfahren, so gut wie Sie sie erkennen konnten.«

»Es tut mir leid«, sagte er erneut. Er sah so hilflos aus, als wären ihm alle anderen Wörter als diese entfallen.

Ich wandte mich meinem Mann zu. »Ran?«

Er hatte immer noch diesen Ausdruck im Gesicht, als sei er geohrfeigt worden. Seine Augen stellten sich langsam auf mich ein. Ich hatte aus den Gründen, die ich für die üblichen hielt, ein Kind gewollt; aber Ran definierte seine Identität aus seiner Familie. Ich glaube nicht, daß ihm schon wirklich ernsthaft der Gedanke gekommen war, daß er nicht das gleiche traditionelle Leben führen würde, das jeder andere in seiner Familie für selbstverständlich nahm. Daß dieser spezielle Zweig von Cormallon zu einem abrupten Ende kommen würde, weil er mich geheiratet hatte.

»Ran?« fragte ich unsicher.

Mit Jack hatten wir in der Standard-Sprache gesprochen. Ran schaute auf meine Hand, die er noch in der seinen hielt. Er hob sie und umschloß sie mit seinen beiden Handflächen. »Meine Geliebte«, sagte er auf ivoranisch, »wir werden uns etwas ausdenken.«

Vielleicht. Aber nirgendwo am Horizont konnte ich eine gute Antwort entdecken.

KAPITEL 18

Auch in den nächsten paar Wochen stellten sich keine Antworten ein. Ran zog sich an sein NETZ-Terminal zurück, um seinerseits einige Szenarien zu erarbeiten, die auf dem Waffenbedarf der Tolla beruhten. Er schätzte, daß er vier Monate für dieses Projekt brauchen würde, und sagte, irgendwann müßte jemand nach Tellys gehen und vorbereitende Tests durchführen. Inzwischen war Jack Lykons Knebelzauber haarscharf an seinem Tod vorbei getestet worden, bevor man ihm vom Territorium der Cormallons entließ. Und unser Sim wurde aus der Obhut der Heilerin in der Straße des Roten Tah entlassen und bekam einen hübschen Bonus, mit dem er in der Hauptstadt spielen konnte, bevor er nach Hause zurückkehrte.

Und was tat ich? Ich lernte nicht die Heilung durch Tinaje; ich mußte nicht die Karten zu neuen Klienten befragen, da wir keine neuen Klienten annahmen; ich mußte zur Zeit überhaupt nicht viel zustande bringen und hatte so eine Menge Zeit zum Grübeln. Am Tag nach dem Gespräch mit Jack ging ich wieder zu der Heilerin in der Pfeilstraße und kam dann mit einem Ding ausgerüstet nach Hause, das sie ein ›Pessar‹ nannte, einer Vorrichtung, die eine Empfängnis verhüten sollte. Nicht, daß Ran und ich auf diesem Gebiet Talent bewiesen hätten, aber ich wollte kein Risiko eingehen. Gleichzeitig werden Sie jedoch bemerken, daß ich nicht zu einer ausländischen Klinik ging und dort den viel höheren Preis für ein Implantat zahlte. Implantate reichen für ein paar Jahre, ein Zeitraum, dem ich mich in diesem Stadium nicht gewachsen fühlte, trotz Jacks Warnung.

Nachdem ich diese Angelegenheit erledigt hatte, beschloß ich, zur Wissenschaft zurückzukehren, zu dem einzigen im Leben, von dem sicher sein konnte, daß es nicht aufsprang und einen in den Hals biß. Oder zumindest nicht oft. Eines Tages, als Kylla nach einem Streit mit Lysander Zuflucht in unserem Wohnzimmer gesucht hatte, setzte ich mich im Hof in den Schatten und öffnete Coalis' Exemplar von Keseys *Erotischen Gedichten.*

Seit unserem Gespräch mit Jack hatte ich mich ständig mit düsteren Gedanken herumgeschlagen. Zuvor hätte ich mich nie im Leben für eine Person gehalten, die einen Teil ihrer Selbstdefinition in der Fruchtbarkeit findet – allein der Gedanke daran war schon primitiv und beleidigend. Dieses Mißverständnis war jetzt unsanft korrigiert worden. Ich hielt mich für eine Versagerin als Mitglied der Cormallons, als Ehefrau, vielleicht sogar als Frau. Überdies muß Jacks Bemerkung über meine ›Unbekannten‹ mehr an mir genagt haben, als ich dachte. Ich begann mir unnormal vorzukommen, fehl am Platz … wenn ich darüber nachdachte, wer ich sei, dann schien die verzerrteste Vorstellung einer ›Barbarin‹ auf mich zu passen. Wer auch immer ich war. Das Wort ›Mißgeburt‹ schwirrte tatsächlich irgendwo in meinem Kopf herum.

So erwies es sich, daß ich wirklich nicht in dem richtigen Gemütszustand war, um mir Keseys Weltsicht zueigen zu machen.

Vielleicht kennen Sie dieses Werk. Keseys *Erotische Gedichte* sind etwa sechs Jahrhunderte alt, und in der Zwischenzeit hat es eine beträchtliche Veränderung in der Sprache gegeben, aber sie sind immer noch verständlich, und das Buch gilt als Klassiker. Aber obwohl die Einführung voll ist von üppigen Lobsprüchen aller möglichen Leute, wurde ich immer mehr enttäuscht. Die Gedichte schienen vor allem von den Schwierigkeiten des Dichters zu handeln, ein Rendezvous zu bekommen.

Eines der Gedichte war von dem Standpunkt einer Frau geschrieben, die Geschlechtsverkehr mit ihm hatte – man war der Meinung, er habe ein wahrhaftes Wunder vollbracht, indem er den Blickwinkel der Frau erfaßte –, und während ich es las, zuckte ich zusammen.

Ich klappte das Buch zu, wobei ich einen Finger als Lesezeichen verwendete, und starrte vor mich hin. Vielleicht war ich wirklich nicht normal. Jack schien das angedeutet zu haben; Kylla empfand meine Reaktionen auf das Alltagsleben oft als auf amüsante Weise seltsam, und Rans gelegentliche Kommentare über die barbarische Einstellung zu sexuellen Praktiken machten mich nachdenklich. Vielleicht war am Ende doch mit mir etwas nicht in Ordnung. Vielleicht …

Ich betrat das Wohnzimmer, das Buch in Händen. Kylla blickte durch den kleinen Fensterschlitz hinaus auf die Straße. »Kylla? Gefällt dir die Vorstellung, daß ein Mann dich in deine Brustwarzen zwickt? Ich meine, findest du das erotisch?«

Kylla, die Gute, reagierte auf diese Frage, die aus heiterem Himmel kam, nicht überrascht. Sie schüttelte sich unwillkürlich, was mich an meine eigene Reaktion erinnerte. »Gütiger Himmel, nein. Gefällt es dir? Woraus besteht deine Brust, etwa aus Gußeisen?«

»Nein, nein. Ich stelle mir das auch besonders schmerzhaft vor. Aber in diesem Buch macht ein Mann das, und die Frau meint, es sei großartig. Sie scheinen es beide für einen normalen Teil der körperlichen Liebe zu halten.«

Sie lächelte. »Ich wette, dieses Buch hat ein Mann geschrieben.«

»Ja, tatsächlich … Also du glaubst nicht, daß ich unnormal bin?«

»Gewiß nicht.«

Ich überlegte. »Woher bekommen dann die Männer die Vorstellung, daß wir so etwas mögen? Ich habe schon öfter darüber gelesen, und ich werde allmählich paranoid.«

Sie schaute mich treuherzig an. »Na ja, vermutlich liegt die Schuld zum Teil bei uns. Es ist mir ein paarmal passiert, und in der Hitze des Augenblicks – nun, ich wollte seine Gefühle nicht verletzen, also tat ich so, als gefiele es mir.«

»Wirst du ihn je darüber aufklären?«

Sie sah mich verdutzt an. »Wen?«

»Lysander.«

»Oh! Hm, es war nicht Lysander, der das getan hat.«

Ich starrte sie an. »Kylla! Wann war *dieses* …«

Im Korridor erklangen Schritte, und Ran betrat das Zimmer. Er gab uns beiden einen Kuß. »Redet ihr über ein interessantes Thema?«

»Wir diskutierten über Literatur«, sagte Kylla und glättete ihr Obergewand, als sie ihren Sitz am Fenster wieder einnahm.

»Theodora, haben wir noch diesen Kümmelkuchen von gestern? … Theodora?«

»Kylla«, begann ich, sobald Ran gegangen war.

»Was für ein Buch liest du?« fragte sie.

»Was? Oh – Keseys *Erotische Gedichte.* Ky, wann hast du …«

»Na ja, dann ist es kein Wunder. Mein Bruder pflegte es ›herrlich humorlos‹ zu nennen. Er sagte, es sei das am meisten überschätzte Stück Literatur, das je auf ein unschuldiges Publikum losgelassen wurde, aber man könne es wenigstens dazu benutzen, um die wirklichen Liebhaber der Dichtung von den Snobs zu trennen.«

Ich blinzelte. »Ich habe gar nicht gewußt, daß Ran es gelesen hat. Er hat es nie erwähnt.«

»Eigentlich ... habe ich Eln gemeint.«

Anspielungen auf Rans älteren Bruder waren tabu und kamen selten, sogar von Kylla. »Herrlich humorlos.« Das klang nach Eln, okay. Vielleicht hatte die Erinnerung an den (oder die) Liebhaber ihrer Jugend ihre Gedanken auf Eln gebracht. Ich sagte: »Kylla, wann ist das alles geschehen?«

»Es ist kein Kümmelkuchen mehr da«, verkündete Ran und kam wieder ins Zimmer.

Kylla und ich tauschten einen Blick und ließen das Thema fallen. Ich bin bereit, über die meisten Dinge mit Ran zu reden – offen gesagt, alles andere als Offenheit wird für mich auf lange Sicht viel zu kompliziert, um damit fertig zu werden –, aber Kyllas persönliche Skandale gehen mich nichts an. Und er würde nichts über Eln hören wollen.

Mein Gemahl sah hungrig aus. »Gehen wir zum Abendessen aus?« fragte er. »Was haltet ihr von den Laternengärten? Ky?«

Sie hob die Schultern. »Ich glaube nicht, daß ich heute in der richtigen Stimmung für Nackttänze bin«, sagte ich.

»Wir können einen Tisch im Außengarten nehmen, neben dem Teich. Der Musik lauschen, den Papierschiffen zuschauen. Ich habe heute einen Durchbruch bei dem Waffenprojekt erreicht, ich möchte mich entspannen und meinen Kopf entleeren. Sei nachsichtig mit mir, Tymon.«

Ich mußte plötzlich grinsen. Vielleicht schuldete ich ihm etwas, weil er nie verletzliche Zonen meines Körpers zwickte.

»Was ist so komisch, meine Barbarin?«

»Nichts. Also gut, gehen wir in die Laternengärten. Aber Kylla, was passiert, wenn Lysander hier anrufen und dich um Verzeihung bitten will?« Denn so endete jedesmal ihr Streit mit Lysander. Sie hatte früh in ihrer Ehe einen Präzedenzfall gesetzt, daß Nachgeben nicht eine Frage der Logik, sondern des Geschlechtes war.

Sie lächelte boshaft. »Laß ihn anrufen und frustriert sein. Vielleicht kommt er vorbei und sitzt auf euren Türstufen. Bleiben wir *lange* aus, Ran.«

Er verbeugte sich formell vor ihr.

Der äußere Bereich der Laternengärten ist riesig. Auf einer Seite befindet sich ein seichter Teich, und schmale künstliche Flüsse auf hohen Aquädukten aus Ton gehen von ihm aus und krümmen sich um die Tische. Tagsüber hängt die überdachende Pergola voll mit Käfigen, in denen Singvögel sitzen. Nachts schwimmt auf dem Teich und seinen Nebenflüssen eine Armada von bunten Papierbooten, deren jedes eine Kerze trägt.

Kylla zahlte zehn Kembits und faltete ein kleines Papier mit einem Wunsch darauf zu einem roten Boot und setzte es in den Teich.

»Was hast du dir gewünscht?« fragte ich.

Sie zeigte jenes Lächeln, das mir sagte, sie würde es mir nicht verraten. »Weisheit und Diskretion«, murmelte sie, als wir uns zu unserem Tisch begaben, »was sich jede richtige Frau aus einer guten Familie wünscht.«

Ich schaute mich in der Menge um: Touristen, die schamlos ihre nackten Beine und Arme zur Schau stellten und sich Ducort-Rotwein hinter die Binde gossen, als handelte es sich dabei um Fruchtsaft; gesetzte Matronen, die sich üppig aufgetakelt hatten und vor Edelsteinen trieften; junge Männer, die konservativ gekleidete junge Damen und deren Anstandsdamen begleiteten ... andere junge Männer, die nüchtern blickende junge Professionelle ohne Anstandsdamen begleiteten. Eine von ihnen drängte sich auf dem Weg zur Toilette bei uns durch, ihr Federgürtel streifte an mir vorbei, als sie vorüberging –

ihre illusionslosen Blicke streiften über mich hinweg. *O ja, dachte ich, Weisheit und Diskretion. Ich bin sicher, das ist der Wunsch auf jedem Boot hier heute nacht.*

Die Laternengärtner bieten etwas an, das, wie sie behaupten, pyrenesische Cheeseburger seien. Ich habe noch nie einen Cheeseburger gesehen, an dem eine unbekannte weiße Soße herunterläuft und wofür hartes Toastbrot verwendet wird statt Brötchen; aber wenn es auch keine pyrenesischen Cheeseburger waren, so schmeckten sie doch gut. Ich hatte sie dort schon einmal bestellt. Mitten während der Mahlzeit blickte Kylla auf die Reihe von Papierschiffen, die auf dem Miniaturfluß vor uns vorüberschwammen. »Hier kommt mein Wunsch«, verkündete sie lächelnd.

Das Lächeln erstarrte auf ihren Lippen und wich sogar aus ihren Augen. Ich wandte den Kopf, um zu sehen, wohin sie schaute. Drei Tische weiter, auf der anderen Seite der Papierschiffe, saß Eliana Porath mit Leel Canarol zu ihrer Rechten. Vor ihr stand ein leichtes Gericht und ein Glas Wasser. Zu Elianas Linken befand sich ein junger Mann in einem exquisit geschneiderten Gewand, das mit Goldfäden gesäumt war. Er plauderte fröhlich drauflos… plauderte in der Tat ganz eifrig; anscheinend erklärte er der jungen Dame etwas auf die weitschweifige Art, die manche jungen Männer an sich haben, und einige alte Männer, die nie erwachsen werden. Er hatte zwei Gabeln in einer gewissen Entfernung auf den Tisch gelegt, und im rechten Winkel dazu ein Messer, und während er sprach, gestikulierte er und erläuterte… die Mechanik eines Luftwagens? Seine Vorstellungen von der Regierungspolitik? Einen neuen Anbau an sein Haus? Wenigstens hatte er ein gutmütiges Gesicht, und es gibt schlimmere Dinge auf der Welt als die Neigung zur Wichtigtuerei. Eliana und ihre Begleiterin brauchten offensichtlich nicht viel anderes zu tun, als zuzuhören und bewundernde Laute von sich zu geben.

Ich wandte mich wieder unserem Tisch zu und sah, daß Ran sie ebenfalls beobachtete. »Nun ja, das Leben geht weiter«, sagte ich kühl. »Ihr Vater leiht sie anscheinend schon versuchsweise aus.«

»Was hast du erwartet?« fragte Ran und nahm sich ein bißchen von der Kasserole auf tellysianische Art. »Die Gläubiger warten nicht.«

Mein Blick traf Kyllas Augen. Sie zuckte die Achseln und sagte: »Es ist vorbei. Warum sich noch damit abgeben?«

Ja wirklich, warum? Es war vorbei, und Kylla hatte gewonnen. Ihr Leben war vorläufig gesichert, und wie oft wurde schließlich ein Mann außerhalb des Adels, selbst einer in Lysanders Stellung, zu einer Heiratsallianz mit den Sechs Familien eingeladen? Ich war mir sicher, daß meine Schwägerin allen zukünftigen Annäherungsversuchen geringerer Häuser gewachsen sein würde.

Meine Aufmerksamkeit wurde wieder auf Eliana gelenkt, die sich jetzt ihrem Begleiter zuwandte und ihn anlächelte ... vielleicht etwas müde? Hatte sie die Illusion, frei und glücklich zu sein, oder war sie sich nur allzugut ihres Käfigs bewußt? Ich konnte die Stimme ihrer Großmutter hören: *Innerlich braucht man die Standhaftigkeit eines Kriegers, um im Äußeren als zarte Blume zu erscheinen.*

Ihr Götter! Ich wandte mich wieder Kylla zu und sah, wie sie zufrieden einer süß-sauren Ko-Tasche zusprach. Die gleiche Gesellschaft, nur ein etwas anderer Anreiz – wie kommt es, daß einige Leute in den Beschränkungen ihrer kulturellen Grenzen ein gutes und zufriedenes Leben führen können, und andere damit enden, daß sie gegen die Wand rennen?

Natürlich, Eliana hatte einen tyrannischen Vater,

während Kyllas Vater tot war ... zur Erleichterung seiner Hinterbliebenen, wie ich manchmal vermutete. Aber selbst wenn Lord Porath in dieser Nacht stürbe, dann würde das nur bedeuten, daß ihre Vormundschaft auf Coalis überginge. Und welche Allianzen würde ihr wendiger Bruder erwägen? Stereth würde bestimmt Einfluß darauf haben. Alle außer ihr selbst, wenn sie nicht extrem vorsichtig war.

»Ein enttäuschendes Ende eines enttäuschenden Sommers«, sagte ich und schnitt meinen klitschigen Pseudocheeseburger in hübsche Quadrate.

»Enttäuschend in welcher Hinsicht?« fragte Ran.

»Diese Geschichte mit Kade. Als ich hörte, daß die Botschafterin sich einmischte, da hoffte ich wahrscheinlich halb auf eine Art politischer Motivation – Intrigen, Skandale ... Ideale. Um jetzt herauszufinden, daß es nur um Geld ging ...«

»Nur um Geld?« fragte Ran, während Kyllas Papierschiff auf dem Fluß zu unserer Rechten endlich Feuer fing. »Spricht hier eine Angehörige des Hauses Cormallon?«

Ich lachte, und er legte seine Hand auf meine, die auf dem Tischtuch lag. »Wahrscheinlich weiß ich nicht, was ich erwartet hatte«, sagte ich.

Kyllas Papierschiff stürzte um und ertränkte die Flammen, und die anderen Schiffe schwammen weiter in allen Farben des Regenbogens. Wir beendeten das Mahl und ließen Eliana und ihre Probleme hinter uns. Als wir viel später nach Hause kamen, fanden wir Lysander auf unserer Türschwelle schlafend vor. Sein Kopf war gegen die Vordertür gelehnt. Kylla kniete nieder, küßte ihn zärtlich und nahm ihn mit sich.

Es war nach Mitternacht, als ich erwachte. Ich lag da in meinem Bett und spitzte die Ohren; da war nur Schweigen, das tiefe, vibrierende Schweigen des dunkelsten Teils der Nacht. Das Haus selbst schien im Koma zu liegen. Und was hatte mich durch die Wogen nach oben gebracht? Sim beendete seinen Urlaub in einer Herberge, die näher am Stadtzentrum lag – um so ungehinderter konnte er dort spielen und zechen, ohne die hemmende Anwesenheit des Ersten des Hauses Cormallon, der ihn beobachten konnte. Die einzige andere Person in diesem Haus lag hier im Bett zu meiner Linken. Was hatte mich geweckt?

Hatte mich etwas geweckt? – Ich hatte einen wirren Traum gehabt, etwas Seltsames, wo ich in einem Schönheitssalon auf Athena in einer Schlange auf eine Maniküre wartete. Kylla hatte neben mir im Wartezimmer gesessen, aber ich wußte, daß die Leute, die in das Nagelstudio gingen, auf schreckliche Weise verändert wieder herauskamen – einer Gehirnwäsche unterzogen oder in Zombies verwandelt oder mit irgendeinem undefinierbaren Schrecken, der ihnen zugefügt worden war. Ich versuchte Kylla zu warnen, aber sie sagte: »Also wirklich, Theo, das ist doch nur ein Nagelstudio.« Dann dachte ich, vielleicht sollte ich sie hier zurücklassen und mich retten. Aber nein, das wäre falsch – ich würde mir einfach mehr Mühe geben müssen. Es endete damit, daß ich Kylla mehrere Treppen hinab und auf die Straße hinaus schleppte, während sie mich mit einem Blick anstarrte, der besagte: Theo, du solltest eigentlich in eine Anstalt gesperrt werden, aber wenn es dir soviel bedeutet, dann mache ich mit, okay?

Ich lag im Bett da und versuchte, meinen kleinen paranoiden Alptraum zu wiederholen, während er verblaßte. Ich runzelte die Stirn. War das Kylla in dem Traum gewesen oder Eliana Porath? Was versuchte mein Unterbewußtsein mir zu sagen? Glaubte ich, daß Eliana in Gefahr war?

Also wirklich, wenn mein Unterbewußtsein Botschaften senden wollte, dann wünschte ich, es würde einfach das NETZ-Terminal benutzen …

Ich erstarrte. Wie hatte Loden gewußt, daß Stereth mir eine NETZ-Botschaft über Moros' Hütte geschickt hatte?

Coalis hatte es gewußt. Er hatte mir davon erzählt, während er sich in den Jinevra-Büschen verborgen hatte.

Ich stieg aus dem Bett, nahm mein Kartendeck und tapste hinaus in das Büro im Obergeschoß.

Drei Minuten später hörte ich Rans Stimme: »Ich dachte, du würdest das nicht mehr tun.«

Ich blickte auf und sah ihn im Eingang stehen.

»Ich wollte keine Experimente versuchen. Bloß ein normales Kartenlegen.«

»Gibt es einen Grund, weshalb wir ein normales Kartenlegen brauchen?«

Außer meiner Neugierde? Ich suchte nach einer Antwort. »Nun, möchtest du immer noch für Kades Tod verantwortlich gehalten werden?«

»Jusik hat die Sache fallengelassen. Er ist mit Lodens Schuld zufrieden.«

»Ist er wirklich mit Lodens Schuld zufrieden, oder möchte er nur einfach das Buch schließen und mit seinen anderen Problemen weitermachen? Eine ungeklärte Bluttat würde jeden anderen potentiellen Bräutigam abschrecken, den sie in die Familie zu ziehen versuchen.«

Er kam zu mir herüber und setzte sich mit überkreuzten Beinen, oberhalb des Kartendecks. »Also gut, ich gebe zu, er denkt wahrscheinlich noch, daß ich es getan habe und daß ich ihm Loden angeboten habe, so wie Leute in einem Rettungsboot jemanden über Bord werfen, um die Raubfische zu befriedigen. Wir werden durch tadellosen Lebenswandel unseren Ruf wiederherstellen, weißt du. Und in der Zwischenzeit, meine geliebte Tymon, wenn du auf dem Boden ausgestreckt endest bei deinen Nachtwanderungen – in einer äußerst unschicklichen Stellung, wie ich anfügen möchte …«

»Ich sagte, daß ich nichts Riskantes tun wollte!«

»Dann wirst du nichts dagegen haben, wenn ich bleibe und zuschaue.«

Ich zögerte. »Du wirst nicht versuchen, mich aufzuhalten?«

»Dich und das Wetter, Tymon, lasse ich gewähren.«

Ich legte eine einfache Geschäftskonfiguration. ›Der Vermögende Mann‹ – zufrieden, dick und gut gekleidet – mußte Jusik Porath sein. Es gab keine Karte, die die Zugehörigkeit zu den Sechs Familien kennzeichnete, näher würden wir nicht rankommen. Unter ihm, in einer legitimen Blutsverwandtschaft, war ›Der Draufgänger‹, der zwischen zwei Pfosten auf einem Seil lief und mit einem Stab balancierte. Und rechts davon ›Der Narr‹. Ich schaute auf den Narren und dann wieder zu Ran. »Rat mal, wer das ist«, sagte ich.

»Die Karte liegt auf der *rechten* Seite der Konfiguration.«

Das bedeutet irgendeine legitime Beziehung. Ich zögerte. »Du hast nichts dagegen, wenn ich es überprüfe«, sagte ich. »Ich werde mich an die normalen Pfade halten.«

Er machte eine halbe Verbeugung, als wollte er sagen: ›Nach dir.‹

Ich berührte den Draufgänger mit meinem Zeigefinger und wartete.

Dann grinste ich Ran an. »Bingo!« sagte ich in der Standard-Sprache.

Die Smaragdeidechse streckte mir ihre dünne Zunge entgegen, als ich die Stufen zur Veranda hinaufstieg. Ich kam mir mutig vor und wollte mich gerade bücken, um sie hinter den Ohren zu kraulen, da bemerkte ich, daß sie im Nacken etwas angeschwollen war.

»Man sollte das Ding da melken«, sagte ich zu Ran.

Er warf einen Blick auf den halbgefüllten Giftbeutel. »Sie ist sehr zahm«, erklärte er.

»Jaa, das erzählt man den Nachbarn immer am Morgen nach dem Auffinden der Leichen.«

Ran klopfte mit dem Griff seines Schmuckmessers gegen die Vordertür. Sie wurde augenblicklich geöffnet; der Verwalter mußte die Anweisung gehabt haben, uns zu erwarten.

»Sir Cormallon«, er verneigte sich. »Gnädige Dame. Lord Porath läßt Sie bitten, mich in die Bibliothek zu begleiten.«

Wir folgten ihm. Der Verwalter brachte uns in einen freundlichen Raum, der nicht ganz dem entsprach, was ich von Jusik erwartet hatte: voll mit Büchern und Papieren, mit einem Ausblick auf den inneren Hof, ausgeschmückt mit Bildern, die einen persönlichen Geschmack widerspiegelten, der sich überhaupt nicht den derzeit gültigen Regeln der Ästhetik unterwarf. Es gab eine richtige Tür aus Holz, nicht nur einen Türvorhang; sie verschaffte Jusiks Wunsch nach Abgeschiedenheit Geltung. Als wir eintraten, saß Jusik auf einem alten Kissen in Königsblau, offenkundig seinem Lieblingskissen, an einem niedrigen Schreibtisch mit einem reichverzierten Schreibpinsel, der ganz den Eindruck eines alten Erbstücks machte. Eliana, Coalis und Leel Canarol saßen in geringer Entfernung von Jusik. Sie alle blickten auf, als wir eintraten.

Rans Schritt stockte. »Ich dachte, dies sollte ein privates Treffen sein«, sagte er an Lord Porath gerichtet.

Jusik berührte seinen ererbten Pinsel und sagte: »Ich möchte es lieber so haben.«

Ran schaute mich an. So gut ich konnte, sagte ich

ihm mit meinem Blick: Es liegt wieder ganz bei dir. Er würde es besser wissen als ich, ob es politisch korrekt wäre, die Angelegenheit unter diesen Umständen weiterzuverfolgen.

Er seufzte, tat ein paar Schritte vorwärts, verneigte sich und sprach entschlossen: »Lord Porath, natürlich ist Ihre Entscheidung die einzig angemessene. Gleichzeitig fühle ich mich verpflichtet, darauf hinzuweisen, daß das, was nicht vor Zeugen gesagt wird, später in gegenseitigem Einvernehmen als nicht gesagt betrachtet werden kann. Ich erwähne dies nur, um Ihnen die Wahl zu lassen, die Ihnen von Rechts wegen zukommt.«

Jusik rollte den Pinsel auf dem Tisch hin und her. Als er ihn von der rechten in die linke Hand gab, sah ich, daß die linke zitterte. Seine Stimme war jedoch klar und deutlich; er sagte: »Wir können in Betracht ziehen, daß Sie mir wie ein Gentleman diese Wahl überlassen haben; jetzt setzen wir uns alle hin und reden miteinander.«

Ich bedauerte es schon, daß wir gekommen waren. Gleichzeitig hatte ich den widersprüchlichen Wunsch, alles offengelegt zu sehen und zu erfahren, was diese Leute hier dazu sagen würden – einen ausgesprochen athenanischen Wunsch.

Einen athenanischen Wunsch mit ivoranischen Konsequenzen. Nächstes Mal denk ein bißchen länger darüber nach, Theodora.

Wir setzten uns. Es klopfte an der Tür.

»Herein«, sagte Jusik.

Es war nicht der Verwalter, sondern Tantchen Jace, ganz bleich im Gesicht, und sie huschte herein, als fürchtete sie, jemand würde sie aufhalten. Sie kniete nieder und verneigte sich vor Jusik mit einer Schnelligkeit, die ich schon in meinem Alter beneiden mußte. »Lord Porath, ich hoffe, daß mein Dienst zufriedenstellend gewesen ist – ich bin jetzt seit siebzehn Jahren bei Ihrer Familie – ich habe nie an jemanden anderen gedacht, nie für etwas anderes gelebt …«

»Ja, ja.« Sein Ton wurde etwas sanfter. »Niemand beschwert sich über dich, Tantchen. Diese Angelegenheit betrifft dich überhaupt nicht.«

»Nein, ja, ich weiß – das soll heißen, ich bitte, daß ich bleiben darf. Bitte, edler Herr. Ich habe nie zuvor um einen persönlichen Gefallen gebeten.«

Lord Porath blickte drein, als wollte er darüber diskutieren, aber nach einem kurzen Zögern sagte er: »Warum nicht? Alle anderen sind hier. Warum soll man vorgeben, man könnte den Wein wieder in die Flasche bekommen, nachdem er verschüttet ist? Setz dich, Tantchen, such dir einen Sitzplatz.«

Sie nahm sofort einen Platz am Außenrand der Kissen ein, als könnte sie nicht hinausgeworfen werden, wenn sie nicht bemerkt würde. Ihre hellen, vogelgleichen Augen wanderten hin und her und betrachteten uns von oben bis unten.

»Und nun, gnädiger Herr«, sagte Jusik und wandte sich an meinen Mann, »vielleicht lassen Sie sich jetzt über das Thema aus, das wir bei Ihrem NETZ-Anruf erörtert haben. Das Thema der Verwicklung meiner Familie in den Tod meines Sohnes.«

Eliana, Coalis, Leel Canarol und Tantchen Jace – alle vier wandten den Kopf wie auf Kommando Ran zu und blickten ihn an.

Ran räusperte sich. »Loden Broca, der tatsächliche Täter, der einen gemieteten Zauberer bezahlt hat, um Kade zu beseitigen, ist tot. Aber bevor er starb, durchsuchte er das Haus des Zauberers nach belastenden Beweisstücken. Nun, nur wenige Leute wußten, wo der Zauberer lebte, oder wußten, daß die Cormallons gerade über seine Adresse informiert worden waren. Aber Loden wußte es.« Er zögerte. »Coalis wußte es auch.«

Coalis erstarrte. Aber sein Vater stand nicht auf,

um eine Peitsche zu nehmen und ihn zu Tode zu prügeln. Jusik hob lediglich die Augenbrauen. »Ist das eine Anklage? Ein Fall von Verrat in meinem Haus ist eine ernste Beschuldigung, viel ernster als Mord.«

»Hm, nicht ganz. Wissen Sie, auch Eliana hätte es gewußt. Zumindest scheinen Ihre beiden Kinder sehr gut über die gegenseitigen Aktivitäten informiert zu sein.« *Diese Aktivitäten, aus denen man Sie so sorgfältig heraushält, Lord Porath.*

Eliana wurde so weiß in ihrem Gesicht wie ihr Gewand. »Vater«, begann sie entsetzt.

»Pst, Eli. Erlauben wir dem Herrn, zu Ende zu sprechen.«

Ran verneigte sich, um diese Höflichkeit zu erwidern. »Lady Eliana konnte sehr gut Coalis' Gespräch mit … mit demjenigen mitgehört haben, der ihn über die Adresse informierte.«

Jusiks Blick durchbohrte Coalis. Sein Sohn sagte: »Stereth Tar'krim hat sie mir gegenüber erwähnt.«

»Ich dachte, ich hätte dir gesagt, du solltest keinen Umgang haben mit diesem zwielichtigen Kerl …«, begann der Vater, dann brach er abrupt ab. »Aber darüber werden wir später diskutieren. Ich hoffe, das wird nicht noch von schlimmeren Dingen überschattet, in die du vielleicht verwickelt bist.«

Coalis schluckte heftig, sagte aber nichts.

Ich hätte mich viel besser gefühlt, wenn diese Dinge einem Gerichtshof auf Athena vorgetragen worden wären, statt daß die beiden den Händen ihres leiblichen Vaters ausgeliefert waren.

»Theodora, vielleicht solltest du jetzt übernehmen. Du hast die relevanten Punkte für uns festgehalten.«

Nein, nein, nein … das ist deine Aufgabe, Ran. Alle Blicke richteten sich auf mich.

»Hm«, sagte ich. Mein Kopf war völlig leer.

Ich spürte, wie Rans Hand unter den Falten unserer Obergewänder die meine berührte. »Die Schuldscheine«, gab er mir das Stichwort.

»Ja, die Schuldscheine.« Ich schluckte. »Ich habe Loden und seinen Freund sagen hören, daß Lodens Freundin es war, die ihn geschickt hatte, die Beweise zu beseitigen. Loden hatte mir schon zuvor geradewegs gesagt, daß er einen Streit mit seiner Freundin hatte – da dachte ich noch, er meinte das Flittchen auf seinem Schoß, aber … hm … jedenfalls konnte vom Timing her der Streit sich mit diesem Thema befaßt haben. Die Schuldscheine. Sie hatte wahrscheinlich Schwierigkeiten, ihn dazu zu bringen, daß er das einzig Vernünftige tat. Hm, sie ist wahrscheinlich etwas klüger, als Loden war.« Wie die Mehrzahl der Leute in der Hauptstadt. »Aber sobald sie die Adresse bekam, rief sie ihn an und sagte ihm, er solle hinaus zur Hütte gehen und die Schuldscheine verbrennen. Und dann rief sie mich an und lud mich zu Tah und Kartenspiel ein, damit ich für den größten Teil des Tages beschäftigt wäre.« Die Einladung kam erst an diesem Morgen, nach Stereths Botschaft.

»*Vater*«, sagte Eliana.

Er hob die Hand. »Fahren Sie fort, gnädige Dame.«

»Nun ja, wir haben keine unumstößlichen Beweise.« Und das hier ist kein Gerichtshof.

»Wollen Sie damit sagen, meine Tochter würde vom Tode ihres Bruders profitieren?« fragte Jusik. »Offen gesagt, ich kann nicht einmal begreifen, was Broca damit zu tun haben könnte.«

Ich schaute Coalis an, dessen Miene nichts verriet. Was für eine Familie! Offensichtlich wußte Jusik noch nichts von Kades Gewerbe. Bedächtig sagte ich: »Ich glaube, Kade war so freundlich und hat Loden Geld geliehen.«

Jusik schnaubte. »Ich sehe nicht ein, woher er es gehabt haben soll, wenn er es wirklich hatte. Schauen Sie sich um; Sie sehen, wie wir leben.«

Coalis meldete sich, zur Selbstverteidigung. »Vater, Kade hat mir gegenüber etwas erwähnt, daß er einem Sicherheitsmann etwas Geld geliehen hatte.«

Jusik schaute ihn überrascht an. Er fragte sich, warum Kade seinen Bruder ins Vertrauen gezogen hatte und nicht seinen Vater; anscheinend war er es gewöhnt, aus dem Informationskreislauf seiner Familie ausgeschlossen zu sein. Er jagte ihnen zuviel Angst ein. »Nun gut, mein Sohn, ich zweifle nicht an deinen Worten. Aber das gibt Eliana immer noch kein Motiv.« Er lächelte seiner Tochter zu. »Ihr Leben ist so angenehm, wie wir, die sie lieben, es ihr machen können. Sie würde von Veränderungen nicht profitieren.«

Stimmt. Ich sagte nichts. Jusik wartete, dann sagte er: »Gnädige Dame? Sie sehen, worauf ich hinaus will. Ich möchte lieber glauben, daß Sie und Ihr Gemahl einfach diese Sache nicht durchdacht haben, als daß Sie einen Groll gegen mein Haus hegen. Obwohl manche Leute vielleicht meinen, daß Sie nach der halben Zerstörung meiner Familie durch einen Todesfall die Überlebenden in Verwirrung stürzen wollen …«

»Wir glauben, daß sie ein Liebespaar waren«, sagte ich.

Er erstarrte. »Wie bitte?«

»Loden und Eliana. Im Bett. Ein Liebespaar.« – *Welches Wort haben Sie nicht verstanden? – Sei still!* Jusik verfärbte sich – eine faszinierende Nuance von Violett.

»Zu allererst«, begann er und stieß die Worte hervor, als wäre ihm die Kehle abgeschnürt, »meine Tochter wird beständig begleitet, nicht von einer, sondern von zwei anständigen Frauen. Sie hätte gar keine Gelegenheit für die Art von Benehmen, die Sie anführen. Obwohl, wenn man bedenkt, an welche Art Gesellschaft Sie gewöhnt sein müssen, dann ist es vermutlich verständlich, daß Sie das nicht begreifen.«

»Edler Herr … es ist mir kürzlich eindrucksvoll vor

Augen geführt worden, daß elegante junge Damen mit ständigen Begleiterinnen Gelegenheiten finden können, um weltliche Erfahrungen zu sammeln, wenn sie das wünschen. Zumindest die intelligenten und diskreten unter ihnen können es, und ich meine Eliana ist ziemlich intelligent und ziemlich diskret.« Ihre dunklen Augen waren fest auf mich gerichtet. Ich zwang mich, Jusik anzuschauen, damit ich normal weiterreden konnte. »Im Falle Ihrer Tochter ist nur das Einverständnis wenigstens einer ihrer Begleiterinnen notwendig. Alles, was wir wirklich brauchen, ist die Gelegenheit für die beiden, sich zu treffen und kennenzulernen. Loden war oft genug hier, Ihr Haus hat die Mercia-Gruppe schon früher engagiert – und ich habe Grund zu der Annahme, daß Loden sehr … gut ausgestattet war, wenn es darum ging, Frauen anzuziehen. Ich bin sicher, die Möglichkeiten, die sich durch eine Allianz mit einer jungen Dame aus den Sechs Familien ergab, würden nicht einmal ihm entgangen sein. Er würde sich um Ihre Tochter besonders bemüht haben.«

Ja, das würde er. Je mehr ich darüber nachdachte, um so weniger konnte ich mir vorstellen, daß er sich *nicht* besonders bemühen würde. Im nachhinein erschien es so offensichtlich. Eigennutz war das einzige, was Lodens Intellekt in Bewegung setzte.

Jusiks Hals zeigte immer noch die Farbe eines Sonnenuntergangs im Sommer. Er knurrte: »Sich treffen und ein paar Worte austauschen, wie es die jungen Leute machen, ist kaum dasselbe wie ein Liebespaar sein. Die einzige Tür in diesem Haus ist am Eingang zu diesem Zimmer hier; die Gelegenheit hat für sie einfach nicht existiert.«

»Oh, ich bin sicher, da gab es eine Vielzahl von Chancen. In der Nacht, als ich die Ehre hatte, bei Ihnen in diesem Haus zu übernachten, verbrachte ich die frühen Morgenstunden schlafend auf der Chaiselongue auf Ihrer mittleren Veranda. Tantchen Jace war sehr unglücklich, mich dort zu sehen. Damals meinte ich, sie wäre allzu empfindlich, aber jetzt erkenne ich, daß sie nicht wollte, daß ich so nah am Eingang war, als sie zurückkam, nachdem sie Eliana aus dem Torhaus abgeholt hatte. Wo Eliana sehr wahrscheinlich die Nacht mit Loden Broca verbracht hatte.«

»Eine abscheuliche Lüge!« schrie Tantchen Jace. »Genau das, was man von einer Barbarin erwarten kann! Lord Porath, Sie sind zu großmütig zu diesen Leuten, indem Sie sie in Ihr Haus lassen ...«

»Tantchen, bitte. Ich nehme an, daß du diese Beschuldigungen leugnest.«

»Ganz gewiß! Ich war nicht einmal in der Nähe des Torhauses.«

»Ich habe Sie ein ganz schönes Stück weit im Garten dorthin gehen sehen. Was ist sonst in dieser Richtung?«

»Ich erinnere mich nicht, daß ich dorthin gegangen bin, aber wenn ich es getan habe, dann nur, um dem Wachhabenden eine Tasse Tah zu bringen!«

»Sie haben kein Tah mit sich getragen.«

»Ich hätte eine Küchenmagd geschickt! Lord Porath, wollen Sie mich nicht vor dieser Verleumdung schützen?«

Jusik blickte nachdenklich drein. Daß sie mitten in der Geschichte den Kurs gewechselt hatte, war nicht zu Tantchens Vorteil gewesen. Aber er sagte nur: »Dame Theodora, haben Sie an jenem Morgen meine Tochter in das Haus zurückkehren sehen?«

»Nein. Da habe ich geschlafen.«

»Dann haben Sie keinen Beweis für diese Geschichte.«

»Vielleicht nicht. Aber es wäre interessant, wenn Sie Ihren Einfluß benutzten, um einen Blick in das Dienstprotokoll der Mercia-Gruppe für jene Nacht zu werfen. Ich wette, daß Loden Broca im Torhaus war.«

Auf diesen Vorschlag hin fiel ein Schweigen über die Anwesenden. Schließlich sagte Lord Porath: »Das werde ich tun. Eliana, hast du mir etwas zu sagen?«

Sie hob das Gesicht. Es war bleicher als jene kremige Farbe, mit der junge Damen sich anmalen, die danach streben, wie zarte Blüten zu wirken. »Ich vertraue auf deinen Schutz, Vater.«

Er blickte zu Leel Canarol, die bedächtig meinte: »Während Ihre Tochter mit mir zusammen war, hat sie nichts getan, was Sie unschicklich finden würden.«

Eine vorsichtige Wortwahl. Wieviel wußte die schlaksige Kämpferin?

Jusik blickte wieder zu Tantchen Jace, und das ließ sie richtiggehend zusammenzucken. Er wollte ansetzen zu sprechen, doch dann hielt er inne und schüttelte den Kopf. Ein nachsichtiges Lächeln stahl sich auf seine Lippen. »Nein. Das entspricht einfach ihrem Charakter nicht. Mein Kind ist behütet und jung und begegnet nur den besten und schicklichsten Dingen. Es ist einfach unvorstellbar, daß sie in so etwas verwickelt sein könnte. Es tut mir leid. Sie hätte ja nicht einmal die verschwommenste Vorstellung, was sie tun sollte – selbst wenn der Gedanke an Mord ihr in den Sinn käme, was ich nicht glauben kann.«

»Sie ist ziemlich erfahren für ihr Alter«, sagte Ran. Überrascht wandte ich mich ihm zu. Kurz bevor wir hierhergekommen waren, hatte Ran ein paar Stunden am NETZ verbracht, und ich hatte keine Chance gehabt, ihn darüber zu befragen, aber ich hatte auch keine großen Überraschungen erwartet.

Er fuhr fort: »Meine gnädige Gattin hat mich informiert, daß ein paar Komplizen, die Loden nicht erkannte, gebeten wurden, in einer Spielhalle einen offenkundigen Anschlag auf sein Leben zu verüben.

Ein Theater uns zuliebe, um seine Rolle als Opfer zu unterstreichen. In der Tat, keine schlechte Idee; ich zweifle nicht, daß dies der Einfall seiner Geliebten war, und sie war so klug, Loden nicht vorher zu warnen.« Ran lächelte tatsächlich. »Sie konnte nicht wissen, daß wir einen Leibwächter haben würden oder daß der sich so begeistert einmischen würde.« Das Lächeln verschwand. »Die Komplizen waren gut gekleidet und trugen Schmuck, den sich die meisten Leute in der Hauptstadt nicht leisten könnten. Die Dame Theodora ist eine geschulte Wissenschaftlerin; sie gab eine sehr exakte Beschreibung des Armreifs eines dieser Männer.« Er machte eine Pause, um seinen Worten Nachdruck zu verleihen. »Er gehört Kas Sakri, einen wohlbekannten Spieler des Mordspiels unter den Sechs Familien. Ohne Zweifel ein Gefallen für – einen Verbündeten? Einen Gegner? Auf jeden Fall für einen Mitspieler.«

Jusik wirkte jetzt wie ein Mann, der zu vielen fliegenden Geschossen ausgewichen ist. Er sagte: »Mein Sohn Coalis«, sagte er, »war kurz in diesen Unsinn verwickelt, als er jünger war. Ich habe dem ein Ende gesetzt. Sohn, hast du …«

»Nein, Vater, ich schwöre es!«

»Nein, er war es nicht«, bestätigte Ran. »Ich habe Nachforschungen angestellt. Aber Eliana ist eine wohlbekannte Anfängerin im Spiel.«

»Frauen spielen einfach nicht!« donnerte Jusik.

»Sie hat als Komplizin in den Mordszenarios von mindestens zwei Freunden mitgewirkt. Es stimmt, ich habe noch kein Spiel entdeckt, bei dem sie die Hauptspielerin ist. Aber der Himmel weiß, sie muß genug beobachtet haben.«

Jusik schwieg. »All dies kann leicht überprüft werden«, fügte Ran hinzu.

»Vater«, sagte Coalis, »selbst wenn das wahr ist, dann bedeutet es nicht …«

Der wütende Blick seines Vaters wandte sich ihm zu. »Wieviel weißt du darüber?«

»Ich?« Seine Stimme verfiel in ein Quietschen. »Nichts! Überhaupt nichts!«

»Ich bezweifle jedenfalls, daß er etwas von dem Mord wußte«, warf Ran hilfreich ein.

Jusik wandte sich Tantchen Jace zu, die aussah, als stünde bei ihr ein Asthmaanfall bevor. »Tantchen«, sagte Jusik, »ich habe mich seit Jahren auf deine Diskretion verlassen. Du hast mich nicht enttäuscht. Ich muß dich warnen. Falls du jetzt in irgendwelche zwielichtigen Geschichten verwickelt bist, dann solltest du es am besten sagen; denn ich verspreche dir, wenn ich später herausfinde, daß auch nur ein Bruchteil davon wahr ist, dann wird es für dich keine Gnade geben.«

Sein Ton jagte sogar mir Angst ein. Er muß noch viel schlimmer für jemanden geklungen haben, der von seinem guten Willen abhing. Sie blickte entsetzt drein.

»Keinerlei Gnade«, fügte er hinzu.

Sie begann zu schnaufen, als versuchte sie, Luft zu holen. Dann fing sie an, keuchend vorwärts und rückwärts zu schwanken.

»Tantchen geht es nicht gut«, sagte Eliana anklagend. »Diese beiden hier haben sie krank gemacht, Vater.« Sie ging zu Tantchen Jaces Kissen hinüber und legte die Arme um die Schultern ihrer Anstandsdame. »Laß mich sie in ihr Zimmer bringen …«

»Laß sie, Eliana«, sagte ihr Vater.

Überrascht ließ Eliana Tantchen Jace los. »Reiß dich zusammen, Tantchen«, sagte Jusik streng. »Langsam atmen. Langsam. Ein und aus. Also, beruhige dich einfach, und wenn du etwas zu sagen hast – dann sag es jetzt.«

Sie keuchte noch etwas, dann schrie sie: »Es war nicht meine Schuld, Lord Porath! Ich habe versucht, es ihr auszureden! Aber sie ist jetzt schon groß, sie hört nicht mehr auf mich! Nein, sie hat jetzt eine *Leibwächterin!* Was kann ich tun, damit sie sich benimmt? Ich habe keine Autorität! Ich bin nur … ich bin nur eine Dienstbotin!« Sie brach in Tränen aus, und ihr Keuchen wurde lauter. »Ich habe sie großgezogen, und jetzt bin ich ein *Niemand.*« Sie verbarg ihr Gesicht in den Händen. »Sie können mich nicht tadeln. Das ist nicht *fair!*«

Eliana schürzte die Lippen und blickte angewidert drein; sie hatte den Kopf zurückgelegt, als wollte sie mehr Distanz zwischen sich und Tantchen bringen. Sie blickte mit einer Art fasziniertem Abscheu auf ihre Anstandsdame. Schließlich wandte sie sich ihrem Vater zu.

Jusiks Gesicht hatte jeden Ausdruck verloren. »Sprich, Tochter. Sprich jetzt. Wenn das Dienstprotokoll von Mercia bestätigt, daß Broca in dem Torhaus war …«

»Zweifellos wird es das bestätigen«, sagte sie. »Aber die da«, sie zeigte mit dem Kinn auf Tantchen Jace, »zeigt ihren üblichen Charakter. Sie hat mich die ganze Zeit gedrängt und angespornt und ermutigt. Wenn ich die schmutzige Version glauben würde, die diese Leute da erzählen, dann würde ich meinen, daß Loden sie bestochen hat, um uns miteinander bekanntzumachen, so begeistert war sie. Voll von Geschichten über Hofdamen und geheime Liebhaber …«

Tantchen Jace begann zu jammern. Offensichtlich hätte sie diese Anschuldigung geleugnet, wenn sie noch hätte sprechen können.

»Du gibst also Verrat gegen unser Haus zu«, sagte Jusik müde.

»Welchen Verrat?« fragte Eliana verächtlich. »Loden und ich waren *verheiratet.*«

Ran und ich schauten einander verblüfft an.

»Ich habe für das Haus Broca gehandelt«, sagte sie.

»Wir alle wissen, daß nach dem Gesetz bei der Heirat alle Verpflichtungen einer Frau auf ihre neue Familie übergehen.«

Jusik schien ebenso überrascht zu sein wie wir. Er wandte sich an Tantchen. »Ist das wahr?«

Sie nickte heftig, ihr Gesicht immer noch in den Händen verborgen, und ihre Schultern zitterten.

»Ihr großen pfuschenden Götter! Wann hattet ihr denn Zeit, um die Hochzeitskuchen auszutauschen? Wie lange hast du überhaupt dieses Stück Dreck gekannt?«

»Ich lasse nicht zu, daß du so über meinen Gemahl redest.«

»Das Haus Broca, ja wirklich! Wer hat je von den Brocas gehört? Ein schäbiger Wachmann, der sich Geld borgen mußte von … – wart mal! Hat Kade gewußt, daß ihr beide verheiratet wart?«

»Natürlich nicht. Warum sollte er gewollt haben, daß ich Shikron heirate, wenn er es wußte?«

Jusik schenkte dem respektlosen Widerspruch seiner Tochter keine Aufmerksamkeit, sondern fragte: »Hat Coalis es gewußt?«

Coalis blickte auf. Schuld und Wissen stand ihm ins Gesicht geschrieben. »Bestimmt nicht!«

Eliana sagte ganz ruhig: »Ich habe es Coalis nie erzählt. Ich habe es niemandem erzählt.«

Ich konnte mir vorstellen, wie daraufhin Leel Canarol einen Seufzer der Erleichterung ausstieß. Der Ranghöchste einer der Sechs Familien darf nicht nur seine Sprößlinge töten.

Jusik rang um Verständnis und sagte: »Ich kann nicht glauben, daß du helfen würdest, deinen eigenen Bruder umzubringen, um für diesen schäbigen Wachmann eine Schuld zu beseitigen …«

»Ich mußte die Heiratsverhandlungen aufhalten«, sagte sie trotzig. Und dann fügte sie leiser hinzu: »Und Kade war auch kein großes Licht.«

Ehrlich gesagt, gefiel mir dieser Zusatz. Ungeschminkte Ehrlichkeit hat immer meine Bewunderung geweckt, anscheinend sogar, wenn sie Haß und Mord zugab. Welche großartige Selbstbeherrschung bei einer Achtzehnjährigen, dachte ich. Und was für ein pathetisches Bild sie von ihrem unwürdigen Ehemann hatte, welche romantischen Träume einer Achtzehnjährigen. Hofdamen. O ihr Götter, bewahrt uns davor.

In gewisser Weise beneidete ich sie jedoch. Mit achtzehn hatte ich überhaupt keine romantischen Illusionen gehabt; die ich jetzt hatte, waren erst spät erblüht und mußten ständig gegossen werden. Wenn ich Ran nie getroffen hätte, dann hätte ich sie wohl überhaupt nicht bekommen.

»So sei es«, sagte Jusik mit schwerer Stimme.

Coalis beugte sich beunruhigt vor. »Einen Augenblick, Vater. Wahrscheinlich kennen wir noch nicht die ganze Geschichte …«

»Schweig!« Coalis ließ sich zurücksinken. In seinen Augen stand Angst. Soviel über unseren Na'telleth-Mönch, der von allen Sorgen befreit war. »Für den Tod deines Bruders, des Ersten Sohnes unseres Hauses …«, sagte Jusik.

Er zögerte. Eliana kniete immer noch in der Mitte, nicht weit von Tantchen Jace, mit geradem Rücken und erhobenem Haupt. Eine Ginevra vor Gericht. Und kein Arthur oder Lanzelot in Sicht.

»… du sagst, du gehörst nicht länger zu den Poraths. So soll es sein. Verschwinde jetzt von hier und kehre nie zurück. Geh nicht mehr in dein Zimmer, um Kleider oder Schmuck zu holen …«

»Vater, *bitte*«, sagte Coalis. »Sie kann so nicht leben! Sie kann unmöglich so leben! Wie wird sie überleben?«

»Sie gehört zum ›Haus Broca‹«, sagte Jusik kalt. »Laß die Brocas für sie sorgen. Wenn sie es wollen. Und wenn sie sie finden kann.«

Eliana stand auf. Sie zitterte leicht, vor Angst oder Ärger oder beidem. Immer noch legte sie die Selbstbeherrschung an den Tag, die ihr von Kindheit anerzogen war: Die Disziplin einer Kriegerin im Innern, um eine zarte Blüte …

Sie berührte den silbernen Armreif an ihrem Arm, und einen Moment lang dachte ich, sie würde ihn abziehen und auf den Boden werfen, um auf der Ebene hoher Tragödie weiterzuagieren. Aber sie war ja die Frau, die Loden Broca aufgefordert hatte, zu Moros' Hütte zu gehen und die Schuldscheine zu verbrennen. Sie zog die Manschette ihres Ärmels über den Armreif und verbeugte sich zum letztenmal vor ihrem Vater.

Laß die Brocas für sie sorgen.

Ob man eigenwillig ist oder nicht, es gibt in der Hauptstadt nur wenige Jobs für jemanden ohne familiäre Beziehungen. Ich weiß das nur zu gut. Und worin war sie ausgebildet, außer darin, eine kultivierte und elegante junge Dame aus den Sechs Familien zu sein? Diese Stelle war nicht länger offen.

Jetzt also öffnete sich der Käfig, wo es keinen Ort mehr gab, wohin sie hätte fliegen können. Nie mehr würde sie Jusik besänftigen, ihre Anstandsdamen zufriedenstellen, Seidenpantoffeln im Schnee tragen und taktvoll über die witzigen Bemerkungen wohlhabender Freier lachen müssen.

Sie wandte sich um, glättete mit einer Geste die Falten ihres Obergewandes und verließ – still, bedachtsam und anmutig – das Zimmer.

Es war, als wäre ein Hurrikan vorübergezogen. Ich blickte auf die anderen; sie schienen genauso erschöpft zu sein wie ich. Wir alle saßen mehr als gute fünf Minuten lang da, wie betäubt, bis Jusik schließlich blinzelte und sagte: »Sir Cormallon, gnädige Dame, ich glaube, wir dürfen diesen Vorfall als abgeschlossen betrachten. Ich wäre Ihnen dankbar, wenn Sie nicht weiter darüber reden würden.«

Ran verneigte sich.

Ich folgte immer noch in Gedanken Eliana, hinaus in den Garten, zum letztenmal vorbei an jenem Torhaus. Sie mußte sehr wohl gewußt haben, daß dieses silberne Armband nicht sehr lange reichen würde.

Sie hatte also ihre Würde und ihren Traum von Unabhängigkeit genommen und sich dem angenehm duftenden Sicherheitsmann Loden Broca zugewandt, und damit hatte sie ihr Leben hoffnungslos vermasselt. Welche Ironie! Sie wäre glücklicher gewesen, wenn sie einen beliebigen Heiratskandidaten akzeptiert hätte, den ihr ihre Familie präsentierte, egal, wie alt er war oder welches Temperament er hatte. Sie hätte ihre Anrechte auf den Brautpreis gehabt, ihr Scheidungsrecht, ihre Kinder mit deren Pflicht, ihr zu gehorchen und sie zu verteidigen – sie hätte sich ein einträgliches Leben der Kompromisse einrichten können. Zumindest hätte ich das getan. Denn schließlich gibt es immer noch Bücher.

Und Schauspiele. Und Sonnenuntergänge. Den Blick auf die Hauptstadt früh am Morgen aus einem Luftwagen, wenn man aus dem Westen herankommt. Ich hätte meine Spielmarken gegen Geld eingetauscht und nicht alles auf ein Fragezeichen gesetzt.

Aber ich bin eben eine kluge kleine Seele, dazu geboren, alles auf Nummer Sicher zu setzen. Meine eigenen wilden Risiken wurden mir immer aufgezwungen. Eliana war aus großartigerem Holz geschnitzt. Als Mann wäre sie in dieser Kultur glücklich geworden, oder als Frau etwa im vernünftigen Teil von Tellys. Sie hat ihr Schicksal gewählt, hat die Verrücktheit der geschlechtlichen Liebe dem eigenen Interesse vorgezogen, hat ihre Feinde erkannt, ungeachtet deren Familiennamen. Ich bewunderte sie und hatte gleichzeitig eine Abneigung gegen sie und bemitleidete sie.

Ich glaube allerdings, daß ich die einzige Person in Jusiks Bibliothek war, die das erste der aufgezählten Gefühle für sie empfand.

Ran stand auf und half mir hoch. »Danke, daß Sie uns Ihre Zeit gewidmet haben, edler Herr«, sagte er und erinnerte mich mit einem Stupser an meine guten Manieren. Wir verneigten uns beide.

Plötzlich ertönte ein Schrei, laut und durchdringend, von der anderen Seite des Hauses. Von der Gartenseite.

Alle sprangen auf. Ran schaute mich an. »Die Eidechse«, sagte ich.

Ich war wohl nicht die einzige, die das dachte. Ran und ich drehten uns um und rannten los, den Korridor hinab, die Treppen hinunter ... hinter Coalis her. Leel Canarol holte uns fast ein, dahinter kam gleich Jusik.

Wir stolperten hinaus auf die Veranda. Am anderen Ende war ein glänzender Fleck aus Blau und Grün ... Wir rannten hin.

Die Smaragdeidechse streckte uns ihre schmale Zunge entgegen und blickte mit gelassenen Augen auf diese plötzliche Invasion von Verrückten. Ihr Giftsack war immer noch halbvoll.

»Genauso voll wie zu dem Zeitpunkt, als wir herkamen«, sagte Ran überrascht.

»Ich weiß«, sagte ich, »und wo ...«

Ein weiterer Schrei, von der anderen Seite der Jinevra-Büsche. Wir rannten durch den Garten, Leel hängte uns alle mühelos ab.

Eine alte Frau im abgerissenen Gewand einer Dienerin stand am Rand des blauen Teichs. Eliana trieb in der Mitte, umgeben von einer rosafarbenen Wolke. Neben dem langen, sich wellenden Schleier ihres schwarzen Haares konnte man gerade noch ihr Messer auf dem Grund des Teiches erkennen.

KAPITEL 19

Eliana hatte auf ihrem Fensterbrett eine Flöte liegen gehabt. Ich hatte eine genau gleiche in Lodens Zimmer in der Herberge liegen sehen. Aus solchen kleinen Dingen entstehen Selbstmorde.

Zwölf Tage später bekam ich eine unerwartete Einladung von Coalis, und an einem für die Jahreszeit ungewöhnlich kühlen Nachmittag, fast schon frühen Abend, ging ich zum letztenmal zu den Poraths.

Der Garten war voll von Menschen. Ein geschlossener Lieferwagen war in der Nähe der Veranda vor dem Ostflügel geparkt und hatte das dortige Blumenbeet niedergewalzt. Während ich mich umschaute, sah ich, wie Jusiks Schreibtisch aus dem Haus getragen und in dem Wagen verstaut wurde. Waren sie schon so knapp dran, daß sie ihre Möbel verkauften? Ein dicker Schlauch lief von dem blauen Teich zu einem Bodenlaster in der Nähe. Der Laster vibrierte und machte ein Geräusch, das wie *wumpa-wumpa* klang. Ein Arbeiter stand daneben und blickte in den Teich hinab. Ich guckte auch in den Teich.

Er war fast leer. Alte Blätter und Dreck schwammen in dem wenigen Wasser herum, das noch verblieben war. Die Büsche am Rand des Teiches wirkten traurig und krank. Vielleicht hatten sie immer so ausgesehen, und der Teich hatte nur davon abgelenkt. Oder vielleicht hatten all die Aktivitäten der Lastwagen ihr Wachstum beeinträchtigt.

Coalis wartete auf der Vordertreppe. Er hatte einen der gelben skythischen Kater auf dem Schoß und streichelte ihn geistesabwesend. Er blickte zu mir auf, als ich nähertrat.

»Der Teich wird leergepumpt«, sagte er.

»Das habe ich gesehen.«

»Die heftigen Gefühle eines gewaltsamen Selbstmordes müssen ausgelöscht werden. Die Emotionen würden einen Schatten zurücklassen, der den Teich verdirbt. Er muß trockengelegt werden.«

»Aha.«

Er fuhr mit der Hand sanft von der Stirn des Katers bis zur Spitze des goldenen Schwanzes. »Ich habe gehört, ihr Barbaren glaubt nicht an so etwas.«

»Sie sind ein Na'telleth. Was glauben Sie?«

Er lächelte humorlos. »Von einer heftigen Emotion Abstand zu halten ist immer klug. Außerdem wäre der Teich eine Schmach für meinen Vater. Die Leute würden auf den Teich zeigen und sagen: ›Da hat Eliana Porath sich selber die Kehle durchgeschnitten, als sie von ihrer Familie verstoßen wurde.‹ Vielleicht war das ihre Absicht, als sie es tat. Sie hätte wissen müssen, daß Vater den Teich trockenlegen würde.«

»Kann er auf diese Weise der gesellschaftlichen Schmach entgehen?«

»O nein. Die Schmach wird Jahre andauern. Elianas letztes Geschenk.« Er lächelte wieder. In seinem Ton klang kein Tadel an, nur eine leichte Betroffenheit. »Aus diesem Grund verlassen wir die Hauptstadt.«

»Wirklich?« Damit hatte er mich überrascht.

»Vater hat ein Landgut, draußen in der Provinz Syssha. Es ist eines der letzten Besitztümer, das meine Familie noch behalten konnte. Dorthin gehen wir.« Er deutete mit einem Nicken auf den Lieferwagen. »Vater schickt die Erbstücke zusammen mit den Dienern voraus.«

Vater hier, Vater da. »Wie steht es mit Ihnen, Coalis? Gehen Sie mit? Ihre Lehrmeister sind hier in der Hauptstadt, nicht wahr?«

»O ja, ich gehe mit. Vater hat das sehr deutlich zum Ausdruck gebracht. Deshalb habe ich Sie eingeladen, heute vorbeizukommen, Theodora, um Abschied zu nehmen. Sie gehören zu den wenigen Leuten in dieser Stadt, von denen ich mich in aller Form verabschieden möchte.«

Danke für das Kompliment. »Aber was ist mit Ihren Studien? Könnten Sie nicht bei einer anderen der Sechs Familien bleiben?«

»Ich soll nicht länger der Verderbnis der Stadt ausgesetzt sein«, sagte er. »Wir sollen zu einem einfacheren, moralischeren Zeitalter zurückkehren und inmitten gutherziger Landleute die Lektionen der Ernte und der Jahreszeiten lernen.«

»Ich verstehe.«

»Vater gibt der Hauptstadt die Schuld für das, was geschehen ist. Er glaubt, seine Kinder hätten die Beziehung zu den wahren Tugenden verloren. Er hat seine Hobbies aufgegeben, um sich auf die wichtigen Aspekte des Lebens zu konzentrieren. Jetzt konzentriert er sich ganz auf mich; auf mich, die Katzen und das Vieh.«

»Das tut mir sehr leid.«

»Ja.« Er machte eine Grimasse. »Er hat Leel Canarol gefeuert, weil sie andeutete, seine Besorgnis käme ein bißchen spät. Er hatte sie zuerst eingeladen, mit uns zu kommen, wissen Sie. Um unterwegs die Besitztümer zu schützen und dann auf dem Hof mitzuhelfen.«

»Das wäre nicht ihr Fall, würde ich meinen.«

»Na ja, man weiß nie, wer dieses unerwartete Verlangen nach dem Land hegt. Manchmal sogar Leute, die vollkommen unschuldig aussehen.« *Sie allerdings nicht, allem Anschein nach.* »Auf jeden Fall war es falsch von Leel, daß sie das gesagt hat, auch wenn sie erregt war. Außerdem, wenn Vater das Gewicht seiner vollen Aufmerksamkeit schon zuvor auf Eli geladen hätte ...«

Dann hätte sie vielleicht schon viel früher Selbstmord

begangen, ergänzte ich. Coalis schwieg. Es gab Grenzen, die nicht einmal ein Na'telleth überschritt, wenn er von seinen Eltern sprach, zumindest nicht auf Ivory.

Ich steuerte zum Thema Leel zurück. »Es geht ihr dann ansonsten gut? Er hat sie nur gefeuert, sonst nichts?«

Coalis kraulte die Katze unterm Kinn, und sie begann leise zu schnurren. »Meinen Sie, er hätte sie vielleicht in der Hauptstadt kompromittiert? Sie geprügelt, bevor er sie zum Tor hinauswarf, splitternackt?«

»Nun ja ...«

»Seine Energie hat ihn verlassen, Theodora. Außer für diesen Plan mit dem Gutshof. Dagegen darf man unter Lebensgefahr kein Wörtchen sagen. Nicht einmal Großmutter.« Er seufzte. »Sie nimmt es besser auf, als wir alle dachten. Nach ihrem Zusammenbruch nach Kades Tod vermuteten wir, sie würde sich völlig aufgeben. Vater hatte sogar befürchtet, es würde sie umbringen. Aber sie wird besser damit fertig als er. Und sie stand Eli noch näher – überlegen Sie das mal.«

Ich setzte mich neben ihn und hielt Abstand zu der Katze. »Und wie steht es mit Tantchen?«

»Sie führt einen Guerillakrieg.« Er gluckste. »Hält verzweifelt durch. Ich glaube, sie hat keine Angehörigen mehr, und sie wagt es nicht, um ein Empfehlungsschreiben zu bitten. Also versteckt sie sich in den Winkeln und sagt kein Sterbenswörtlein. Vater hat sie nicht offiziell gebeten, uns nach Syssha zu begleiten. Ich wette, sie wird in den Wagen schlüpfen und auf jeden Fall mitkommen.«

Was für ein Leben! Was für eine Familie! Jusik erschien am anderen Ende der östlichen Veranda; er dirigierte einen Arbeiter, der ein kleines Schränkchen mit einer Marmoreinlegearbeit in den Wagen laden sollte. Er blickte kurz zu mir herüber und wandte sich dann wieder seiner Aufgabe zu, als könnte man von ihm nicht erwarten, daß er sich unnötigerweise mit jemandem befaßte. Was in aller Welt würde Coalis dort draußen in der Provinz Syssha tun? Kredite an Schafe und Kühe ausleihen? Drei oder vier Kembits am Tag von den Bauern eintreiben?

Er hatte keine Wahl, genausowenig, wie Eliana eine Wahl gehabt hatte, auch wenn sie es anders versucht hatte. Vielleicht hoffte Coalis in Hintergedanken auf einen frühen väterlichen Herzanfall und eine frühe Rückkehr in die Hauptstadt; was in der Haltung seinem Vater gegenüber Liebe war und was Pflichterfüllung, konnte ich gewiß nicht unterscheiden.

»Ich dachte, Sie hätten vielleicht gern ein Andenken«, sagte Coalis und rief meine Aufmerksamkeit in die Gegenwart zurück.

Ich konnte mir nicht vorstellen, wieso er auf diesen Gedanken gekommen war. Aber er griff in die Tasche und zog eine kleine Kugel aus Blaustein heraus, die von einem silbernen Dreieck dreigeteilt wurde. Er legte sie mir in die Hand. Ich hatte das Symbol schon früher gesehen, über dem Eingang zu einem Na'telleth-Kloster. Zweifellos hatte ich mehr Chancen, dieses Kloster wiederzusehen, als Coalis. Selbst wenn Jusik starb, würde kein anständiger ivoranischer Junge in ein Kloster eintreten, wenn er der Letzte seiner Familie war.

Das *Wumpa-Wumpa* hörte auf, und ich sah, wie der Arbeiter an dem Laster seinen Schlauch abmontierte. Er zog ihn aus dem leeren Teich. Vor meinem geistigen Auge sah ich Kade, den Tyrannen und Kredithai, Eliana, wie sie bei ihrem Bestreben, ihrem Vaterhaus zu entfliehen, die Grenzen überschritt, Coalis... Ich war mir nicht ganz sicher, worin Coalis' Probleme bestanden, aber er war nicht der nette Nachbarsjunge.

Einfach eine typische ivoranische Familie, dachte ich, ein bißchen hysterisch. Rettet diesen Planeten, ihr Leute! Richtet eine Kinderkrippe ein und verbannt die Familiennamen, wie wir es auf Pyrene getan haben.

... Und Jusik, der die übrigen tyrannisierte. Außer daß er jetzt nicht sonderlich wie ein Tyrann aussah.

»Bedeutet das, daß Sie das Mönchsfieber für immer aufgegeben haben?« sagte ich zu Coalis.

»Das ist kein Beruf, Theodora, das ist ein Geisteszustand.«

Einer, dem Sie nacheifern sollten, hörte ich unausgesprochen. Er hatte wahrscheinlich recht.

Ich stand auf. »Leben Sie wohl, und viel Glück. Ihre Bekanntschaft ... war unvergeßlich.«

»O Theodora.« Er stand auf und beugte sich über meine Hand. »Glauben Sie mir, *Ihre* Bekanntschaft hat einen starken Eindruck auf mich gemacht.«

In der Tat, und es war höflich von ihm, daß er mich dafür nicht umgebracht hatte.

Ich ging an dem leeren Teich, den zerdrückten Blumen und den immer noch hohen Jinevra-Büschen vorbei. Es wäre gut, nicht mehr hierherzukommen.

Hinter mir bereiteten sich die Gebeine einer sterbenden Familie auf den Umzug vor.

Manchmal dachte ich an Coalis und sein Streben nach dem wahren Zustand des ›Na'telleth-ri‹; ein Streben, dessen kalter Arm in die allernormalsten, selbstverständlichsten Momente des Lebens eingriff. Nehmen wir zum Beispiel den letzten Satz einer Meinungsverschiedenheit mit einem Ehemann: »Was willst du von mir?«

Ein interessantes Wort, *wollen*. Nahe genug an *mögen,* um die Na'telleths nervös zu machen. Was *willst* du? Einen Stuhl, ein Bett, das Salz gereicht haben? Ich frage aus Höflichkeit; ich bin ein Mensch, ich weiß, wie es uns geht. Hast du irgendwelche Wünsche auf dem Buckel? Zwicken sie dich in die Zehen? Rühren sie dein Getränk um, so daß es nicht mehr gut schmeckt? Gerechtigkeit, Rache, sexuelle Befriedigung? Fühle dich frei, offen zu reden, wir alle hier sind Geschwister.

So gehen wir miteinander um, und das ist das grundlegende Gewebe unserer Zivilisation. Wir beginnen mit dem Tauschhandel und schreiten weiter zu einem System; wir sind keine Narren. Hier hast du etwas Geld, du kannst dir kaufen, was du *willst*. Sollen wir heute abend ins Theater gehen? Wenn du das willst. Ich ... ich will nur, daß du glücklich bist.

Jack Lykon kehrte nach Tellys zurück, aber sein Gespenst blieb zurück. Und ich fuhr Ran an: »Was willst du von mir?«

Dabei hatte er mich nicht gebeten, etwas zu tun.

Am Ende des Monats gingen wir zum Markt im Kaiserlichen Park.

Zweimal im Jahr wird die unterste Ebene des Parks, neben dem Fluß, Handwerkern und Bauern aus den Provinzen zur Verfügung gestellt, die dann jedes alte Stück Töpferware und Wagenladungen von Obst anschleppen, von denen sie meinen, daß sie sie an die Stadtleute verhökern können. Dazwischen gibt es Stände mit Reichtümern: Unerwartete Freuden in Form von bemalten Schalen, die mythologische Wesen zeigen, in feuriger Symmetrie ausgeführt, handgeblasene Kelchgläser, fein gemustertes Schmuckpapier und alle Arten von Tellern, Pfeifen, Tah-Kochern, Blumentöpfen aus Keramik ... An solchen Tagen ist der Park natürlich voller Menschen. Sachen, die auf Athena in einer Kunsthandlung versteigert würden, kann man hier um ein Lächeln und eine Handvoll alter Münzen erwerben.

Wir waren stundenlang herumgewandert, zur Befriedigung unseres Kunst- und Geldsinns, und als es auf den späten Nachmittag zuging, steuerten wir auf die Karren mit Speisen und Gewürzen zu, um etwas zum Abendessen mit nach Hause zu nehmen. An diesem Tag brauchten die Landleute sich nicht an die Preise des Gewürzmonopols zu halten und konnten ihre Weißminze und ihre Pfefferkörner direkt zum Verbraucher bringen – und die Verbraucher standen Schlange und warteten fröhlich auf günstige Angebote.

Ich blieb stehen, um mir eine Reihe Kerzenleuchter anzuschauen. Ein Mann in einem gelben Brokatgewand ging vorüber; auf seiner Schulter saß ein kleines Mädchen und kicherte. Zwei weitere folgten ihm und schleckten Zitroneneis. In letzter Zeit kam es mir so vor, als wimmelte es überall, wo ich hinging, von Kindern. Und die Familien sahen alle so glücklich aus. Was war mit den geplagten Müttern geschehen, die mit roten Gesichtern ihre Kinder anbrüllten, ihnen Ohrfeigen verpaßten, während die Bälger schrien, und bei den Vorübergehenden unbehagliche Gefühle weckten?

»Verzeihen Sie«, sagte jemand neben mir. Ich drehte mich um und sah eine junge Frau in sehr gewöhnlicher Standard-Kleidung – auch eine Barbarin. Sie war etwa zwanzig Jahre alt, ziemlich hübsch und wirkte fehl am Platz. »Es tut mir leid, daß ich Sie störe«, sagte sie etwas unsicher, »aber Sie wirken so, als würden Sie sich hier auskennen. Glauben Sie, die hier …«, und sie streckte mir die Hände entgegen, in denen sie je einen billigen Kerzenleuchter aus Messing hielt, »sind in Ordnung?«

»Na ja …«, sagte ich, unsicher, wie ich reagieren sollte. Eigentlich habe ich Kerzenständer aus Messing immer ziemlich häßlich gefunden, und das Paar, das sie ausgewählt hatte, war ausgemachter Kitsch.

»Wissen Sie, ich habe einen Gast zum Abendessen, und ich möchte, daß alles hübsch aussieht«, sagte sie.

»Ich habe Messing nie gemocht«, sagte ich.

»Mehr kann ich mir nicht leisten«, sagte sie offen und betrachtete die Leuchter unschlüssig.

Sie waren, wie ich sah, das billigste Paar in der Reihe. Ich nahm einen von den Kristallkerzenständern, die nicht so teuer aussahen, und schaute den Verkäufer an. Er hob vier Finger. Meine Landsmännin bekam den Austausch mit und machte ein langes Gesicht.

»Ist Ihr Gast von Pyrene?« fragte ich hoffnungsvoll. Ein Pyrenese würde die künstlerische Ausgestaltung der Dinnertafel gar nicht bemerken oder zu schätzen wissen. Tatsächlich würde man es auf Pyrene als moralisch unter seinem Niveau betrachten, wenn er solche Dinge zur Kenntnis nahm.

»Er ist ein Ivoraner«, sagte sie.

»Ach du lieber Himmel.« Und du weißt nicht, worauf du dich einläßt, mein Kind.

Dann erschien Ran. Er hatte sich bei einem Satz marmorner Briefbeschwerer aufgehalten, die zwei Karren weiter hinten feilgeboten wurden. Bei ihm als einem echten Ivoraner weckte eine ästhetische Frage sofort das Interesse.

»Warum kaufen Sie nicht eine dieser Schalen mit dem Muster aus Phönix und Greif? – Du erinnerst dich, Theodora. Die gab es unten am Ufer – der Handwerker packte gerade ein und gab sie fast umsonst her. Dann können Sie sie mit Duftwasser füllen und ein paar von diesen schwimmenden Kerzen hineintun.«

»Ich habe noch nie von schwimmenden Kerzen gehört«, sagte die junge Frau unsicher.

»Das würde großartig aussehen«, beteuerte Ran. »Kommen Sie, ich zeige Ihnen die Richtung. – Du solltest am besten einen Platz für uns in der Schlange besetzen, Theodora. Ich bin in fünf Minuten wieder zurück.«

Ein Appell an sein ästhetisches Urteil zieht Rans Aufmerksamkeit auf sich, wo ein Appell an sein Erbarmen ihn kaltlassen würde. Er schleifte sein Opfer bzw. das Objekt seiner Wohltätigkeit hinter sich her, und ich füllte ein Einkaufsnetz mit Obst und Kuchen und stellte mich an der Schlange vor dem Gewürzkarren an.

Einige Leute hatten ihre eigenen Einkaufswagen mitgebracht, auf denen sich jetzt die Beute dieses Tages häufte. Ihr guten Götter, da waren acht – nein, neun – Kinder in der Schlange vor mir, und eine müde Frau mit der Stimme eines Feldwebels beaufsichtigte sie. War sie nicht zu jung, um... Das Gewand eines der älteren Kinder raschelte, als es sich vorwärts bewegte, und ich sah das Schriftzeichen für »Eigentum von«. Ich wartete, bis das Kind sich umdrehte, und las: »Kenris-Trainingsschule.«

Trocha-Kinder: Waisen und ›überflüssige Nachkommen‹, die aufgezogen und als Handwerkslehrlinge verkauft wurden. Selbst sie sahen nicht unglücklich aus. Sie machten ihre Aufseherin unbefangen auf sich aufmerksam, indem sie sie dauernd an ihren Ärmeln zupften, und sie gab ihnen die Zuwendung als ihr gutes Recht.

Das ist alles eine Fassade, dachte ich, als ich da stand, mich an die Poraths erinnerte und überlegte, was wohl in meiner eigenen Vergangenheit falsch gelaufen war.

Ich erinnere mich, wie ich einmal mit einem der Therapeuten auf Athena darüber sprach, wie fremd ›Familie‹ für jemand war, der wie ich auf Pyrene in einer Krippe aufgewachsen war. Ich hatte nette Sachen über die Cormallons gesagt, wobei ich an die Beziehung zwischen Kylla und Ran dachte, und der Therapeut hatte gelächelt und bemerkt, je älter er werde, desto mehr halte er den Ausdruck ›dysfunktionale Familie‹ für redundant.

An dem, was er sagte, war etwas daran. Aber liegt es nur an den Familien? Ist das System von Pyrene wirklich besser? Es ermöglichte mir keine glücklichere Kindheit. Und hätte ich das gleiche schmerzliche Sich-aneinander-Reiben, eine Wunde an der anderen, vielleicht in jeder Gruppe gefunden, wo man miteinander leben mußte, auch bei Nichtverwandten auf Pyrene? Ich habe es nie ausprobiert, und so werde ich es wohl nie wissen.

Ich habe jedoch meine Vermutungen. Was haben wir Menschen schließlich an uns? Wie können wir einander nur so sehr verletzen und uns doch mißbraucht vorkommen, während wir es tun? Manchmal glaube ich, es wäre für uns alle von großem Nutzen, wenn unser Leben aufgezeichnet und dann noch einmal abgespielt würde, damit wir aus dem Zuschauersessel jeden falschen Schritt sehen könnten, den wir tun; jede verletzende Bemerkung, und dann eine Nahaufnahme der Person, zu der wir sprechen.

Bis jetzt hat Ran noch keine Superneurose entwickelt, und mit seinen Eigenarten kann ich leben. Seine verzerrte Sicht der Familie, auf ihre Weise verzerrt wie die meinige, ist wie ein Anker; er ist unvernünftigerweise zu meinen Gunsten voreingenommen, einfach, weil ich so vernünftig war, ihn zu heiraten. Deshalb ist auch er bereit, sich mit vielem abzufinden und einfach anzunehmen, daß ich gute Absichten dabei habe.

Diese Einstellung ist Gold wert. Das ist nicht der Grund, weshalb ich ihn geheiratet habe, aber ich fange an zu verstehen, daß die Gründe, aus denen man heiratet, anders sind als die Gründe, weshalb man sich nicht scheiden läßt.

In Ordnung, Theodora; du möchtest nicht, daß dir

jemand diese Schätze wegnimmt. Aber was wirst du dem Rat von Cormallon im nächsten Jahr sagen?

Ganz zu schweigen vom Geist von Rans Großmutter. Ich wünschte, sie wäre auch in ihrer Botschaft an mich so mitteilsam gewesen; ich wünschte, ich wüßte ihre genauen Worte. Ich hatte diesen Ausdruck ›neues Blut‹ schon früher gehört, aber ich verstand nicht, wie ich dafür verantwortlich sein könnte. Sollte ich Großmutter vertrauen, den Stöpsel des Pessars entfernen (ich kam mir vor wie eine Flasche alten Weins in einem Keller) und die marginalen Chancen ausprobieren, die Jack Lykon dargelegt hatte? Großmutter muß verrückt gewesen sein. Denn wenn an dieser ganzen Geschichte mit der Vererbung überhaupt etwas dran ist, dann würden diese hypothetischen Nachkommen keine großartigen Gene für den Umgang mit der Magie bekommen, zumindest nicht von mir. Und doch war ich der Faktor, den sie in ihrem Plan haben wollte. Ergab das einen Sinn?

Also gut, nehmen wir mal an, es würde nächstes Jahr dem Rat gemeldet, ich sei unfruchtbar. Ich hatte Ran schon die Informationen darüber entlockt, was dann folgen würde:

»Wir würden adoptieren«, sagte er.

»Was soll dann das Ganze mit der zweiten Frau?«

»Nun ja … von der würden wir adoptieren. Das kann auf einer völlig freundschaftlichen Basis geschehen, Theodora. Du könntest sogar helfen, sie auszusuchen – vielleicht eine der Ducorts oder der Cymons. Dann, wenn sie … hm … Nachwuchs hat, schreiben wir ihr eine Bankanweisung aus, reichen die Scheidung ein …«

»Diese Idee kannst du vergessen.«

»Das ist ein rein geschäftliches Arrangement, Theodora …«

Der Blick, den ich ihm zuwarf, muß wilder gewesen sein, als ich mir bewußt war, denn er verstummte.

Ich ging diesen Wortwechsel noch einmal aus dem Blickwinkel einer Wissenschaftlerin durch: Ich konnte nicht verstehen, wie ein Kind von Ran und einer Angehörigen von Cormallons traditionell verbündeten Familien Großmutters Forderungen nach einer neuen genetischen Bereicherung erfüllen sollte.

Ich wünschte mir, die alte Dame wäre noch am Leben. Ich wünschte, ich hätte sie ein bißchen länger gekannt. Ich wünschte mir, die Cormallons wären nicht so verdammt verschwiegen.

Der Einkaufswagen der Kenris-Trainingsschule war mit Süßigkeiten beladen, und auch mit lebendiger Fracht; ein sehr kleines Mitglied der Schule saß oben darauf, mit dem Gesicht nach hinten, und schaute mich direkt an. Ein Junge von etwa zwei oder drei Jahren in einer kurzen wattierten Jacke in Königsblau, die ihm jemand bis zum Hals zugeknöpft hatte.

Als er sah, daß ich ihn anschaute, wurden seine dunklen Augen lebhaft. Sein Blick wanderte zu meinem Einkaufsnetz, das ich auf dem Rand des Händlerkarrens abgesetzt hatte.

»Was ist das?« fragte er und zeigte auf meine Rosennektarine.

»Das ist eine Rosennektarine«, erwiderte ich.

»Was ist das?« fragte er und zeigte auf ein Bündel handgewebter Servietten.

»Das sind Servietten«, erwiderte ich.

»Was ist das?« fuhr er fort und zeigte auf meine Pellfrucht – dann auf meinen Teller mit Phönix und Greif – dann auf mein Buntpapier.

Jedesmal, wenn ich ihm geantwortet hatte, ging er zum nächsten Gegenstand weiter. Macht dieses Kind sich über mich lustig? fragte ich mich unsicher. Von der Hälfte dieser Sachen kann er gar nicht wissen, was sie sind, aber er fragt beharrlich weiter.

Schließlich zog seine erschöpft wirkende Erzieherin

den Wagen weiter. Der Junge wandte sich mir schnell zu und die Worte sprudelten heraus. Er deutete mit dem Finger auf jeden Gegenstand, um zu zeigen, was er behalten hatte. »Das ist eine Rosennektarine. Das sind Servietten. Das ist eine Pellfrucht. Das ist ein Phönix-und-Greif-Teller. Das ist Schmuckpapier. Das sind rote Orangen. Das ist ein Federhalter.«

»Ja!« sagte ich entzückt.

Er lächelte nicht, aber in seinen ernsten Augen leuchtete Befriedigung über seinen Erfolg auf.

Der Einkaufswagen bewegte sich weiter, vorbei an der Schlange vor dem Gewürzkarren, hin zu dem Pfad, der zum Ausgang des Parks führte. Ich starrte hinterher.

»Gnädige Dame?« fragte der Gewürzverkäufer. »Sie sind als Nächste dran.«

»Ich komme gleich zurück.«

Wie eine törichte Touristin ließ ich das Einkaufsnetz auf dem Karren liegen und galoppierte hinter dem Einkaufswagen der Kenris-Schule her.

»Entschuldigung! Entschuldigen Sie, gnädige Dame!« Die junge Frau hielt an, und ihr Gesichtsausdruck besagte, daß sie zu erschöpft war, um verstehen zu wollen, warum ich sie belästigte.

»Ja? Was kann ich für Sie tun?«

»Ich habe gerade überlegt. Sind diese Kinder ...« Ich suchte verzweifelt nach dem richtigen Wort. Was wir gewöhnlich in der Standard-Sprache als ›Adoption‹ übersetzen, bezieht sich auf verschiedene Methoden, mit denen Leute in ein Haus aufgenommen werden, üblicherweise im Hinblick auf eine bestimmte Aufgabe; ich hatte hier aber keine Aufgabe im Sinn. »Hm, sind diese Kinder verfügbar?«

»Wenn Sie bestimmte berufliche Fähigkeiten brauchen, so können wir sie wahrscheinlich liefern«, sagte sie höflich. »Für kurzfristige Aufträge haben wir sogar Tagesverträge. Sie müssen nur in das Büro unserer Verwaltung kommen ...«

»Nein, nein. Sind sie ... verkäuflich?«

Diese Formulierung verstand sie. »Natürlich.«

Und die nennen uns Barbaren! »Ich werde darauf zurückkommen müssen«, sagte ich, »aber können Sie mir inzwischen den Namen des Kindes nennen, das auf dem Wagen sitzt?«

»Tirjon. Wir haben natürlich keine Familiennamen, aber er hat eine Identifikationsnummer: 428791.«

Nummern anstatt von Familiennamen, wie in meiner Heimat. Mir war fast nostalgisch zumute. »Vier-zwei-acht-sieben-neun-eins«, sagte ich. »Vielen Dank. Vier-zwei-acht-sieben-neun-eins.« Ich verließ die Kenris-Erzieherin und kehrte zum Gewürzkarren zurück. Vier-zwei-acht-sieben-neun-eins. Ich brauchte etwas zum Schreiben.

Ran wartete. Er hatte mein Einkaufsnetz an sich genommen. »Habe ich etwas verpaßt?« fragte er.

»Ran, ich habe nachgedacht.« Während wir sprachen, begannen wir, die letzten drei Gläser mit Mähnenwurz aus dem Angebot des Gewürzhändlers abzuräumen, bevor sie verschwanden. »Wir sollten eine Adoption in Erwägung ziehen. Eine reguläre Adoption, meine ich, nicht diese Geschichte mit der Zweitfrau.«

Er war verdutzt. »Einen Cousin in Pflege nehmen? Das wird immerzu gemacht, aber ich wußte nicht, daß du daran interessiert bist.«

»Nein, nein. Ich meine, ein ganz neues Kind großziehen. Das heißt, neu vom Standpunkt der Cormallons aus gesehen – hat nicht deine Großmutter davon geredet, daß neues Blut gebraucht wird?«

»Ich glaube nicht, daß sie ...«

»Vor knapp zwei Minuten war hier ein möglicher Kandidat. Von der Kenris-Schule.«

»Von einer *Trainingsschule?* Liebling – hör mal, da

gibt es eine Menge Gründe, warum das nie funktionieren würde. Erstens, der Rat würde einen Anfall bekommen… Was machst du da?«

»Ich borge mir deine Schreibfeder aus.« Ich holte sie aus der Tasche seines Obergewandes.

»Theodora, du bist auf einem anderen Planeten geboren, du verstehst nicht ganz, wie heikel manche Themen…«

Er brach ab und schaute zu, wie ich auf eine Ecke des Schmuckpapiers Zahlen schrieb. »Hörst du mir überhaupt zu?« fragte er dann.

»Natürlich!« sagte ich beleidigt. »Du weißt doch, daß ich immer tue, was du sagst.«

Nicht lang danach, zum Herbstanfang, waren wir auf Cormallon.

Ein paar Tage zuvor war ich am Haus der Poraths vorbeigekommen und hatte durch das offene Tor geguckt. Eine goldfarbene Katze erwiderte meinen Blick aus dem hohen Gras, eine andere hob den schläfrigen Kopf von der Veranda. Hatte Jusik sie nicht mitgenommen? Vielleicht hatte er es versucht, und sie hatten sich beim ersten Halt davongemacht und waren auf das vertraute Territorium zurückgekehrt. Nun ja, es gab hier noch andere Teiche außer dem trockengelegten, und das Anwesen gehörte immer noch den Poraths; ich hoffte, die Katzen würden hier genügend Mäuse und ähnliches finden, um zu überleben.

Vermutlich schuldeten wir den gelben skythischen Katern der Poraths Dank. Wären sie nicht gewesen, dann hätte ich nie draußen auf der Veranda geschlafen und mich nicht gefragt, warum Tantchen Jace im Morgengrauen durch den Garten lief. Und wer weiß, ohne die Qualen, die meine Nasenhöhlen jedesmal erlebten, wenn wir dieses Haus besuchten, wäre meine Nase vielleicht für Lodens Parfüm empfänglicher gewesen.

Ein paar Tage später saß ich also in unserem Garten in Cormallon, neben einem kleinen, offenen roten Pavillon. Kursek, einer der Goldbereiften, hatte uns gerade Tah herausgebracht, hatte uns zugelächelt und war wieder zurückgegangen, diesmal über die Felsen im Wasserlauf statt über die Brücke. Es war ein herrlicher Tag, mit dahinjagenden Wolken und kühlen Brisen. In der Privatsphäre des Anwesens hatte ich meine Obergewänder abgelegt und war in weite blaue Hosen und eine Jacke geschlüpft. Ran mag keine Hosen, weder an Männern noch an Frauen, weil er meint, sie seien provinzlerisch; mein Kompromiß war, daß ich sie nicht so oft trug, wie ich eigentlich wollte, und sein Kompromiß bestand darin, keine Bemerkungen zu machen, wenn ich Hosen trug.

Ran seufzte zufrieden auf dem Steinblock, auf dem er saß, zufrieden mit seinem Territorium, mit seinem Tah, mit seinem Leben. »Es kommt ein Wetterumschwung«, sagte er, nach gut zwanzigminütigem Schweigen, und deutete mit einem Nicken in Richtung auf die zunehmende schwarze Faust am Horizont. In der Gegend von Cormallon gibt es oft eine Serie von Gewittern, bevor der Herbst sich ganz durchgesetzt hat.

Nach einer Weile sagte ich: »Weißt du, ich hoffe, wir werden in keine Ermittlungen mehr verwickelt.«

»Ich dachte, diese Richtung würde deinem wissenschaftlichen Denken zusagen, Tymon.«

Ich zuckte die Achseln. »Die Arbeit selbst ist okay, aber ich mag einfach die Ergebnisse nicht.«

»Eliana war keine Freundin von dir«, sagte er und fing meinen Blick auf.

»Nein, das weiß ich. Aber es ist trotzdem eine große Verantwortung, die man für einen anderen Menschen übernimmt.« Eigentlich für mindestens fünf andere Menschen. Ich dachte an Jusik, Tantchen,

Leel, Coalis … die Diener, die Katzen … das verlassene Haus und den Garten …

Ein frischer Wind kam auf und zauste an den Ärmeln meiner Jacke. Ich goß eine weitere Tasse Tah ein. Die Wolken jagten jetzt vorüber, der Herbst war ihnen auf den Fersen.

»Es war gut für unseren Ruf«, sagte Ran und versuchte mich damit zu trösten.

Wir hatten den Gedanken schon diskutiert, ein *Trocha*-Kind zu adoptieren, allerdings meiner Meinung nach noch nicht erschöpfend.

»Um auf die Trainingsschulen zu sprechen zu kommen …«

»Ihr großen pfuschenden Götter, hatten wir das nicht schon abgehakt?«

»Also ich muß schon sagen, Ran«, sagte ich überrascht. »Wenn ich der Meinung bin, daß ich alle meine Argumente aufgezählt habe, dann werde ich es dich wissen lassen.«

Zwei Nächte zuvor: Ran saß auf dem Bett, hatte die eine Sandale ausgezogen und die andere noch an. »Du verstehst die Sitten nicht, Liebling. Wenn *Trocha*-Kinder adoptiert werden, dann nur als Wegbereiter – ein älteres Geschwister, das mithilft, den Erstgeborenen großzuziehen.«

»Großartig. Dann kann er ein Wegbereiter sein. Damit bekommen wir eine Atempause gegenüber dem Rat; wir können sagen, daß wir ihm ein Jahr oder zwei geben wollen zum Wachsen, bevor wir mit unseren eigenen Kindern beginnen.«

»Tymon, hörst du mir überhaupt zu? *Trochas* erben nicht. Sie wachsen heran, um Ratsmitglieder zu werden, Aushelfer, Berater, Gefolgsleute. Sie übernehmen nicht das Geschäft.«

»Wenn wir es richtig anstellen, dann ist er in ein paar Jahren so sehr in Cormallon verwurzelt, daß die

Leute nicht mehr wissen werden, woher er gekommen ist. Verstehst du denn nicht, Ran, dieses ganze Zeug von wegen innerhalb der Familie, worauf der Rat immer herumreitet, ist genau das, was deine Großmutter vermeiden wollte.«

Er warf die Hände hoch. »Nur eine Barbarin würde glauben, daß sie damit durchkommen könnte!«

»Genau darauf will ich ja hinaus.«

Daraufhin gab er die Diskussion empört auf und suchte seine andere Sandale.

Es wurde dunkler. Plötzlich wurde der kühle Wind kalt und stürzte sich auf uns, riß die Servietten hoch, die Kursek herausgebracht hatte, warf sie weit weg in die Büsche. Ich packte den Tah-Kessel und den Kocher, und Ran nahm die Tassen; wir erreichten den Pavillon gerade, als die Wolken barsten.

Wasserfluten klatschten auf das Dach. Seen und Flüsse kamen um uns herum herunter. Wir lachten.

»Was für ein Timing«, sagte Ran.

»Wie kommen wir wieder ins Haus?« fragte ich.

Wir setzten unser Tah-Service auf dem etwas schmutzigen Boden des Pavillons ab. »Kursek wird schließlich auftauchen«, sagte Ran. »Mit Schirmen.« Ich stand an einen der breiten Pfeiler gelehnt, die das Dach trugen. Ran beugte sich über mich und küßte mich. Ich erwiderte seinen Kuß.

Es war die Art von Kuß, die einen Wetterumschwung verrät. *Nicht auf diesem Boden,* dachte ich, obwohl es an sich keine schlechte Idee war ... »Kursek«, sagte ich schließlich. »Wer weiß, wann er auftaucht?«

»Sein Pech«, sagte Ran und schenkte dem keine Aufmerksamkeit.

»Kannst du ihn nicht sehen ...? Im Regen stehen und warten, bis wir fertig sind?«

Wir lachten erneut, und Ran trat zurück. »Sollten wir dann nicht unseren Tah trinken?«

»Auf jeden Fall.«

Ran fragte mich nie – *Trocha*-Kind hin oder her –, was ich dem Rat von Cormallon im nächsten Jahr sagen wollte. Glücklicherweise geben einem die ivoranischen Jahre etwas mehr Frist. Kennen Sie vielleicht die alte Geschichte von dem Verurteilten? Der Mann, der von seinem König eine Gnadenfrist bekam, als er versprach, ein Pferd das Singen zu lehren: »In einem Jahr stirbt vielleicht der König, oder vielleicht sterbe ich, oder vielleicht stirbt das Pferd – oder vielleicht singt das Pferd.« In der Zwischenzeit hielt ich mich in meinen Wortwechseln mit Ran an die praktischen Aspekte; hauptsächlich, weil es mich in Verlegenheit gebracht hätte zuzugeben, daß ich vom Charme eines Zweijährigen überwältigt worden war.

Sehen Sie, ich bin nur eine Barbarin, die nie ihren Doktortitel erlangt hat. Ich tue, was ich kann.

Ich nahm meine Tasse von Ran und dachte an die Hauptstadt; sie schien ein ganzes Menschenleben entfernt zu sein. »Weißt du«, sagte ich, »wir schulden diesen Katzen großen Dank. Wenn wir wieder in die Stadt gehen, dann solltest du ihnen ein Geschenk mitbringen. Seidenhalsbänder. Eine Woche lang frischen Fisch.«

»Einen Topf Mäuse.«

»Katzenminze. Und vergiß nicht, danke zu sagen, wenn du gehst.«

Er setzte seine Tah-Tasse auf dem Geländer des Pavillons ab. »Du könntest selbst gehen und ihnen danken.«

Er lächelte.

»Nein, das kann ich nicht«, sagte ich.

HEYNE BÜCHER

Top Hits der Science Fiction

Man kann nicht alles lesen – deshalb ein paar heiße Tips

Ursula K. Le Guin
Die Geißel des Himmels
06/3373

Poul Anderson
Korridore der Zeit
06/3115

Wolfgang Jeschke
Der letzte Tag der Schöpfung
06/4200

John Brunner
Die Opfer der Nova
06/4341

Harry Harrison
New York 1999
06/4351

Wilhelm Heyne Verlag
München